10
18

12, AVENUE D'ITALIE. PARIS XIIIe

ALEXANDER McCALL SMITH

ÉDIMBOURG EXPRESS

Traduit de l'anglais
par Élisabeth KERN

INÉDIT

10
18

Du même auteur
aux Éditions 10/18

La femme qui épousa un lion, n° 3877

Série « Chroniques d'Édimbourg »

44 Scotland Street
► Édimbourg express

Série « Mma Ramotswe »

Mma Ramotswe détective, n° 3573
Les larmes de la girafe, n° 3574
Vague à l'âme au Botswana, n° 3637
Les mots perdus du Kalahari, n° 3718
La vie comme elle va, n° 3688
En charmante compagnie, n° 3820
1 cobra, 2 souliers et beaucoup d'ennuis, n° 3975
Le bon mari de Zebra Drive, n° 4097

Série « Isabel Dalhousie »

Le club des philosophes amateurs, n° 3931
Amis, amants, chocolat, n° 4062

Titre original :
Espresso Tales

ISBN 978-2-264-04454-9

Préface

Voici le deuxième volume d'un roman-feuilleton que j'ai commencé à écrire pour le quotidien *The Scotsman* et dont je poursuis la rédaction au moment où ce livre est publié. Le plaisir que m'a procuré l'invention de cette histoire au long cours d'un immeuble d'Édimbourg et de ses occupants apparaît, je l'espère, à chaque page. Jamais je n'en ai ressenti l'écriture comme une corvée. Pas une minute.

À la fin du premier volume, *44 Scotland Street*, j'ai laissé des choses en suspens pour beaucoup de personnages. Dans *Édimbourg express*, nous voyons se développer la plupart des thèmes abordés dans le tome 1. Bertie, ce garçon surdoué de bientôt six ans, est toujours en thérapie et ses tourments ne font qu'empirer. Bruce, l'expert immobilier au narcissisme insupportable, est aussi irritant que par le passé, sinon plus. S'il y a une justice, il devrait écoper de sa punition dans ce volume (mais n'y comptez pas trop !). Et Domenica, l'occupante très avisée du dernier étage du 44, Scotland Street, continue de commenter la marche du monde avec son esprit mordant.

Au cours de la rédaction de ce livre, qui paraissait en épisodes quotidiens dans *The Scotsman*, j'ai reçu les commentaires de nombreux lecteurs. Certains m'envoyaient leurs suggestions, d'autres me reprochaient telle ou telle prise de position exprimée par l'un des personnages. À un stade du récit, j'ai froissé la susceptibilité de toute une ville écossaise ; à un autre, j'ai reçu une lettre pleine de reproches envoyée par un végétalien convaincu. Ce sont, je suppose, les conséquences inévitables quand on écrit un roman sous l'œil scrutateur du public.

Bien sûr, il ne s'agit pas d'un travail d'un réalisme social scrupuleux. Cependant, contrairement à ce qui se passe dans beaucoup de romans, tous les lieux évoqués ici existent, de même qu'un certain nombre de personnages, qui vivent à Édimbourg et ont accepté d'apparaître dans cette histoire. Des gens, pour une raison ou pour une autre, se sont reconnus dans le livre, sous un déguisement plus ou moins élaboré. Hélas, ils se trompaient. Il n'y a pas de vrai Bertie et, même si de nombreuses personnes ressemblent à Domenica ou à Angus, ou à tel ou tel autre personnage, je n'avais personne en particulier à l'esprit en écrivant.

Lorsque le dernier épisode de ce livre a paru dans le journal, nous avons célébré l'événement par une fête dans les locaux du *Scotsman*. De nombreux lecteurs étaient présents, dont certains m'ont donné en toute franchise leur opinion sur ce qui se passait dans mon roman-feuilleton. D'autres m'ont dit : « Vous ne pouvez pas vous arrêter maintenant. Il faut qu'il y ait un troisième volume. » En arrivant à la soirée, j'avais décidé de ne pas poursuivre, mais j'avais changé d'avis en repartant. Je me laisse facilement convaincre quand il s'agit de s'amuser. Et pourquoi pas, d'ailleurs ?

Ce deuxième volume est envoyé sous presse en gratitude pour les lecteurs du *Scotsman* et en témoignage d'affection envers cette ville remarquable et les gens qui font d'elle l'un des lieux les plus vibrants et les plus intéressants du monde. Là encore, je tiens à exprimer mes remerciements à ceux qui m'ont accompagné le long de cet itinéraire littéraire particulier : David Robinson, rédacteur littéraire au *Scotsman*, Iain Martin, rédacteur au *Scotland on Sunday*, John McGurk, rédacteur au *Scotsman*, et Neville Moir, de chez Polygon, le plus perspicace et le plus sympathique des éditeurs. Tous mes remerciements vont aussi à Florence Christie, la plus grande fan de Bertie, et à mon ami Michael Lamont, l'un des rares lecteurs à avoir exprimé de la compassion pour Bruce. Enfin, je voudrais remercier William Lyons, rédacteur artistique au *Scotland on Sunday*, qui m'a conseillé en matière de vins et qui apparaît dans l'histoire. N'ayant moi-même jamais goûté de Petrus, j'espère que ce qu'il dit de ce vin est exact.

1. Sémiotique, pubs, décisions

C'était l'été. La marche du temps, si hésitante au début du printemps, semblait désormais implacable. Toujours trop précoce, le jour le plus long de l'année était passé dans un déferlement de vent et de pluie fine, pour être suivi d'une glorieuse vague de chaleur qui pénétrait chaque pierre d'Édimbourg.

Sur les trottoirs avaient surgi çà et là de petits essaims de tables et de chaises prises d'assaut par des flâneurs qui avaient peine à croire qu'ils étaient bel et bien installés dehors, en Écosse, à la fin de l'été. Chacun d'eux savait que cela ne durerait pas. Le mois de septembre arriverait et ensuite, tout le monde en était conscient hormis quelques esprits confus, ce serait octobre… et l'obscurité. Et le ciel écossais, fidèle à ses traditions culturelles, se révélait très clair sur un point : le bon temps se payait toujours, et promptement. C'était là un principe auquel la nature, en Écosse, ne dérogeait jamais. Les paysages de lacs et de montagnes étaient bien jolis, mais qu'est-ce qui arrivait, là, juste derrière vous ? Un nuage de moucherons.

Pat Macgregor longeait ces terrasses peuplées d'hédonistes en regagnant Scotland Street. Elle avait traversé la ville à pied ce matin-là pour aller déjeuner avec son père – sa mère était encore partie en visite, cette fois chez sa pénible sœur de Forfar – au *Canny*

Man's de Morningside Road. C'était un établissement singulier, une véritable institution d'Édimbourg aux étagères envahies d'objets hétéroclites et aux murs tapissés d'innombrables tableaux. En outre, tout comme ces trophées, les hôtes qui hantaient ces lieux présentaient tous ou presque un intérêt historique ou esthétique certain. Ainsi croisait-on là, le samedi après-midi, un conteur célèbre buvant une pinte de bière en compagnie d'un vieil ami ou même, beaucoup plus occasionnellement, Ramsey Dunbarton, des Braids, qui avait interprété le duc de Plaza-Toro dans *Les Gondoliers* au Church Hill Theatre (avec le succès que l'on savait) bien des années auparavant.

Le *Canny Man's* ne présentait cependant pas de curiosité de ce genre ce samedi-là. Un homme au profil de souris, taciturne, en costume bleu, était assis face à sa compagne à une table dans un coin de la salle. Entre eux régnait un silence que venait briser, à l'occasion, un soupir poussé par l'un ou l'autre. Lui baissait les yeux sur la carte des sandwiches-assiettes, absorbé dans cette lecture, comme submergé par le choix trop vaste, ou peut-être par la vie elle-même. Le regard de la femme errait quant à lui de-ci, de-là : vers la fenêtre et la fine tranche de ciel qui apparaissait entre les immeubles de Morningside Road, vers le barman qui essuyait les verres, vers le carrelage du sol…

Tout en guettant l'arrivée de son père, Pat se demandait quelle sorte de cheminement avait bien pu mener ce couple jusqu'à ce point aride : une existence faite d'échanges insipides qui peu à peu s'étaient taris. À moins que ce ne fût simplement ce qui arrivait lorsqu'on était marié. Non, songea-t-elle, ce n'était pas vrai. Ses parents à elle se regardaient encore dans les yeux et trouvaient au moins quelque chose à se dire, même si, souvent, elle décelait dans leurs conversations un formalisme qui la gênait : c'était comme s'ils parlaient une langue, tel le japonais de cour, qui les contraignait à la bienséance.

Son père semblait plus décontracté en sa compagnie à elle. Il s'adossa à la banquette et parcourut la carte, tandis que la conversation prenait son cours habituel, passant, par associations naturelles, d'un sujet à un autre.

— Nous sommes bien sûr au *Canny Man's*, déclara-t-il. Mais tu remarqueras que l'enseigne, à l'extérieur, mentionne un nom tout à fait différent. Le *Volunteer Arms*. Pourtant, tout le monde – du moins, tous ceux qui sont dans le coup – l'appelle le *Canny Man's*. Et c'est la même chose pour le pub qui est un peu plus bas en allant vers Slateford. Il s'appelle le *Gravediggers*, mais son enseigne, à l'extérieur, indique l'*Athletic Arms*. Ce sont des tests, tu comprends. Des tests pour faire la différence.

Pat le considéra d'un œil perplexe. Son père parlait généralement de façon intelligible, mais pas toujours.

— Ces tests sont destinés à exclure certaines personnes de la conversation, expliqua-t-il. Utiliser ces dénominations, c'est signifier aux autres : nous formons un groupe et si vous ne comprenez pas de quoi nous parlons, c'est que vous n'êtes pas des nôtres.

« Ainsi, en nommant cet endroit le *Canny Man's*, tu indiques que tu es d'ici, que tu connais Édimbourg et ses codes. Et cela, vois-tu, c'est ce que chacun souhaite au fond de lui : ressentir une appartenance.

Il reposa la carte sur la table et regarda sa fille.

— Sais-tu ce qu'est le *NB* ?

Pat secoua la tête et s'apprêta à répondre que non, mais il l'arrêta d'un sourire et d'un geste de la main.

— Question déloyale, reconnut-il. Du moins posée à quelqu'un de ton âge. En revanche, tout individu de plus de quarante ans sait que le *NB* est le *North British Hotel*, qui porte aujourd'hui le nom de *Balmoral*. Tu le connais, c'est cette grosse bâtisse au bas de Princes Street. Il s'est toujours appelé le *NB*, jusqu'au jour où, de façon très irritante, quelqu'un a décidé de le rebaptiser le *Balmoral*. Alors, si tu veux vraiment en imposer, montrer à ton interlocuteur que tu étais là avant lui, que c'est *ta* ville, tu feras référence à cet hôtel en l'appelant le *NB*. De cette façon, il y aura au moins certaines personnes qui ne sauront pas du tout de quoi tu parles.

— Mais… quel est l'intérêt ?

— L'intérêt, c'est d'avoir des références bien à soi, expliqua-t-il. Et, comme je te l'ai dit, d'avoir le sentiment que nous appartenons à quelque chose. Histoire de se sentir en sécurité…

Il sourit à sa fille.

— À propos de l'hôtel *NB*, nous avons eu un merveilleux poète du nom de Robert Garioch. Il a beaucoup écrit sur Édimbourg, sur la ville et ses petites manies. Il a écrit un poème où il évoque des gens qui sortent du *NB Grill* et pénètrent dans ce qu'il appelle une grosse Rolls-Royce municipale. Cela dit tout, vois-tu. En deux lignes, il en révèle davantage sur la ville que d'autres l'ont fait en cinquante pages.

Il s'interrompit.

— Mais, ma chérie, tu dois avoir faim, reprit-il. Et puis, tu m'as dit que tu avais quelque chose à m'annoncer. Que tu avais pris une grande décision. Et moi qui radote à propos de sémiotique et des vers de Robert Garioch ! Est-ce une décision importante ? Très importante ?

— Oui, répondit Pat. Très importante. Elle va influencer ma vie entière, je pense.

— Vraiment ?

— Oui, il me semble.

2. *Lâcher prise*

Quand sa fille avait annoncé qu'elle avait pris une décision importante – déclaration faite au détour d'une conversation téléphonique, peu avant leur déjeuner au *Canny Man's* de Morningside Road –, le Dr Macgregor avait ressenti un coup au cœur. Depuis l'année sabbatique de Pat en Australie, il vivait dans la crainte de la voir quitter l'Écosse pour ne plus jamais y revenir. L'Australie se trouvait à mille lieues d'Édimbourg et elle regorgeait de potentialités. On pouvait pardonner à un voyageur visitant Melbourne ou Sydney – ou même Perth – de trouver la vie en ces lieux plus excitante que celle qu'il menait lui-même. Il y avait plus d'espace en Australie, plus de lumière aussi, et l'on jouissait, de surcroît, d'une liberté exaltante, celle-là même dont on rêve à dix-neuf ans. Sans parler des garçons, qui apportaient un attrait supplémentaire. Si elle en rencontrait un qui lui plaisait, Pat déciderait peut-être de rester là-bas pour toujours, sans songer qu'en quelques années les vigoureux mâles australiens mutaient généralement en *Homo Australiensis suburbis*, c'est-à-dire en buveurs de bière fanatiques de matches télévisés, tels des papillons devenus chenilles.

Il avait donc vécu dix mois d'angoisse à se demander si sa fille lui reviendrait, tout en se reprochant en permanence cette inquiétude. Il le savait, les parents avaient tort de raisonner de cette façon. N'avait-il pas expliqué maintes fois à ses patients qu'ils devaient cesser de se faire du souci pour leurs enfants et lâcher prise ?

— Il faut apprendre à lâcher prise, répétait-il en d'innombrables occasions. Il faut que vos enfants se sentent libres de vivre leur propre vie.

Tout en prononçant ces paroles, il constatait leur effrayante banalité. Mais n'était-il pas difficile de parler de lâcher prise sans paraître citer un passage du *Prophète* de Khalil Gibran, qui avait son opinion sur ce genre de sujet ? Le problème, avec *Le Prophète*, était que ce texte semblait terriblement profond au premier contact, mais que l'on en revenait, tout comme, avec l'âge, on délaissait la lecture de Jack Kerouac. Il était parfaitement approprié d'avoir *Le Prophète* sur une étagère de sa chambre entre vingt et vingt-cinq ans, mais non pas, estimait-il, à quarante ans et au-delà. Pour *Le Prophète* aussi, l'on devait s'efforcer de lâcher prise.

Ainsi, tout en donnant ce conseil à d'autres, il trouvait difficile – voire quasi impossible – de l'appliquer lui-même. Sa femme Maureen et lui n'avaient qu'un enfant. Pat était leur avenir, non seulement au sens génétique du terme, mais aussi d'un point de vue psychologique. Et c'était encore plus vrai dans le cas du Dr Macgregor. Car s'il entretenait des relations cordiales avec Maureen, il subsistait malgré tout dans le couple une distance qui, il s'en rendait compte, ne serait jamais comblée. Dès les premières années de leur mariage, il était apparu qu'ils avaient peu de centres d'intérêts communs, et donc peu de sujets de conversation. Maureen se consacrait aux grandes causes, ainsi qu'à sa famille à problèmes. Elle avait deux sœurs très pénibles et un frère qui ne l'était pas moins, et tous trois avaient mis au monde, comme on pouvait s'y attendre, des enfants qui posaient de grosses difficultés. Ainsi, alors qu'elle vivait officiellement à Édimbourg, passait-elle le plus clair de son temps auprès de ses frère et sœurs, à tenter de résoudre l'une après l'autre les crises qui surgissaient. Sa sœur d'Angus (celle qui buvait) manifestait des exigences particulières. Cette grande manipulatrice n'avait qu'une idée en tête : que Maureen vienne vivre avec elle. Aussi attendait-elle avec impatience de voir celle-ci devenir veuve, un souhait qu'elle exprimait sans détour, révélant par là même un certain manque de tact. Il existait certes de nombreuses femmes qui verraient leur vie considérablement améliorée par le veuvage, mais cela n'autorisait pas pour autant leur entourage à le souligner sans cesse.

L'absentéisme de sa femme eut ses conséquences naturelles. Pat devint pour le Dr Macgregor le centre de la famille. Elle était sa meilleure amie et, pour autant que les relations père-fille le permettaient, sa confidente. Bien sûr, il n'ignorait pas les dangers d'un tel attachement : s'investir à ce point dans un enfant revenait à s'offrir en otage aux aléas de la vie. Il importait donc de développer d'autres amitiés, d'autres liens. Hélas, il n'y était pas parvenu. Car s'il jouissait d'une certaine popularité parmi ses confrères et si beaucoup d'entre eux auraient pu être qualifiés de bons camarades, il y avait cependant des limites aux amitiés de ce type. Les gens changeaient de travail ; ils s'en allaient ; ils se faisaient d'autres amis à l'extérieur, des amis qui se révélaient plus intéressants que les relations professionnelles. Peut-être le Dr Macgregor aurait-il pu entrer dans un club, mais lequel ? Il ne s'était jamais intéressé au golf et n'était pas sûr d'apprécier les valeurs en vigueur dans un club de golf. Or quels autres clubs les gens avaient-ils en tête lorsqu'ils recommandaient une adhésion à l'un d'eux en guise d'antidote à la solitude ? Le Scottish Arts Club, peut-être ? Il était passé devant un jour et avait vu, par la fenêtre de la salle à manger, des gens qui déjeunaient ensemble. Il s'était arrêté pour contempler la scène. Un journaliste célèbre était en train de prononcer un discours, semblait-il, devant un auditoire d'antiquaires – il reconnut l'un d'eux, un homme affublé d'une moustache exemplaire – et de peintres portraitistes. Tous avaient un verre de vin rouge devant eux et il les voyait rire sans les entendre. Pendant un moment, cette vision de franche camaraderie l'avait cloué sur place. Voilà ce que je n'ai pas, avait-il songé. Toutefois, bien que cet épisode lui eût, sur le moment, donné envie de poser sa candidature d'adhésion à ce club, il n'avait rien tenté dans ce sens et était rentré dans sa maison vide (à l'époque, Pat était en Australie et Maureen à

Kelso, chez son pénible frère). Il s'était assis pour réfléchir à la solitude et aux rares, aux très rares liens humains qui nous séparaient de l'état de complet isolement. Combien de liens de ce type possédait un individu moyen ? Cinq ? Dix ? Dans son cas à lui, avait-il songé, il semblait que la réponse était deux.

La vive inquiétude que lui inspirait la « grande décision » de Pat était donc logique, car le risque d'un retour en Australie subsistait toujours. C'était ce que le Dr Macgregor redoutait le plus au monde ; si elle prenait cette décision, il la perdrait. Il voulait la voir rester à Édimbourg ou, à la limite, partir à Glasgow. Pour lui, le choix qu'elle avait fait d'étudier à l'université de St Andrews se révélait idéal. L'établissement, situé à l'extrémité de la route, était dépourvu de danger.

Installé au cœur du fouillis du *Canny Man's*, il s'efforçait donc de s'endurcir en prévision de cette perte imminente.

— Tu m'as dit que tu avais pris une décision importante ?

Pat le regarda.

— Oui. J'ai décidé de ne pas aller à St Andrews, finalement.

Il retint son souffle. Elle repartait en Australie. Si peu de mots suffisaient à détruire tout un monde…

3. Narcissisme et progrès social

Sur le visage de son père, Pat ne devina rien du profond effroi qui l'avait saisi. Car il était passé maître dans l'art de masquer ses sentiments, bien sûr, comme tout psychiatre qui se respecte. Il avait entendu une telle multitude de confessions humaines que très peu de choses étaient de nature à lui faire hausser un sourcil ou trahir, fût-ce par une légère moue, sa désapprobation face à ce que les gens faisaient, ou pensaient, ou pensaient faire. Et même à présent, tandis qu'il attendait tel un condamné la sentence, rien ne perçait de ses émotions.

— Oui, reprit Pat. J'ai écrit à St Andrews pour leur dire que je ne viendrais pas le mois prochain. Ils m'ont répondu qu'il n'y avait pas de problème.

— Pas de problème… répéta le Dr Macgregor d'une voix enrouée.

Comment cela, pas de problème ? Comment Pat pouvait-elle renoncer à cette formidable université, avec son ambiance chaleureuse, ses facéties estudiantines, sa Semaine du Raisin Sec, son club Kate Kennedy[1] et tout le reste ? Rejeter cela en vrac avant même d'y avoir goûté revenait à tourner délibérément le dos au bonheur.

— J'ai décidé d'aller plutôt à l'université d'Édimbourg, poursuivit Pat. Je me suis mise en relation avec les gens de George Square et ils m'ont dit qu'il me suffisait de transférer le dossier que j'ai déposé à St Andrews. C'est donc ce que je vais faire. J'étudierai la littérature anglaise et la philosophie.

Pendant un long moment, le Dr Macgregor ne dit rien. La tête baissée, il contemplait ses chaussures et, pour la première fois, en examinait le motif. Puis il releva les yeux vers sa fille, qui l'observait, guettant sa réaction.

— Tu n'es pas en colère contre moi, si ? interrogea-t-elle. Je sais que je t'ai causé du souci avec mes deux années sabbatiques, et voilà que je change tout à coup mes projets… Tu n'es pas furieux contre moi ?

1. Club exclusivement masculin de l'université de St Andrews, constitué de soixante membres triés sur le volet et qui a pour but de maintenir les traditions de l'université et de la ville de St Andrews et de récolter de l'argent pour des œuvres caritatives. Il tient son nom de Kate Kennedy, nièce (ou fille illégitime ?) de l'évêque James Kennedy, qui vécut au XVe siècle. *(Toutes les notes sont de la traductrice.)*

Il posa un instant sa main sur celle de Pat pour la retirer aussitôt.

— Furieux est la dernière chose que je suis, répondit-il, avant d'éclater de rire. La formulation doit te sembler bizarre, hein ? C'est l'ordre qu'utiliserait un locuteur allemand ou un yiddishisant parlant en anglais ! Ils disent des choses du genre : « Heureux, je ne suis pas », non ? Tu te rappelles *Pim Pam Poum*[1] ?

Elle n'en avait aucun souvenir, bien sûr. Tout comme elle ne connaissait ni Max et Moritz ni Dagwood et Blondie[2] non plus, sans doute – ces créatures insolites qui peuplaient le monde non moins insolite des bandes dessinées –, quoiqu'elle ne pût tout de même ignorer qui étaient Oor Wullie ou les Broons[3]. Où exactement se situait leur univers ? se demanda-t-il. À Dundee ou à Glasgow, peut-être, mais pas tout à fait...

Pat sourit.

— Je suis contente, déclara-t-elle. En fait, je me suis dit que je m'amusais tant à Édimbourg qu'il serait dommage de quitter la ville. En partant pour St Andrews, j'aurais l'impression d'interrompre ma vie. J'ai des amis ici maintenant...

— Et les amis, c'est important, coupa son père, tout en s'efforçant de maîtriser la folle joie qui l'avait envahi.

1. La bande dessinée *The Katzenjammer Kids*, plus connue en France sous le nom de *Pim Pam Poum*, fut créée par Rudolph Dirks, un Allemand émigré aux États-Unis. C'est l'une des premières bandes dessinées à inscrire les textes des personnages dans des bulles. Les deux garnements sont inspirés de *Max et Moritz*, de Wilhelm Busch, l'un des précurseurs allemands de la bande dessinée, et leurs méfaits ont ravi des générations d'outre-Rhin.

2. BD américaine créée en 1930 par Chic Young.

3. Deux BD créées par Dudley Watkins dans le *Sunday Post* en 1936 et qui perdurent jusqu'à nos jours dans le même quotidien, en alternance, sous d'autres plumes. Oor Wullie (*our Willie*, notre Willie) et la famille Broon (Brown en anglais classique) vivent dans la ville écossaise imaginaire d'Auchentogle, amalgame de Dundee et de Glasgow, et parlent en langue vernaculaire écossaise.

Il se demandait quels étaient ces amis dont elle parlait. Il y avait ceux du lycée, bien sûr, qui étaient dans sa classe à l'Académie pendant les deux dernières années de sa scolarité. Il savait qu'elle restait en contact avec eux, mais ces amitiés-là étaient-elles assez fortes pour la retenir à Édimbourg ? Beaucoup de ces jeunes étaient eux-mêmes partis étudier ailleurs, à Cambridge dans un ou deux cas, ou encore à Aberdeen et à Glasgow. Se pouvait-il qu'il y eût un petit ami ? Il y avait ce jeune homme de l'appartement de Scotland Street, Bruce Anderson. Elle s'était à l'évidence entichée de lui pendant une période, puis s'était raisonnée. Était-ce Matthew, pour qui elle travaillait à la galerie ? Était-ce lui qui la retenait ici ? On pouvait spéculer ainsi pendant des heures, mais en fin de compte, cela importait peu. Une seule chose comptait : elle ne repartait pas en Australie.

— Matthew m'a proposé de rester à la galerie à temps partiel, expliqua Pat. Je travaillerai pour lui quelques matinées, et aussi le samedi. Il m'a dit…

Elle s'interrompit. La modestie lui commandait de ne pas poursuivre, mais elle avait envie de partager avec son père le compliment que lui avait fait Matthew.

— J'espère que tu ne vas pas penser que je me vante, mais Matthew m'a dit que j'ai l'œil pour l'art et qu'à son avis le seul moyen que la galerie continue à marcher, c'est de me garder comme assistante.

— C'est gentil à lui, répondit son père, tout en pensant, en son for intérieur : dépendance, le faible mâle cherchant quelqu'un pour s'occuper de lui. Remarque, reprit-il, cela ne m'étonne pas. Tu as toujours été douée pour l'art. En fait, tu es douée en général, tu sais.

Elle lui jeta un regard oblique, lui reprochant le compliment, que l'on avait entendu de la table voisine et qui avait donné lieu à des sourires vite réprimés.

— Et puis, je pense que je vais rester à Scotland Street, ajouta-t-elle. C'est un endroit sympathique, tu sais. Il y a toutes sortes de gens intéressants dans l'immeuble. Cela me plaît.

— Tu pourras supporter Bruce ?

— Oui. Il est devenu plus réservé ces derniers temps. Il a perdu son travail, tu sais, et il veut faire autre chose. Il passe beaucoup de temps à lire des livres d'œnologie. Je crois qu'il se voit en marchand de vins, ou quelque chose comme ça.

Le Dr Macgregor hocha la tête. Il ne connaissait pas Bruce et n'avait aucun désir de le rencontrer. Il avait l'habitude des psychopathes, ces gens dont l'égoïsme était si profond qu'il les faisait entrer dans une catégorie clinique. Il savait se montrer patient face aux névrosés et aux dépressifs, ainsi qu'à ceux qui souffraient de désordres schizoïdes, mais il ne supportait pas les narcissiques. Or, d'après ce qu'en avait dit Pat, Bruce était un narcissique pur et dur : la manie de se regarder dans les miroirs, de se pomponner, le goût pour le gel capillaire représentaient autant de symptômes. Et le problème, c'était qu'une véritable épidémie de narcissisme sévissait, alimentée par la manipulation publicitaire et par les valeurs creuses des films américains. De façon intéressante, c'était surtout le narcissisme masculin qui prenait de l'ampleur désormais. On encourageait les jeunes gens à se soucier d'eux-mêmes : à admirer des photographies d'autres jeunes gens, à s'étudier dans le miroir… Et ils adoraient cela. Édimbourg regorgeait de narcissiques. Il y en avait des centaines, des milliers, dont s'occupait une armée de coiffeurs-visagistes et de grands noms de la mode. Oui, il s'agissait là d'une pathologie sociale profonde. Les émissions de télé-réalité, qui concentraient les regards sur des gens à qui l'on ne demandait rien d'autre qu'être eux-mêmes, constituaient l'expression parfaite de ce courant. Regardons-nous, disaient-elles. Ne sommes-nous pas fascinants ?

Plongé dans ces pensées, le Dr Macgregor se reprit. Il était indéniable, bien sûr, que notre société souffrait d'un niveau de narcissisme anormalement élevé, mais il ne convenait pas de passer trop de temps à y songer. Le narcissisme tournait autour de l'amour, en fin de compte, même s'il s'agissait d'amour de soi, et l'amour valait mieux que la haine. De tous les dieux tentateurs, la haine était de loin le plus maléfique. Elle avait ses adeptes, naturellement, mais ceux-ci restaient assez peu nombreux, et décriés. Était-ce si grave que les jeunes gens pensent à la mode et au gel capillaire, alors qu'il n'y avait pas si longtemps les esprits étaient tournés vers la guerre et les drapeaux, ou le sinistre esprit de corps d'une tribune de stade de football ?

4. Sur le chemin du retour

Pat quitta le *Canny Man's* et remonta Morningside Road. Son père l'accompagna jusqu'à Church Hill Place, puis lui dit au revoir et rentra chez lui, plein d'allégresse après la bonne nouvelle qu'il venait d'apprendre. Pat songea un instant à prendre le bus, mais il faisait beau en cette fin août et elle décida de regagner Scotland Street à pied. Elle n'était pas pressée. En fait, elle s'aperçut qu'entre ce samedi après-midi et le lundi matin suivant, où elle devrait se rendre à la galerie, peu importait où elle allait. Elle n'avait rien de prévu. Elle était libre.

C'était la dernière semaine du Festival[1] et de son rejeton indiscipliné, le Festival Fringe. Dans un angle du parc des Meadows, à l'ombre de la bibliothèque de

1. Prestigieux festival international annuel qui propose toutes sortes de spectacles. En marge du festival officiel, The Fringe couvre un large éventail de divertissements, d'avant-garde ou simplement excentriques.

l'université, se dressait un grand chapiteau qui abritait une troupe polonaise de cirque itinérant, le Grand Cirque de Cracovie. Une représentation était en cours et Pat entendit une salve d'applaudissements, suivie d'éclats de rire. Tandis que ceux-ci déclinaient, une petite fanfare entonna un morceau sur ce rythme effréné qu'affectionnent les cirques, une marche endiablée qui accompagnait un numéro… un numéro de quoi ? Des chiens savants, peut-être ? Ils n'étaient plus autorisés, songea-t-elle. Désapprouvés par des militants qui avaient fini par imposer leur point de vue au Conseil, bien qu'il soit de notoriété publique que les chiens adorent faire des numéros. Était-ce avilissant pour un chien d'avoir à sauter dans un cerceau ou à marcher sur ses pattes arrière en poussant un landau ? Faire passer un lion dans un cerceau était une chose – indubitablement cruelle –, mais les opposants ne savaient-ils pas faire la distinction entre un chien et un lion ? Les chiens appartiennent au domaine de nos stupidités d'humains ; les lions, non.

Elle s'arrêta sous un arbre et regarda la toile du chapiteau remuer doucement sous l'effet de la brise. À côté se trouvait un alignement de grandes caravanes et un camion de ravitaillement. Soudain, la porte d'une caravane s'ouvrit et un homme en sortit brutalement, comme si on l'avait poussé de l'intérieur. Ce fut du moins ce qu'il sembla à Pat, qui le vit tomber, comme s'il cherchait à reprendre son équilibre, pour transformer sa chute en une extraordinaire démonstration de gymnastique. Il effectua une roulade avant suivie d'un saut périlleux, atterrit sur les mains, les pieds pointés vers le ciel, puis se rétablit en position debout. La manœuvre tout entière n'avait duré que quelques secondes et l'homme se retrouvait là, à deux pas de Pat, lui faisant face. En la découvrant devant lui, il parut aussi surpris qu'elle et, pendant un instant, ils se contemplèrent en silence. Il portait ce qui devait être son costume de scène, un justaucorps rouge brillant qui l'habillait des épaules aux orteils.

Alors il sourit, découvrant une rangée de dents très blanches, d'une régularité parfaite. Elle fut frappée par ce sourire et l'eût été beaucoup moins si celui-ci avait révélé une dentition catastrophique. C'était ainsi, d'une certaine façon, que l'on imaginait les gens du cirque : des paillettes au-dehors, mais la déchéance et la souffrance à l'intérieur.

L'artiste recula de quelques pas sans lâcher Pat des yeux. Puis, tendant la main derrière lui, il ouvrit la porte de sa caravane, qui s'était refermée lors de sa sortie peu orthodoxe.

— Je vous en prie, lui dit-il. Café ? Ou un ballon de vin, peut-être ?

Il accompagna ses paroles d'un geste en direction de la caravane à l'intérieur faiblement éclairé. Pat distingua une table et un porte-cintres chargé d'une série de tenues similaires à celle qu'il portait. Au sol gisaient une paire de bottes à talons hauts et un petit tambour plat.

Il réitéra son invitation en s'inclinant, et le tissu élastique du justaucorps se tendit obligeamment pour épouser les courbes des muscles que la manœuvre sollicitait.

Pat hésita. Il s'était redressé et se tenait à présent très droit, mais il était un peu plus petit qu'elle et elle remarqua qu'il se haussait sur la pointe des pieds pour gagner quelques centimètres, sans effort, comme le ferait un danseur classique. Ce détail la frappa, brisant l'enchantement.

Elle se mit à rire.

— Non, merci, répondit-elle, réalisant que ce « *merci* » dénotait ce qu'elle était : une véritable Édimbourgeoise.

Il prit ce refus avec le sourire.

— Que Dieu vous garde, dit-il, avant de disparaître d'un bond dans sa caravane.

La porte se referma et l'épisode prit fin. Pat s'éloigna. Je ne serai plus jamais invitée dans les quartiers d'habitation d'un artiste de cirque polonais, se dit-elle, et cette idée la fit sourire. Le cours de son existence eût peut-être été différent si elle était entrée. Elle aurait pu partir avec le cirque et épouser cet homme dans une sombre église de Cracovie, puis mettre au monde des enfants de gymnaste, petits et agiles, à qui l'on aurait appris à sauter de ses genoux et à faire des sauts périlleux dans le bain. Plus encore : elle serait devenue catholique…

Il lui fallut quarante minutes pour regagner Scotland Street, car il y avait plusieurs spectacles du Fringe à voir en redescendant la colline. Derrière la National Gallery, elle s'arrêta sur les marches et regarda une troupe d'étudiants qui jouaient une scène de *Macbeth*, avant-goût de la représentation qu'ils donneraient le soir même. Il y avait dans leur jeu une sorte de vague désespoir, qui suggérait qu'ils arrivaient au terme d'un travail harassant et peu gratifiant pour le Fringe. Lady Macbeth lançait des reproches à son mari, un grand échalas au menton couvert d'un résidu d'acné adolescente. Pat la regarda quelques minutes, piégée par la rareté du public. L'occasion de s'éclipser lui fut toutefois bientôt offerte : elle aperçut Domenica Macdonald, sa voisine de palier, et elle s'empressa de la rejoindre. Domenica se tenait à la lisière d'une foule croissante de curieux massés autour d'un homme habillé en Polichinelle qui s'apprêtait à avaler un sabre. La tête levée vers le ciel, il tenait l'arme au-dessus de sa bouche grande ouverte. Le fer étincelait dans le soleil de l'après-midi.

— Domenica, murmura Pat, va-t-il vraiment faire ça ?

Domenica se tourna vers elle.

— Quel plaisir de vous voir ici ! s'exclama-t-elle avec un chaleureux sourire. J'adore les spectacles, et en ce moment, il y en a pléthore. Bien sûr qu'il va l'avaler ! Et ensuite, nous allons tous l'applaudir. Dans le fond, nous avons des goûts très vulgaires, vous savez. Nous adorons ce genre de chose. Tous autant que nous sommes. Nous n'y résistons pas. Derrière nous, au musée, nous pourrions admirer tous les trésors de l'art occidental qu'a rassemblés pour nous Sir Timothy Clifford, mais nous préférons regarder un homme avaler un sabre. Ne trouvez-vous pas cela bizarre ?

Pat acquiesça. C'était en effet très bizarre. Elle commença à répondre, mais s'interrompit : n'était-ce pas justement Sir Timothy Clifford, là-bas, qui observait l'avaleur de sabres parmi la foule ? Elle fit signe à Domenica, qui suivit son regard et hocha la tête.

— Lui non plus ne dit pas non à un spectacle de rue, dit-elle. Et quel mal y a-t-il à cela ? Il a organisé de si belles expositions au musée ! Et puis, l'art, c'est aussi du théâtre, n'est-ce pas ? Et le théâtre est un art !

5. *Déclin*

Le sabre fut avalé, puis régurgité comme de bien entendu. Il y eut des exclamations et des applaudissements. Beaucoup de spectateurs exprimèrent le point de vue qu'ils n'aimeraient pas en faire autant – Non, merci ! – et l'on entendit Sir Timothy murmurer quelque chose au sujet de Titien, avant de battre en retraite dans le musée. Domenica, qui avait vu des spectacles beaucoup plus captivants lorsqu'elle vivait en Inde, se tourna vers Pat.

— De telles prouesses, lui dit-elle, sans dimension religieuse, sont moins impressionnantes, me semble-t-il, que si elles étaient rattachées au sacré. Quel est l'intérêt d'avaler un sabre si l'on ne donne pas de signification spirituelle à cet acte ?

Cette remarque laissa Pat perplexe. Tandis qu'elles traversaient Princes Street pour descendre la colline, la jeune fille demanda des explications à son amie.

— En Inde, on voyait de telles choses de temps à autre, répondit Domenica. Nous vivions dans le Kerala, c'est-à-dire dans le Sud chrétien, mais des religieux hindous faisaient parfois leur apparition pour nous rappeler les vieilles divinités. Il s'agissait souvent de fakirs, qui marchaient sur des lits de braises incandescentes ou avalaient du feu, ce genre de choses. Ils faisaient cela pour montrer que la spiritualité permettait de conquérir le corps, de dominer le monde matériel. Et l'on pouvait offrir cet acte à la gloire des divinités, ce qui lui conférait un sens religieux. Mais notre avaleur de sabres d'Édimbourg n'avait rien de tout cela à l'esprit, j'en ai peur. Il ne faisait que se donner en spectacle.

Pat ne pouvait pas ajouter grand-chose à ces propos. Elle ne connaissait pas l'Inde et ne savait rien de l'hindouisme ni, d'ailleurs, des multiples autres sujets sur lesquels Domenica avait son point de vue. Cependant, elle était assez ouverte pour savoir qu'elle ne savait pas, et elle écoutait bien. C'était une de ses qualités.

Les rues étaient bondées de touristes venus assister au Festival, ce qui ralentit la progression des deux femmes dans Dundas Street. Elles étaient souvent interrompues par des groupes d'individus arrêtés au milieu du trottoir ; certains, le regard terne, semblaient souffrir d'indigestion culturelle, d'autres consultaient des plans et des programmes. Domenica renseigna un couple de Japonais désorientés, puis s'inclina poliment au terme de ses explications, ce qui entraîna une série d'autres inclinations et de signes de tête.

— Ils nous trouvent très impolis, en général, expliqua-t-elle à Pat. Quelques courbettes ici et là permettent de redresser un peu la situation.

Elle s'interrompit, les sourcils froncés.

— De plus, ils trouvent que nous sentons un peu le rance, vous savez. Ils sont si obsédés par l'hygiène, avec leurs bains de vapeur et tout le reste ! Nous avons beau nous récurer, il semble que nous gardions une légère odeur, à ce que j'ai compris, même nous, habitants d'Édimbourg. Pouvez-vous croire une chose pareille ? Dieu sait ce qu'ils doivent penser de ces régions de notre pays où les gens ne se soucient guère des règles d'hygiène…

Pat sourit. C'était du Domenica tout craché. Parmi ses connaissances, nul autre ne parlait ainsi, et elle trouvait cette conversation étonnamment rafraîchissante. La nouvelle génération, dont elle-même faisait partie, était trop timorée, poussée à la conformité par une foule d'idées reçues.

Elle regarda autour d'elle, presque furtivement.

— De quelles régions s'agit-il, au juste ? s'enquit-elle.

Domenica fit un geste vague.

— Oh, il y a une infinité de régions de notre pays où les gens ne se sont jamais beaucoup lavés. Sans doute parce qu'ils ne disposaient pas de robinets et de salles de bains chez eux. C'est facile pour les classes moyennes de disserter sur la propreté, mais il a longtemps fallu mener une rude bataille…

« D'ailleurs, j'avais une tante qui était officier chez les Wrens[1] pendant la guerre. Elle me racontait que certaines recrues étaient charmantes, vraiment charmantes, mais qu'elle avait un mal fou à les convaincre de se laver. Elle était obligée de les pousser de force dans les douches. Bien sûr, je crois qu'elle en rajoutait un peu. Cette tante-là avait tendance à forcer la dose.

« Elle me racontait toujours des histoires formidables, voyez-vous. Lorsqu'on l'a envoyée à l'école de

1. Auxiliaires féminines dans la marine royale britannique.

formation des officiers, en 1940, elle faisait partie d'un contingent de vingt femmes. Elles dormaient toutes ensemble dans l'une de ces longues huttes préfabriquées… on en voit encore quand on visite Cultybraggen, près de Comrie. Enfin, bref, on les avait donc mises toutes ensemble, et ma tante, qui était d'Argyll, s'est retrouvée avec des femmes venues de partout et de tous les milieux. Celle qui occupait le lit voisin était une grande aristocrate. Elle avait un oncle amiral, me semble-t-il, et lorsqu'elle s'est engagée, elle a amené sa femme de chambre avec elle. Pouvez-vous imaginer une chose pareille ? Cela paraît incroyable de nos jours, mais à l'époque, elle l'a fait, et la Marine l'y a autorisée ! La bonne s'est enrôlée en même temps qu'elle et on lui a donné un lit à l'extrémité de la hutte. Elle nettoyait l'équipement de sa maîtresse, lui cirait ses chaussures, faisait son lit et tout le reste. C'était un scandale absolu, mais apparemment, personne n'y trouvait à redire. Le pays n'était pas le même à l'époque, vous comprenez.

« Par ailleurs, cette aristocrate buvait. Tous les soirs après l'extinction des feux dans la hutte, ma tante entendait des bruits étouffés à côté d'elle, et puis "glou, glou…" quand sa voisine commençait à descendre la bouteille de gin. Toutes les nuits, sans exception ! Mais la guerre faisait rage alors et je suppose que les gens s'en sortaient comme ils pouvaient. Parce qu'ils donnaient le meilleur d'eux-mêmes, vous savez ! Ils faisaient ce qu'on leur demandait sans presque jamais se plaindre. Vous imaginez-vous comment nous nous comporterions aujourd'hui si nous avions un nouveau monstre fasciste à abattre à notre porte ? Nous nous écroulerions en un rien de temps. Nous ne pourrions rien faire, un point, c'est tout.

Elle s'interrompit et, l'espace d'un instant, mais pas plus, parut douter de cette dernière affirmation.

— À moins que je ne sois en train de commettre cette grossière erreur propre aux gens de mon âge, je crois, et qui nous pousse à croire que les choses étaient mieux avant ? Le monde a-t-il empiré, Pat ?

Pat fut heureuse d'avoir enfin une occasion de parler.

— Non, pas du tout, répondit-elle. Si on le regarde du point de vue des gens de mon âge, le monde est bien plus beau aujourd'hui qu'il ne l'était alors. Bien plus beau. Pensez au colonialisme, par exemple. Pensez à ce que des gens faisaient à d'autres gens. Ce ne serait plus possible aujourd'hui.

— C'est vrai, acquiesça Domenica. Mais puisque vous mentionnez ces grandes valeurs que sont l'autodétermination, les droits de l'homme et le reste, ma question est la suivante : serions-nous encore capables de défendre ces valeurs si elles étaient de nouveau menacées ? Ces jeunes gens qui montaient dans leur Spitfire, ou que sais-je, avaient votre âge, vous savez. Vingt ans. Parfois même moins. Ils n'ignoraient pas les risques qu'ils prenaient. Ils savaient qu'ils allaient mourir. Est-ce que les garçons que vous avez côtoyés à l'école feraient la même chose aujourd'hui ? Qu'en pensez-vous ? Est-ce qu'ils auraient le même cran ? Soyez franche. À votre avis ?

Pat garda le silence. Elle n'en était pas sûre. Mais soudain, une pensée l'effleura : certaines filles, elles, en seraient capables. Peut-être était-ce cela, la différence ? Oui !

6. Domenica fait des siennes

Plongées dans leur conversation sur le courage et la défense des valeurs, Pat et sa voisine Domenica Macdonald étaient parvenues à l'endroit où Heriot Row se transforme en Abercromby Place. Domenica jeta un coup d'œil à la galerie d'art *Open Eye*, qui faisait l'angle. Un vernissage battait son plein et, pendant quelques instants, elle se demanda si elles n'allaient pas entrer admirer les tableaux.

— C'est la galerie de Tom Wilson, expliqua Pat. Il a été très gentil avec Matthew. Il lui a donné des conseils et l'a beaucoup aidé. Il est vraiment sympathique. Et en plus, il dessine.

— Ma foi, ce n'est pas rien ! commenta Domenica. Rares sont les artistes qui dessinent. On n'enseigne plus le dessin dans les écoles d'art et très peu de diplômés sont capables de représenter le monde qui les entoure. Ils peuvent l'arranger, bien sûr, ils savent le recréer, mais le représenter, non. Du moins, pas d'une façon identifiable. Pensez-vous que Mr Damien Hirst sait dessiner ?

— Je n'en ai aucune idée, répondit Pat en observant le noyau d'invités qui prenaient l'air sur les marches de la galerie, un verre à la main. Peut-être. Mais Tom, lui, dessine très bien. Pour représenter les gens, il dessine des objets qui leur appartiennent. Des éléments qui révèlent quelque chose de leur vie. Des lettres. Des livres. Un lieu qu'ils affectionnent. Ce genre de choses.

— Très intéressant, approuva Domenica. Je me demande ce qu'il choisirait pour me représenter. Peut-être mon lit de Scotland Street, dans lequel il se trouve que je suis née et où je me propose, le moment venu, de mourir.

— Ou quelque chose en Inde ? La maison où vous avez vécu ?

Domenica réfléchit.

— Trop triste, résolut-elle. J'ai conservé une photographie de l'usine d'électricité de mon défunt mari à Cochin, mais j'ai beaucoup de mal à la regarder. Je n'y arrive pas.

— Il vous manque beaucoup ?

— Pas le moins du monde, assura Domenica. Mais je regrette toute la peine que je lui ai faite. Et je regrette son électrocution si inopportune. Quoiqu'il n'existe guère d'électrocutions que l'on puisse qualifier d'opportunes, je suppose. En revanche, j'éprouve une certaine nostalgie de l'Inde elle-même, et en particulier du Kerala. Les frangipaniers me manquent. La vision d'un homme en train de laver un éléphant sur la route. Ou d'un groupe d'enfants assis dans une vieille voiture Ambassador privée de roues qu'ils font mine de conduire. Et les panneaux publicitaires qui vantent des produits capillaires dans d'horribles tons violets et verts. Et aussi les églises blanchies à la chaux d'où l'on tirait des feux d'artifice les jours de fête. Enfin, des images de ce genre...

Elle considéra Pat.

— Croyez-vous que Tom Wilson serait capable de dessiner ces choses-là pour moi ?

— J'en suis sûre. Demandez-le-lui. Tenez, il est là. C'est lui, sur le seuil.

— Je ne veux pas le déranger. Un autre jour, peut-être.

Il y avait trop de monde dans la galerie pour pouvoir contempler tranquillement les barques de pêcheurs et les pagodes, aussi les deux femmes traversèrent-elles la rue.

— Si nous prenions un café ? suggéra Domenica en désignant un établissement, en face de la galerie. Vous allez souvent ici ? C'est un lieu que j'affectionne.

Pat lui expliqua qu'elle fréquentait plutôt le café de Big Lou, un peu plus loin. Mais on était samedi après-midi, et il était fermé, bien sûr, d'autant que le Festival attirait beaucoup de touristes et que Big Lou n'appréciait pas les touristes dans leur ensemble. « *Rien que des prétentieux...* » l'avait entendue marmonner Pat.

— Il est bon de s'en tenir à ce que l'on connaît, fit observer Domenica. J'irai chez Big Lou un jour, mais ce café-là me convient parfaitement et, de surcroît, on y vend d'excellentes huiles d'olive. Quant au personnel… oh, je vous laisse le découvrir…

Elles trouvèrent une table au fond de la salle – le café était pris d'assaut – et Domenica promena son regard autour d'elle. Une femme assise non loin lui adressa un léger signe de tête, imitée par l'homme qui l'accompagnait.

— Ce couple là-bas… chuchota Domenica après leur avoir rendu leur salut. Ils sont très amis avec cette femme épouvantable qui habite notre immeuble, la maman de Bertie. Je crois qu'ils vont au Floatarium ensemble, ou plutôt, *elle* y va. Je l'ai croisée un jour dans l'escalier et j'ai entendu leur conversation pendant que je cherchais mes clés. Vous savez comme le son se propage dans notre cage d'escalier. Eh bien, c'était exactement ce que l'on pouvait imaginer. Exactement. Les deux femmes parlaient d'un projet d'orchestre d'enfants de cinq ans. Cela devait s'appeler la Junior Symphony d'Édimbourg. Pouvez-vous croire une chose pareille ?

« Quant à lui, je l'ai rencontré, assez curieusement, à la librairie *Ottakar*, où le couple était allé écouter une conférence. Willy Dalrymple venait d'écrire un nouveau livre sur l'Inde et il était venu en parler. C'était passionnant. Il a raconté une histoire merveilleusement drôle sur un malentendu qu'il y avait eu entre lui et un fonctionnaire, quelque part en Inde ou au Pakistan, je ne me souviens plus, à cause de la prononciation du nom de ce joueur de cricket anglais, Mr Botham. Le fonctionnaire le prononçait *bottom*[1], et cela a créé des problèmes. C'était terriblement amusant.

Domenica se tut, laissant le silence s'installer. Puis elle se pencha en avant et chuchota à Pat :

— J'ai évoqué tout à l'heure le personnel qui travaille ici. Vous avez remarqué les serveurs ? Tenez, regardez

1. En anglais, *bottom* signifie « postérieur, fesses ».

ce jeune homme qui vient vers nous. Regardez-le. Ne ressemble-t-il pas à Rupert Brooke[1] ? Ils sont tous grands et minces, ici. Mais chut ! Le voilà.

Au comble de l'embarras, Pat songea que le jeune homme avait très bien pu entendre les paroles de Domenica – qui, pour sa part, ne semblait guère s'en soucier.

Il se pencha vers elles pour prendre la commande. Domenica lui adressa un large sourire.

— Nous allons, je pense, rester vraiment assez classiques dans notre choix en nous bornant à commander deux cafés, déclara-t-elle. Quoique certaines de ces quiches, là-bas, me paraissent fort appétissantes. Est-ce vous qui les confectionnez ?

Le garçon sourit et jeta un coup d'œil à Pat.

— Pas personnellement, non, répondit-il. Moi, je ne travaille ici qu'à temps partiel. C'est quelqu'un d'autre qui les fait là-bas, en cuisine.

— Vous êtes étudiant ? interrogea Domenica avec vivacité. Attendez, laissez-moi deviner. Vous étudiez... Non, je donne ma langue au chat. Il va falloir que vous m'aidiez. Vous êtes étudiant dans quel domaine ?

Le jeune homme se mit à rire.

— En littérature anglaise, répondit-il.

— Ah oui ? En fait, j'aurais dû m'en douter. Voyez-vous, je trouve que vous avez une ressemblance troublante avec Rupert Brooke, le poète. J'imagine que personne ne l'étudie plus de nos jours. Trop léger. Vous avez entendu parler de lui, bien sûr ?

— Oui, assura le garçon. J'en ai entendu parler, mais je n'ai rien lu de lui.

— Alors je vais vous prêter l'un de ses livres, enchaîna aussitôt Domenica. Venez dîner avec nous un

1. Rupert Chawner Brooke (1887-1915) était un poète anglais connu pour sa beauté juvénile, qui amena Yeats à le décrire comme « le plus beau jeune homme d'Angleterre ».

soir et je vous le donnerai. Nous habitons juste à côté, dans Scotland Street. Vous connaissez ?

Le jeune homme hésita. Il jeta un nouveau coup d'œil à Pat, qui baissa la tête en rougissant.

— Oui, j'habite Cumberland Street.

— Parfait ! s'exclama Domenica. Eh bien, si vous me donnez votre nom, je vous laisserai un message ici et nous pourrons organiser quelque chose. Je vais vous préparer le livre.

7. Colère et excuses

Lorsque Pat regagna son appartement de Scotland Street, elle éprouvait encore du ressentiment envers Domenica. Elles avaient bu leur café dans le plus parfait silence au café-épicerie *Glass and Thompson.*

— J'ai fait quelque chose qui vous a fâchée, n'est-ce pas ? avait lancé Domenica quand la tension était devenue trop manifeste pour passer inaperçue. Cela a-t-il à voir avec ce que j'ai dit à ce jeune homme… comment s'appelle-t-il, déjà ?

— Peter.

— Oui, Peter. Un bien joli nom, n'est-ce pas ?

Pat ne répondit pas. Domenica la dévisagea, les sourcils froncés.

— Je suis désolée. Sincèrement. Je ne me doutais pas que vous seriez aussi… enfin, aussi gênée. Mais c'est pour vous que je l'ai fait, vous savez.

Pat releva brusquement la tête.

— Quoi ? Vous l'avez invité à dîner tout d'un coup, comme ça, pour *moi* ?

Domenica parut surprise.

— Mais évidemment ! Vous ne croyez tout de même pas que j'ai l'habitude de cueillir des jeunes gens pour mon propre usage, si ? Grands dieux ! Je sais ce qui est convenable et ce qui ne l'est pas !

— Et selon vous, il est convenable d'inviter de parfaits étrangers à dîner afin qu'ils fassent ma connaissance ? Vous trouvez cela convenable ? Et d'abord, comment savez-vous si j'ai envie de dîner avec lui, moi ? Sous prétexte qu'il ressemble à un ridicule poète que vous avez lu…

Domenica reposa sa tasse d'un geste ferme.

— Attendez une minute ! Vous pensez que j'ai dépassé la mesure et j'en suis désolée, soit ! Mais je ne tolérerai pas de vous entendre qualifier Rupert Brooke de *ridicule* poète ! L'avez-vous lu ? Non ! Il a écrit de merveilleux vers allusifs et champêtres, et l'histoire de sa brève existence – oui, sa *brève* existence – est vraiment émouvante. Alors ne le qualifiez pas de *ridicule* poète, je vous prie. Il existe beaucoup de poètes ridicules, mais celui-là n'en fait pas partie. Absolument pas.

Un nouveau silence plana. Puis Pat se leva.

— Je pense qu'il est temps de s'en aller. Je suis désolée de m'être mise en colère… et je regrette de vous avoir offensée. Seulement…

Elles sortirent de la boutique et passèrent devant Peter, qui travaillait au comptoir. Pat détourna les yeux, mais Domenica lui sourit et il lui rendit son sourire, quoique faiblement, comme face à une nouvelle connaissance dont on n'est pas très sûr.

— Écoutez, ce que j'ai fait n'est pas si terrible ! argua Domenica une fois dehors. Et si cela vous embarrasse vraiment, je vous propose d'en rester là avec cette histoire d'invitation…

Elle observait Pat, qui se tourna vers elle.

— Non, répondit la jeune fille. Ne faites pas ça.

Domenica haussa un sourcil.

— Ah bon ? Alors, vous souhaitez que je l'invite, en fin de compte ? Dois-je déceler dans ce revirement... dois-je déceler... un léger assouplissement ?

Pat baissa la tête. Ses sentiments étaient confus. Les dernières paroles de Domenica l'irritaient, mais il y avait malgré tout chez Peter quelque chose qui l'intéressait. D'ailleurs, lui aussi l'avait regardée, il l'avait remarquée. Il y avait eu entre eux ce que ses amies appelaient « le regard », le deuxième coup d'œil, celui qui trahit. On ne pouvait se méprendre sur « le regard » quand on en était l'objet : il était sans ambiguïté.

Peter lui avait lancé ce fameux regard. Si elle avait été seule, elle n'aurait su qu'en faire. Tous deux auraient sans doute échangé d'autres coups d'œil, mais il se révélait difficile d'aller beaucoup plus loin quand on travaillait, comme lui. Il ne pouvait pas dire : « Voilà votre café, et qu'est-ce que vous faites après ? » Sans doute existait-il des gens qui se comportaient ainsi, mais ce n'était pas la plus distinguée des approches et Peter ne semblait pas du genre à l'adopter. Et elle-même aurait difficilement pu lui lancer : « Merci pour le café, et qu'est-ce que vous faites après ? » On ne disait pas cela à un serveur, aussi forte que pût être la tentation.

Ainsi, le fin mot de l'histoire était peut-être que Domenica avait, de façon intuitive, décelé le potentiel de cette rencontre et agi avec promptitude et ingénuité. Elle avait organisé un rendez-vous qui permettrait à la nature de suivre son cours... si tel était le cours que la nature entendait suivre. Ils se retrouveraient tous deux pour dîner chez Domenica et, si le regard se réitérait, ils iraient plus loin. Sans aucun doute, Domenica faciliterait les choses, peut-être en suggérant d'aller prendre un verre au *Cumberland Bar* après dîner, puis en prétextant la fatigue pour ne pas les accompagner, leur laissant le champ libre.

Je devrais lui être reconnaissante, conclut Pat. À présent, seule dans l'appartement, elle regrettait son impolitesse. Elle hésita un instant à aller présenter ses excuses, mais y renonça. Cela donnerait lieu à une nouvelle discussion et elle n'était pas d'humeur à parler. À vrai dire, elle se sentait un peu étourdie, comme lorsqu'on a bu un verre de champagne l'estomac vide. Elle pénétra dans sa chambre, s'allongea sur le lit et se revit dans le café, avec Peter debout près d'elle, qui la regardait. Elle se souvint de la façon dont il s'était courbé – comme le font les serveurs trop grands – et avait posé la tasse devant elle, avant de relever les yeux. Comment était-il habillé ? Elle n'y avait pas prêté attention, mais il devait porter une chemise blanche. Et sans doute un jean, comme tout le monde. Quand on ne se souvenait pas du pantalon que portait une personne, on pouvait miser, par défaut, sur un jean. D'ailleurs, *par défaut* n'était-il pas un nom parfait pour un jean ? J'ai mis mon *par défaut*. Cela sonnait bien.

Elle se leva du lit et saisit ses clés. Bruce se trouvait dans l'appartement, car sa porte était fermée, signe qui ne trompait pas. Pat l'avait remarqué, mais elle n'avait pas la moindre envie de lui parler. Bruce était de l'histoire ancienne, dans tous les sens du terme. Il était de l'histoire ancienne au cabinet Macauley Holmes Richardson Black, où il avait perdu son emploi d'expert après avoir été surpris en plein déjeuner intime au *Café St Honoré* en compagnie de la femme de son patron – un déjeuner intime *et* innocent, mais pas pour l'observateur extérieur qui, en l'occurrence, hélas, avait été le patron lui-même.

Et il était également de l'histoire ancienne dans le cœur de Pat, qui s'était totalement remise du bref état de dépendance amoureuse dans lequel il l'avait un temps plongée. Comment ai-je pu ? s'était-elle demandé, accablée. Question à laquelle un latiniste aurait pu répondre par *amor furor brevis est* : l'amour (comme la colère) est une aliénation passagère. Une observation très prosaïque, mais qui, comme beaucoup d'autres, se révélait juste. Et l'on aurait pu ajouter : si l'amour est aliénation, il est aussi désolation et parfois même, hélas, dévastation.

Elle quitta l'appartement et marcha jusqu'à Henderson Row, où elle acheta un petit bouquet de fleurs. Bouquet qu'elle déposa ensuite devant chez Domenica, afin que celle-ci le trouve quand elle ouvrirait sa porte.

8. Cruel échange d'insultes

Il ne régnait aucune hostilité entre Bruce et Pat. Leurs relations étaient même cordiales. Bruce se montrait indifférent au fait qu'elle ait rejeté ses avances. (Tant pis pour elle, se disait-il. Elle est bête !) Il savait, bien sûr, qu'elle avait succombé à son charme – n'importe quel homme s'en serait aperçu –, ce qui n'avait d'ailleurs rien de surprenant pour lui. Il en allait toujours ainsi avec les femmes et le contraire l'eût étonné, vu qu'ils partageaient l'appartement et qu'ils se côtoyaient en de multiples occasions. La pauvre ! Cela avait dû être une terrible épreuve, pensait-il. Un peu comme vivre dans une maison où le frigidaire et le placard à provisions étaient toujours pleins quand on suivait un régime très strict. On avait le droit de regarder, mais pas de toucher. Quel supplice !

Il y avait eu une brève période au cours de laquelle Pat avait paru l'éviter. Il l'avait remarqué et avait alors fait preuve d'une grande tolérance. Si cela pouvait lui faire du bien de se tenir à l'écart quelques jours, qu'elle gère la situation à sa guise ; il ne lui imposerait pas sa compagnie. Et puis, au bout d'un certain temps, le malaise s'était estompé et l'on n'avait plus ressenti la moindre tension dans l'air quand il leur arrivait de se retrouver ensemble dans la cuisine ou de se transmettre des messages téléphoniques.

Bruce était très satisfait que le climat ne se soit pas envenimé. Au cours des deux derniers mois, son existence n'avait pas été simple et il n'eût pas apprécié de devoir, en plus de tout ce qu'il vivait à l'extérieur, se coltiner des difficultés domestiques. Pour commencer, il y avait eu le problème au travail. Avant l'épreuve de force qui l'avait opposé à son employeur, Raeburn Todd, directeur associé avec son frère, Jock Todd, de la firme Macauley Holmes Richardson Black, Expertises et Gestion de Biens, il caressait déjà le projet de quitter ce poste pour se lancer dans une activité professionnelle plus épanouissante. Manque de chance, ce départ avait dû se faire selon les termes de Todd, et non selon son bon vouloir à lui. Cette situation l'avait beaucoup contrarié.

Un détail, en particulier, agaçait Bruce dans cette histoire : lorsque Sasha, l'épouse de Todd, l'avait invité à déjeuner au *Café St Honoré*, il avait accepté par pure charité. Cette femme ne l'intéressait pas et il n'avait jamais envisagé de liaison avec elle, même s'il avait compris, au bal de la section sud des conservateurs d'Édimbourg, qu'elle le trouvait séduisant. Une attirance compréhensible, bien sûr, n'empêche qu'il ne s'attendait pas à voir cette femme aller plus loin. D'ailleurs, ce fatal déjeuner n'avait rien eu d'une rencontre amoureuse. Certes, en pénétrant dans le restaurant, Todd avait découvert son épouse tenant la main de Bruce au-dessus de la table. Toutefois, ce geste s'inscrivait dans le contexte de leur conversation sur ses prouesses au tennis et sur l'importance d'avoir un poignet solide pour pratiquer ce sport. S'il avait un jour l'intention de tenir la main d'une femme mariée dans un restaurant d'Édimbourg, il le ferait sous la table, non au-dessus.

Bien entendu, Todd avait réagi exactement comme l'on pouvait s'y attendre. Il l'avait renvoyé sur-le-champ, dans le restaurant même, en prenant prétexte d'un faux rapport sur l'inspection de combles rédigé par Bruce quelques semaines plus tôt. C'était caractéristique de cet homme : garder une petite chose sous le coude, pour le jour où il pourrait l'exploiter ! En réalité, le léger manquement à l'éthique de Bruce n'avait eu aucune incidence néfaste : le client s'était dit très satisfait de son acquisition et le vendeur avait paru, lui aussi, ravi. Tout le monde était content, hormis Todd, qui passait sa vie à parler de conscience professionnelle et d'intégrité. Et blablabla, et blablabla, pensait Bruce en ne l'écoutant que d'une oreille. Si tout le monde prenait autant de précautions dans la vie, se disait-il, rien ne serait jamais accompli. Rien. Le monde avait besoin de gens intelligents, de gens énergiques, prêts à voir au-delà des étroits règlements tout en restant fidèles à l'esprit. Des gens comme moi, avait conclu Bruce.

Il se souvenait parfaitement de chaque détail de cet après-midi fatal. Todd était sorti comme un ouragan, talonné par Sasha, qui courait derrière lui dans la ruelle pavée. De sa table près de la fenêtre, Bruce les avait vus discuter en hurlant à l'angle de Thistle Street, mais sans parvenir à les entendre. Sans doute expliquait-elle à son mari qu'il se figurait des choses qui n'existaient pas et, de fait, au bout de quelques minutes, Todd avait paru se calmer. Ils avaient ensuite continué à parler, mais plus sereinement et, finalement, Sasha avait planté un baiser sur la joue de son mari.

Ce dénouement avait procuré à Bruce un soulagement intense. Le jeune homme en avait conclu que le problème était résolu, que Sasha allait revenir auprès de lui poursuivre leur déjeuner interrompu et que lui-même pourrait reprendre son travail cet après-midi-là. Il n'en avait toutefois pas été ainsi. Sasha s'était éloignée à grands pas, laissant Bruce régler l'addition du déjeuner gâché. Cela l'avait mis hors de lui. Car c'était elle qui, ayant récemment hérité de quatre cent mille livres, l'avait invité, en précisant que le repas serait à ses frais. En fin de compte, il avait dû payer la note, y compris le vin, qu'il avait certes prévu d'offrir de toute façon, mais que l'on avait à peine entamé. Soit ! Au moins, il avait pensé pouvoir retourner travailler, en attendant le moment propice pour démissionner selon ses propres termes.

Là encore, il avait dû déchanter. Revenu au cabinet une demi-heure plus tard, il avait trouvé un message de Todd sur sa table : le comptable l'attendait afin de lui remettre son dernier chèque (il serait rémunéré jusqu'à la fin du mois). Bruce devait vider son bureau de toutes ses affaires avant quatre heures, puis rendre le téléphone portable que la firme lui avait acheté et faire le compte de toutes les communications personnelles passées depuis la dernière facture.

Bruce était resté interloqué, la feuille à la main. Au bout de plusieurs minutes, il l'avait lâchée pour gagner le bureau de Todd, dont il avait ouvert la porte.

— Il faut toujours frapper, avait dit Todd. Vous vous rendez compte, si je suis avec un client ? Qu'est-ce qu'il y a ?

— Je vais vous attaquer aux prud'hommes, avait affirmé Bruce.

— Allez-y, faites, mon garçon, avait acquiescé Todd. J'en ai déjà discuté avec mes avocats et ils m'ont assuré que la rédaction d'un rapport frauduleux constitue un motif de licenciement très solide. Alors je vous en prie, attaquez-moi.

Bruce avait ouvert, puis refermé la bouche. Il était difficile de trouver quelque chose à dire. Enfin, les mots lui étaient venus.

— Vous avez un nom complètement ridicule, vous savez, Mr Todd. Raeburn ! C'est un nom de cuisinière à gaz ! Et vous n'êtes rien d'autre que ça, Mr Todd : une cuisinière à gaz !

Raeburn Todd n'avait guère paru affecté par l'insulte.

— Ah oui ? Je suis une cuisinière à gaz ? avait-il répondu d'un ton calme. Ma foi, dans ce cas, on dirait bien que vous êtes cuit…

9. Les pensées de Sally

Après avoir perdu son travail – ou démissionné, puisque c'est ainsi qu'il présenta les choses –, Bruce alla passer quelques jours à Crieff, dans sa famille, afin de panser ses blessures. Très inquiets, ses parents l'interrogèrent longuement pour comprendre.

— Ce n'était pas ce qu'on peut appeler une grosse boîte, expliqua Bruce d'un ton léger. Je me trouvais un peu… comment dire… à l'étroit. Ce boulot ne me permettait pas d'exploiter toutes mes capacités.

Sa mère hocha la tête.

— Toi, tu as besoin de nouveaux défis, mon Brucie. Tu étais déjà comme ça petit. Tu as toujours été plein d'imagination.

Son père considéra Bruce par-dessus les montures de ses demi-lunes. Il était comptable, spécialisé dans les liquidations d'entreprises, et il détectait le mensonge et la dissimulation à des kilomètres. Le problème, avec mon fils, c'est qu'il est vaniteux, songea-t-il. Il a perdu son travail et il n'ose pas nous l'avouer. Pauvre garçon ! Je ne peux pas l'en blâmer, mais je préférerais qu'il nous dise la vérité.

— Que comptes-tu faire maintenant ? demanda-t-il. Comment se porte l'expertise immobilière en ce moment ? Il y a du travail ?

Bruce haussa les épaules et regarda par la fenêtre de Lochnagar, la maison de granit familiale à deux étages. Si l'on pouvait dire une chose de la bâtisse parentale, c'était qu'elle avait une belle vue sur la vallée et sur tous ses beaux champs fertiles. Je devrais peut-être épouser une fille de fermiers du coin, songea-t-il, de ces paysans prospères (certains sont même de petits lairds[1]) ; ainsi, tout irait bien pour moi. J'élèverais des moutons blackface[2] à petite échelle, un peu de bétail, je ferais de l'agriculture. J'aurais une vie facile…

Le problème, c'était la fille du fermier, quelle qu'elle fût. Certaines se révélaient assez bien, il fallait le dire, mais celles qu'il pouvait trouver à son goût avaient tendance à s'en aller vivre à Édimbourg, ou même à Londres, où elles occupaient des postes dans les relations publiques, ou encore chez Christie's. Chez Christie's, c'était elles que l'on autorisait quelquefois à tenir les vases ou les tableaux pendant les ventes aux enchères, à condition, bien sûr, qu'elles aient étudié l'histoire de l'art à l'université, quoique, parfois, exprimer simplement son intention de le faire suffisait pour être sélectionnée. C'était le problème : ces filles-là n'avaient pas envie de rester dans le Perthshire. Jusqu'au jour où le désir d'avoir des enfants venait les titiller : alors, les choses changeaient du tout au tout et la perspective de vivre à la campagne avec un chien (de préférence un labrador, chien de prédilection pour ce genre de personnes) et des enfants les tentait soudain. Bruce soupira. La vie semblait si prévisible, quels que fussent les choix que l'on faisait…

Il se retourna vers son père et soutint quelques instants son regard avant de détourner les yeux. Il sait, se dit-il. Il sait exactement ce qui s'est passé.

— J'ai envie d'essayer autre chose, répondit-il avec détachement. Le monde du vin m'intéresse. Je vais peut-être me lancer là-dedans.

— Tu as toujours eu du nez pour le vin, Brucie, l'approuva sa mère. Et pour sentir les choses en général.

Elle lança un coup d'œil aux cheveux de son fils.

1. Terme écossais qui désigne un propriétaire foncier.
2. Mouton à tête noire.

— Au fait, c'est du girofle, cette odeur ? J'adore l'odeur du girofle. Je trouve formidable que de nos jours on propose tous ces produits de beauté aux garçons ! Pour les cheveux, le visage, tout…

Pendant les quelques jours qui suivirent, sa mère s'occupa de lui et il se sentit bientôt rasséréné. Penser à Todd et à l'injustice qui lui avait été faite continuait de le mettre en colère, mais après trois jours à Crieff, la blessure se referma (l'affection maternelle inconditionnelle avait cet effet-là) et il se trouva en position de prendre des décisions. Il retournerait à Édimbourg, programmerait des vacances – un mois ou deux, peut-être, puisque l'occasion lui en était donnée –, puis commencerait à chercher du travail dans le commerce du vin. Il avait déjà des pistes. Will Lyons lui avait plus ou moins garanti qu'il lui trouverait quelque chose, de sorte qu'avec un peu de chance il serait fixé, disons, d'ici fin septembre. Ce serait la période idéale pour se lancer, avec les ventes de Noël et du Nouvel An en perspective.

Songer à ces deux mois de vacances donna des ailes à Bruce, qui passa les jours suivants à choisir une destination. Il ne connaissait pas l'Extrême-Orient et il discuta donc avec deux habitués du *Cumberland Bar* qui étaient allés en Thaïlande.

— Un pays génial, lui dit le premier. Génial. Le Sud est génial. Le Nord est génial. Vraiment génial.

Cet avis aida un peu Bruce, mais lui fournit peu de renseignements concrets. Et le Vietnam ?

— Pas aussi génial que la Thaïlande, lui répondit la même personne, mais quand même génial, à sa façon.

Bruce voyait encore Sally, l'Américaine rencontrée au *Cumberland Bar*. Leur relation n'avait pas progressé autant que prévu, et il avait résolu de ne pas la demander en mariage, mais cela restait un arrangement commode pour elle comme pour lui et ils se voyaient donc une ou deux fois par semaine, généralement au *Cumber-*

land Bar, puis au 44, Scotland Street, où ils pouvaient poursuivre leur conversation.

« Je le trouve un peu rasoir, avait écrit Sally dans un e-mail à sa meilleure amie, Jane, qui habitait Nantucket. Tu ne connais pas les Écossais, toi, hein ? Eh bien, je vais te les décrire : ils sont généralement assez pâles, comme s'ils n'avaient pas passé assez de temps dehors, ce qui est souvent le cas (mais je dois avouer que Bruce est vraiment beau, et je pense que quelques mois en Arizona ou dans un endroit comme ça lui feraient du bien). Ils adorent boire et ils n'arrêtent pas de parler de football (quand je dis *ils n'arrêtent pas*, c'est qu'ils n'arrêtent jamais !), même ceux qui sont relativement civilisés (ceux qu'on rencontre au *Cumberland Bar*, et je ne te parle pas des autres !). Bruce, lui, ne parle pas de football, mais il compense avec le rugby. Je suis sûre que tu n'as jamais entendu parler du rugby, Jane. C'est un sport de sauvages, qui ressemble un peu au football – je veux dire, le vrai, celui qu'on pratique chez nous –, mais sans les épaulières. C'est très tribal. Ils courent dans tous les sens sur un terrain détrempé et ils se font tomber les uns les autres en s'embrassant. Je ne crois pas qu'ils appellent cela comme ça – je crois qu'il y a un terme spécial –, mais en tout cas, c'est ce qu'ils font : ils s'embrassent. Et ça dure des heures...

« Bruce est bien, à mon avis, pour un ou deux mois (bon, d'accord, je m'ennuie. Tu ne peux pas en vouloir à une fille qui s'ennuie !). Mais j'adorerais – j'adorerais – rencontrer quelqu'un de sympa, un type normal, dans cette ville. Tu vois ce que je veux dire ? Quelqu'un comme ce gars que tu as connu à Dartmouth (comment s'appelait-il, déjà ? Tu te souviens de lui ?). Le problème, c'est qu'il n'y en a pas. Alors je vais me contenter encore un peu de Bruce, puis je lui donnerai congé, et ce sera retour à la maison. Comme ça, on se reverra et tu pourras me présenter quelqu'un. D'accord ? »

Jane lui avait répondu : « Pas de problème. J'ai rencontré le type le plus mignon du monde à la soirée des Martinson, et je te le réserve, juste pour toi ! Je lui ai tout raconté sur toi et il est très intéressé. Alors reviens bientôt. Tu ne vas pas croire à ta chance quand tu le verras ! Il s'appelle Billy, au fait. C'est pas mignon ? Bye. »

10. Le projet de Bruce

Quand Sally révéla à Bruce son intention de rentrer aux États-Unis début septembre pour ne revenir qu'en novembre, une semaine, afin de passer ses examens, elle fut surprise de le voir garder son calme. Il y avait une raison à cette absence de réaction devant leur séparation imminente : Bruce se sentait plus que soulagé de la voir partir, car il commençait à trouver sa compagnie lassante. Elle était un peu névropathe, estimait-il, à toujours chercher des explications à ce qu'il disait ou faisait, une attitude typiquement américaine. Les Écossaises se montraient plus directes et moins exigeantes. Elles ne vous demandaient pas de vous expliquer à chaque pas, mais vous acceptaient pour ce que vous étiez – un homme – et vous laissaient vivre.

Les racines de cette différence étaient à rechercher dans la nature même des deux sociétés : on pouvait dire ce qu'on voulait de l'Écosse, mais ce n'était pas une société matriarcale, au contraire de celle des États-Unis, qui l'était profondément et se révélait bien plus féminine que les bravades masculines pouvaient le laisser paraître. Celles-ci ne constituaient qu'une façade, et une façade trompeuse. Sous leurs airs fanfarons, les mâles se soumettaient passivement à la domination féminine, un fait que les étrangers ne remarquaient pas toujours. En conséquence, ces derniers avaient une lecture biaisée de la société américaine et pensaient que les décisions énoncées par des hommes étaient des décisions masculines… grave erreur.

Bruce n'avait pas réfléchi aux raisons pour lesquelles les Américaines se comportaient de cette façon, mais il éprouvait des difficultés à s'adapter à l'indépendance que manifestait Sally dans leur relation. Pour lui, il était naturel que l'homme dirige la plupart du temps les opérations (« c'est d'ailleurs tout l'intérêt d'être un homme », avait-il expliqué à un ami qui lui demandait conseil après une dispute avec sa copine). Les femmes qui n'acceptaient pas cette réalité étaient, de l'avis de Bruce, malheureuses d'être des femmes. Elles faisaient des petites amies très instables et mieux valait les fuir, même si elles se montraient parfois tout aussi enthousiastes que les autres à se jeter dans ses bras. Bruce savait qu'il attirait même les femmes qui ne s'intéressaient pas du tout aux hommes et qu'elles devaient lutter contre cela et s'en voulaient de ce qu'elles ressentaient pour lui. Laissez-vous aller, aurait-il pu leur dire. C'était ainsi que Bruce pensait.

Assez curieusement, le départ prochain de Sally mit du piment dans leur relation. Même si ni l'un ni l'autre n'y avait réfléchi en ces termes, cela tenait sans doute au fait qu'ils ne se sentaient plus prisonniers ; or, en amitié (ou en amour), une sensation de liberté ajoute toujours une petite touche de légèreté à ce qui, dans d'autres conditions, peut paraître trop lourd. Il n'est pas difficile de se montrer attentionné, ou même enthousiaste, envers celui ou celle qui va bientôt partir. À la vérité, ce dernier (ou cette dernière) apparaît même beaucoup plus attirant et désirable qu'avant d'avoir annoncé son intention de s'en aller. Une fois la décision prise, l'obligation de celui qui reste derrière devient limitée dans le temps : il n'aura plus besoin d'être gentil très longtemps – le sourire n'a plus à être affiché jusqu'à une date lointaine et indéterminée.

Sally, de son côté, culpabilisait. Savoir qu'elle laisserait bientôt tomber Bruce la poussait à se montrer attentionnée à son égard. Elle lui fit plusieurs petits cadeaux sans raison particulière – des boutons de manchette de chez Jenners et une cravate en soie achetée chez Stewart Christie, sur Queen Street. Bruce lui rendit la pareille en lui offrant une boîte de nougats Callard and Bowser et un livre de photographies d'Édimbourg signé d'un grand spécialiste du flou artistique.

« Pour que tu te rappelles à quel point tu as été heureuse à Édimbourg, écrivit-il sur la page de garde, et que tu te souviennes de moi. »

Sally en fut d'abord touchée, puis, lorsqu'elle réfléchit à la formulation, l'irritation refit surface. Bruce insinuait-il que le bonheur qu'elle avait connu à Édimbourg était attribuable à leur rencontre ? Dans ce cas, c'était ridicule. Elle était parfaitement heureuse avant de le connaître, peut-être même plus, d'ailleurs. Une dédicace plus juste eût donc été : « Pour que tu te rappelles à quel point tu as été heureuse à Édimbourg, malgré les souvenirs que tu garderas de moi. » Toutefois, on n'écrivait pas des vérités aussi brutales dans une dédicace, parce qu'on avait rarement une vision claire de l'effet que l'on produisait sur les autres, ou on ne se résignait pas à l'admettre. Et, comme l'avait découvert Sally, Bruce ne possédait pas cette lucidité vis-à-vis de lui-même, et il ne s'imaginait pas ce qu'une fille comme elle pouvait ressentir devant un garçon comme lui. Je perds mon temps avec lui, se disait-elle. Je ferais aussi bien de tout arrêter maintenant. Et pourtant, il y avait chez Bruce quelque chose d'irrésistible, un côté fascinant qui la retenait. Cela tenait sans doute à son physique, pensait-elle. Le plus petit dénominateur commun à tous les badinages amoureux. Cette conclusion la déprimait, mais il fallait se rendre à l'évidence : certaines relations n'étaient faites que d'attirance physique, quels que fussent les efforts que l'on déployait pour les anoblir. En fin de compte, la raison pour laquelle une personne restait avec une autre pouvait être une chose aussi dérisoire que la forme de son nez.

Loin de se douter des états d'âme de Sally, Bruce pensait qu'elle trouverait la séparation douloureuse et qu'elle souhaiterait peut-être prolonger leur relation à distance. Ainsi, lorsqu'il eut une idée de la façon dont il pourrait passer ses deux mois de vacances avant de commencer à travailler, il ne douta pas un instant que Sally approuverait sa suggestion.

— J'ai une bonne nouvelle, lui dit-il, alors qu'ils prenaient un verre dans le jardin du *Cumberland Bar* en profitant des derniers rayons du soleil.

Elle leva les yeux vers lui et sourit. Le soleil qui tombait sur les cheveux de Bruce avait fait fondre le gel. Pauvre garçon !

— Je peux venir à Nantucket avec toi, reprit-il. Je suis curieux de connaître ta ville. Nous pourrions passer quelques semaines ensemble chez toi, puis faire un petit tour. J'ai toujours voulu visiter La Nouvelle-Orléans. Nous pourrions y aller, non ?

Sally le fixa sans répondre. Le moment était venu, certes de façon inattendue, mais il avait fini par arriver.

11. Un bus pour Bertie

— Il faut que nous prenions une décision, lança Irene Pollock, mère de Bertie et voisine du dessous de Pat, Bruce et Domenica.

Elle considéra son mari, attendant une réponse.

Il était assis dans le fauteuil qu'il affectionnait, près d'une fenêtre du salon, juste au-dessous de la petite reproduction de Warhol qu'Irene lui avait achetée au musée d'Art moderne de New York. Il n'avait pas écouté très attentivement ce qu'elle venait de dire, car il réfléchissait à une dispute qui avait éclaté au bureau, au cours d'une réunion interne – il était statisticien au Scottish Executive –, déclenchant une discussion intense quant à l'art et la manière de présenter certains chiffres. Les optimistes s'opposaient aux pessimistes et Stuart se demandait à quel camp il appartenait. Selon lui, il existait parfois des raisons d'être optimiste et, d'autres fois, des raisons de ne pas l'être ; selon les circonstances, l'on pouvait choisir l'une ou l'autre attitude en tenant compte de nuances subtiles et tolérables, mais en règle générale, il fallait coller à la réalité, qui se révélait souvent inconfortable.

Ces considérations se situaient donc à mille lieues du sujet qui occupait Irene et qui concernait la façon dont leur fils Bertie, petit garçon de cinq ans trois quarts remarquablement talentueux, devrait aller de Scotland Street, où ils habitaient, à l'école de Merchiston, où il venait d'être accepté.

— Il est évident que je devrai l'accompagner la première année, reprit Irene. Et que j'irai aussi le chercher l'après-midi à trois heures, ou à l'heure à laquelle il finira. Mais avant que nous ayons eu le temps de le réaliser, il sera assez grand pour y aller tout seul et il faudra prendre une décision.

— À quel propos ? hasarda Stuart.

Irene éprouva une légère irritation. Il y avait des fois où Stuart ne semblait pas solliciter toutes ses facultés de concentration. Et ces occasions, avait-elle remarqué, étaient de plus en plus liées aux moments où elle abordait un sujet important en rapport avec leur fils. Se souciait-il réellement du projet Bertie ? Il faudrait prendre le temps d'aborder ce problème avec lui. On n'élevait pas un petit garçon comme celui-là sans une implication de tous les instants de la part des deux parents, et cela nécessitait une étude de chaque aspect du projet : éducatif, social et psychologique.

— À propos du bus qu'il va prendre, répondit-elle en laissant poindre son agacement. Comme tu le sais, il y a différentes possibilités : le 23 ou le 27. Et il y a aussi le 10, que l'on doit également envisager.

Stuart haussa les épaules.

— Lequel arrive le plus près de l'école ? interrogea-t-il.

— Le 27. Le 23 et le 27 remontent tous les deux Dundas Street et continuent dans Tollcross. Puis le 23 bifurque vers Morningside, tandis que le 27 tourne à droite au King's Theatre et longe Gilmore Place jusqu'à Polwarth.

— Ah… fit Stuart.

Tout en parlant, Irene observait l'immeuble d'en face. Une femme se coiffait, debout à sa fenêtre.

— Si nous optons pour le 23, poursuivit-elle, il devra descendre à Bruntsfield et prendre Merchiston Crescent, puis Spylaw Road. Cela représente dix minutes de marche jusqu'à l'école. Sinon, avec le 27, il n'aura que quatre minutes à marcher depuis l'arrêt de Polwarth Terrace.

— Et avec le 10 ?

— Le 10, c'est autre chose. Ce bus-là passe dans Princes Street et il a Leith Walk pour terminus. S'il le prend, Bertie devra suivre London Street et remonter au sommet de Leith Walk. Le trajet est un peu plus long, mais il y a un autre facteur en jeu.

Stuart leva un sourcil. L'éthique liée à la présentation des statistiques paraissait simple, comparée à la complexité des itinéraires des bus d'Édimbourg.

— Et ce facteur, quel est-il ?

— S'il emprunte London Street, cela risque de lui rappeler le temps où il allait à l'école maternelle, expliqua-t-elle à mi-voix. C'est le chemin que je prenais pour l'accompagner à… à cet endroit.

Elle frissonna au souvenir de son ultime confrontation avec la directrice de l'école maternelle et de cette horrible matinée où Bertie s'était fait renvoyer pour avoir inscrit des graffitis en italien dans les toilettes des enfants. La sanction avait été si injuste, si cruelle ! Pour de petits garçons, il était tout à fait naturel d'explorer l'environnement et de s'exprimer. S'il fallait chercher un coupable, ce ne pouvait être que l'école elle-même, qui n'avait pas su lui procurer les stimulations adéquates. Seulement, la femme qui dirigeait l'établissement ne le comprendrait jamais.

— Je veux éviter à Bertie tout ce qui risque de lui rappeler son expulsion, ajouta fermement Irene. Cela disqualifie donc le numéro 10.

— Très bien, acquiesça Stuart. Mais s'il y a moins à marcher avec le 27, pourquoi ne pas opter pour cette solution ? Pourquoi discuter davantage ?

— Parce qu'il existe une différence entre un bus 27 et un bus 23, rétorqua Irene. La question n'est pas seulement de savoir quel bus va où.

Stuart sourit.

— Le facteur Morningside ?

Irene hocha la tête.

— Oui, acquiesça-t-elle. On peut le dire comme cela. Le bus 23 est sans doute le plus petit-bourgeois de tous nos bus. C'est l'archétype des bus d'Édimbourg, si l'on emploie le mot Édimbourg dans son sens péjoratif. Souhaitons-nous vraiment voir Bertie s'insérer dans le paysage d'Édimbourg ? N'est-ce pas précisément pour cette raison que nous l'envoyons dans une école moins collet monté ? Afin de le tenir à l'écart de ces esprits étriqués et petits-bourgeois, de cette vision du monde très Merchant Company ?

— Dans ce cas, pourquoi ne pas l'envoyer tout simplement à l'école du quartier ? interrogea Stuart.

Irene secoua la tête.

— Impossible. C'est un problème de cours de musique. Ce n'est bien sûr pas leur faute, mais beaucoup d'écoles manquent de moyens. C'est la société qui est coupable. Et nous, nous avons laissé faire. Nous avons privé les établissements scolaires de ressources.

Stuart garda le silence. Dans un certain sens, sa femme avait raison : on avait laissé décliner l'éducation nationale, car les gens n'étaient pas prêts à consentir les sacrifices nécessaires qui devaient financer les besoins des écoles. D'ailleurs, le problème se révélait plus profond encore dans des villes comme Édimbourg, où les classes moyennes – ou, du moins, une grande part de celles-ci – avaient élaboré un monde parallèle pour leurs enfants. Certes, elles se défendraient en arguant qu'elles n'avaient rien fait d'autre que payer pour une chose que l'État ne fournissait pas. Ce que l'on pouvait contrer avec un autre argument : c'était précisément le manque de combativité des classes moyennes qui avait perpétué l'échec de l'État. De sorte que le débat se poursuivait…

— Je ne pense pas que cela ait grande importance, estima Stuart avec calme. De toute façon, il semble que le bus 27 soit la solution. À moins que…

Il s'interrompit. Irene hésitait.

— Le 27 est parfois un peu fruste, lâcha-t-elle enfin d'un ton navré. Il y a des gens d'Oxgangs[1] qui le prennent.

— Alors, résolut Stuart, ce sera le 23.

Irene soupira, encore réticente.

— Oui, approuva-t-elle néanmoins. Le 23.

12. Un été bien fade

Bertie n'avait pas passé un été agréable. Au départ, il lui avait semblé – à lui comme à tous les petits garçons – que ces deux mois de vacances ne prendraient jamais fin

1. Banlieue au sud-ouest d'Édimbourg où résident les classes défavorisées.

et ne seraient qu'une longue succession de journées riches en aventure et en excitation. Il n'en avait pas été ainsi.

Pour commencer, ses parents et lui n'avaient presque pas quitté la ville, malgré ses demandes répétées de partir quelque part, n'importe où. Même une excursion dans les Pentlands lui aurait suffi. Il savait qu'il y avait là-bas des lacs où l'on pêchait la truite. Un garçon qui habitait Fettes Row lui avait raconté qu'il y était allé avec son père et qu'ensemble ils avaient attrapé deux truites.

« C'est facile, avait affirmé le garçon. Tu jettes la mouche dans l'eau et la truite saute pour la manger. Même quelqu'un comme toi peut y arriver… »

— Est-ce que je pourrais aller pêcher dans les Pentlands ? demanda Bertie à sa mère. Le garçon qui habite Fettes Row m'a dit qu'avec son père ils en avaient attrapé deux. Tu adores la truite, maman. Je pourrais en pêcher pour toi. Et je pourrais aussi te trouver des amandes pour mettre dessus.

— Si c'est une plaisanterie, Bertie, rétorqua sévèrement Irene, elle n'est pas drôle. La pêche est une activité cruelle. Pense à cette pauvre truite : elle nage tranquillement dans le lac et, tout à coup, un méchant garçon de Fettes Row arrive et la sort de l'eau, et c'en est fini d'elle. As-tu vraiment envie de faire une chose pareille ? Je suis sûre que non. De toute façon, nous ne pouvons pas aller dans les Pentlands. Ton père a garé la voiture quelque part et nous allons devoir la chercher. Seulement, je n'ai pas le temps en ce moment.

Bertie réfléchit un instant.

— Mais tu manges bien de la truite, maman, non ? Papa et toi, vous en mangez tous les deux, je vous ai vus. Est-ce que ce n'est pas aussi cruel de manger de la truite que d'en attraper ? Quelle est la différence ?

— Il y a une différence très importante, répondit Irene. Je te l'expliquerai plus tard. Pas maintenant.

Elle marqua un temps d'arrêt, puis poursuivit :

— Bertie, tu sais que maman fait tout pour toi, n'est-ce pas ? Tu sais que je t'aime beaucoup et que je veux ton bonheur ?

Bertie baissa les yeux.

— Oui, répondit-il à mi-voix. C'est juste que je ne m'amuse pas beaucoup, quoi… J'aimerais bien m'amuser un peu plus. Ce garçon de Fettes Row s'amuse nettement plus que moi.

— Oh, Bertie, tu ne peux pas dire ça ! Regarde tout ce que tu as pour t'amuser ! Tu as ton saxophone, tu adores en jouer. Je parie que ce garçon ne sait pas jouer du saxophone, ni d'aucun instrument, d'ailleurs. N'importe qui peut aller à la pêche, mais très peu de petits garçons peuvent jouer du saxophone. Et puis, tu as tes leçons d'italien, et tes cours de yoga, et…

Irene fut sur le point d'ajouter : « et ta psychothérapie », mais elle se ravisa. Elle n'était pas sûre que Bertie appréciât ces séances autant qu'elle-même et mieux valait sans doute ne pas y faire allusion dans cette conversation-ci.

Il était certain que Bertie n'aimait pas la psychothérapie qu'il suivait. Non qu'il eût une aversion prononcée envers le Dr Fairbairn, célèbre psychothérapeute, auteur d'une très originale étude de cas consacrée à ce tyran de trois ans qu'était Wee Fraser ; non, c'était plutôt qu'il trouvait le Dr Fairbairn insondablement bizarre. En fait, Bertie était convaincu que ce médecin était fou et que la seule stratégie viable pour lui consistait à se plier à ses quatre volontés, ce qui lui éviterait de devenir la cible d'un imprévisible courroux.

Cette stratégie avait produit l'effet souhaité sur le psychothérapeute. Ce dernier trouvait Bertie très coopératif et estimait que la profondeur de son psychisme méritait de très sérieuses investigations. Il envisageait d'ailleurs d'écrire quelque chose pour le *British Journal of Child Psychotherapy* ou le *Studia Kleinia*, peut-être. Mais cela restait un objectif à long terme. Dans l'immédiat, pensait le Dr Fairbairn, il importait de découvrir quelle dynamique était à l'œuvre dans la structure de l'ego en développement de Bertie et d'identifier les blocages qui l'empêchaient d'acquérir une personnalité plus intégrée.

Le Dr Fairbairn était un pionnier, et l'une des techniques qu'il avait élaborées était ce qu'il appelait l'« Approche par Listes du Dr Fairbairn ». Dans celle-ci, le petit patient était invité à dresser la liste des choses qui lui pesaient, en les classant par ordre d'importance. Ce procédé n'avait rien de nouveau en psychothérapie ; certains parents tout à fait ordinaires, qui ne connaissaient ni Freud ni Melanie Klein, l'avaient maintes fois utilisé pour venir en aide à leurs enfants malheureux ou difficiles.

— Dis-moi tout ce qui te crée du souci ; écris-le sur une feuille et ensuite nous regarderons ensemble.

La méthode était parfaite et, dans certains cas, elle aidait à identifier les zones de conflits dans les relations parents-enfant. Cependant, ce qui faisait de la technique du Dr Fairbairn une véritable avancée, c'était la colonne supplémentaire, dans laquelle on invitait l'enfant à inscrire le nom de la personne qui, à son avis, était responsable du problème qui le troublait ou l'ennuyait. Pour le Dr Fairbairn, cela fournissait une plongée directe et fort précieuse dans la vision que l'enfant avait de la dynamique à l'origine du problème.

Il demanda donc à Bertie de se soumettre à cet exercice.

— Je veux que tu me dresses une liste, lui dit-il en lui tendant une feuille et un crayon. Je veux que tu écrives toutes les choses qui te rendent triste – des choses que tu n'aimes pas ou que tu voudrais pouvoir changer.

Ensuite, tu vas tracer une flèche à partir de chaque ligne de ta liste – une jolie flèche comme ça, avec des plumes, même, si tu veux – et, au bout de la flèche, tu écriras à cause de qui, selon toi, ce problème existe. Veux-tu que je te montre comment faire, Bertie ?

— Oui, s'il vous plaît, répondit l'enfant. Faites votre liste, docteur Fairbairn, et ensuite, je ferai la mienne.

Le Dr Fairbairn se mit à rire.

— Je ne vais pas dresser une liste complète. Tu n'es pas mon thérapeute, Bertie, ne l'oublie pas ! Non, je vais juste faire une petite liste, pour te donner une idée de ce que je te demande – tiens, passe-moi le crayon –, une liste de deux ou trois choses.

Le distingué thérapeute prit le crayon que lui tendait Bertie et rédigea rapidement quelques lignes sur la feuille de papier.

— Voilà, dit-il. Tu vois, c'est comme cela qu'il faut faire.

Bertie regarda la liste du Dr Fairbairn. Que diable cela pouvait-il bien signifier ? Et quel était ce mot, là ? Il ne l'avait encore jamais rencontré. Il le chercherait dans le dictionnaire dès qu'il en aurait l'occasion.

C'était son tour à présent. Le Dr Fairbairn lui donna une nouvelle feuille. Bertie saisit le crayon et leva les yeux au plafond.

Tant de choses n'allaient pas dans sa vie qu'il était difficile de savoir par où commencer. Les classer par ordre d'importance représenterait la partie la plus ardue. Trouver le responsable serait beaucoup plus facile.

13. La liste de Bertie

Il ne fallut pas plus de dix minutes à Bertie pour dresser la liste des choses qui le faisaient souffrir et les classer par ordre d'importance. Après avoir plusieurs fois raturé et récrit certaines lignes, il tendit la feuille au Dr Fairbairn, qui, en l'attendant, s'était plongé dans la lecture d'une revue.

— Bon ! lança le thérapeute avec entrain. Voyons voir ce qui te trouble ! Cela ne t'ennuie pas si je lis ta liste à haute voix, Bertie ?

— Non. Mais surtout, ne la montrez à personne. Allez-vous la brûler une fois que vous l'aurez lue ?

— Grands dieux, non ! s'exclama le Dr Fairbairn. Je vais la mettre dans ton dossier, où personne d'autre que moi ne pourra la voir. Cette liste est trop importante pour qu'on la brûle !

— Mais je ne veux pas que maman la voie, insista Bertie avec angoisse.

— Elle ne la verra pas, assura le Dr Fairbairn. Tu peux me faire confiance.

— Mais vous lui avez déjà dit des choses que je vous avais racontées, fit remarquer Bertie.

Le Dr Fairbairn se tourna vers la fenêtre.

— Ah bon ? Oh, peut-être une ou deux petites choses, en effet. Mais tu n'as pas envie d'avoir de secrets pour ta maman, si ?

— Si, rétorqua Bertie.

— Très bien, répondit le Dr Fairbairn. Cette liste restera absolument secrète. Personne d'autre que moi, pas même ta maman, ne la verra. Tu as ma parole.

Bertie ne crut pas le Dr Fairbairn et, tandis que le thérapeute se mettait à parcourir la liste, il commença à regretter de s'être laissé aller à jeter ses pensées sur le papier.

— Numéro 1, lut le Dr Fairbairn. Les gens qui me forcent à faire des choses que je n'ai pas envie de faire. Je déteste ça. Je déteste ça. Tous les jours, je dois faire des choses que d'autres gens veulent que je fasse, si bien que je n'ai plus le temps de faire ce que j'ai envie de faire. Et, de toute façon, personne ne me demande ce que j'ai envie de faire.

Et une flèche, qui ressemblait un peu à ces flèches décorées utilisées par les Peaux-Rouges, pointait sur le mot « MAMAN », écrit en majuscules.

Le Dr Fairbairn releva la tête et considéra quelques instants Bertie par-dessus ses lunettes.

— Numéro 2, reprit-il. Je n'ai pas le droit d'aller à la pêche, ni d'aller à la gare de Waverley voir les trains. Ça me rend triste. Les autres garçons font des choses comme ça, pourquoi pas moi ? Je serais tellement content de pouvoir faire ça !

Puis venait la flèche, de nouveau pointée sur le mot « Maman ».

— Numéro 3. Je n'ai pas d'ami. Je déteste ne pas avoir d'ami. Tout ce que je veux, c'est jouer avec les autres garçons et faire les mêmes choses qu'eux. J'ai envie d'aller à la pêche avec un copain. J'ai envie d'aller camper avec lui, d'allumer un feu et de faire griller des saucisses dessus. On ne m'a jamais laissé faire ça.

La flèche du blâme partait vers la droite, sur le mot « Maman ».

Le Dr Fairbairn fronça les sourcils. Tous les reproches semblaient s'adresser exclusivement à la mère. Il n'était pas inhabituel de voir un enfant blâmer sa mère pour un ou deux petits malheurs, mais que celle-ci fût le seul et unique objet de rancœur était exceptionnel… et préoccupant.

Il baissa les yeux sur la dernière ligne de la liste.

— Numéro 4, lut-il. J'ai une chambre rose. Et si les autres garçons la voyaient, qu'est-ce qu'ils diraient ? Qu'est-ce qui se passerait si les enfants de l'école apprenaient que j'ai une chambre rose ? De quoi aurais-je l'air ?

Et le blâme, une fois encore, touchait franchement la personne d'Irene.

Un long silence suivit la lecture de la liste. Le Dr Fairbairn était plongé dans la perplexité : comment se faisait-il que tant d'hostilité fût dirigée à l'encontre de la mère, tandis que rien n'était reproché au père ? Cela sortait de l'ordinaire ; au stade de développement qu'il vivait, le petit garçon aurait dû manifester un rejet œdipien du père, en qui, de façon naturelle, il aurait dû voir un rival dans la conquête de l'affection de la mère. Or Bertie ne semblait d'aucune façon en vouloir à ce père avec qui il lui fallait partager sa mère. On eût dit, au contraire, qu'il lui laissait volontiers le loisir de profiter d'elle, si tel était son souhait.

Le Dr Fairbairn considéra son patient. C'était un enfant très intelligent – le plus intelligent auquel il eût jamais eu affaire – et peut-être le drame psychique, dans son cas, se jouait-il d'une manière différente de l'ordinaire. La dynamique sous-jacente, bien sûr, restait la même, mais il était possible que la compréhension que le petit Bertie avait des sentiments adultes lui ait permis de sauter certains stades d'évolution classiques. Ainsi, si Bertie avait détecté quelque pathologie fondamentale dans la relation entre Irene et son mari Stuart – une pathologie qui impliquait que l'affection maternelle ne courait pas le risque d'être ravie à Bertie par son père –, il avait peut-être estimé que les sentiments œdipiens étaient inutiles et ne représentaient qu'une perte de temps. Pourquoi se soucier de regarder son père comme un rival si, de toute évidence, il n'était pas question de compétition entre eux ?

Il existait également une autre possibilité : Bertie éprouvait, en fait, une intense jalousie œdipienne, mais il était assez intelligent pour la dissimuler. Si tel était le cas, il faudrait la traquer par l'analyse des rêves, car elle ne manquerait pas de se manifester à travers eux. Au préalable, toutefois, certaines questions devaient être posées.

— Bertie, commença le Dr Fairbairn. Cette liste que tu as faite est très intéressante. Pauvre maman ! Elle est si méchante que ça ?

— Oui, assura Bertie.

— Je suis sûr que non, contra le thérapeute.

Il marqua un temps d'arrêt. La question suivante, et sa réponse, seraient capitales. Œdipe devait être tapi quelque part et il ne faudrait pas plus qu'un léger signal pour l'inciter à se manifester au cœur de ces ténèbres.

— Mais si maman était si méchante que ça, crois-tu que papa l'aimerait ? Sûrement pas. Et pourtant, il l'aime, non ? Papa et maman doivent beaucoup s'aimer, et tu le sais sans doute.

Bertie fronça les sourcils. Il s'agissait évidemment d'un piège et il fallait se montrer prudent. Il savait que maman aimait bien le Dr Fairbairn, et qu'elle l'aimait probablement plus que papa. Ainsi, le Dr Fairbairn voulait savoir s'il avait une chance de voir maman plus souvent. Ce qui entraînerait davantage de psychothérapie, parce que c'était à cette occasion qu'ils se rencontraient, au début et à la fin de chaque séance. Il importait donc de le décourager à tout prix.

— Maman et papa sont très heureux, déclara Bertie. Ils se tiennent tout le temps par la main.

Le Dr Fairbairn haussa imperceptiblement les sourcils. Il était clair, à ses yeux, que Bertie était dans le déni du manque d'harmonie matrimoniale. Il fallait le lui faire exprimer.

— Je vais te donner un petit carnet, Bertie, dit-il. Je voudrais que tu notes tes rêves dedans. Tu veux bien ?

Bertie soupira.

14. Pat et Bruce vont plus loin

— Alors tu restes ? interrogea Bruce.

Ils se trouvaient ensemble à la cuisine. Pat se préparait du café et elle attendait que l'eau bouille, tandis que Bruce était venu faire griller des toasts. Il aimait manger des toasts quand il se sentait anxieux et, en ce moment, il en avait besoin.

— Oui, si tu n'y vois pas d'inconvénient, répondit Pat. J'ai renoncé à ma place à St Andrews et je vais étudier à Édimbourg. J'ai besoin d'un endroit où habiter et j'aimerais bien rester ici, si cela ne te dérange pas.

Bruce haussa les épaules.

— Il n'y a pas de problème pour moi, assura-t-il. Mon premier test pour juger un locataire, c'est le loyer. Et tu as toujours payé.

— Et tes autres tests ? s'informa Pat.

— Le bruit. Et l'ordre. Tu réponds aux critères sur ces deux plans. Je ne t'entends jamais et tu ne mets pas le bazar dans la cuisine. Tu conviens tout à fait.

— Merci.

Un silence suivit ces propos. Bruce se leva et alla s'asseoir sur le plan de travail, les jambes pendantes. Pat observa la bouilloire, qui mettait du temps à chauffer. Elle savait qu'une discussion s'imposait, bien sûr, mais elle continuait à se sentir un peu gênée en présence de son colocataire. Il était difficile de retrouver une parfaite aisance après les sentiments qu'elle avait éprouvés pour lui.

Elle finit par rompre le silence.

— Il y a quelque chose que je voulais te demander, Bruce. Les deux autres chambres… Est-ce que quelqu'un les occupera un jour ? Ce couple, là… qui est parti en Grèce… Va-t-il revenir ?

Bruce se mit à rire.

— Ils ont payé jusqu'à début août, répondit-il. C'était leur choix. Ils voulaient garder les chambres pendant leur voyage. Je pensais qu'ils me feraient signe, mais je n'ai pas eu de nouvelles. Je vais leur faire grâce d'un mois supplémentaire, puis je viderai les chambres et je chercherai deux autres locataires.

Il s'interrompit, pensif.

— Pourquoi me demandes-tu ça ? reprit-il. Tu connais quelqu'un qui cherche une chambre ?

— Non, fit Pat. C'est juste que… Enfin, je pense que ce serait peut-être plus facile pour nous si quelqu'un d'autre vivait ici.

Bruce sourit.

— On se marche un peu sur les pieds, à deux, c'est ça que tu veux dire ?

Pat retint son souffle. C'était exactement ce qu'elle avait voulu dire – et pourquoi pas ? Il était parfaitement raisonnable de suggérer que la présence de deux personnes supplémentaires rendrait la cohabitation un peu plus simple.

Toute personne qui avait partagé un appartement savait que cela se révélait plus difficile à deux qu'à trois, et à trois qu'à cinq. Bruce ne devait pas l'ignorer lui non plus, et c'était faire preuve d'une perversité délibérée que de prétendre le contraire.

— D'accord, dit Bruce. Je vois ce que tu veux dire. Je leur donne encore deux semaines pour me contacter et, ensuite, je mets leurs affaires dans le placard et nous chercherons quelqu'un d'autre. Qu'est-ce que tu préfères ? Une fille ou un garçon ?

Pat réfléchit. La présence d'une autre fille pourrait être utile, car elles se soutiendraient mutuellement face à Bruce, mais que se passerait-il si la nouvelle venue l'imitait et tombait amoureuse de Bruce ? La situation deviendrait intenable.

— Prenons un garçon, résolut-elle. Peut-être pourras-tu en trouver un à ton travail…

Elle s'interrompit net. Cette suggestion manquait de tact. Pat avait vite deviné que Bruce ne travaillait plus, non parce qu'il avait démissionné, comme il l'affirmait, mais parce qu'on l'avait licencié.

— Je n'ai aucune envie de prendre quelqu'un de là-bas, rétorqua-t-il à la hâte.

— Non, bien sûr que non, approuva Pat. Et Sally ? Elle ne connaît pas quelqu'un ? Un étudiant américain de l'université ? Elle doit bien en rencontrer, des gens qui cherchent un endroit où loger…

Au lieu de répondre, Bruce posa sur elle un regard irrité.

— Sally n'est plus d'actualité, lança-t-il enfin. Depuis hier soir.

Pat tressaillit. Cela faisait deux remarques indélicates en l'espace d'une minute. Pouvait-elle s'en autoriser encore une ? Ainsi, Sally n'était plus d'actualité ? Cela signifiait sans doute qu'elle s'était débarrassée de Bruce et qu'en réalité c'était lui qui n'était plus d'actualité ! Elle fut tentée de lui dire : « Ainsi, tu es de l'histoire ancienne, une fois de plus ! », mais elle n'en fit rien, bien sûr. On ne dit pas à quelqu'un qui est de l'histoire ancienne qu'il est de l'histoire ancienne. La personne le sait déjà : rien ne sert de remuer le couteau dans la plaie.

— Je suis désolée de l'apprendre, répondit-elle. Que s'est-il passé ?

Bruce descendit du plan de travail et se dirigea vers le grille-pain. Il glissa une tranche dans la fente et mit l'appareil en marche. Ce toast lui ferait du bien. Le remède était toujours radical.

— Bah… Elle devenait collante, expliqua-t-il d'un ton détaché. Tu sais comment c'est : tu passes de bons moments avec quelqu'un et, tout d'un coup, l'autre commence à te réclamer de plus en plus. À un moment, c'est trop. Du coup, je lui ai rendu sa liberté…

Pat l'écouta avec intérêt. On eût dit Gavin Maxwell parlant d'une loutre, ou Joy Adamson évoquant une lionne. *Je lui ai rendu sa liberté.*

— Tu l'as laissée partir ? questionna-t-elle en veillant à dissimuler son amusement.

— On peut le dire comme ça.

— Je comprends. Mais où voulait-elle aller ? Elle voulait rentrer aux États-Unis ?

— Elle serait restée ici pour être avec moi, affirma Bruce. Mais je n'ai pas voulu être égoïste. Je n'ai pas voulu la mettre dans une position où elle aurait été obligée de choisir entre moi et…

— Entre toi et l'Amérique ? le pressa Pat.

— Quelque chose comme ça, oui…

— La pauvre ! Cela a dû être très dur pour elle…

Bruce hocha la tête.

— J'ai l'impression, oui…

Le toast sauta et Bruce saisit le beurrier.

— Mais de l'eau coulera sous les ponts, comme on dit, reprit-il. Ne parlons plus de tout ça. Il vaut mieux regarder l'avenir. Des filles, il y en a plein… tu vois ce que je veux dire ?

— Oui, bien sûr, répondit Pat. Et puis, tu as une vie bien remplie…

Bruce releva la tête vers elle.

— Tu me cherches ? fit-il.

— Oui, répondit Pat. Désolée, je n'ai pas pu m'en empêcher. Tu ne crois pas qu'il serait plus simple de me dire la vérité ? De reconnaître que tu as perdu ton travail et ta copine ? Dans ce cas, je pourrais te dire à quel point je suis désolée pour toi et cela te ferait un peu de bien, juste un peu. Mais toi, tu préfères inventer des histoires de démission et de liberté rendue… Ce sont des mensonges, tout ça, n'est-ce pas, Bruce ?

L'intéressé, qui avait commencé à beurrer son toast, interrompit son geste. Il baissa les yeux sur son assiette et repoussa doucement la tranche de pain sur le côté en posant le couteau. Puis ses épaules se soulevèrent et, faisant volte-face, il sortit de la cuisine, laissant Pat en proie à une soudaine culpabilité.

15. Les conseils de Domenica

— Je me sens très mal, confia Pat à Domenica. J'aurais pu m'arrêter, mais je ne l'ai pas fait. Et puis, tout à coup, j'ai eu l'impression qu'il se décomposait.

— Qu'il se décomposait ? répéta Domenica.

Elle avala une gorgée de sherry. C'était là une pensée très agréable.

— Il s'est démonté ?

— Oui, répondit Pat. C'est ça. Il a quitté la cuisine et je me suis sentie terriblement coupable. Après tout, il a déjà perdu son travail, et voilà que sa petite amie le laisse tomber. Je suppose qu'on est un peu vulnérable dans un moment comme celui-là et moi, j'ai enfoncé le clou.

Domenica secoua la tête.

— Vous n'avez pas enfoncé le clou. Vous lui avez simplement révélé quelques vérités sur lui-même. Je soupçonne que vous lui avez rendu un grand service.

Pat demeura songeuse. Peut-être était-il temps que Bruce perde de sa belle assurance, et peut-être était-ce à elle qu'il revenait de la lui enlever. Cependant, ce n'était pas un rôle facile et elle s'était sentie coupable. Si coupable qu'elle était allée frapper à la porte de Domenica.

— Non que ce service puisse avoir beaucoup d'effet sur lui, poursuivit celle-ci. Je ne suis pas sûre que quelques instants un peu pénibles puissent produire un impact à long terme sur ce jeune homme. Oui, il se sent pitoyable et ce que vous lui avez dit l'incitera peut-être à la réflexion. Mais les gens ne changent pas aussi radicalement à cause de quelques remarques que tel ou tel leur a faites. Il faut bien plus que cela. Certains estiment même que les gens ne peuvent pas changer du tout. Je trouve cela un peu extrême. Mais n'espérez pas trop de transformations…

Pat fronça les sourcils. Bien sûr que les gens changeaient. Ils changeaient en mûrissant. Elle se souvenait de la personne qu'elle était elle-même à quatorze ans. Elle était différente, maintenant.

— Les gens mûrissent, pourtant, objecta-t-elle. Et ils changent avec l'âge. Nous changeons tous.

— Oh, nous prenons de l'âge, c'est sûr. Mais une fois la personnalité forgée, je ne pense pas que nous nous transformions de façon sensible. Bruce est un narcissique, tout le monde est d'accord là-dessus. L'imaginez-vous vraiment devenir autre chose que cela ? Pouvez-vous l'imaginer en homme qui ne se contemplerait plus dans le miroir et ne se soucierait plus de gel capillaire ? Pouvez-vous l'imaginer cessant de croire que les gens le trouvent extraordinaire ? Moi, non. En tout cas, pas pour le moment.

Elle reposa son verre sur la table et regarda Pat.

— Quel âge a-t-il, à propos ?

— Vingt-cinq ans. Ou à peine vingt-six. Enfin, dans ces eaux-là…

Domenica parut réfléchir.

— Ma foi, c'est plutôt intéressant… Les hommes sont plus lents que nous, voyez-vous. Ils mûrissent plus tard. Nous, nous sommes déjà mûres vers vingt-deux, vingt-cinq ans, mais eux, il leur faut davantage de temps. Je crois même qu'il existe, en psychologie, une école qui soutient que les hommes ne sont pas totalement responsables de leurs actes avant l'âge de vingt-huit ans.

Pat trouva cela un peu tard. Et puis, qu'est-ce que cela signifiait ? Que l'on ne pouvait pas reprocher quoi que ce soit aux hommes avant cet âge ?

— Ce n'est pas un peu tard ? objecta-t-elle. Je pensais qu'un individu était responsable de ses actes à partir de…

À partir de quel âge un individu était-il responsable de ses actes ? Seize ans ? Ou dix-huit ? Il arrivait que de jeunes délinquants se retrouvent devant les tribunaux, non ? Et qu'on leur demande des comptes pour des délits qu'ils avaient commis ? Mais à quel âge cela commençait-il ?

La perplexité de la jeune fille n'avait pas échappé à Domenica.

— Je suis d'accord, acquiesça-t-elle, vingt-huit ans, cela semble un peu tardif. Et pourtant, ce n'est pas tout à fait faux : regardez les chiffres de la criminalité. Les jeunes gens commettent des délits – délits qui ne passent pas inaperçus – entre dix-sept et vingt-quatre, vingt-cinq ans. Ensuite, ils se calment.

Elle réfléchit un instant, puis sourit, comme à l'évocation d'un souvenir.

— J'ai connu un procureur, reprit-elle, qui passait son temps à poursuivre des jeunes gens, à Dunfermline. Jour après jour. Et toujours pour les mêmes délits : agressions, vols et ainsi de suite. Il me disait qu'il voyait sans cesse les mêmes garçons, issus des mêmes familles. Et il m'a révélé aussi une chose que je n'oublierai jamais et qui m'a fait beaucoup rire : il m'a expliqué que les procureurs voyaient régulièrement les mêmes jeunes de dix-sept à vingt-six ans, puis qu'ils avaient de nouveau affaire à eux quand ils atteignaient l'âge de quarante-cinq ans ; là, ils étaient arrêtés parce qu'ils s'étaient battus au mariage de leur fille ! C'est amusant, n'est-ce pas ?

— Mais c'est sans doute vrai, non ?

— Indubitablement. Pour deux raisons : d'abord, un mariage peut être un événement violent, et ensuite, c'est héréditaire. Je vous ai déjà parlé du déterminisme génétique, il me semble. Mais revenons plutôt à nos moutons : vos excuses, le changement et Bruce. Si vous trouvez que vingt-huit ans est un âge tardif pour commencer à assumer ses responsabilités – à les assumer vraiment –, que diriez-vous de quarante ans ?

— Je dirais que c'est *très* tardif.

Domenica se mit à rire.

— Oui, peut-être. Mais là encore, si vous demandez aux gens de juger leur conduite au fil des ans, vous constaterez qu'ils considèrent leurs actes de façon très différente selon les étapes de la vie qu'ils ont atteintes. Moi, par exemple, qui me tiens devant vous du haut de mes soixante ans – soixante ans, quand j'y pense ! –, eh bien, je peux vous dire sans hésiter que j'ai regardé le monde différemment à partir de quarante ans. Je suis devenue moins tolérante vis-à-vis des mauvaises conduites, je crois. Et à quoi cela est-il dû, à votre avis ?

Pat haussa les épaules.

— Vous êtes plus ancrée dans vos convictions qu'autrefois ? Vous jugez davantage ?

— Et quel mal y a-t-il à juger, je vous prie ? se récria Domenica avec indignation. Cela me met hors de moi d'entendre les gens dire : il ne faut pas juger ! Ce genre de philosophie morale ne dépasse pas le niveau d'un mauvais feuilleton australien. Si l'on ne portait pas de jugements, comment pourrait-on avoir un point de vue moral dans notre société ? Nous n'aurions pas la moindre idée de ce que nous valons. Tout discours rationnel sur ce qu'il convient de faire ou de ne pas faire serait aussitôt disqualifié. Non, quoi que vous fassiez, ne tombez pas dans ce piège absurde pour esprits faibles. Ne soyez pas trop critique, si vous voulez, mais restez toujours – toujours – prête à juger. Sinon, vous traverserez la vie sans jamais savoir ce que vous pensez.

Pat garda le silence. Elle n'était pas venue voir Domenica pour discuter de psychologie du développement. Elle avait besoin de parler de Bruce et, plus spécifiquement, de décider de la conduite à tenir.

— C'est intéressant, murmura-t-elle. Mais en attendant, qu'est-ce que je dois faire, moi ? Aller présenter des excuses à Bruce ?

— Je ne vois pas de quoi vous devriez vous excuser, rétorqua Domenica d'un ton sec.

— Il me fait de la peine, expliqua Pat. Je me sens…

— Il ne faut pas, coupa Domenica. Soyez critique. Il vous a raconté des mensonges. Même s'il n'a pas encore vingt-huit ans, il aurait dû y réfléchir à deux fois.

— Être plus critique ?

— Absolument ! C'est un imbécile ! Quel gâchis, franchement !…

16. Bertie va enfin à l'école

Irene eût aimé emmener Bertie en voiture pour sa première journée à l'école Steiner, mais le problème de la localisation du véhicule l'obligea à commencer de la même façon qu'elle entendait continuer : en prenant le bus 23, qui montait de Canonmills en peinant.

— Ce serait bien de pouvoir amener Bertie en voiture, fit-elle remarquer à Stuart la veille de la rentrée. Mais comme nous ne savons pas où elle se trouve, c'est un peu difficile, non ?

— Inutile de me regarder comme ça, répliqua Stuart. Tu es la dernière à l'avoir utilisée. C'est toi qui l'as garée, c'est toi qui dois la retrouver.

Irene pinça les lèvres.

— Excuse-moi, riposta-t-elle, mais j'utilise très rarement ce véhicule et je ne suis certainement pas la dernière à l'avoir conduit. Tu l'as pris pour aller à cette réunion à Glasgow, il y a deux ou trois mois. Tu t'en souviens ? Là où tu as rencontré cette femme qui vivait près de chez tes parents à Dunoon. Je m'en souviens parfaitement. Et c'est la dernière fois que la voiture a servi. C'est donc toi qui l'as garée, pas moi.

Stuart garda le silence. Irene esquissa un sourire satisfait.

— Essaie de te souvenir de ton voyage de retour, suggéra-t-elle. Tu as dû revenir par Corstorphine Road, n'est-ce pas, puis passer par Murrayfield ? As-tu tourné à West End ? As-tu pris Queen Street ? Essaie de te rappeler…

Les yeux fixés au plafond, Stuart réfléchit. Puis il baissa la tête.

— Alors ? le pressa Irene. C'est par là que tu es passé pour rentrer ?

Stuart se tourna vers elle.

— Je suis rentré en train, avoua-t-il d'une voix hésitante. Je m'en souviens, parce que j'ai croisé le ministre dans le train. Il mangeait un muffin à la banane et il m'a salué, et cela m'a impressionné qu'il se souvienne de moi. Je me rappelle avoir pensé que c'était vraiment gentil de sa part de faire cet effort. Il voit tant de collaborateurs…

— Oui, oui, le pressa Irene. Le ministre. Les muffins à la banane. Mais la voiture ? Où elle est, la voiture ?

— Tu es sûre que je suis allé là-bas en voiture ? s'enquit faiblement Stuart, bien qu'il connût déjà la réponse.

Pendant quelques instants, un complet silence régna dans la pièce. Irene le brisa.

— Je t'ai vu monter dans la voiture, assura-t-elle. Tu m'as fait un signe d'au revoir et tu t'es éloigné. Alors, qu'est-ce que ça veut dire ?

Quand Stuart répondit, sa voix était à peine audible.

— Ça veut dire qu'elle doit être encore à Glasgow, articula-t-il, accompagnant ces paroles d'un geste vague en direction de l'ouest. Quelque part dans la ville.

Le ton d'Irene se fit glacial.

— Es-tu en train de me dire que tu as laissé la voiture – notre voiture – à Glasgow ? Qu'elle s'y trouve depuis trois mois et que tu l'as complètement oubliée ?

— On dirait… acquiesça Stuart, défait.

Il craignait Irene et détestait être l'objet de son mépris.

— J'ai dû prendre le train sans réfléchir.

— Eh bien, voilà qui est parfait ! Ç'en est donc fini de notre voiture. Elle doit être complètement dépouillée à l'heure qu'il est, ou volée…

— Je suis sûr que je l'ai garée sur une place de stationnement autorisé, se défendit Stuart. Ce qui veut dire qu'elle se trouve sans doute encore là-bas. La batterie sera peut-être à plat, mais c'est tout.

Irene ne semblait pas partager cet optimisme.

— Quand tu dis qu'elle est toujours là-bas, demanda-t-elle avec calme, qu'entends-tu par « là-bas » ? Où est-ce précisément ?

— À Glasgow.

— Mais où, à Glasgow ? Glasgow est une grande ville, tu sais.

— Près de Dumbarton Road, hasarda Stuart. Quelque part… quelque part par là-bas. C'est là qu'a eu lieu la réunion. Tout près de Dumbarton Road.

— Eh bien, je te suggère d'aller la chercher dès que possible, conclut Irene. En espérant que tu la retrouveras…

Stuart hocha la tête, piteux. Il se rendrait à Glasgow le week-end suivant. Il prendrait le train, puis gagnerait Dumbarton Road en taxi. Il gardait un vague souvenir de l'endroit où il avait pu la garer, dans une paisible impasse, et il n'y avait aucune raison qu'elle n'y soit plus. Des gens laissaient leur véhicule en stationnement des mois durant au bord de la route, et celui-ci survivait. Les choses étaient différentes, bien sûr, pour les voitures de luxe à la carrosserie séduisante, comme celle de Domenica Macdonald, par exemple – ce genre de véhicules attirait forcément l'attention des voleurs ou des vandales –, mais la leur, une vieille Volvo, n'avait rien d'attrayant.

Il songea soudain qu'il pourrait emmener Bertie avec lui à Glasgow. L'enfant manquerait les cours qu'Irene avait programmés – le samedi, si son souvenir était bon, il y avait saxophone le matin et dessin l'après-midi – et ils prendraient le train ensemble. Bertie serait ravi. L'enfant n'était encore jamais monté dans un train, songea Stuart avec stupéfaction, et pourtant, c'était précisément le genre de chose qu'un père devait faire avec son fils. Il eut un pincement au cœur. Je suis un mauvais père, se dit-il. Je laisse Irene assumer un rôle qui me revient. J'ai raté l'éducation de mon fils.

Il ne fut plus question de la voiture ce soir-là et, le lendemain, Irene fut trop occupée à préparer Bertie pour parler à Stuart de voitures, ou de quoi que ce fût, d'ailleurs. Elle avait réveillé le petit garçon de bonne heure et l'avait revêtu de sa plus belle salopette Oshkosh.

— Qu'est-ce qu'elle est jolie, cette salopette ! s'extasia-t-elle.

Bertie parut dubitatif.

— Mais est-ce que les autres garçons sont habillés comme ça ? s'enquit-il.

— En salopette ? Bien sûr ! le rassura Irene. Va à Stockbridge et tu verras plein de petits garçons en salopette !

— Mais pas en salopette rose…

— Ta salopette n'est pas rose, Bertie, le reprit Irene. Elle est framboise. Elle n'est pas rose du tout.

Elle consulta sa montre.

— Bon, nous n'avons pas le temps de rester là à discuter de salopettes. Tu as vu l'heure qu'il est ? Il faut que tu t'habitues à être ponctuel. Ce n'est plus comme à la…

Elle s'interrompit net : elle avait failli prononcer le mot « maternelle ». Avec le temps, Bertie oublierait son ancienne école et l'ignoble éviction dont il avait été victime. Sa psychothérapie l'aiderait – elle le savait – mais, surtout, il y aurait le temps : un remède simple et vieux comme le monde.

Ils prirent un petit déjeuner rapide et se mirent en route pour Dundas Street. Irene remarqua que Bertie évitait de marcher sur les lignes du trottoir et elle soupira. Il y a là, indubitablement, des signes de névrose, songea-t-elle. Il faudrait en informer le Dr Fairbairn. À cette pensée, elle se figura le psychothérapeute dans son cabinet de consultation, vêtu de la coquette veste qu'il affectionnait. C'était quelqu'un de si agréable, de si empathique ! Comme il serait merveilleux d'être mariée à un homme comme celui-là, plutôt qu'à un statisticien du Scottish Executive ! Elle jeta un coup d'œil à Bertie, comme si elle craignait de le voir lire ces pensées déloyales, et il leva la tête vers elle.

— C'est bon, maman, déclara-t-il. Je sais ce que tu penses.

17. En bas, parmi les innocents

Assis à son nouveau pupitre, avec son nom inscrit en majuscules devant lui, Bertie observait ses nouveaux camarades de classe. Il y en avait quinze, huit garçons et sept filles, et il n'en connaissait aucun. Mais il possédait, au moins, un avantage sur eux : contrairement à la plupart, il pouvait lire leurs noms. Luke, Marcus, Merlin, Tofu, Larch, Christoph, Hiawatha et Kim pour les garçons, Jocasta, Angel, Lakshmi, Skye, Pansy, Jade et Olive pour les filles.

Il chercha en vain Jock, le garçon rencontré le jour de l'entretien et dont il aurait tant voulu faire son ami, mais il n'y avait aucun signe de lui. Ainsi, conclut-il, il était allé à Watson ; c'était ce qu'il avait prévu. En ce moment même, Jock devait être à Watson, en train de jouer au rugby, peut-être, au lieu de se trouver là, parmi ces enfants assis en rond, avec Tofu et les autres.

Ils eurent droit à un petit discours de bienvenue de Miss Harmony, l'institutrice, une grande femme au sourire encourageant qui leur expliqua quel plaisir ils éprouveraient à venir à l'école. Ils apprendraient une infinité de choses, assura-t-elle, tout en s'amusant. Il y aurait aussi de la musique, et d'ailleurs, ils commenceraient très bientôt avec la flûte à bec.

— C'est un peu comme un sifflet. On souffle dedans et piiiip... il y a de la musique qui sort. C'est très amusant !

— Et très adapté pour la musique ancienne, remarqua brillamment Bertie.

Il y eut un silence. L'institutrice fit volte-face.

— Qu'est-ce qu'il y a, Bertie ? Tu as dit quelque chose, *Liebling* ?

— J'ai dit que la flûte à bec se prête bien à la musique de la Renaissance, déclara-t-il. La musique italienne, par exemple. Le *Lamento di Tristan*. Ce genre de chose...

— Elle a dit que ça faisait piiip... lança Tofu en posant un regard accusateur sur Bertie. À moins que ça fasse caaac... Ha ! ha !

Tous les enfants trouvèrent la plaisanterie très drôle et éclatèrent de rire. Tofu sourit modestement.

L'institutrice soupira.

— On ne rit pas pour des choses comme ça, déclara-t-elle d'une voix douce. Nous devons apprendre que les blagues de ce genre ne sont pas drôles. Tofu, mon chéri, souviens-toi que tu es un grand garçon maintenant. Et toi, Bertie, c'est très intéressant, ce que tu as dit. Tu sais déjà jouer de la flûte à bec ?

— Un peu, répondit Bertie. Le placement des doigts n'est pas difficile. C'est beaucoup plus simple que pour le saxophone.

— Le sexophone ? intervint Tofu, ravi de provoquer une nouvelle vague d'hilarité.

L'institutrice lui lança un regard noir.

— Bertie a dit « saxophone », Tofu. Tu n'as pas dû l'entendre correctement.

Elle se tourna vers Bertie.

— Alors, tu joues du saxophone, Bertie ?

— Oui. Mais je ne l'ai pas apporté avec moi.

— Non, fit l'institutrice. Bon, je vois... Eh bien, je suis sûre que nous aurons l'occasion de t'écouter en jouer très bientôt. Le saxophone, les enfants, a été inventé par un homme qui s'appelait Arthur Sax, un Français. Il a fabriqué de superbes instruments en cuivre...

— Adolf Sax, corrigea poliment Bertie. Et il était belge.

L'institutrice le considéra, puis se tourna vers Tofu, qui s'était mis à chatouiller sa voisine de pupitre.

— Tofu, mon chéri, lança-t-elle avec fermeté. Les filles n'aiment pas qu'on les chatouille.

— Ah bon ? s'étonna Tofu. Moi, je connais plein de filles qui aiment ça. Elles adorent, même...

L'institutrice garda le silence. Il semblait que le moment était venu pour une diversion. Elle traversa la classe et gagna le placard du fond, dont elle ouvrit la porte. Les enfants la virent s'emparer d'une pile d'exemplaires du *Guardian*, qu'elle leur distribua aussitôt.

— Vous devez savoir ce que c'est, leur dit-elle.

Une forêt de mains se leva.

— C'est le *Guardian* ! crièrent les innocents.

— Bravo ! les félicita-t-elle. Et est-ce que quelqu'un peut me donner d'autres noms de journaux ?

Un profond silence s'installa. Plongés dans la perplexité, les enfants se regardaient. Bertie décida de prendre la parole. Il existait une multitude d'autres journaux, et lui-même en avait lu beaucoup. Il y avait le *Scotsman* et le *Herald*, et aussi un journal qui s'appelait le *Daily Telegraph*.

— Le *Daily Telegraph*, lança-t-il.

L'institutrice le regarda.

— Peut-être, acquiesça-t-elle.

Puis, se tournant vers la classe tout entière, elle donna ses instructions. Ils devaient plier le *Guardian*, expliqua-t-elle, puis essayer d'y découper la forme d'un bonhomme. Ensuite, lorsqu'ils le déplieraient, ils obtiendraient des dizaines de petits bonhommes qui formeraient une chaîne.

Saisissant elle-même un exemplaire du journal, elle entreprit de faire une démonstration.

— Et voilà, conclut-elle en présentant le résultat de son œuvre aux enfants. Vous avez vu cette longue file de petits bonhommes ? Ils se tiennent tous par la main…

— C'est des gays ! cria Tofu.

L'institutrice reposa son découpage.

— Tofu, mon chéri, si cela ne t'ennuie pas de sortir cinq minutes et de rester derrière la porte… Pendant ce temps, je voudrais que tu réfléchisses à ce que tu viens de dire.

— Vous voulez que je le frappe ? intervint Larch, un garçon costaud aux cheveux coupés court.

— Non, répondit aussitôt l'institutrice, avant d'ajouter, tout bas afin de ne pas être entendue : En tout cas, pas tout de suite.

Quand sonna l'heure de la récréation, Bertie sortit dans la cour. Conscient d'être le seul à porter une salopette, il était rongé par la honte. Tofu, par exemple, avait des baskets électriques qui clignotaient à chaque pas et même Merlin, qui portait ce qui apparaissait clairement comme des sandales faites maison et une veste arc-en-ciel, avait au moins un pantalon normal. Bertie se sentait très malheureux : tous les autres semblaient avoir déjà au moins un ami, parfois plus. Tofu avait un petit groupe de quatre ou cinq enfants autour de lui, dont un d'une classe supérieure. Bertie, lui, n'avait personne et, lorsque Tofu vint le trouver quelques minutes plus tard, il ne put bénéficier d'aucun soutien.

— Une salopette ! lui lança Tofu avec mépris. À moins que ce soit un pyjama ?

— Ce n'est pas ma faute, répondit Bertie. C'est ma mère.

Tofu le détailla un instant, puis ricana.

— Les salopettes, c'est super pour tomber, dit-il. Regarde…

Joignant le geste à la parole, il le poussa violemment, le faisant tomber par terre. Il y eut des rires, puis Tofu s'éloigna.

Bertie se releva et épousseta sa salopette. Une grosse tache brune s'était formée sur l'un des genoux. Alors qu'il tentait de la nettoyer, il s'aperçut qu'une fille se tenait près de lui. C'était Olive.

— Pauvre Bertie ! s'exclama-t-elle. Ce n'est pas ta faute si tu as l'air d'un imbécile. Vraiment pas ta faute. Et puis, Tofu est très méchant. Tout le monde sait qu'il est méchant. Mais, ajouta-t-elle après un temps d'arrêt, on devrait quand même avoir pitié de lui…

— Pourquoi ? s'étonna Bertie. Pourquoi faudrait-il avoir pitié de lui ?

— Parce qu'il n'a pas de maman, expliqua Olive. Elle était végétalienne et elle est morte de faim. C'est mon père qui me l'a raconté.

— Et son père ? demanda Bertie, horrifié. Il a un père ?

— Oui, assura Olive. Mais il est végétalien lui aussi et il ne tiendra plus très longtemps.

— Et Tofu ? interrogea Bertie dans un souffle.

— Il a toujours faim, répliqua Olive. On était ensemble à la maternelle l'année dernière et je l'ai vu voler les sandwiches au jambon dans les sacs de goûter des autres enfants. Oui, il a toujours faim. En fait, il n'en a plus pour très longtemps lui non plus. Alors tu vois, Bertie, courage ! Tiens bon !

18. Sur le chemin du retour

Les premiers jours, l'école finissait de bonne heure. Comme la plupart des autres parents, Irene arriva en avance devant la grille et attendit que l'on relâche les enfants. Désœuvrée, elle regarda autour d'elle dans l'espoir de reconnaître quelqu'un. Sachant en outre que les parents d'élèves seraient amenés à se rencontrer en de multiples occasions au cours des années à venir, elle était curieuse de voir à quoi ils ressemblaient. Elle n'en connaissait aucun, à l'exception d'une femme qu'il lui sembla avoir déjà vue quelque part et qui esquissa un signe de tête dans sa direction. Où était-ce ? Au yoga ? Au Floatarium ? Édimbourg était ainsi : on y croisait beaucoup de visages familiers que l'on avait souvent du mal à situer avec précision.

Elle promena un regard discret sur les autres parents. Ils étaient tels qu'elle s'y attendait : des gens ordinaires, corrects, à son image. Irene se sentit à l'aise.

— Il fait chaud, vous ne trouvez pas ? lança une voix derrière elle.

Elle se retourna. L'homme qui l'avait abordée était grand, avec un visage assez maigre et des cheveux bruns rejetés en arrière. Il portait un pantalon vert bouteille et une veste en jean légère.

— Je m'appelle Barnabas Miller, déclara-t-il en lui tendant la main. Je suis le papa de Tofu. Et vous êtes…

— La maman de Bertie, répondit-elle. Quoique j'aie aussi un nom, ajouta-t-elle en riant. Irene Pollock.

Barnabas hocha la tête.

— Nous nous croiserons souvent aux soirées parents, sans doute, dit-il. On en organise beaucoup ici. C'est une école très conviviale, très joyeuse.

— Oui, acquiesça Irene. J'en suis sûre.

Elle marqua un temps d'arrêt.

— Et Tofu… c'est Tofu, n'est-ce pas ? Il était ici l'an dernier, en maternelle ?

— Oui. Nous avons dû le retirer quelque temps – de petits problèmes de comportement –, mais il est revenu. C'est un enfant très expressif. Je me suis occupé de lui à la maison quand j'écrivais mon livre. Ma femme voyage beaucoup. Elle donne des conférences sur la diététique.

(Note : Olive se trompait, bien sûr. La mère de Tofu n'était peut-être pas bien grosse, mais elle restait très vive – dans le sens original du terme.)

— Votre livre ? fit Irene, intéressée. Qu'écrivez-vous ?

— Je viens d'en achever un qui s'appelle *Le Chagrin des noix*. Vous n'avez pas dû le lire.

— Non, désolée. Qu'est-ce que c'est ? Un roman ?

Barnabas secoua la tête.

— Non. C'est un ouvrage de nutrition holistique. Il examine l'idée que les noix possèdent des champs d'énergie – et une certaine forme de résonance morphique. Vous avez entendu parler de Rupert Sheldrake, j'imagine ?

Ce nom n'était pas étranger à Irene.

— C'est celui qui a écrit *La Nouvelle Science de la vie* ?

— Oui. Il est le premier à avoir établi l'existence de champs d'énergie résonants qui contiennent des informations biologiquement significatives. Il l'a démontré à travers l'hypothèse des bouteilles de lait.

Irene fronça les sourcils.

— Je suis désolée, mais j'ai feuilleté ce livre il y a des siècles et j'ai oublié…

— Inutile de vous excuser, coupa Barnabas. Sheldrake nous rappelle qu'avant la dernière guerre les oiseaux avaient découvert comment percer les bouchons en aluminium des litres de lait, ce qui leur permettait de boire le haut des bouteilles que le laitier déposait le matin devant les maisons. Il leur avait fallu un certain temps pour apprendre à le faire, mais ils avaient fini par y arriver. Puis la guerre est venue et l'on a cessé d'utiliser des bouchons en aluminium : il fallait réserver le métal à d'autres usages. De sorte que plusieurs générations d'oiseaux n'ont pas connu ces bouchons. Et puis, une fois la guerre terminée, on a pu revenir à ce mode de fermeture des bouteilles, et figurez-vous que les oiseaux ont tout de suite su ce qu'il fallait faire !

— Et Sheldrake en déduit… ?

— Que, si les oiseaux ont aussitôt retrouvé la méthode, c'est qu'il devait nécessairement exister une sorte de champ énergétique contenant cette information à leur intention. Il appelle cela la résonance morphique.

Irene réfléchit à cette théorie. Elle semblait assez stimulante.

— Et vous ? Votre livre ?

— Il explore la possibilité que les noix aient des sentiments, expliqua Barnabas d'un ton solennel. Et il conclut que tel est le cas. Non pas des sentiments dans le sens humain du terme, mais des sentiments dans le sens d'une forme de réponse quasi consciente au monde.

Il se tut un instant, puis reprit :

— Bien sûr, tout le monde ne sera pas d'accord avec moi. Mais ma théorie a des conséquences importantes en matière de diététique.

— Elle signifie qu'il est cruel de manger des noix ? s'inquiéta Irene.

— Pas tout à fait. Mais que l'on pourrait voir cela comme un manque de considération.

— Et vous-même, vous en mangez ? C'est peut-être une question indiscrète, j'espère que vous ne vous formaliserez pas.

— Je suis en train d'arrêter, soupira Barnabas. Après tout, il me semble que la moindre des choses, c'est d'appliquer au moins en partie ce que je prêche.

Irene allait reprendre la parole lorsqu'une soudaine rumeur faite de cris et de rires éclata à l'entrée de l'école. Lorsque Bertie aperçut Irene, il parut hésiter, puis se dirigea vers elle.

— Alors, Bertie ? lui demanda-t-elle. Comment était-ce ? Comment s'est passée ta première journée de classe ? As-tu appris des choses ?

— Un peu, oui, répondit l'enfant. Sur la vie.

— Très bien, approuva Irene. Maintenant, on rentre à la maison. Nous allons prendre le 23 en haut de la rue.

Ils remontèrent Spylaw Road en direction de Bruntsfield et arrivèrent juste à temps pour s'engouffrer dans un bus 23 en provenance de Holy Corner.

— Allons nous asseoir en haut, Bertie, suggéra Irene. Nous pourrons mieux voir ce qui se passe dans la rue.

Ils trouvèrent deux sièges côte à côte. Bertie garda le silence, tandis que le bus entamait le trajet du retour. Les yeux baissés, il contemplait la grosse tache sombre qui maculait son genou, tout en pensant au malheureux Tofu. Olive disait-elle vrai quand elle affirmait qu'il mourait de faim ? Laissait-on encore des gens mourir de faim à notre époque, avec les travaillistes au pouvoir ? Ce n'était pas possible.

Irene était elle aussi plongée dans ses pensées. Le bus venait de s'arrêter près d'un distributeur de billets et elle avait remarqué un jeune homme assis sur le trottoir à côté de la machine, les jambes enveloppées d'une couverture. Quand les gens retiraient de l'argent, il levait la tête vers eux et quémandait une pièce. Cela mit Irene en colère : ce garçon paraissait sain de corps, non ? Et assez jeune pour travailler ! Sinon, il devait toucher une allocation ! Alors de quel droit importunait-il le monde de cette façon ? Les gens devaient pouvoir retirer leur argent, estima-t-elle, sans se voir soumis à une telle pression ! Et que faisait la police ? Avait-elle conscience de ce qui se passait et fermait-elle les yeux ? Il semblait que oui.

Elle interrompit ses réflexions. Est-ce bien de penser comme cela ? se demanda-t-elle. Comme quoi, d'ailleurs ? Elle fut prompte à fournir elle-même la réponse : comme les conservateurs. Le problème, c'était que ces derniers temps, quand les conservateurs faisaient une proposition de loi, elle s'apercevait qu'elle partageait leur point de vue. L'idée était assez embarrassante, aussi voulut-elle la chasser de son esprit. Mais alors, une nouvelle pensée lui vint : peut-être suis-je une femme de gauche tendance conservatrice. Cela sonnait tout de même mieux qu'être une conservatrice tendance gauchisante. Toutefois, quelle était exactement la différence ?

19. La situation de Matthew

Matthew, propriétaire de la galerie d'art *Something Special* et employeur de Pat depuis quatre mois, ouvrit la galerie plus tôt que d'habitude ce matin-là. En règle générale, Pat était là bien avant lui. Elle arrivait peu après neuf heures, alors que les autres galeries du quartier avaient encore leurs rideaux baissés. Pourquoi auraient-elles ouvert d'aussi bonne heure ? Personne n'achetait de tableaux en début de journée : le matin, les individus susceptibles de dépenser leur argent de cette façon prenaient le temps de savourer leur petit déjeuner, quand ils n'étaient pas déjà au bureau, plongés dans leurs dossiers.

Matthew avait tenté de déterminer qui étaient exactement ses clients. Il n'avait jamais lu d'ouvrages traitant du commerce, aussi décida-t-il un jour d'en acheter un, qu'il choisit plus ou moins au hasard au rayon Entreprises d'une librairie, parmi des titres tels que *Annihilez la concurrence !* ou *Votre nouveau moi de directeur.* Après bien des hésitations, son choix se porta sur *Commerce de détail : les dix secrets révélés.* Matthew estima l'intitulé absurde, mais trouva le livre plus intéressant qu'il n'en avait l'air. La vente au détail, semblait-il, était un processus complexe dans lequel une personne peu désireuse, pour diverses raisons, de se délester de son argent au profit d'un autre se laissait convaincre – par ce même autre – de le faire. Tel était le secret numéro un : nul n'a vraiment envie d'acheter quoi que ce soit. Le deuxième secret, lié au premier, était que, même si une personne se laissait persuader de donner son argent, elle souhaitait limiter les proportions dans lesquelles elle le faisait. Cela conduisait les auteurs du livre à conseiller à leurs lecteurs d'encourager les dépassements de budget.

On ne pouvait qualifier la carrière professionnelle de Matthew de brillante. À la vérité, elle n'avait été qu'une morne succession de fiascos : chaque fois que son père le plaçait à la tête d'une entreprise, celle-ci périclitait. S'il existait bel et bien des secrets de réussite, il semblait que Matthew n'y avait pas accès. Juste avant la galerie d'art, il avait dirigé une agence de voyages pour la mener tout droit à la faillite, après avoir embauché deux employés hautement incompétents qu'il n'avait pas eu le courage – ou la perspicacité – de licencier ensuite. L'un d'eux avait commis une série d'erreurs fâcheuses, de nature surtout géographique, mais aussi linguistique à l'occasion. Un client s'était ainsi vu envoyé en Turquie avec la conviction qu'il s'agissait de la Grèce, et à un autre, qui se rendait à Strasbourg et souhaitait séjourner à l'*Hôtel de Paris*, on avait hélas réservé une chambre à l'*Hôtel de Strasbourg*, à Paris. Ce genre de confusions se produisaient sans cesse.

À vrai dire, Matthew avait affronté l'employé pour évoquer avec lui ces lacunes géographiques.

— On ne vous a pas appris la géographie à l'école ? lui avait-il demandé à la suite d'une confusion particulièrement embarrassante (due à la similitude de noms entre la Colombie-Britannique, au Canada, et la république de Colombie).

— Quoi ?

— La géographie. Vous savez, le monde, les cartes, la position des choses…

— Ché pas. Je crois pas, non…

— Visiblement, non ! s'était exclamé Matthew. Dites-moi, à votre avis, quel pays se trouve le plus au sud : l'Inde ou l'Australie ?

L'autre avait secoué lentement la tête.

— C'est pas évident. Je sais pas trop…

Matthew avait soupiré et les choses en étaient restées là. Après un déclin progressif, l'agence de voyages avait fini par s'effondrer et le jeune homme était allé trouver son père, penaud, pour s'excuser.

L'intéressé ne s'était pas montré surpris.

— Il faut être plus dur en affaires, mon fils. Il faut avoir un plan de développement précis et s'y tenir. Se fixer des objectifs. Les atteindre. Chercher des moyens de réduire les frais. Dans le commerce, on ne peut pas se contenter de travailler à la petite semaine. Ça dégringole si l'on ne voit pas grand.

Matthew avait acquiescé. Le problème, c'était qu'il ne savait pas s'y prendre avec les gens. Il était trop gentil. Il payait trop bien ses employés et ne pouvait se résoudre à critiquer leurs performances. Il n'était pas fait pour le commerce. Et son père l'avait compris, qui en était arrivé à la conclusion que, même si la meilleure chose qu'il pouvait faire pour son fils était de lui procurer un travail, ce ne serait jamais qu'une façade, une sinécure, en quelque sorte. Aussi, quand l'un de ses locataires, qui tenait une galerie d'art à Édimbourg, lui annonça qu'il s'apprêtait à mettre la clé sous la porte, trouva-t-il l'opportunité excellente : Matthew prendrait la direction de cette galerie. Là, il n'aurait pas besoin de réaliser de profits, tant qu'il ne perdait pas trop d'argent. Un déficit de quinze à vingt mille livres par an paraissait raisonnable, et l'on pourrait même lui accorder une plus grande marge d'erreur au besoin.

Au terme du premier trimestre d'exercice, néanmoins, il apparut, au grand étonnement de Matthew, que la galerie avait fait un bénéfice, certes modeste, mais effectif. Matthew avait pris rendez-vous avec son comptable, qui était aussi celui de son père, et ensemble, ils étudièrent les chiffres.

— J'avoue que c'est incroyable ! s'exclama le comptable en désignant les calculs qu'il avait effectués pour Matthew. Je suis vraiment étonné. Vous n'êtes pas déficitaire, cette fois-ci.

À peine eut-il prononcé ces paroles qu'il se sentit rougir. Ne revenaient-elles pas à affirmer qu'il s'attendait à un nouvel échec de Matthew ? Tel était d'ailleurs le cas…

Matthew ne remarqua pas son embarras. Il regardait les comptes.

— Si j'en crois ces chiffres, dit-il, j'ai gagné onze mille livres en trois mois. Êtes-vous sûr qu'il n'y a pas d'erreur ?

Le comptable sourit.

— Nous sommes très méticuleux, vous savez. Et j'ai vérifié les tableaux. Non, vous avez fait un peu plus de onze mille, comme c'est indiqué ici. Du bénéfice, donc. Mais attention : il faut savoir que le commerce fonctionne par cycles. Un bon trimestre ne signifie pas une bonne année.

— Mais même si je ne gagne plus rien jusqu'à la fin de l'année, cela reste malgré tout un profit acceptable… pour moi.

Le comptable hocha la tête.

— J'en ai parlé à votre père. J'espère que vous ne m'en voudrez pas. Il est de très bonne humeur ces temps-ci. Et la nouvelle l'a mis encore plus en joie.

Tout à son extase, Matthew l'écoutait à peine. En outre, depuis que Pat lui avait annoncé qu'elle restait à Édimbourg et continuerait à travailler pour lui tout en suivant ses cours à l'université, son moral était au beau fixe. Il avait conscience que la jeune fille était pour beaucoup dans les profits réalisés. Elle faisait une bonne vendeuse et devait connaître, sans le savoir, les dix secrets du commerce. Il faudrait lui en parler.

Ce matin-là, après avoir ouvert la galerie et allumé les spots qui illuminaient les tableaux, Matthew s'installa confortablement dans son fauteuil et feuilleta un catalogue de vente aux enchères reçu la veille. Une vente d'art écossais devait avoir lieu à la Hopetoun House et il songea qu'il était temps, à présent, de commencer à réaliser des acquisitions. Fort de ses onze mille livres de bénéfices, il pourrait aller à la banque et obtenir un prêt qui lui permettrait d'accroître son stock, d'acheter non plus des œuvres mineures et maniérées, mais de grands tableaux. Un Hornel, pourquoi pas ?

Il réfléchissait à cette perspective lorsque la cloche de la porte d'entrée tinta. Ce devait être Pat. Il leva la tête. Ce n'était pas elle. C'était son père.

20. Floraison tardive

Matthew accueillit son père avec chaleur. Bien qu'ils n'eussent pas toujours été en excellents termes, surtout à l'époque de ses premiers échecs commerciaux, ils avaient fini par se comprendre et s'accepter l'un l'autre, ce qui avait créé entre eux une relation cordiale et peu exigeante. Gordon, le père de Matthew, appréciait désormais le fait que, même si son fils était un homme d'affaires exécrable, il restait honnête et bien intentionné, de sorte qu'il ne lui ferait jamais honte. De son côté, Matthew avait atteint ce stade de l'existence où l'on accepte ses parents tels qu'ils sont. L'univers de son père – celui des clubs Rotary et des déjeuners d'affaires – ne serait jamais le sien, mais quelle importance ?

Il y avait une chose que Matthew ignorait : Gordon éprouvait un profond sentiment de culpabilité vis-à-vis de lui. Il estimait en effet avoir été un très mauvais père. Alors que les autres s'arrangeaient tous pour consacrer du temps à leurs fils, lui-même n'en faisait rien. Ainsi n'avait-il jamais assisté aux spectacles de fin d'année dans lesquels apparaissait Matthew et il avait même manqué la fameuse pièce de théâtre produite par l'école, *Carousel*, dans laquelle son fils incarnait Billy Bigelow, tandis que son ami Mark jouait le rôle de Mr Snow. Il était trop accaparé par ses affaires et la vie sociale qui les accompagnait. Lorsque Matthew avait grandi et quitté la maison, il avait tenté de se dédouaner en lui confiant des entreprises à gérer et en alimentant son compte en banque. À présent, il était trop tard.

Matthew alla à sa rencontre.

— Quelle bonne surprise ! s'exclama-t-il. Tu viens acheter un tableau ?

Gordon sourit.

— J'ai des goûts artistiques très rudimentaires, avoua-t-il. J'aime les paysages de montagnes, les bords de mer…

— Nous avons les deux, répondit Matthew. Et aussi un tableau abstrait de Vettriano extrêmement rare.

— Je suis passé te dire bonjour, déclara Gordon. J'ai rendez-vous à Charlotte Square avec mes avocats. Ces gens-là s'occupent très bien de moi. Je dois les rencontrer à onze heures et j'ai pensé venir voir comment vont tes affaires. J'ai appris que tes comptes étaient bénéficiaires...

Matthew retourna s'asseoir dans son fauteuil avec un sourire.

— Eh oui. Ça te surprend, hein ?

Gordon baissa les yeux. Mon fils sait très bien ce que je pense de lui, songea-t-il. Il se dit que le moindre de ses succès m'étonnerait. Et c'est ma faute. Ma faute...

— Je voulais te féliciter, répliqua-t-il. Oui, je reconnais que j'ai été un peu surpris. Mais peut-être... peut-être as-tu trouvé ta niche ? Et c'est tant mieux pour toi !

Matthew observa son père. Il y avait quelque chose de changé chez lui. Il s'était fait couper les cheveux, certes, et avait un peu maigri, mais ce n'était pas tout. N'était-il pas habillé plus jeune que d'habitude ?

— Tu as l'air en forme, fit-il remarquer. Tu t'es inscrit à un club de gym ?

Gordon rougit.

— Oui, en effet. Oh, je ne fais rien de trop contraignant. Quelques exercices de musculation et de la course à pied sur un tapis... histoire de transpirer un peu. Pas plus de deux heures par semaine...

Matthew haussa les sourcils.

— Et tu y vas tout seul ?

Gordon hésita un instant.

— En fait, commença-t-il, j'ai quelqu'un qui vient avec moi. Elle fait sa séance d'aérobic pendant que je cours et que je soulève mes poids.

Matthew ne dit rien. Elle. Cela expliquait le changement. Son père s'était trouvé une petite amie.

— C'est bien, déclara-t-il enfin. C'est sympa d'avoir de la compagnie. Qui est-ce, au fait ?

Gordon traversa la pièce pour aller se poster devant un tableau, qu'il examina de près.

— Joli paysage… commenta-t-il. Elle s'appelle Janis. Je l'ai rencontrée il y a quelques mois chez les Barbour. Tu te souviens des Barbour ? Au fait, ils te passent le bonjour. Bref, ils avaient invité Janis à dîner et… enfin, nous avons tout de suite accroché. J'aimerais que tu fasses sa connaissance.

Matthew détourna les yeux. Pourquoi était-il si difficile d'imaginer l'un de ses parents amoureux ? Il n'y avait aucune raison à cette réticence et pourtant, elle existait bel et bien. Et puis, franchement, qu'est-ce qu'une femme pouvait trouver à Gordon ? À part son argent, bien sûr…

— Et qu'est-ce que fait… qu'est-ce que fait Janis dans la vie ?

— Elle est fleuriste. Elle possède une jolie petite boutique. Les gens achètent encore de fleurs, de nos jours, tu sais… Elle affirme que les fleurs sont liées à la culpabilité. Que les hommes en achètent parce qu'ils se sentent coupables. Coupables de négliger leur femme, ce genre de choses…

Sa voix resta en suspens. Et ceux qui négligeaient leurs fils, alors ? Et ceux-là ?

Matthew l'avait écouté avec attention. Une fleuriste ? Il n'y avait aucun mal à cela, bien sûr, mais il se la représentait sans peine : seule dans sa boutique, entourée d'œillets et de bouquets de roses rouges, attendant sa chance. Et soudain, voilà qu'apparaissait Gordon, qui pesait 11,2 millions de livres (c'était le dernier chiffre que Matthew avait lu) et, ma foi, ne serait-ce pas infiniment mieux que de vendre des fleurs à des maris coupables ? *Elle est intéressée*, conclut-il.

Gordon tourna soudain le dos à la peinture qu'il observait un instant plus tôt.

— J'aimerais que tu la rencontres, répéta-t-il. Si nous dînions ensemble au club vendredi soir ? Cela te conviendrait-il ?

Il y avait, dans le ton de sa voix, une insistance presque pathétique qui fit regretter à Matthew ses mauvaises pensées ; encore de la culpabilité, mais cette fois, celle d'un fils envers son père. De toute façon, où que l'on se tournât à Édimbourg, on trouvait de la culpabilité. Chacun se sentait coupable de quelque chose. Coupable, coupable, et encore coupable…

— Oui, acquiesça Matthew, contrit. Je dois pouvoir me libérer. Quelle heure ?

— Sept heures et coup… répondit Gordon, avant de se reprendre aussitôt. Je veux dire : sept heures et quart.

— Parfait, fit Matthew. J'ai hâte de connaître…

— Janis, compléta son père. Ça s'écrit avec *is*, et non pas *ice*.

Matthew se demanda où était la différence. Il avait déjà une idée très précise de la femme qu'il allait découvrir, quelle que fût l'orthographe du nom qu'elle portait. Blonde, les traits durs, et un nez habitué à flairer l'argent.

Ils parlèrent d'autre chose. Gordon venait de vendre l'une de ses entreprises et il raconta à Matthew ce qui se passait depuis qu'elle avait changé de mains. Puis il parla du club de golf, qui avait engagé une nouvelle secrétaire. Celle-ci avait scandalisé quelques-uns des membres en modifiant de façon unilatérale la date de la soirée dansante annuelle, détail anodin, sans doute, mais qui ne l'était visiblement pas pour certains.

Il avait encore beaucoup de choses à raconter, mais Matthew lui prêta moins d'attention que d'ordinaire. Une question le tourmentait : que deviendrais-je si je n'avais pas mon père pour m'épauler ? Que se produirait-il si une personne arrivait et me dérobait ce précieux soutien ? Comment réagirais-je si je me retrouvais déshérité ? Très mal, conclut-il.

21. Discussions démographiques

En pénétrant dans la galerie, Pat découvrit Matthew à son bureau, absorbé dans ses pensées. Elle consulta sa montre.

— Tu es là de bonne heure ! lança-t-elle d'un ton enjoué.

Matthew releva la tête et marmonna un bonjour.

Depuis le départ de son père, une dizaine de minutes plus tôt, il méditait les implications de Janis. Il était possible – seulement possible – que celle-ci n'eût aucune idée derrière la tête et qu'elle portât à Gordon un intérêt sentimental plutôt que pécuniaire. Était-ce vraisemblable ? Pour Matthew, que l'on pût trouver son père séduisant semblait impensable : Gordon était le personnage le moins romantique qui fût sur terre, avec son obsession des bilans comptables et son goût pour les déjeuners d'affaires au Watsonian Club ou au Rotary. Quelle femme cela pouvait-il attirer ? Aucune, sans doute. Et pourtant, et pourtant… C'était l'une des constantes surprises de la vie, avait découvert Matthew : les femmes trouvaient certains messieurs séduisants, contre toute attente et quel que soit le style de ces derniers. Les hommes les plus horripilants n'avaient-ils pas leur partenaire qui, souvent, semblait même les apprécier ? Il existait tant d'exemples à l'appui de ce constat, surtout parmi les professionnels en contact avec le public ! Par ailleurs, chacun savait que les psychopathes se débrouillaient bien dans les affaires, car la culture commerciale moderne encourageait ce type de personnalité. Or ces nababs remportaient un franc succès auprès des femmes. Pourquoi ? Parce que c'étaient des hommes des cavernes, certes privés de leur gourdin, mais pourvus de son équivalent moderne, et il existait des femmes pour s'y intéresser.

Et, bien sûr, il ne fallait pas oublier – et Matthew ne l'oubliait pas – qu'un grand nombre de femmes vivaient dans un état de total désespoir. Elles cherchaient un homme sans parvenir à le trouver, pour des raisons démographiques ou autres. Certaines eussent accepté n'importe qui, pour peu que ce n'importe qui leur manifestât un soupçon d'intérêt. Même mon père, songea sombrement Matthew.

Il releva la tête.

— À ton avis, Pat, pourquoi y a-t-il si peu d'hommes ?

Il avait posé la question sans réfléchir et se sentit aussitôt embarrassé. Pat lui sourit sans paraître s'étonner d'être accueillie, tôt le matin, par une telle interrogation.

— Ma foi... répondit-elle. Y a-t-il vraiment si peu d'hommes que cela ? Ne sommes-nous pas à peu près en nombres équivalents – au départ, tout au moins – et n'est-ce pas seulement plus tard, quand les hommes commencent à mourir, que le nombre des femmes devient supérieur ? N'est-ce pas ainsi que cela se passe ?

Matthew fronça les sourcils.

— Peut-être, concéda-t-il. Peut-être, en termes de chiffres purs, mais comment se fait-il que, même avant l'âge où les hommes commencent à mourir, on s'aperçoive qu'il n'y a pas assez d'hommes pour... pour tout le monde ? C'est ce que pensent les femmes, en tout cas, non ?

Pat réfléchit. Il disait vrai, sans doute. On manquait toujours d'hommes pour satisfaire les femmes, semblait-il. Mais c'était là une tournure de phrase étrange : elle-même n'aurait pas présenté les choses de cette façon. Mieux valait dire que l'on ne disposait pas d'hommes en nombre suffisant pour pouvoir en fournir un à chacune des femmes qui en recherchaient. C'était cela. Oui, Matthew avait raison.

— C'est vrai, acquiesça-t-elle. Il n'est pas facile de se trouver un petit ami de nos jours. Je connais plein de femmes qui adoreraient en avoir un, mais qui n'en trouvent pas. On ne sait pas où ils se cachent. On dirait qu'ils ont disparu.

Matthew demeura songeur. Et moi, alors ? Il suffit de regarder là, sous ton nez, pensait-il. Il ne dit rien, cependant. D'une façon ou d'une autre, soupçonnait-il, lui-même n'entrait pas en ligne de compte dans les calculs de cette nature.

— Mais pourquoi ? interrogea-t-il encore. Que s'est-il passé ?

Pat songea qu'il devait le savoir, quoique Matthew lui fût toujours apparu comme vivant sur une autre planète. Peut-être ignorait-il certaines réalités, après tout.

— Il existe des hommes qui ne s'intéressent pas aux femmes, Matthew, révéla-t-elle. Tu en as conscience, non ?

— Oh, je le sais, assura-t-il. Mais combien sont-ils dans ce cas ?

Pat regarda par la vitrine, comme pour tenter d'établir des statistiques sur les passants.

— Beaucoup, affirma-t-elle. Cela dépend du lieu où l'on se trouve, bien sûr. Il y en a plus à Édimbourg qu'à Auchtermuchty, tu comprends. Et plus à San Francisco qu'à Kansas City. Disons… dix pour cent ?

— Très bien. Cela nous laisse quatre-vingt-dix pour cent.

Pat secoua la tête. Des changements importants étaient intervenus dans les possibilités sociales qui s'offraient aux hommes. Ces derniers aussi s'étaient longtemps trouvés piégés dans ces mêmes structures qui maintenaient jadis les femmes prisonnières et, depuis qu'ils en étaient affranchis, ils appréciaient leur liberté.

— Non, pas du tout, contesta-t-elle. Sur ces quatre-vingt-dix pour cent, un très gros pourcentage ne s'intéressent pas aux femmes, non parce que celles-ci ne les intéressent pas – pour ainsi dire –, mais parce qu'ils vivent très bien sans elles. Les femmes les encombrent, ils n'en ont plus besoin. Cela représente peut-être…

Elle choisit un chiffre au hasard.

—... peut-être vingt pour cent, qui estiment qu'ils sont mieux tout seuls. Si on y ajoute les dix pour cent qui ne sont en aucun cas disponibles, cela nous fait un total de trente pour cent d'hommes hors jeu, pour ainsi dire.

Matthew médita.

— Mais du côté des femmes, le nombre de disqualifiées n'est-il pas identique ? Il existe des femmes qui n'aiment pas les hommes et il y en a sûrement qui les aiment mais qui n'ont pas envie de s'engager. Si bien que les deux chiffres s'annulent et que l'on se retrouve, en fin de compte, avec deux groupes équivalents...

Il se trompait, Pat en était sûre. De son point de vue, l'objection à opposer à ce raisonnement était qu'elle-même n'avait jamais rencontré de femme qui préférât la solitude à la vie en couple, pour peu qu'un homme convenable et disponible se présentât. Bien sûr, cela ne signifiait rien et Pat était assez intelligente pour le comprendre. On ne pouvait généraliser à partir de sa propre expérience, car chacun vivait des choses en rapport avec ses perspectives et ses hypothèses de départ. Quand on aimait les hommes, on recherchait la compagnie de femmes qui les aimaient aussi et cela vous menait à la conclusion que le monde entier aimait les hommes, ce qui n'était clairement pas le cas.

Perplexe, elle s'assit en face de Matthew.

— Pourquoi me demandes-tu tout ça ?

— Parce que, apparemment, mon père a une petite amie, révéla-t-il d'un ton lugubre. Et je ne comprends pas ce qu'elle peut lui trouver.

Pat avait rencontré Gordon une fois, lorsqu'il était venu à la galerie.

— Mais ton père est charmant ! affirma-t-elle, avant d'ajouter, songeuse : Et puis, il a beaucoup d'argent...

22. *Chow-chow*

— Et maintenant, dis-moi, Bertie, demanda le Dr Fairbairn en tirant sur le pli de son pantalon pour croiser les jambes. Dis-moi : as-tu écrit tes rêves dans le petit carnet que je t'ai donné ?

Bertie ne croisa pas les jambes. Il n'était sûr de rien face au Dr Fairbairn et voulait se tenir prêt à bondir, au cas où la bizarrerie habituelle du psychothérapeute passerait les bornes. Pour s'échapper, avait-il calculé, le meilleur itinéraire consistait à contourner le bureau, sauter par-dessus le divan de cuir et gagner la porte de la salle d'attente. De là, il se précipiterait dans l'escalier, quitte à glisser sur la rampe au besoin. Une fois dans la rue, il serait sauvé. Un passant appellerait la police et l'on emmènerait le Dr Fairbairn à Carstairs, qui, d'après les informations de Bertie, était l'endroit où finissaient les gens comme lui. Il serait bien traité là-bas, car il devait connaître les médecins qui travaillaient dans cette institution. Peut-être même lui permettrait-on de jouer au golf dans le parc en attendant la guérison.

Il leva les yeux sur le Dr Fairbairn et remarqua que celui-ci avait changé de cravate. Celle avec les ours en peluche avait fait place à une autre, en soie noire ornée de points d'interrogation. Pourquoi avoir choisi des points d'interrogation ? La question intrigua Bertie.

— Oui, j'ai écrit mes rêves, répondit-il. Mais pourriez-vous m'expliquer, docteur Fairbairn, pourquoi vous avez tous ces points d'interrogation sur votre cravate ?

Le thérapeute se mit à rire.

— Tu es très observateur, Bertie. Tu remarques toujours ce que je porte. Pourquoi, à ton avis ?

— Ben… parce que je vous vois ! répliqua Bertie. Quand je vous parle, il faut bien que je vous regarde, et je suis obligé de remarquer comment vous êtes habillé.

Le Dr Fairbairn le scruta.

— Tu n'es pas jaloux, n'est-ce pas, Bertie ? Tu n'es pas jaloux de mes cravates, hein ?

Bertie prit une profonde inspiration. Pourquoi s'imagine-t-il que je suis jaloux, alors que j'ai déjà une cravate à la maison ?

— Non, assura-t-il, je ne suis pas jaloux. Je me demandais, c'est tout.

Le thérapeute hocha la tête.

— N'aurais-tu pas eu, par hasard, l'idée de prendre des ciseaux et de couper ma cravate ? As-tu déjà pensé à faire cela avec les cravates de ton papa ?

Bertie plissa les yeux. Laisserait-on le Dr Fairbairn porter une cravate à Carstairs ? Ou la lui confisquerait-on ? La lui couperait-on ? Le Dr Fairbairn parlait toujours de gens qui craignaient qu'on ne leur coupe quelque chose. Eh bien, cela lui donnerait une bonne leçon si quelqu'un lui coupait sa cravate. Ce serait bien fait pour lui.

— Non, je n'ai jamais eu l'idée de faire cela, affirma Bertie sans se départir de son calme. J'aime bien les cravates de papa. Il en a une écossaise, qu'il met parfois avec son kilt.

La mention du kilt parut intéresser le docteur, qui nota quelque chose sur son bloc. Puis il ouvrit la bouche pour parler, mais Bertie le prit de vitesse.

— Mon rêve, dit-il en glissant la main dans sa poche pour en tirer le carnet. N'oublions pas mon rêve.

Le Dr Fairbairn sourit.

— Non, bien sûr. Raconte-le-moi. Tes rêves m'intéressent beaucoup, Bertie. Les rêves sont très importants, tu sais.

Bertie ouvrit son carnet. Il ne partageait pas l'avis du thérapeute : pour lui, les rêves n'avaient pas la moindre importance, ils étaient idiots et les retenir n'offrait aucun intérêt. Depuis quelque temps d'ailleurs, il ne parvenait plus à s'en souvenir, ce qui l'avait contraint à recourir à un rêve vieux de plusieurs mois, mais qui suffirait à maintenir le thérapeute dans de bonnes dispositions.

Le Dr Fairbairn observait Bertie. Quel drôle de petit garçon ! Pas encore six ans et déjà déterminé, étonnamment déterminé, à réprimer toute pulsion œdipienne. Cela finirait par ressortir, bien sûr, mais il faudrait du temps, sans doute, et l'analyse des rêves y aiderait. Tout éclaterait alors au grand jour. Il y aurait, dans le rêve de Bertie, des figures du père en abondance, il le parierait…

— J'étais dans un train, commença l'enfant. J'étais dans un train qui roulait dans la campagne. Il y avait des champs de chaque côté et des gens, dans les champs, qui agitaient la main sur notre passage.

— Ces gens, c'étaient des hommes ou des femmes ? s'enquit le Dr Fairbairn avec douceur, tandis que son crayon noircissait le papier.

Il ne pouvait s'agir que d'hommes, bien sûr : des pères, des pères qui observaient, scrutaient…

— Des filles, répondit Bertie. Des filles avec des grands chapeaux. Il n'y avait que des filles.

Le thérapeute hocha la tête.

— Je vois. Des filles, donc…

Des gestes d'au revoir adressés à des filles ? À la mère, évidemment ; c'était la mère qui se tenait dans les champs, laissée en arrière par le train masculin.

— Oui, confirma Bertie. Je continue, docteur Fairbairn ?

— Bien sûr.

— J'ai regardé un peu par la fenêtre, puis je suis allé m'asseoir dans le compartiment. C'était un vieux train qui avait des compartiments séparés, avec des panneaux de bois sur les murs. Je suis resté assis un moment, puis je me suis levé et je suis sorti dans le couloir. C'était un très long couloir et j'ai commencé à marcher en regardant les autres compartiments au passage.

— Et qui y avait-il dans ces compartiments ? interrogea le Dr Fairbairn. Ton père y était-il ?

— Non, assura Bertie. Je n'ai pas du tout vu mon père. Il devait être à son bureau, au Scottish Executive. Non, je n'ai reconnu personne dans le train. Il n'y avait que des inconnus. Des inconnus et des chiens.

— Des chiens ? s'étonna le Dr Fairbairn. Comme c'est intéressant !

— L'un de ces chiens était gros, avec plein de poils. Il m'a regardé et a aboyé.

Bertie observa le Dr Fairbairn, qui, à la mention du chien, avait cessé d'écrire pour poser sur lui un regard étrange. Il se demanda si le moment n'était pas venu de prendre la fuite, mais le psychothérapeute ne bougeait pas. Il réfléchissait au chien. *Un gros chien avec plein de poils* ne pouvait être qu'une chose : un chow-chow. Et le chow-chow, n'importe quel adepte du psychiatre viennois aurait pu le dire, *était précisément la race du chien que possédait le Dr Freud*. Déjà, le titre de l'article se dessinait dans son esprit : *Échos du chow-chow freudien : des symboles nocturnes et un petit garçon de cinq ans.*

— Chow-chow, murmura-t-il.

Bertie redressa vivement la tête. Ce devait être le signal.

— Ciao ! répondit-il en se levant.

Le Dr Fairbairn parut surpris, puis il jeta un coup d'œil à sa montre et acquiesça. Il tenait à parler à Irene et il restait environ dix minutes avant l'arrivée du patient suivant.

— Demande à ta maman de venir me voir, dit-il à Bertie. Cela ne t'ennuie pas de patienter un peu en salle d'attente ?

Si, cela l'ennuyait beaucoup, mais il ne le dit pas. Ça n'aurait servi à rien. De toute façon, il n'avait pas le pouvoir de rendre sa vie plus conforme à ce qu'il aurait aimé vivre. Son existence était si limitée, si étriquée !

Attendre. Écouter. Se faire sermonner. Devoir consigner ses rêves dans un carnet. Aller au Floatarium. Être forcé d'apprendre l'italien. Et tout cela allait durer des années… des années interminables…

23. Où l'on frôle un aveu inattendu

Assis dans la salle d'attente, Bertie feuilletait un magazine. Il détestait ces moments où sa mère disparaissait dans le cabinet du thérapeute pour échanger avec lui ce qu'elle appelait « quelques mots rapides ». Pour commencer, c'était beaucoup plus que « quelques mots », et ce n'était jamais rapide. Elle y resterait une éternité. Et puis surtout, il savait que c'était de lui qu'ils discutaient, et cela l'horripilait.

Le Dr Fairbairn lui avait promis de ne rien révéler à Irene de la liste qu'il l'avait obligé à dresser, mais Bertie était persuadé qu'il ferait le contraire et que, selon toute probabilité, il irait même jusqu'à la lui montrer. Le Dr Fairbairn était trop instable pour que l'on pût lui faire confiance et il était étonnant que personne n'ait encore remarqué à quel point cet homme était dangereux. On le découvrirait tôt ou tard, c'était sûr, lorsque le médecin finirait par agresser un patient, et lui-même pourrait alors témoigner qu'il s'y attendait depuis longtemps. Mais d'ici là, personne ne serait disposé à l'écouter.

Bertie tournait les pages de son magazine, un vieux numéro du *Scottish Field*. Il aimait bien cette revue, car on y voyait des photographies de pêcheurs et des publicités pour des imperméables, du matériel de pêche et des canifs à lames multiples. Bertie avait lu un article sur l'art de fixer une mouche à un hameçon et cela l'avait fasciné. Il pourrait s'y essayer un jour, peut-être, si quelqu'un lui montrait comment s'y prendre – ce qui, bien sûr, n'arriverait jamais. C'était sûrement ce genre de choses que l'on enseignait à Watson, à des garçons comme Jock. Ça devait être très amusant de découper des morceaux de plumes et de les rassembler pour faire ressembler le tout à une mouche ! Nettement plus drôle que de découper de vieux exemplaires du *Guardian* pour en faire des chaînes de petits bonshommes !

Bertie parcourut ensuite la rubrique « Vie mondaine », en fin de magazine, et s'attarda sur les photographies. Ces gens-là avaient l'air de beaucoup s'amuser dans la vie. Il y avait eu un rallye de voitures de collection, suivi d'une grande réception, et les gens posaient à côté de leur automobile, un verre de champagne à la main, leurs lunettes de conduite relevées sur le front. Ils étaient beaux et exaltés et leurs voitures étaient magnifiques. Pas comme la nôtre, songea Bertie. D'ailleurs, on ne sait même pas où elle est…

Il examina les images. Un homme très grand souriait au photographe. Il s'agissait de Mr Roddy Martine, indiquait la légende. Ce serait merveilleux d'être aussi grand que lui, se dit Bertie. Nul ne songerait à pousser Mr Roddy Martine ; personne n'oserait. À côté se tenait un homme au visage sympathique portant la moustache : Mr Charlie Maclean, était-il écrit. Une canne à pêche à la main, il souriait. Comme tous ces gens s'amusaient ! Au moins, il existait des personnes, en Écosse, qui prenaient du bon temps. Peut-être que Mr Charlie Maclean a un fils, pensa Bertie, et que je pourrais faire sa connaissance, et qu'il pourrait devenir mon ami, comme cela a failli arriver avec Jock. Il n'y avait aucune photographie du Dr Fairbairn, constata Bertie, ni de personne qu'il connaissait. Même Mr Dalyell, le sympathique monsieur qu'il avait rencontré chez *Valvona and Crolla*, ne figurait pas dans le magazine. Bertie soupira.

Dans le cabinet de consultation, Irene prit place sur la chaise tout juste libérée par Bertie. Elle regarda le Dr Fairbairn et remarqua aussitôt sa cravate. Elle remarquait toujours ses vêtements : sa veste de lin bleu sans aucun faux pli, alors qu'on savait à quel point le lin était difficile à entretenir, et sa cravate au motif énigmatique… Bien sûr, c'était exactement ce qu'il fallait : la vie était une quête, et pourquoi les cravates ne refléteraient-elles pas cette réalité ?

— Le lin n'est pas une matière facile, déclara-t-elle. Je me demande comment vous faites pour que votre veste reste impeccable ! Moi, avec le lin, je deviens folle…

Le Dr Fairbairn sourit. Un sourire modeste, estima Irene. En dépit de son immense savoir, il n'y avait jamais de triomphalisme chez le thérapeute.

— En fait, c'est un mélange, expliqua-t-il. Surtout du lin, mais on y a ajouté une fibre artificielle… en toute petite quantité. C'est elle qui fait la différence. J'ai à peine besoin de la repasser.

— Il faudra que vous me donniez des précisions. J'ai un petit haut en lin qui ressemble au visage d'Auden.

— Après la catastrophe géologique, ou avant ? s'enquit le Dr Fairbairn.

C'était une référence très intelligente – en fait, les deux références l'étaient – aussi Irene et le médecin s'autorisèrent-ils un léger sourire de satisfaction. Auden avait comparé les rides soudainement apparues sur son visage – dues à sa nature de peau – à une catastrophe géologique. Peu de gens savaient cela, bien sûr, mais eux, oui.

— Il aurait pu écrire *Éloge du lin*, poursuivit le Dr Fairbairn. S'il constitue l'unique matière…

— Que nous, les inconstants… compléta Irene.

— C'est surtout parce qu'il est difficile à repasser, acheva le thérapeute avec un moulinet du bras.

Ils gloussèrent. Irene baissa les yeux sur le pantalon du Dr Fairbairn – un pied-de-poule très discret, pensa-t-elle – et sur ses chaussures cirées à la perfection.

— Vous êtes toujours très élégant, affirma-t-elle. Tous les Écossais ne sont pas comme vous, loin de là.

Elle marqua un temps d'arrêt, avant de soupirer :

— Mais j'imagine que nous sommes ici pour parler de Bertie…

— Oui, répondit le thérapeute avec un léger froncement de sourcils. Nous avons un peu travaillé sur les rêves, aujourd'hui. C'est un début, tout au moins.

— Il ne me parle jamais de ses rêves, remarqua Irene. D'ailleurs, il me parle beaucoup moins qu'avant. On dirait presque que mon petit garçon est devenu un étranger.

Le médecin hocha la tête.

— C'est normal. Avez-vous noté de nouveaux signes de comportement obsessionnel ?

Irene considéra le plafond. Depuis le jour où il avait mis le feu au *Guardian* de Stuart, Bertie n'avait rien fait d'aussi grave, mais il y avait eu, malgré tout, quelques petites choses : des erreurs délibérées dans la conjugaison des verbes italiens (des confusions dans les participes passés, par exemple) et une réticence, très forte, à faire ses gammes pour préparer son examen du septième niveau au saxophone. C'était à peu près tout ce qu'elle avait pu remarquer.

Le Dr Fairbairn attendit une réponse, mais Irene garda le silence.

— Bien sûr, reprit-il, Bertie pourrait être affecté par des tensions qu'il ressent dans le foyer… s'il y en a… Cela vous ennuierait-il si je vous interrogeais à ce sujet ? Cela vous gênerait-il ?

Irene regarda le sol.

— Non, et la réponse que je vous donnerais serait la suivante : oui ! Il y a des tensions, mais je n'y suis pour rien. Ce n'est pas ma faute si je m'ennuie. Parce que je m'ennuie. J'ai l'impression d'être aussi malheureuse que Mme Bovary. L'impression d'être prise au piège. Et la seule façon de m'en sortir, la seule façon de m'échapper vers une vie plus élevée et plus intense, c'est à travers mon petit garçon. Mon petit garçon qui va grandir et qui deviendra tout ce que son père n'est pas. J'y suis déterminée, docteur Fairbairn. Vraiment déterminée.

Le Dr Fairbairn attendit la suite. Elle avait élevé la voix puis fini presque dans un murmure, et à présent, elle restait silencieuse, comme épuisée par la dangereuse intimité de sa confession.

— Moi aussi, je me sens piégé, dit-il alors. Et voyez-vous, j'ai quelque chose à vous confesser…

Irene redressa vivement la tête.

— Quoi ? souffla-t-elle.

— Non, ce n'est pas le bon moment. Plus tard, peut-être…

24. Bruce rencontre un ami

Maintenant qu'il disposait de tout son temps, Bruce avait pris l'habitude de rester au lit jusqu'à plus de onze heures. Il n'avait jamais aimé se lever tôt, bien qu'il eût été éduqué dans une famille où telle était la règle et, depuis qu'il n'avait plus besoin d'arriver à neuf heures dans les bureaux de Macauley Holmes Richardson Black, il en profitait pour faire la grasse matinée, oscillant entre le sommeil et un délicieux état de semi-conscience.

C'était l'heure parfaite pour penser, ou plutôt pour rêver : il laissait vagabonder son imagination en songeant à la fille idéale, par exemple, ou à la voiture qu'il s'achèterait si l'argent n'était pas un problème… La fille idéale ressemblerait un peu à Sally… Non, il ne fallait pas repenser à elle, à cette Américaine prétentieuse qui avait eu le culot – et l'inconscience – d'affirmer qu'elle ne voulait plus le voir. Comment avait-elle osé ? Pour qui se prenait-elle, à lui dire qu'elle n'avait aucune envie qu'il vienne à Nantucket avec elle ? Et d'ailleurs, Nantucket… Qui avait jamais entendu parler de ce patelin ? Une île perdue avec une plage minuscule et une mer glaciale ! Qu'est-ce qui lui faisait croire qu'il ait pu avoir envie, ne serait-ce qu'une seconde, d'aller là-bas, alors qu'en fait c'était par pure bonté d'âme qu'il avait proposé de l'accompagner, parce qu'il savait à quel point l'idée de leur séparation imminente la démoralisait !

Songer à tout cela ne servait à rien et Bruce se retourna avec colère dans son lit, cherchant un autre sujet de réflexion. Il y avait des dizaines de filles qui n'attendaient que lui, rêvant qu'il leur adresse la parole ou leur manifeste un simple signe d'attention…

Ce matin-là, il resta au lit jusqu'à midi. Puis il se leva paresseusement, n'accordant qu'un bref coup d'œil au miroir en pied placé en face du lit, et s'habilla sans se presser : jean, maillot de rugby et mocassins de cuir. Il y eut ensuite l'application du gel capillaire, suivie d'une rapide séance de rasage devant un autre miroir, grossissant celui-là. Il se caressa le menton et appliqua un peu d'eau de Cologne au bois de santal. Aucun signe de vieillissement, estima-t-il en s'examinant. Ni ride ni ramollissement. Certaines personnes commençaient à vieillir à vingt ans, voire avant. Pas moi, pensa Bruce. Je ne ramollis pas. *Pas moi*[1] *!*

Il quitta l'appartement et dévala deux par deux les marches jusqu'au rez-de-chaussée, le bruit de ses pas se répercutant entre les murs. Puis il se retrouva dans la rue et, après quelques minutes de marche, pénétra dans le *Cumberland Bar*, où l'attendait George Salter.

Ils se serrèrent la main.

— Ça fait un bail, lança George.

1. En français dans le texte.

Bruce acquiesça. Il le connaissait depuis son enfance à Crieff et il l'aimait bien, malgré le peu de choses qu'ils avaient en commun : George était beaucoup plus petit que Bruce, avait des cheveux blonds coupés ras et des joues rebondies. Il ne s'habillait pas avec autant de goût que lui et ne possédait aucun sens de l'élégance. Ses vêtements semblaient toujours trop serrés ; jamais Bruce n'en aurait porté de semblables. Pauvre George ! pensa-t-il avec amusement. Il n'est vraiment pas dans le coup !

Malgré la distance qui les séparait, George admirait profondément son vieil ami. À l'école, il l'avait adulé et s'était vu récompensé de cette adoration par d'occasionnelles invitations et le sentiment de privilège que confère le fait d'être associé à un individu tel que Bruce. Il eût aimé afficher la même assurance que celui-ci, avoir son flair, pouvoir parler comme lui, tout en restant convaincu que rien de tout cela ne serait jamais possible.

George paya les consommations et tous deux allèrent s'installer à une table.

— J'ai appris que tu avais démissionné, commença George. Tu en as eu assez ?

Le regard de Bruce s'égara vers l'entrée du bar.

— Tout à fait, répondit-il. Je crevais d'ennui. Je faisais tout le temps la même chose, dans ce boulot. C'était assommant !

Il se tut, but une gorgée de Guinness.

— Bien entendu, mes patrons m'ont supplié de rester…

— Ils t'ont proposé une hausse de salaire ?

— Ce genre de chose, oui. Mais c'était hors de question.

George eut un sourire piteux.

— J'admire ta détermination, avoua-t-il. Moi, la dernière fois qu'on m'a proposé une augmentation pour que je reste, j'ai accepté tout de suite.

Bruce examina son ami. Était-il possible que quelqu'un ait envisagé de payer George plus cher pour qu'il reste ? Cela paraissait invraisemblable.

— Et maintenant, alors ? interrogea George. Tu cherches autre chose ?

— J'ai quelques projets sur le feu, assura Bruce d'un ton désinvolte. Un en particulier. Dans le vin.

Cette révélation produisit une forte impression sur George. Bruce ferait un parfait négociant en vins, songea-t-il. Il avait le physique de l'emploi.

Bruce examina ses ongles.

— Oui, poursuivit-il. C'est un domaine qui m'intéresse. On ne peut pas faire n'importe quoi, mais j'ai déjà les bases et j'apprendrai le reste sur le tas. Je pense suivre quelques cours d'œnologie pour décrocher un Master.

George ne dissimula pas son enthousiasme.

— C'est une idée géniale ! Tu n'auras aucune difficulté. Ce sera une promenade de santé pour toi ! Tu te souviens comme tu étais bon en physique ?

— Peut-être, répondit Bruce. Mais ce n'est pas dans la poche, tout de même.

Un silence s'installa, au cours duquel Bruce regarda deux ou trois fois George à la dérobée. Une idée se formait dans son esprit. Il était étrange qu'il n'y eût pas songé plus tôt, pourtant, cela paraissait évident quand on y réfléchissait. Malgré tous ses défauts, George possédait un atout majeur : il avait des capitaux.

— Ça t'intéresse, le vin ? hasarda-t-il.

— Beaucoup, assura George. Je ne suis pas aussi calé que toi, évidemment, mais cela me plaît, c'est sûr.

Bruce réfléchit à toute allure. S'il disposait de capitaux, il n'aurait plus à quémander un emploi : il pourrait monter son propre commerce de vins. Il louerait une boutique dans la Nouvelle Ville et débuterait aussitôt. Le vin coûtait cher et il faudrait… combien ? Cent mille livres pour commencer ?

Il saisit sa pinte et vida les dernières gouttes de sa Guinness.

— Je t'offre un verre, résolut-il, et ensuite, je te parle d'un projet que je suis en train de mettre au point. Un projet dans lequel tu as un rôle à jouer !

George leva sur son ami un regard rempli de stupéfaction. Il avait toujours voulu être Bruce, tout en sachant que ce ne serait jamais possible. Un désir idiot et irrationnel.

— Moi ? fit-il. Super !

25. Où l'on parvient à un accord

— Très bien, déclara Bruce. Voilà le marché…

George lui sourit.

— Vas-y. Raconte !

— Tu as des capitaux, n'est-ce pas ? Je ne sais pas ce que tu en as fait, bien sûr. Mais j'imagine qu'ils sont à peu près intacts ?

George haussa les épaules.

— À peu près, oui, concéda-t-il. Les marchés financiers ont pris des coups, mais comme je n'ai jamais aimé le risque, je m'en suis bien sorti. J'avais investi dans des valeurs sûres.

Bruce baissa la voix.

— C'est peut-être une question indiscrète, mais… qui est-ce qui gère tout ça ?

— Pour la majeure partie, c'est un courtier de Glasgow. Il s'occupe de mes placements.

— En obligations ?

— En partie, et aussi en actions. J'ai également une propriété foncière. Il paraît qu'il faut répartir les risques.

Bruce se mit à rire.

— Ce n'est pas faux, commenta-t-il. Sauf que, parfois, ces gens-là sont si prudents qu'il n'y a plus de risques du tout. Ce qui fait que les capitaux stagnent.

George fronça les sourcils.

— Tu crois que…

Il n'acheva pas.

— Oui, assura Bruce. Je suis prêt à parier que tu es aussi solide que la banque d'Angleterre, mais à peu près aussi morne. Il n'arrivera jamais rien à ton capital. Il stagnera, c'est tout, George, mon ami.

L'intéressé le considéra de ses petits yeux pâles.

— Mais…

— Mais si tu te demandes qui gagne vraiment de l'argent, enchaîna Bruce, qui fait des affaires en or, tu t'apercevras que ce sont les gens qui investissent dans des projets neufs. Il n'y a aucun doute là-dessus.

George but une gorgée de bière.

— Je pensais que ces gens-là ne s'en sortaient pas toujours très bien, dit-il. Ce n'est pas sans risques, n'est-ce pas ?

Bruce éclata de rire.

— Qu'ils ne s'en sortaient pas très bien ? s'exclama-t-il. Tu as vu les profits qu'ils font ? Vingt, trente pour cent de bénéfice. Facile !

Il marqua un temps d'arrêt.

— Bien entendu, il y a des trucs qui ne rapportent rien quand arrive la liquidation, concéda-t-il. Mais ce sont des exceptions. Crois-moi, je sais de quoi je parle !

George esquissa un faible sourire.

— À t'écouter, je manque vraiment d'audace…

Bruce lui tapota l'épaule.

— Juste un peu, George, juste un peu…

Il se tut. Le moment était venu, estima-t-il. George ne pouvait qu'accepter.

— Mais écoute-moi bien. Je vais t'expliquer mon projet. Je suis prêt à t'intéresser aux bénéfices si tu investis dans mon affaire de vins. Nous partagerons les profits à cinquante-cinquante, sans que tu aies besoin de lever le petit doigt. C'est moi qui m'occuperai de tout. Je travaillerai et toi, tu… tu seras le capitaliste. Pour toi, c'est une occasion en or de participer un peu à l'action.

Il guetta la réaction de son interlocuteur, qui mettait du temps à venir. L'espace d'un instant, il se demanda s'il n'était pas allé trop vite en besogne, s'il n'avait pas soumis la proposition trop tôt, auquel cas il serait obligé de lui accorder un délai de réflexion. George n'était pas un rapide – il ne l'avait jamais été – et peut-être lui faudrait-il du temps. Mais il finirait sûrement par céder, dans une heure au maximum. Depuis qu'il connaissait George, ce dernier l'avait toujours suivi.

En face de lui, George gardait les yeux baissés sur la table.

— Combien faut-il, d'après toi ? demanda-t-il enfin.

Bruce capta son regard.

— Il ne faut surtout pas jouer petit, expliqua-t-il. Il n'y a rien de pire que de se lancer dans une entreprise de façon étriquée. C'est le meilleur moyen de donner une longueur d'avance à la concurrence. J'en ai vu, des affaires à petits budgets qui se cassaient la figure…

— Ah bon ? s'étonna George. Lesquelles ?

— Oh, plein, répondit Bruce à la hâte. Crois-moi.

— Alors, combien ? demanda George.

— Cent…

Bruce s'arrêta, hésitant.

— Cinquante mille. Avec cinquante mille, on peut se mettre sur les rails, à condition que le loyer ne soit pas trop cher. Crois-tu pouvoir les trouver ?

George fit la moue. C'était une réaction faible, molle, estima Bruce, mais il maîtrisa son irritation et lança un sourire encourageant à son ami.

— J'imagine que oui, répondit George avec réticence. Je pourrais vendre quelques obligations et transférer les fonds. Ce n'est pas ça qui va faire sauter la banque…

Avec un petit rire ravi, Bruce se pencha pour tapoter le dos de son ami.

— Tu viens de prendre la meilleure décision de ta vie d'homme d'affaires, affirma-t-il. On va aller très loin, tous les deux !

George esquissa un sourire mal assuré.

— J'espère…

Pendant l'heure qui suivit, Bruce exposa son projet. Celui-ci n'était encore qu'au stade naissant, mais il prit consistance à mesure qu'il parlait. Par chance, il connaissait un local qui pourrait convenir. Il l'avait expertisé pour le cabinet et, depuis, le locataire avait fait faillite. Il pourrait obtenir du propriétaire un prix raisonnable, à condition d'agir vite. Ensuite, il y avait le stock. Pour cela, il pourrait s'adresser aux grossistes, mais il faudrait également aller acheter le vin directement chez les producteurs. Ce serait sympa, il pourrait emmener George avec lui, quoique… Non, peut-être pas. George était un peu lourd – bien que très généreux, il fallait le reconnaître, et loyal – et sa présence n'apporterait pas grand-chose à un voyage à Bordeaux.

George sourit tout à coup.

— Nous pourrions aller acheter le vin ensemble, suggéra-t-il avec enthousiasme. Toi et moi. On prendrait l'avion jusqu'à Bordeaux, puis on louerait une voiture et on ferait la tournée des propriétés pour déguster le vin. Ce serait super !

— Oui, acquiesça Bruce. C'est une idée. Mais on ne pourrait pas rester trop longtemps absent du magasin, tu comprends. Ce serait peut-être mieux d'acheter chez les grossistes.

— C'est toi qui sais… concéda George.

De retour chez lui, un peu plus tard, Bruce s'assit dans son fauteuil et songea à ce qu'il venait de faire. Après avoir obtenu l'accord de George, donné avec une rapidité remarquable, il s'était dit qu'il aurait peut-être dû laisser à son ami un peu de temps – un jour ou deux – pour réfléchir à sa proposition. Il s'était aussi demandé s'il avait bien fait de lui soumettre ce projet au *Cumberland Bar*, un lieu de loisirs. Toutefois, il repoussa vite ces objections. George était un adulte responsable – quoiqu'un peu malléable – et il n'avait pas accepté sous la contrainte. Et puis, la proposition en elle-même n'était pas mauvaise. Ce n'était pas comme s'il lui avait demandé d'investir dans des actions minières soumises à la spéculation. Au contraire, il lui offrait un intéressement dans une affaire, avec du stock et une adresse et, ce qui était le plus important, des compétences. Car rien ne remplaçait les compétences : celles-ci constituaient le véritable capital d'un commerce et le leur en posséderait en abondance.

Par ailleurs, il y avait la question du choix du nom. Anderson devrait y figurer, bien sûr, ainsi que Salter, par égard pour la source des capitaux. *Anderson & Salter, Négociants en vins*. Cela sonnait bien. Mais soudain, Bruce eut une meilleure idée, qui le remplit d'excitation : *Anderson & Salter, Vinothèque*. C'est excellent ! songea-t-il. Exceptionnel !

26. L'idée de Bertie

Tandis que Bruce et George scellaient les termes de leur association à venir autour d'un verre au *Cumberland Bar*, Bertie et sa mère se trouvaient dans un magasin de vêtements de George Street. Bertie avait besoin de chaussettes, tout comme Stuart, d'ailleurs. Aussi extraordinaire que cela paraisse, les chaussettes d'hommes tendaient à migrer : chaque machine ou presque entraînait un déficit de chaussettes, alors que ni les chemises ni les serviettes ni aucun autre vêtement ne disparaissait jamais. Irene avait essayé la solution de coudre les chaussettes par paires avant de les mettre à la machine, mais cela avait eu pour effet la perte de deux chaussettes au lieu d'une. Le phénomène dépassait l'entendement.

— Peut-être que les chaussettes se désintègrent, suggéra Bertie. Ou qu'elles partent par le tuyau.

— Qui sait ? Mais il faut rester rationnel, Bertie. Il n'est pas possible que les chaussettes disparaissent dans une machine à laver – elles doivent se perdre à un autre stade du processus.

— Si c'était le cas, objecta Bertie, on finirait par les retrouver. Et on ne les retrouve jamais, hein ?

— Nous allons devoir laisser ce problème pour plus tard, résolut Irene avec fermeté. Il existe une explication logique à tout, comme tu le sais bien.

— Sauf aux chaussettes qui disparaissent... marmonna Bertie.

Irene choisit d'ignorer ce dernier commentaire. Il importait de lutter contre les pensées magiques et irrationnelles des enfants, mais il y avait un temps et un lieu pour le faire, et ce n'était ni l'un ni l'autre. Il fallait également sélectionner les problèmes à méditer ; or celui des chaussettes manquantes semblait se refuser à toute interprétation rationnelle. C'était le genre d'énigme sur lequel Arthur Koestler aurait pu exprimer une opinion, et peut-être l'avait-il fait, d'ailleurs, qui sait...

À présent, chez Aitken and Niven, dans George Street, Irene passait en revue les chaussettes du rayon. Pour Stuart, il en faudrait des grises, comme d'habitude, car cette couleur lui allait bien, tandis qu'elle en prendrait deux paires vert bouteille pour Bertie – en espérant qu'ils les avaient dans sa taille. Elle saisit des chaussettes afin de les examiner. Voyant sa mère occupée, Bertie s'éloigna. Il avait repéré, exposé sur un meuble, un ballon de rugby dédicacé par plusieurs joueurs et, derrière, sur un mannequin, un maillot. « All Blacks », était-il écrit, et le cœur de Bertie fit un bond dans sa poitrine. Ils étaient très célèbres, ces All Blacks ! Avant chacun de leurs matches, ils se livraient à une danse rituelle effrayante. Bertie les avait vus à la télévision et leur férocité l'avait frappé. Il devait être très intimidant de devoir les affronter à Murrayfield et de les voir exécuter cette redoutable chorégraphie. Serait-il lui-même assez brave pour le supporter, se demanda-t-il, ou se sauverait-il à toutes jambes en direction des vestiaires ? Une telle réaction serait parfaitement compréhensible, mais la foule ne l'entendrait pas de cette oreille. Il y aurait des huées, pensa Bertie, si la moitié d'une équipe de rugby s'enfuyait devant la danse de guerre des All Blacks.

Quittant le maillot de rugby, le regard de Bertie fut attiré par une photographie encadrée, placée juste derrière, près d'une pile de casiers qui contenaient des tenues de rugby. Il s'en approcha. On y voyait un homme qui souriait et elle était dédicacée. Bertie déchiffra la signature : Gavin Hastings. Il recula et contempla le visage. Il aimait l'expression de ce Mr Hastings, qui semblait le considérer de manière sympathique. Ce serait bien de connaître quelqu'un comme ça, quelqu'un qui l'inviterait à aller voir un match ou qui jouerait avec lui au ballon ! Ce serait bien de jouer au rugby avec Mr Hastings !

Bertie se détourna. Sa mère regardait toujours les chaussettes, scrutant les étiquettes et écartant les modèles qui contenaient du nylon. Cela lui prendrait du temps, estima-t-il. Irene n'était jamais rapide quand elle faisait les courses, car elle aimait examiner chaque article de très près avant d'acheter. Cette méthode présentait ses inconvénients. Elle avait eu plus d'une altercation assez grossière avec le marchand de fruits et légumes du quartier, qui lui demandait d'arrêter d'appuyer sur les avocats pour déterminer leur degré de maturité. Le poissonnier aussi avait réagi le jour où Irene, sans vergogne, avait saisi un poisson de l'étalage et l'avait reniflé ostensiblement, avant de le reposer avec une grimace de dégoût. Les incidents de ce type embarrassaient Bertie, qui y était pourtant habitué. Comme ce serait bien d'avoir une mère normale ! pensait-il alors. Enfin, même les mères normales mettaient parfois leurs enfants mal à l'aise.

Bertie regarda autour de lui. En règle générale, les magasins l'ennuyaient, mais il fallait reconnaître que celui-ci était plutôt intéressant. Il s'attarda au rayon des costumes de soirée, appréciant d'une caresse la douceur du velours, avant de repérer, juste derrière, une série de vestes de kilt en tweed vert dont les boutons étaient en corne. Puis Bertie aperçut soudain une pancarte qui indiquait *Blazers d'écoliers.* Il s'immobilisa.

Après un rapide coup d'œil vers sa mère, Bertie monta les quelques marches qui menaient à la salle voisine. Avançant à pas de loup, il scruta dans la direction indiquée par la pancarte. Oui, ils étaient là ! Un portant entier de blazers prune de l'école Watson, pour tous les âges ! Bertie s'approcha et tendit la main vers une veste qui semblait à sa taille. Au comble de l'excitation, il décrocha le vêtement et commença à l'enfiler. Il avait peine à croire qu'il avait cette audace, et sa respiration se précipita.

Un miroir attira son regard et il se décala pour se contempler. Il vit le reflet du badge, un magnifique blason, et sentit l'odeur de neuf de la laine. La veste lui allait à la perfection. À la perfection. Et il était si beau ainsi vêtu ! Un vrai garçon de Watson…

Ce fut à cet instant, alors qu'il s'extasiait devant son reflet, que l'idée germa dans son esprit. Une idée toute simple, quand on y pensait, mais qui revêtait pour lui une signification immense. Un plan audacieux, étonnant, mais pour quelle raison ne fonctionnerait-il pas ? Il suffisait d'un peu de courage.

Une voix s'éleva tout à coup derrière lui, si inattendue qu'elle le fit sursauter :

— Eh bien, jeune homme ? Qu'en penses-tu ?

27. Chaussettes

Bertie leva les yeux vers l'homme qui se tenait derrière lui. C'était un vendeur, très élégant dans son costume noir. Il considérait Bertie à travers des lunettes en demi-lunes et son expression trahissait un certain étonnement.

— Eh bien, jeune homme, répéta-t-il. La taille est-elle bonne, à ton avis ?

Bertie jeta un nouveau coup d'œil au miroir.

— Oui, répondit-il avec nervosité. Je ne faisais que l'essayer, vous savez. Je n'allais pas le voler…

L'homme se mit à rire.

— Mais je n'ai pas imaginé un seul instant que tu allais le voler ! s'exclama-t-il. Grands dieux ! J'ai pensé que tu voulais vérifier si la taille était bonne. Et tu dis qu'elle convient ?

Bertie déboutonna le blazer.

— La taille est parfaite. Et il est très joli.

— C'est une bonne marque, assura le vendeur en lui prenant le vêtement des mains pour le replacer sur le cintre. Dis-moi, es-tu content d'être à Watson ?

Bertie baissa les yeux.

— Je n'y suis pas, avoua-t-il, piteux.

L'homme haussa les sourcils.

— Ah bon ? Mais tu as essayé le blazer…

— C'est que j'aimerais bien y aller, expliqua Bertie. Alors, j'ai eu envie de voir ce que cela faisait de porter le blazer.

Le vendeur rajusta ses lunettes.

— Je comprends. Ma foi, il n'y a pas de mal à cela. À quelle école vas-tu ?

— Steiner.

— Mais c'est un très bon établissement ! s'extasia l'homme. Tu as de la chance. Il jouit d'une excellente réputation.

— Je sais. C'est très bien. Seulement, il n'y a pas de rugby…

L'homme hocha la tête.

— Je suppose que si l'on veut jouer au rugby, mieux vaut choisir une autre école. Tu es vraiment passionné ?

— Vraiment ! confirma Bertie avec enthousiasme. Je n'ai jamais eu la chance d'y jouer, mais j'adorerais.

Il marqua un temps d'arrêt.

— Est-ce que Mr Hastings vient ici de temps en temps ? s'enquit-il.

— Assez souvent, oui. Tu le connais ?

Bertie n'hésita qu'un court instant.

— Oui, je le connais.

À peine eut-il prononcé ces paroles qu'il se demanda pourquoi il avait menti. Peut-être était-ce en rapport avec sa volonté d'être quelque chose qu'il n'était pas. Avec celle de voir ses vœux exaucés. Avec la liberté…

— Je lui parlerai de toi la prochaine fois qu'il viendra ici, promit le vendeur. Comment t'appelles-tu ?

Bertie réfléchit de nouveau.

— Jock, dit-il.

— Très bien, Jock. Peut-être vaudrait-il mieux retourner auprès de ta maman à présent. Elle doit se demander où tu es.

Bertie vit Irene saisir une nouvelle paire de chaussettes et la détailler. Puis elle croisa soudain son regard et l'appela d'un signe. L'homme le suivit.

— Puis-je vous aider ? proposa-t-il. Vous cherchez des chaussettes pour Jock ?

Bertie se figea une fraction de seconde, puis il se pencha pour saisir brutalement la paire des mains sa mère.

— J'adore ces chaussettes ! s'exclama-t-il. Elles sont vraiment très belles.

— Ne sois pas ridicule, rétorqua Irene. C'est la taille de ton père. Toi, il t'en faut de plus petites.

Le vendeur indiqua un tiroir.

— Nous avons un grand choix de chaussettes pour enfants ici. Nous devrions pouvoir trouver quelque chose de bien pour Jock.

Irene le regarda, perplexe.

— Pour Jock ? répéta-t-elle.

— Oui, répondit l'homme en désignant Bertie.

Une fois de plus, l'enfant s'empressa d'intervenir.

— Il a dit « pour le gosse », assura-t-il à sa mère. Le gosse, pas Jock.

L'homme sourit.

— Mais Jock a besoin de chaussettes, oui ou non ? insista-t-il avec patience.

— Je ne sais pas, répondit Irene. En tout cas, moi, je voudrais en acheter pour Bertie, qui est là, si vous avez quelque chose dans sa taille.

Le vendeur regarda Bertie.

— Mais n'as-tu pas dit que tu t'appelles Jock ? s'étonna-t-il.

Irene considéra Bertie, les sourcils froncés.

— C'est vrai, Bertie ? Tu as dit que tu t'appelais Jock ?

Bertie baissa les yeux.

— Je me suis trompé, murmura-t-il.

Irene se retourna vers l'homme.

— Je suis désolée, fit-elle. Les enfants ont leurs lubies, parfois…

— Ce n'est pas grave. Peut-être qu'il aimerait bien s'appeler Jock. Je me souviens que, quand j'étais petit, je voulais m'appeler Joe. J'écrivais ce nom dans tous mes livres.

Irene parut perdre tout intérêt pour la conversation et revint aux chaussettes. Malheureux, Bertie attendit que les adultes aient terminé. Le blazer était magnifique. Il était si chic, et il lui allait si bien ! Tout son projet en dépendait, mais il ne serait pas facile de se le procurer. Avant de l'enfiler, il avait jeté un coup d'œil à l'étiquette du prix. C'était cher, bien sûr, mais il avait toujours été prévoyant. À chacun de ses anniversaires, il plaçait l'argent que lui envoyait sa tante de Jedburgh sur son compte de caisse d'épargne, de sorte qu'il se trouvait désormais à la tête de cent quatre-vingts livres, ce qui couvrait largement le prix du blazer. Cependant, comment faire pour l'acheter ? Il n'avait pas le droit d'aller en ville tout seul et si, la prochaine fois qu'ils se rendraient dans George Street, il faisait un saut chez Aitken and Niven et en ressortait avec un paquet, sa mère ne manquerait pas de le remarquer. Non, il faudrait envoyer quelqu'un à la banque retirer l'argent, puis dans George Street effectuer l'achat. Mais qui ?

Bertie parcourut le trajet du retour plongé dans la réflexion, tout comme sa mère. Celle-ci se demandait quelle raison avait pu pousser son fils à choisir le nom de Jock. C'était étrange, et il conviendrait d'en parler au Dr Fairbairn avant la prochaine séance. L'idée lui vint que Bertie souffrait peut-être d'un état dissociatif, dans lequel de multiples personnalités commençaient à se manifester. Jock pouvait très bien être l'une de ces *personae*. Elle baissa les yeux vers l'enfant, qui marchait à ses côtés en fixant le trottoir. S'appliquait-il de nouveau à éviter les fissures ?

Bertie releva la tête et sourit, comme s'il venait de trouver la réponse à un problème récalcitrant. Ce qui était d'ailleurs le cas. Il s'était tout à coup souvenu de Paddy, le garçon du coin de la rue, celui qui vivait à Fettes Row et allait à la pêche dans les Pentlands. Celui-ci se promenait dans la rue en toute liberté avec ses amis. Ce serait à lui que Bertie demanderait. Il lui donnerait sa carte pour qu'il aille retirer l'argent au distributeur. Ensuite, Paddy se rendrait dans George Street, il achèterait le blazer et le livrerait à Bertie en secret.

Irene fronça les sourcils devant l'expression de son fils.

— À quoi penses-tu, Bertie, mon chéri ?

Et Bertie donna la réponse à laquelle tout parent est hélas habitué :

— À rien…

28. Âmes solitaires

À la fin de leur journée de travail, Matthew proposa à Pat d'aller voir un film au cinéma de Lothian Road.

— La bande y va, précisa-t-il.

Pat avait entendu parler de la bande, dont elle n'avait pas particulièrement envie de faire la connaissance. En outre, l'invitation de Matthew posait un problème, car la jeune fille ne souhaitait pas de rapprochement romantique entre eux et elle craignait de lui donner de faux espoirs en acceptant. Il n'y avait cependant aucune raison d'éviter tout contact social avec lui, d'autant qu'ils ne seraient pas en tête à tête. Elle accepta donc.

— Quel est le film ? s'enquit-elle.

— Un truc italien. Tu aimes le cinéma italien ?

— Ça dépend. J'aime bien Fellini.

— C'est peut-être Fellini, hasarda Matthew. Mais peut-être pas.

— Et aussi Pasolini, ajouta Pat.

Matthew esquissa un vague hochement de tête.

— Je crois que j'ai vu des films de lui, dit-il. Mais je ne retiens jamais le nom des réalisateurs.

Ils se donnèrent rendez-vous directement devant le cinéma, puis, après avoir aidé Matthew à fermer la galerie, Pat regagna Scotland Street pour se préparer. Elle passa la porte cochère et commença à gravir l'escalier. Elle atteignait le premier palier lorsqu'une voix retentit au-dessus d'elle.

— Ah, c'est vous !

Domenica, qui avait dû arriver dans l'immeuble un instant plus tôt, se trouvait au dernier étage, penchée par-dessus la rampe pour la regarder. Pat lui adressa un signe de main et poursuivit son ascension. Lorsqu'elle rejoignit Domenica, celle-ci se tenait devant sa porte, un sac de provisions posé près d'elle.

— J'ai horreur de faire les courses, déclara-t-elle avec ressentiment. Je trouve qu'acheter des pommes et des oranges est démoralisant. Mais, ma foi, nous n'avons pas le choix ! Les pommes ne tombent pas du ciel.

Pat sourit. Elle n'était pas sûre de vouloir engager la conversation avec sa voisine, car il lui restait peu de temps pour se préparer.

— Vous m'avez offert des fleurs, reprit Domenica, et je ne vous ai pas encore remerciée. C'est gentil à vous. Très gentil.

— J'avais un peu mauvaise conscience d'avoir été si… si en colère contre vous, expliqua Pat. Surtout qu'en fait vous ne cherchiez qu'à m'aider.

— C'était votre droit d'être en colère. Mais j'en conclus que vous êtes d'accord pour que j'organise ce dîner avec le jeune homme en question ?

Pat haussa les épaules.

— Ça m'est égal.

— Ce qui signifie que vous voulez que je le fasse, répliqua Domenica. Et je le ferai de toute façon. Bien entendu, si vous ne voulez pas venir, rien ne vous y oblige. Vous pouvez me laisser ce beau jeune homme à moi toute seule.

Pat la considéra avec étonnement. Domenica était-elle sérieuse ?

Domenica sourit avec coquetterie.

— Et pourquoi pas, si je puis me permettre ? N'est-ce pas à la mode, de nos jours, qu'une… comment dire… qu'une femme mûre sorte avec quelqu'un d'un peu plus jeune qu'elle ? On a vu se produire des choses plus insolites, non ?

Pat fut tentée de rire. Il était absurde d'imaginer Domenica avec un jeune homme, inconcevable. Et puis, Domenica se figurait-elle vraiment que Peter pût songer, ne serait-ce qu'un instant, à la regarder ? C'était ridicule.

— Il est tout de même un peu jeune pour vous, non ? objecta-t-elle. Vous pourriez sortir avec un homme plus jeune que vous, d'accord, mais pas à ce point !

— Vous êtes en train de me dire qu'à votre avis je suis trop vieille. C'est ce que vous pensez, n'est-ce pas ?

Pat voulut répondre que oui, mais elle se ravisa. Cette conversation devenait gênante. Elle consulta sa montre. Elle n'avait que quarante minutes pour se préparer si elle voulait être à l'heure au cinéma.

— Il faut que je me dépêche, s'excusa-t-elle. Je vais voir un film ce soir.

Domenica saisit son sac de provisions et alluma la lumière de son entrée.

— Il se pourrait que je vous surprenne, un de ces jours, lança-t-elle. Vous savez, je suis tout à fait capable de trouver un homme si j'en ai envie.

— Mais bien sûr ! s'empressa d'approuver Pat. Vous êtes une femme séduisante. Les hommes vous apprécient. Regardez Angus Lordie.

Domenica poussa un cri.

— Ah non, pas Angus ! Pour l'amour du ciel ! Ce ne serait qu'en dernier recours – en cas de situation désespérée ! Non, je songeais à quelqu'un de beaucoup plus romantique…

Pat se mit à rire et fit un geste vers son propre appartement.

— Bruce ? suggéra-t-elle.

Domenica sourit.

— Il y a des limites, concéda-t-elle. Mais vous verrez. Je pense que je vous surprendrai.

Une fois dans sa chambre, Pat choisit un chemisier et alla se faire couler un bain. En songeant à la conversation, elle s'apercevait qu'elle avait exprimé beaucoup d'idées préconçues. Elle était partie du principe qu'une femme de soixante ans ne pouvait tomber amoureuse, ce qui était ridicule : on appelait cela de l'âgisme. De l'âgisme pur et simple. Ne disait-on pas que l'on pouvait tomber amoureux à n'importe quelle époque de la vie ? À huit ans, dix-huit, quatre-vingts. Et pourquoi pas, d'ailleurs ? La capacité à ressentir les autres émotions ne diminuait pas avec les années : même âgé, l'on éprouvait encore colère, jalousie, désespoir et ainsi de suite... L'amour appartenait à la même gamme, et ne pouvait-on pas aimer n'importe quoi, ou n'importe qui, même si cette passion n'était pas réciproque ? Petite, elle avait été amoureuse d'une poupée tricotée, un marin en costume bleu. Pour une raison inexplicable, elle l'avait appelé Pedro, et elle l'emportait partout où elle allait. Elle avait aimé Pedro de tout son cœur, persuadée qu'il l'aimait en retour du fond de son petit être de laine. L'objet de l'affection n'avait, en réalité, pas la moindre importance : seul comptait le sentiment éprouvé.

Et à présent, qu'avait-elle à aimer ? Pedro n'existait plus ou il n'était plus que quelques fils de laine dans un tiroir. Il fallait le remplacer. Et Pedro, en anglais, n'était-ce pas... Peter ?

Elle ferma les robinets. Elle en avait assez d'être seule. Elle ne voulait plus être contrainte d'aller au cinéma avec la bande de Matthew. Elle voulait sortir avec quelqu'un qui lui accorderait toute son attention, à elle et à elle seule. Quelqu'un qui l'emmènerait dîner ensuite, ou boire un verre, et avec qui elle échangerait des confidences. Et c'était là, selon toute probabilité, ce que la pauvre Domenica souhaitait également pour elle-même. Elles étaient deux femmes solitaires qui désiraient la même chose. Et Bruce aussi avait des aspirations identiques, même s'il ne savait guère s'y prendre pour les réaliser. Un compagnon ou une compagne. Une tendre amitié. L'amour... Ils n'avaient rien de tout cela pour le moment, et le temps passait, surtout pour Domenica.

29. Au cinéma

La bande de Matthew se composait de cinq membres, dont Matthew. Avec Pat, cela faisait six personnes, assises en rang d'oignons dans une salle de cinéma à moitié vide. Ce film italien était une production obscure, réalisée par un cinéaste non moins obscur avec des acteurs tout aussi obscurs. Si le programme le présentait comme un exemple éminent de l'école milanaise du vide, cette distinction n'avait pas suffi à attirer les foules édimbourgeoises. Pour ajouter à cette atmosphère générale de participation à un événement obscur, la copie était sombre et abîmée, comme si la lumière ne parvenait pas à la pénétrer suffisamment et comme si le film avait été réalisé au crépuscule, un jour de pluie. L'action se déroulait dans un petit village entre Milan et Parme, au début des années 1950. Le village allait disparaître, par manque de soutien. Le prêtre local, interprété par un homme affecté d'une boiterie prononcée, avait perdu tout espoir de sauver sa communauté, qui se réduisait à quelques veuves âgées et à une jeune fille qui développait des stigmates. Ces derniers, qui, s'ils avaient été véritables, auraient pu contribuer à faire la fortune du village, se révélaient n'être qu'une simple urticaire.

Tous les hommes du village se trouvaient à Bologne, où ils étaient en grève. Cette grève n'avait aucune origine connue et ne semblait pas devoir s'achever. Il n'y avait personne avec qui négocier, car les patrons étaient partis à Rome et refusaient de revenir. La crise était profonde.

À la fin du film, la bande se leva pour gagner le bar. Certains spectateurs restèrent assis dans leur siège, comme s'ils attendaient des explications supplémentaires. Pat demanda à Matthew ce qu'il avait pensé du film.

— Eh ben… commença-t-il.

Il la regarda, espérant peut-être qu'elle aurait un point de vue.

— Exactement, murmura Pat. Et qu'en a pensé la bande ?

— Elle n'est pas très exigeante, répondit Matthew.

En pénétrant dans le bar, Pat observa les membres du groupe. Matthew les lui avait présentés avant le film et elle connaissait désormais leurs prénoms. Ed était le grand au tee-shirt noir, Jim, celui qui avait la boucle d'oreille, Philly était la blonde aux cheveux filandreux et Rose portait une curieuse paire de lunettes des années 1960. Pat se surprit à dévisager cette dernière, qui, croisant son regard, lui lança un sourire hésitant.

Ils s'installèrent autour d'une table. Pat se retrouva entre Rose et Ed, et Matthew, qui était assez loin d'elle, lui décocha un regard suppliant. Il voulait qu'elle change de place, comprit-elle, mais elle n'en ferait rien. C'était avec la bande qu'elle était sortie, pas avec lui.

— Tu travailles pour Matthew, c'est ça ? interrogea Rose.

Sa voix particulière, très haut perchée, manquait d'assurance.

— Oui, répondit Pat. Je suis son assistante.

— Quelle chance !…

— De travailler pour Matthew ? Une chance ?

— Oui, assura Rose. Moi, j'adorerais.

Elle se tut. Il sembla à Pat qu'elle s'apprêtait à lui poser une question gênante, ce qui était le cas.

— Tu sors beaucoup avec lui ? s'enquit Rose. Ou est-ce que tu es juste… enfin, je suppose qu'il faut dire, est-ce que tu es juste…

— Son employée, compléta Pat. Je travaille pour lui, tu comprends.

Cette information sembla faire plaisir à Rose, qui jeta un coup d'œil à Matthew avant de s'adresser de nouveau à Pat.

— Je le connais depuis longtemps, expliqua-t-elle. On était dans le même club de tennis. Ce qui ne veut pas dire que je sois très forte en tennis… non, pour moi, c'est plutôt désespéré de ce côté-là. Tu savais que Matthew jouait au tennis ?

Pat secoua la tête. Elle avait toujours vu Matthew comme un être un peu paresseux et elle ne l'imaginait pas pratiquer un sport aussi éprouvant.

— Et puis, l'an dernier, nous sommes partis – nous, c'est-à-dire toute la bande, sauf Ed, qui avait l'appendicite – au Portugal pendant deux semaines. On s'est vraiment bien amusés.

Elle ferma les yeux, comme pour mieux rassembler ses souvenirs.

Pat la regarda. Il était clair que Rose avait des vues sur Matthew, mais cet intérêt était-il réciproque ? Elle craignait que non. Rose n'était pas vilaine et semblait assez agréable à vivre, mais cela ne comptait guère dans ces affaires-là. Ce qui importait, c'était l'alchimie, et quand Matthew avait fait les présentations, il avait présenté Rose d'une façon qui ne suggérait pas qu'il existât entre eux un lien spécial. Rose, sans doute, faisait trop d'efforts pour lui plaire. Les hommes n'aimaient pas qu'on leur coure après – en règle générale – et Matthew n'avait pu manquer de remarquer l'intérêt de la jeune femme, ce qui l'avait fait battre en retraite. Rose n'avait donc aucune chance, songea Pat, à moins de changer de tactique. Mais les gens ne changeaient jamais de tactique…

Ed parlait à présent à Rose. Pat regarda autour d'elle. Un film venait de s'achever dans une autre salle et un flot de spectateurs se déversaient dans le bar. Ils semblaient amusés et parlaient avec animation. Nul vide milanais… Elle aperçut deux jeunes hommes qui se dirigeaient vers le bar. L'un d'eux était grand et portait une chemise vert foncé. Il s'arrêta près du comptoir et dit quelque chose à son compagnon, qui se pencha afin de mieux l'entendre. Alors, le grand jeune homme leva les yeux et son regard se posa sur Pat. Il s'immobilisa et son ami se tourna lui aussi vers elle.

Le grand tentait visiblement de la situer. Il l'avait déjà rencontrée, mais où ? Au café ? Oui, c'était au café. Avec cette femme qui lui avait parlé d'un livre. Il lui adressa un signe de main.

Je veux qu'il vienne me voir, pensa Pat aussitôt. *C'est cela que je veux.* Et il le fit, après avoir murmuré quelques mots à son compagnon, qui alla commander une boisson.

— C'est vous, dit-il en souriant.

— Oui, répondit-elle. C'est moi.

Il se pencha vers elle pour lui parler. Rose leva les yeux, l'aperçut, puis regarda Pat. Voilà ce qui arrive aux filles comme elle, pensa-t-elle. Il leur suffit d'entrer dans une pièce et une nuée d'hommes vient s'attrouper autour d'elles. Comme des abeilles attirées par le miel. Tandis que moi, je n'arrive même pas à faire en sorte que Matthew s'intéresse à moi. Même pas.

— C'est le film italien que vous avez vu ? s'enquit Pat. *La Crise ?*

Peter secoua la tête.

— Non. Nous sommes allés voir une comédie australienne. Sur un pilote de ligne et une infirmière qui se retrouvent coincés en pleine campagne avec deux acteurs shakespeariens.

— Je crois que j'en ai entendu parler. C'est une idée géniale pour un film.

Elle attendit que Peter réponde quelque chose, mais pendant quelques instants il n'y eut que du silence.

— Ça vous dirait de venir me voir, un de ces jours ? lança-t-il enfin. À Cumberland Street ?

— Oui, acquiesça Pat. Ce serait super.

— Alors demain soir ?

Pat hocha la tête. Elle avait conscience que Rose les écoutait.

30. Chez Big Lou

Debout devant sa nouvelle machine à café, Big Lou en astiquait les tuyaux d'acier inoxydable étincelant, tout en admirant les superbes lignes du réservoir et de la pompe à vapeur haute pression. Seuls les Italiens étaient capables de produire des machines d'une telle beauté. Seuls les Italiens estimaient qu'il fallait s'en donner la peine.

Big Lou avait toutefois d'autres sujets de réflexion que l'esthétique. Au cours de l'été, le bar avait subi plusieurs transformations majeures. La nouvelle machine, acquise à prix d'or, comptait parmi les plus importantes – et les plus satisfaisantes – et suscitait un intense intérêt parmi la clientèle régulière. Matthew, surtout, en était tombé amoureux dès l'instant où il avait posé les yeux sur elle. La contempler était déjà pour lui un grand plaisir, en actionner les boutons pour contrôler le débit de vapeur – comme on le lui permettait de temps en temps – lui procurait une véritable joie.

Un autre événement non négligeable avait été la suppression du luxueux porte-journaux. À sa place, Lou avait installé une petite table, dont elle avait fait l'acquisition dans une salle des ventes de Leith Walk. Dessus, elle empilait les quotidiens du jour, ainsi que les magazines que les clients abandonnaient parfois sur les tables, à condition, bien entendu, qu'elle les approuvât. Le *Scots Magazine* était toujours présent et remportait un franc succès, assez curieusement, parmi les consommateurs les plus intellectuels, qui le lisaient avec ce qui ressemblait à un sourire condescendant. La raison qui les poussait à affecter une telle expression n'était pas claire pour elle. À Arbroath, sa ville natale, les gens lisaient beaucoup le *Scots Magazine* et elle ne voyait pas pourquoi ce journal ne serait pas aussi apprécié à Édimbourg. À moins qu'Édimbourg, pour quelque insondable motif, ne se sentît supérieure à Arbroath…

Et puis, il y avait eu d'importants changements dans la clientèle régulière du café. Matthew venait toujours le matin, bien sûr, et il restait plus longtemps que quiconque, mais les deux restaurateurs de meubles avaient disparu. C'était comme si on les avait rayés d'une histoire, pensait Big Lou, effacés de la page. Ils s'étaient évanouis, emportant leur univers avec eux. Mais s'ils avaient quitté les lieux, d'autres étaient venus les remplacer. Mrs Constance, par exemple, avec sa curieuse habitude de sortir décoiffée, était apparue un matin en se présentant comme « la dame d'en haut » – son appartement se trouvant juste au-dessus du café. En général, elle restait silencieuse, mais, à l'occasion, elle se joignait aux conversations, lançant des observations qui se révélaient remarquablement pertinentes.

Il y avait aussi Angus Lordie, le peintre portraitiste de Drummond Place, poète à ses heures. Il avait pénétré un matin dans le café, où il avait trouvé Matthew, qu'il connaissait, et avait engagé la conversation avec Big Lou. Celle-ci s'était d'abord posé des questions à son sujet, mais elle avait fini par accepter sa présence après s'être prise d'amitié pour Cyril, le chien.

— Il y a quelque chose de bizarre chez ce chien, avait-elle confié un jour à Matthew. Il n'arrête pas de me regarder et, de temps en temps, je jurerais qu'il me fait des clins d'œil.

— Oui, il cligne de l'œil, confirma Matthew. Pat dit qu'il le fait tout le temps avec elle aussi… comme s'ils partageaient un secret, elle et lui. Et puis, tu sais qu'il a une dent en or ? C'est plutôt spécial… Mais il faut dire qu'Angus Lordie est spécial lui aussi. Ils vont bien ensemble.

— Ah oui, et en plus, il donne du café à Cyril, renchérit Big Lou. Il croit que je ne m'en rends pas compte, mais je le vois. Il glisse une soucoupe sous la table et Cyril boit. L'autre jour, il a commandé deux cappuccinos. Je pensais qu'ils étaient tous les deux pour lui, mais il y en avait un pour Cyril. J'ai vu le chien le boire… dans la tasse ! Ses babines étaient couvertes de mousse, après !

Matthew hocha la tête.

— Cyril boit aussi de la bière, révéla-t-il. C'est un habitué du *Cumberland Bar*. Un chien très intelligent, je crois. Et un très bon ami pour Angus.

Big Lou avait réfléchi à tout cela au cours des jours suivants. Elle avait de la compassion et connaissait le problème de la solitude. Elle-même vivait seule depuis son arrivée à Édimbourg. Sa solution avait consisté en une immersion dans les livres hérités de la librairie qui occupait jadis les locaux du café. Ces livres traitaient toutes sortes de sujets – philosophie, topographie, littérature, et même les chiens – et Big Lou, avec patience, s'appliquait à les lire tous, l'un après l'autre, complétant ainsi une éducation qui s'était arrêtée à l'âge de seize ans.

Ce matin-là, personne ne s'était présenté avant Matthew et, pendant quelques minutes, Big Lou et lui se trouvèrent seuls dans le café.

— Tes parents sont encore vivants, Lou ? interrogea-t-il soudain. Tu n'en parles jamais.

Big Lou secoua la tête.

— Mon père est parti quand j'avais onze ans. Il est mort juste après. À ce qu'on m'a dit, c'est l'alcool… Et ma mère, elle, est morte quand j'avais dix-neuf ans.

— C'est triste, dit Matthew.

Big Lou ne répondit pas. Elle contemplait le comptoir. Que pouvait-on dire de la perte de ses parents ? Elle ne se rappelait déjà presque plus son père et le souvenir de sa mère commençait à s'estomper. Tout ce qu'il lui restait de ces années-là était une impression de douceur et d'amour, qui planait comme une sorte de brouillard.

— Et toi ? demanda-t-elle. Tu as encore ton père, non ?

Matthew acquiesça.

— Il s'est trouvé une petite amie, à propos… Une femme qui s'appelle Janis.

Big Lou sourit.

— C'est bien, commenta-t-elle. C'est bien pour lui.

Matthew but une gorgée de café.

— Oui, sûrement…

Big Lou le considéra. Elle s'apprêtait à dire quelque chose lorsque la porte d'entrée s'ouvrit. Angus Lordie apparut, suivi de près par Cyril. Il salua Big Lou de la tête et se dirigea vers Matthew pour s'asseoir à côté de lui. Cyril s'installa sous la table et contempla les chevilles du jeune homme. Celles-ci étaient très tentantes, mais il ne fallait pas mordre. Il connaissait les règles de la bienséance.

— Je viens de lire le journal pendant une heure, annonça Angus d'un ton léger. Et l'état du monde… mon Dieu ! Partout où l'on se tourne, c'est épouvantable ! Et bien sûr, nous-mêmes, vous vous en souvenez peut-être, Matthew, nous sommes activement engagés dans des hostilités aux côtés de nos amis américains. Cela ne se passe pas à notre porte, mais ce sont quand même des hostilités. En aviez-vous conscience ? Avez-vous l'impression de vivre en temps de guerre ? Et vous, Lou ? Avez-vous l'impression que nous sommes en guerre ?

— Non, assura Big Lou. Pas du tout. D'ailleurs, personne n'est venu me demander mon avis là-dessus.

— Ah, répondit Angus Lordie. Mais on ne demande jamais l'avis de personne avant de faire la guerre, n'est-ce pas ? Toujours est-il que c'est notre guerre.

Matthew l'interrompit. À ce qu'il en savait, Big Lou n'était pour rien dans ce conflit, ni lui non plus, d'ailleurs.

— Big Lou ne peut rien contre cette guerre, déclara-t-il. Je ne pense pas que cela ait quoi que ce soit à voir avec elle.

Big Lou, qui s'était plongée dans la préparation d'un café mousseux pour Angus, ne perdait bien sûr rien de la conversation. Elle se retourna. Elle avait quelque chose à dire.

31. Action et omission

Big Lou se pencha au-dessus du comptoir.

— Oui, dit-elle. C'est super intéressant, ce que tu dis, Matthew. Donc, à ton avis, la plupart du temps, on ne peut rien faire… Eh bien, moi, je ne suis pas sûre que ce soit vrai. Je ne parle pas seulement de cette guerre, mais de la vie en général. Est-ce qu'on peut vraiment dire qu'on n'a aucun moyen de combattre les choses qu'on désapprouve, si c'est le gouvernement qui les a décidées ? Toi, en tout cas, c'est ce que tu crois, non ?

— On peut voter, intervint Angus. Congédier les dirigeants…

Il réfléchit un instant.

— Remarquez, ajouta-t-il, avez-vous déjà essayé de chasser les travaillistes d'Écosse ? Avez-vous déjà essayé ?

— C'est peut-être parce que les Écossais préfèrent qu'ils restent, fit remarquer Big Lou. Moi, en tout cas, je préfère. Enfin, bon, on peut voter, d'accord. Mais combien de fois en a-t-on l'occasion ? Et puis, même quand on vote, on n'a pas toujours le choix…

— Mais au moins, on a fait ce qu'on pouvait, commenta Matthew, qui n'avait jamais voté de sa vie, par léthargie et indécision. Une fois qu'on a mis son bulletin dans l'urne, je veux dire…

Lou partageait son avis, mais, estimait-elle, il y avait beaucoup d'autres choses à faire qu'accomplir simplement son devoir de citoyen. Écrire aux hommes politiques, donner de l'argent pour de grandes causes, manifester… On avait le choix. Elle fit part de tout cela aux deux hommes, puis ajouta :

— Mais la vraie question, les garçons, la voilà : avons-nous le devoir d'agir pour arrêter ce dont nous ne voulons pas ? Est-ce bien de ne rien faire pourvu qu'on n'aggrave pas les choses ?

Angus échangea un coup d'œil avec Matthew. Encore peu familier des réflexions philosophiques de Big Lou, il adoptait une attitude légèrement condescendante qui n'échappa pas à son compagnon. Celui-ci aurait voulu lui glisser un mot à ce sujet, mais cela se révélait impossible pour le moment. Il se résigna donc à remettre les explications à plus tard. Déjà, Angus prenait la parole :

— J'aurais tendance à penser que nous sommes plus responsables de nos actions que de notre absence d'action. Si ce n'est pas moi qui ai déclenché une chose, je ne pense pas qu'il soit de mon devoir de l'arrêter.

— Ah bon ? s'indigna Big Lou. Ah bon ?

Cyril la regarda, puis leva les yeux vers son maître. Comme tout chien, il cherchait à comprendre ce qui se passait dans le monde des humains, mais c'était difficile à déchiffrer, aussi se détourna-t-il. Son univers à lui se composait de sols et de choses basses, d'odeurs aussi. Chaque lieu était un empire d'odeurs qui attendaient d'être repérées, puis mises en réserve pour un usage canin ultérieur.

— Oui, persista Angus sans se démonter. J'en suis convaincu. On n'a pas à me blâmer pour une chose que je n'ai pas faite. C'est simple. Ce n'est pas moi qui ai déclenché la crise des missiles à Cuba, même si j'étais déjà là à l'époque. Je n'y suis pour rien.

Big Lou sourit.

— Peut-être. Mais j'aimerais vous parler d'un truc que je viens de lire.

Elle marqua une pause, le regard rivé sur Angus Lordie.

— Ça vous intéresse ?

Angus hocha gracieusement la tête.

— Votre conversation est toujours passionnante, ma très chère Lou. Nous sommes tout ouïe, n'est-ce pas, Matthew ?

— Bon, reprit Lou. Voilà ce que j'ai lu : c'est un chapitre dans un livre écrit par un philosophe, et ça s'appelle *Le Cas des deux oncles cruels*. C'est le titre du chapitre.

Elle s'accouda au bar.

— Il y a un oncle A et un oncle B. Chacun d'eux a un neveu, qui n'est encore qu'un môme. Disons un gosse de huit ans. Or, si leur neveu meurt avant eux, ils se retrouvent chacun à la tête d'une immense fortune.

« Un jour, l'oncle A va voir son neveu. En arrivant, il constate que les parents sont sortis en laissant le môme seul à la maison.

— Ce n'est pas très réaliste, commenta Angus avec un sourire à Matthew. Des parents ne laisseraient jamais un enfant de huit ans seul à la maison. En tout cas, pas de nos jours.

Big Lou soupira.

— C'est une histoire ! Les philosophes aiment bien inventer des histoires. Cela n'a pas besoin d'être réaliste. Enfin, bref… L'oncle A monte à l'étage et comprend que le gosse est en train de prendre un bain. La porte de la salle de bains est ouverte et il entre donc, voit le petit dans l'eau et décide aussitôt de le noyer. Ce qu'il fait, en se réjouissant d'être bientôt très riche.

— Grands dieux ! s'exclama Angus.

— Oui, acquiesça Big Lou. Cet oncle-là n'était pas un tendre. Maintenant, écoutez ce que fait l'oncle B. Le même jour, il va rendre visite à son neveu à lui et se retrouve exactement dans la même situation. L'oncle B monte à l'étage de la deuxième maison, la porte de la salle de bains est ouverte et il entre pour voir ce qui se passe. Il découvre alors le gosse dans le bain, mais avec la tête sous l'eau. Il comprend que l'enfant a glissé et s'est cogné la tête et qu'il est inconscient. S'il ne le sort pas tout de suite de l'eau – ce qui est très facile à faire –, le môme va se noyer. Et il comprend aussi que, si cela arrive, il héritera de sa fortune. Alors, il ne fait rien.

— Il ne bouge pas ? s'étonna Matthew.

— Non. Il ne bouge pas. C'est l'oncle B, il est comme vous : il ne bouge pas.

Le silence s'installa. Curieusement, le récit avait choqué et Angus et Matthew. C'était comme si Big Lou leur avait raconté une histoire vraie, comme s'ils venaient d'apprendre un fait divers rapporté dans la presse. Intrigué, Cyril leva la tête et dévisagea son maître. Puis il s'attarda de nouveau sur les chevilles de Matthew, se gratta l'oreille et referma les yeux.

— Alors, finit par déclarer Big Lou. Ce que vous devez décider, c'est ça : est-ce que l'oncle A, qui fait quelque chose, est pire que l'oncle B, qui ne fait rien ? Vous venez de me dire, Angus, que nous ne sommes responsables que de ce que nous faisons, et non de ce que nous ne faisons pas. Si, si, vous l'avez dit, ne niez pas ! Vous allez donc soutenir que l'oncle B n'a rien fait de mal ? C'est ça que vous pensez ?

Elle ne s'interrompit qu'un instant, enchaînant aussitôt :

— Mais, à part ça, vous devez aussi répondre à une autre question : à votre avis, l'oncle A est-il pire que l'oncle B, ou n'y a-t-il aucune différence entre les deux ? Alors ? Allez-y, répondez !

Angus baissa les yeux sur la table.

— Laissez-moi réfléchir, dit-il.

32. Les deux oncles cruels : solutions possibles

Tandis qu'Angus méditait, Big Lou, les lèvres pincées en un sourire imperceptible, lui prépara un autre café. Elle savait ce qu'il pensait d'elle : qu'elle n'était qu'une femme qui servait du café. Elle avait l'habitude. Pour les gens d'Arbroath déjà, elle n'était qu'une fille – elle avait entendu ses cousins le dire – et, lorsqu'on n'était qu'une fille, on n'avait jamais rien d'important à dire. Et à Aberdeen, ensuite, où elle avait travaillé des années au *Granite Nursing Home*, elle n'était qu'une assistante, une personne qui aidait, qui faisait le ménage et les lits. Nul n'avait jamais suggéré qu'elle pût être autre chose.

Silencieux, Matthew contemplait le plafond en songeant aux deux oncles. Lui-même aurait très bien pu être noyé par l'un de ses oncles à l'âge de huit ans, se disait-il. Et lequel des deux aurait été le plus susceptible de commettre un tel acte ? L'oncle Willy, de Dunblane, qui était fermier et l'emmenait souvent sur la colline voir les moutons avec son tracteur tout-terrain ? Ou l'oncle Malcolm, de l'ouest, qui dirigeait un port de plaisance et était un marin hors pair ? Le premier aurait pu le noyer dans le bassin où il lavait ses moutons, là-haut, et sans aucun témoin. Cela aurait été une mort solitaire, sous le vaste ciel du Perthshire, et il aurait fermé les yeux sur la bruyère et le gris chiné des roches qui constituaient le bassin. Cependant, l'oncle Willy était l'un des doyens de la communauté presbytérienne et il n'aurait jamais noyé quiconque, surtout pas son neveu. Non. Ce n'aurait pas été l'oncle Willy.

Et l'oncle Malcolm ? L'aurait-il poussé par-dessus bord alors qu'ils voguaient ensemble sur le yacht ? se demanda-t-il. C'était peu probable. Pourtant, maintenant qu'il y songeait, l'oncle Malcolm avait un tempérament soupe au lait et il aurait pu, qui sait, le noyer dans un accès de rage. Matthew se souvenait du jour où, au large de Colonsay, il avait débarrassé la table du petit déjeuner dans la cabine. Il avait jeté à la mer les quelques gouttes de thé qu'il restait au fond des tasses et avait fait de même avec le contenu d'un verre posé près de l'évier. Hélas, il y avait là le dentier de l'oncle, qui baignait dans sa solution antiseptique, et les dents s'étaient perdues en mer. L'oncle était entré dans une colère noire et avait hurlé, proférant des sons étranges qui avaient effrayé le petit garçon que Matthew était alors. Oui, l'oncle Malcolm était le suspect le plus probable.

Tout à coup, Angus Lordie émit un claquement de mains qui surprit Cyril. Celui-ci se leva d'un bond.

— C'est l'oncle A, affirma Angus. L'oncle B n'est pas coupable. Il n'a rien fait. S'il n'avait pas été là, l'enfant se serait noyé de toute façon. Il n'a donc pas provoqué la noyade. À l'inverse de l'oncle A.

Big Lou l'écoutait avec attention.

— Ah bon ! répliqua-t-elle. Alors tout dépend de si on a provoqué la chose ou pas ? C'est ça ?

— Absolument, ma chère Lou l'intellectuelle. Vous avez votre réponse.

— Peut-être que si l'oncle B devait… commença Matthew, aussitôt interrompu par Big Lou.

— C'est donc la cause qui compte, conclut-elle. Toutefois, il y a un problème : le fait que l'oncle B ait omis d'agir a causé la noyade, non ? Au même titre que l'action délibérée de l'oncle A. Vous me suivez ?

Angus Lordie parut perplexe. Bien fait pour lui, songea Matthew. C'était une grave erreur de se montrer condescendant avec Big Lou et il était en train de le découvrir à ses frais.

Big Lou saisit son chiffon et essuya le comptoir.

— Vous voyez, enchaîna-t-elle, il n'y a aucune raison de ne pas considérer l'absence d'action comme ayant les mêmes conséquences que l'action. Il est faux d'estimer que l'absence d'action n'a aucun impact. Au contraire. Seulement, notre idée de la façon dont les événements adviennent est trop liée à la causalité physique, au geste de pousser et d'enfoncer. En réalité, c'est bien plus subtil que cela.

— Donc, il n'y a aucune différence entre l'oncle A et l'oncle B ? s'enquit Matthew.

— Pratiquement, répondit Big Lou. Le livre que je suis en train de lire explique que la plupart des gens – l'homme de la rue – répondront toujours que l'oncle A est pire que le B, tandis que le philosophe, lui, dira qu'il n'existe pas de différence réelle.

Elle s'était tournée vers Angus Lordie pour achever sa phrase.

Ce dernier saisit sa tasse et termina son café.

— Ma foi, Lou, vous êtes impressionnante. Il va falloir que je médite tout cela. Vous n'avez peut-être pas tort.

— J'ai raison, assura Big Lou.

— C'est possible, admit Angus en cherchant un soutien du côté de Matthew, mais en vain.

Il se pencha alors vers Cyril, qui lui rendit son regard sans lui fournir de signe supplémentaire.

Matthew prit la parole.

— Il y a peut-être une différence, tout de même, objecta-t-il. Il y a peut-être une différence entre les choses que nous faisons sous l'impulsion du moment et celles que nous décidons de faire après avoir réfléchi un peu.

Big Lou le considéra avec intérêt.

— C'est possible, acquiesça-t-elle.

— Alors, dans cette histoire, reprit Matthew, l'oncle A a eu un peu de temps – peut-être une minute ou deux – pour réfléchir. Ensuite seulement, il a agi. Tandis que l'oncle B a agi – ou a omis d'agir – spontanément.

Angus Lordie exprima son désaccord par un grognement.

— Cela ne fonctionne pas, déclara-t-il. Les deux oncles ont eu le même laps de temps pour réfléchir. L'oncle A réfléchissait tandis qu'il maintenait la tête de l'enfant sous l'eau, l'oncle B réfléchissait alors qu'il le regardait se noyer. Il n'y a, à mon avis, aucune différence.

Big Lou eût aimé soutenir Matthew, mais cela lui était impossible.

— Oui, concéda-t-elle, une note de réticence dans la voix. Angus a sans doute raison… dans ce cas précis. Mais toi aussi, Matthew, tu as raison en ce qui concerne la plupart des choses que nous faisons dans la vie. Il doit y avoir une différence entre les actes que nous accomplissons dans l'urgence et ceux que nous accomplissons après avoir beaucoup réfléchi.

— Mais vous-même, Lou, qu'en pensez-vous ? interrogea Angus. Y a-t-il une différence entre l'oncle A et l'oncle B, à votre avis ? Que disait votre livre ?

— Il suggérait un début de réponse. Mais il voulait surtout soulever le problème. Les livres ne donnent pas toujours de réponses, vous savez. Parfois, ils se contentent de poser les questions.

Angus sourit.

— Alors, rien n'est certain, c'est ça ?

— C'est ça, acquiesça Big Lou.

— Sauf la mort et les impôts, fit remarquer Matthew. N'est-ce pas ce qu'on dit en Écosse ?

— On ne paie pas ses impôts en Italie, intervint Angus Lordie. J'ai connu un peintre napolitain qui n'a jamais payé d'impôts de sa vie. Jamais. Et c'était un très bon peintre, de surcroît.

— Qu'est-ce qui lui est arrivé ? demanda Matthew.

— Il est mort.

33. Bertie passe à l'action

Au cours des jours qui suivirent la visite à George Street avec sa mère, Bertie fut préoccupé par son projet. L'achat du blazer de Watson chez Aitken and Niven n'était réalisable qu'avec la coopération du garçon du coin de la rue.

Hélas, une difficulté de taille se présentait : Bertie ignorait où habitait exactement son nouvel ami. Il ne l'avait rencontré qu'une fois et, si le garçon lui avait dit son prénom – il s'appelait Paddy –, il n'avait pas précisé son adresse, se contentant d'indiquer la direction de Fettes Row, situé à l'angle de la rue où Bertie et lui discutaient, mais sans donner le numéro.

Il n'avait pas non plus révélé son nom de famille, qui aurait permis à Bertie de le retrouver dans l'annuaire. Ainsi, tout ce que Bertie pouvait faire s'il voulait le contacter était se poster dans la rue en espérant le voir apparaître.

Et même pour cela, une autre difficulté surgissait : Bertie avait maintenant le droit de se promener seul dans Scotland Street et sur Drummond Place, à condition qu'il ne traverse pas de rues et qu'il dise à Irene où il allait. Avec ces restrictions, il n'était autorisé, en fait, qu'à passer la porte cochère et à regarder les gens entrer et sortir de l'immeuble. Il pouvait aussi marcher jusqu'au bout de Scotland Street Lane, où il espérait toujours voir des motos émerger, dans un vrombissement, du garage spécialisé en motocyclettes de collection (garage situé hors territoire).

Bertie aimait beaucoup les motocyclistes, qui lui adressaient parfois des signes de main ou de tête en passant devant lui. Il aurait aimé posséder une moto de ce genre et l'utiliser pour se rendre aux matches de rugby. Il le ferait, se promettait-il, quand il serait grand.

Sa mère n'apprécierait pas, bien sûr. Elle répétait toujours que les motos faisaient trop de bruit et qu'elles étaient encore pires que les voitures. Si elle avait été maire d'Édimbourg, ajoutait-elle, elle les aurait bannies de la ville. D'ailleurs, pensait encore Bertie, même s'il parvenait à se procurer une moto, elle s'arrangerait pour lui gâcher son plaisir. Les motocyclistes portaient des vêtements de cuir, parfois ornés de badges. Sa maman le forcerait à mettre une salopette en cuir, il en était sûr, et les autres motards se moqueraient de lui.

Si Paddy habitait dans Fettes Row, il fallait aller le chercher là-bas. Là encore, des obstacles se dressaient car, bien qu'une section de cette rue lui fût accessible, l'autre, celle où vivait Paddy, s'étendait au-delà de Dundas Street ; or traverser cette rue était formellement défendu.

Bertie tournait le problème dans tous les sens. Il ne pouvait dire à sa mère qu'il se rendait dans l'autre section de Fettes Row, parce qu'elle s'y opposerait tout de suite. Et s'il mentait, ce qu'il ne souhaitait pas faire – car c'était un garçon honnête (mis à part sa tendance occasionnelle à se présenter sous de faux prénoms) –, ses rougissements ne manqueraient pas de le trahir. Il convenait donc d'élaborer une formulation qui l'autoriserait à traverser Dundas Street.

— Puis-je aller sur Royal Crescent ? interrogea-t-il un après-midi.

Irene quitta des yeux le livre dans lequel elle était plongée, une nouvelle biographie de Melanie Klein.

L'espace d'un instant, elle se demanda ce qu'aurait répondu cette dernière si on lui avait demandé la permission de se rendre sur Royal Crescent. Il eût été trop simple d'accepter d'emblée. Peut-être aurait-elle dit : pourquoi veux-tu aller sur Royal Crescent ?

— Pourquoi ?

Bertie haussa les épaules.

— Pour jouer.

Irene retourna à son livre. Le biographe était parvenu au moment où les théories kleiniennes du jeu allaient être débattues dans un important congrès à Londres. Melanie s'inquiétait des implications d'une possible attaque venue des loyalistes freudiens, qui estimaient qu'elle s'éloignait trop de la ligne du maître. Le rythme du récit, avec sa palpitante intrigue, s'intensifiait.

— C'est bon, Bertie, va t'amuser. Et ensuite, nous pourrons parler de la façon dont tu as joué. Qu'en dis-tu ? Tu voudras bien raconter tes petits jeux à maman ?

Bertie serra les lèvres. La manière dont il s'amusait ne la regardait pas. Il avait envie de jouer à Chase le dentiste, mais elle trouvait ce jeu trop violent et, de toute façon, il n'aurait personne pour jouer avec lui. Cependant, ce n'était pas le moment d'argumenter. Acquiescer sans rechigner semblait une meilleure tactique.

— Et ensuite, poursuivit-il, je ferai le tour jusqu'au bout de la rue et je reviendrai.

Chaque mot avait été répété avec soin et Bertie récita la phrase sans une erreur. Il disait la vérité, après tout, et n'avait aucune raison d'avoir honte ou de rougir. Royal Crescent et Fettes Row étaient, à strictement parler, des artères indépendantes, mais on pouvait les considérer comme une seule et même rue, puisque Fettes Row était la continuation de Royal Crescent. Et la partie de Fettes Row qui s'étendait au-delà de Dundas Street pouvait, bien entendu, être présentée comme la même rue que la section située du bon côté. Aussi estimait-il tout à fait raisonnable de dire qu'il se rendait au bout de la rue, même s'il savait qu'Irene interpréterait mal ses paroles. Un garçon n'était pas responsable des mauvaises interprétations de sa mère, songeait-il.

Irene hocha la tête.

— Sois prudent, recommanda-t-elle. Et ne reste pas trop longtemps.

Elle leva de nouveau les yeux de son livre.

— Est-ce que tu as fait ton italien aujourd'hui, Bertie ? s'enquit-elle.

Soucieux de prévenir tout prétexte pour contrarier ses projets, l'enfant avait pris la précaution de terminer ses exercices.

— *Si, si*, répondit-il. *Ciao, mamma !*

— *Ciao, ciao, bambino !* marmonna Irene, avant de revenir à son *Melanie Klein*.

C'était caractéristique ! songeait-elle. Les forces institutionnelles cherchaient toujours à discréditer les avancées véritablement innovantes dans le mouvement psychanalytique international. C'était tout à fait caractéristique.

Elle laissa ses pensées vagabonder. Le Dr Fairbairn avait été lui aussi une sorte de pionnier – un pionnier très récent –, avec sa théorie sur la colère juvénile. Et sans doute avait-il rencontré de fortes oppositions lors de la publication de son étude sur Wee Fraser.

À coup sûr, il s'était heurté à des envieux qui, jaloux de son succès, avaient voulu le faire couler parce qu'ils ne supportaient pas l'idée qu'il ait pu *produire* quelque chose. On trouvait ce genre d'individus partout, soupira Irene. Des gens que la réussite ou le bonheur d'autrui dérangeaient. Des gens mus par l'envie, la plus corrosive des émotions humaines, qui les poussait à dénigrer autrui.

Et tout cela avait pour effet d'ajouter aux malheurs du monde et de réduire, d'altérer leur propre cœur…

34. Bertie se prépare à traverser Dundas Street

Bertie franchit la porte cochère du 44, Scotland Street dans cet état d'excitation accrue de l'esprit et des sens qui accompagne l'accomplissement d'un acte périlleux ou interdit. Il n'avait pas menti à sa mère – il en était certain –, mais, en même temps, ce qu'il s'apprêtait à faire outrepassait clairement les limites de l'accord qui existait entre eux.

Il réfléchit quelques instants : je vais traverser Dundas Street, seul, et l'énormité de cette aventure lui apparut dans toute sa réalité. C'était sans doute dans un état d'excitation identique qu'Adam avait tendu la main pour prendre le fruit, songea-t-il, même si, comme le savaient tous les garçons, et tous les hommes, c'était Ève la vraie fautive dans cette histoire. Si Bertie enfreignait les règles, c'était la faute de sa mère, qui les avait elle-même fixées.

Cette pensée lui redonna courage et il sourit en s'engageant dans Royal Crescent, puis dans Fettes Row, jusqu'au croisement fatal avec Dundas Street. Il savait que son entreprise avait peu de chances d'aboutir ; peut-être n'y aurait-il aucune trace de Paddy et rentrerait-il sans avoir rien accompli. Toutefois, c'était un premier pas dans l'exécution du plan et il ne doutait pas que, tôt ou tard, il finirait par rencontrer Paddy et lui soumettre son projet. Et Paddy accepterait, évidemment, parce qu'il avait du cran. Quand on allait à la pêche dans les Pentlands et que l'on capturait des truites, accomplir la mission que Bertie avait prévue pour lui paraissait la simplicité même.

Bertie avait décidé qu'il ferait les cent pas dans Fettes Row pendant une demi-heure en guettant Paddy. C'était l'un de ces après-midi très chauds qui composaient l'été indien dont jouissait Édimbourg, et il se pouvait fort bien que Paddy descende jouer dans la rue. Toutefois, au cas où il ne le ferait pas, Bertie s'était muni d'un bâton de craie avec lequel il entendait laisser un message sur des escaliers qui menaient aux portes d'entrée de Fettes Row. PADDY, écrirait-il, RETROUVE-MOI DANS SCOTLAND STREET DÈS QUE POSSIBLE. URGENT. SECRET. BERTIE.

Cela ne manquerait pas de l'attirer, estimait-il. Aucun garçon ne pouvait résister à un message comme celui-là. Soudain, une pensée lui traversa l'esprit : Paddy savait-il lire ? Sinon – et c'était probable –, il n'y avait aucun intérêt à écrire ce message. Cette conclusion altéra quelque peu son bel optimisme. Il n'est pas facile, se dit-il, d'être en avance sur les autres. Mais là encore, je n'y suis pour rien, songea-t-il avec irritation. C'est à cause de ma mère. C'est elle qui a gâché ma vie. C'est sa faute.

Royal Crescent, avenue bordée de hautes maisons classiques, était paisible lorsque Bertie s'y engagea. Un chat le regarda passer du haut du toit d'une voiture, plissant les yeux en évaluant la menace que présentait l'enfant pour sa tranquillité d'esprit et sa sécurité. Mais Bertie n'était pas dangereux et le chat referma les yeux. Puis une femme sortit et demeura un instant sur le seuil, en haut des marches, en regardant Bertie. Celui-ci leva la tête vers elle et elle lui sourit.

— Tu vas quelque part ? lui lança-t-elle d'un ton amical.

Bertie s'immobilisa.

— Oui, répondit-il.

La femme souriait toujours.

— Tu ne prépares pas de bêtise, au moins ?

Bertie se figea. Comment savait-elle ? Y avait-il chez lui un détail qui le trahissait, comme le visage de Pinocchio qui affichait ses mensonges ? Comment faisaient les adultes pour deviner ?

— Non, madame, marmonna-t-il.

— C'est bien, fit-elle, avant de se retourner, fouillant son sac à la recherche de sa clé.

Bertie poursuivit son chemin d'un pas plus lent et plus circonspect. Bientôt, la fin de la première section de Fettes Row fut en vue, ainsi que Dundas Street et sa circulation. Un bus qui montait vers la ville passa, son moteur peinant dans la pente. Derrière lui, une camionnette bleue attendait l'occasion de le doubler. Le trafic était dense.

Lorsque Bertie parvint au carrefour, les ombres des immeubles firent place à un soleil intense. Il s'arrêta au bord du trottoir et regarda. Puis, par habitude, il se tourna et leva les yeux, s'attendant à trouver un adulte familier, sa mère ou son père, à ses côtés. C'était ainsi que l'on traversait une rue, près d'un adulte dont on tenait fermement la main, et il suffisait alors de calquer son pas sur le sien. Toutefois, il n'y avait aucun adulte à présent ; ni mère, ni institutrice, ni psychothérapeute. Bertie était seul. Il déglutit avec peine et ferma les yeux. On ne lui avait jamais appris à traverser une rue fréquentée. Fallait-il attendre qu'il n'y ait plus aucun véhicule en vue, puis avancer lentement ? Dans ce cas, il risquait de rester là toute sa vie : il y avait sans cesse des voitures en vue dans cette artère !

Il observa le haut de la colline. Le trafic était plus rapide dans la descente que dans la montée. Cela signifiait que, s'il parvenait à se frayer un passage parmi les voitures qui descendaient, peu importait qu'il y en ait alors en sens inverse, puisque ces dernières mettraient davantage de temps à l'atteindre. Mais combien de temps lui faudrait-il ? Il était difficile d'évaluer avec précision la vitesse de la circulation et, même si les bus semblaient avancer avec une relative lenteur, c'était tout le contraire pour certaines voitures. Justement, un petit bolide rouge passa devant lui si vite qu'il ne l'aurait pas vu, lui sembla-t-il, s'il avait cligné des yeux. Cette voiture l'aurait à coup sûr renversé s'il s'était risqué à traverser au moment où elle débouchait d'Henderson Row.

Bertie songea alors à abandonner sa mission. Il serait si simple de faire demi-tour et de revenir sur ses pas – des pas jusque-là innocents – pour rejoindre Scotland Street et la maison. Dans ce cas, il n'aurait rien commis de répréhensible et pourrait regarder sa mère droit dans les yeux en lui expliquant exactement ce qu'il avait fait. Il était allé jusqu'au bout de la partie sûre de Fettes Row, c'était tout. Mais il s'agirait là d'une complète capitulation. S'il n'avait même pas le courage de traverser Dundas Street, comment pouvait-il espérer être assez brave pour faire quoi que ce fût d'autre ? Et Gavin Hastings ? songea-t-il. Aurait-il eu peur, lui, de traverser Dundas Street à l'âge de six ans ? Non. Gavin Hastings avait dû traverser Dundas Street plus d'une fois quand il était petit. En courant, en sautant et en claquant des talons, de sorte que tous ceux qui le voyaient hochaient la tête et disaient : Regardez ce garçon ! C'est lui qui est destiné à représenter l'Écosse en rugby ! Bertie prit une profonde inspiration, puis décida de courir.

35. Au milieu du gué

Peter Backhouse, musicien et amoureux des vieilles lignes de chemin de fer, descendait justement Dundas Street cet après-midi-là. Il venait de passer une heure très satisfaisante à jouer sur l'orgue de St Giles et il était ravi de l'Olivier Messiaen et de l'Herbert Howells, qu'il prévoyait d'interpréter au concert « St Giles à dix-huit heures » le dimanche suivant. Cette musique dégageait une telle sérénité, un tel calme ! C'était le parfait antidote au rythme trépidant de la vie moderne. À présent, il retournait au conservatoire pour faire répéter la chorale de musique de chambre et réfléchissait à ce qui l'attendait. Ni Messiaen ni Howells – du moins, pas aujourd'hui –, mais une rapide révision de *Stand by Me* et de *So it Goes*, que la chorale avait déjà chantés et qui ne poseraient aucun problème. Ces deux morceaux pouvaient arracher des larmes, si l'on était d'humeur sentimentale – ce qui était souvent le cas des parents lors des concerts.

En atteignant l'intersection de Cumberland Street, il eut soudain la sensation qu'il se passait quelque chose. Il venait de consulter sa montre – un rapide coup d'œil afin de s'assurer qu'il serait à l'heure à la répétition – et, pour une raison ou pour une autre, peut-être une intuition de quelque chose que l'on voit sans le voir, il tourna la tête vers la droite et aperçut un petit garçon en salopette framboise qui s'élançait brusquement sur la chaussée. Peter Backhouse crut d'abord que l'enfant avait envoyé son ballon sur la route et qu'il courait le récupérer – c'était ce genre de mouvement, à la fois déterminé et impulsif –, mais soudain, le petit garçon hésita, fit encore quelques pas, puis s'immobilisa.

Oliver Sacks[1] a expliqué que les personnes ayant vécu des moments d'extrême péril évoquent souvent un ralentissement du temps. Elles voient le danger, peuvent même anticiper un anéantissement imminent, mais ont le sentiment qu'elles disposent d'un laps de temps très long pour réagir. Les quelques secondes de péril défilent au ralenti et se transforment en minutes dans leur esprit. Ce fut ainsi que la situation apparut à Peter Backhouse cet après-midi-là. Il lui sembla que le petit garçon demeurait immobile au milieu de la rue durant une période excessivement longue et qu'il avait plus de temps qu'il n'en fallait pour quitter l'endroit où il s'était figé, sur le trajet d'un bus qui arrivait. Celui-ci frôla l'enfant et, à l'intérieur, quelques têtes se tournèrent vers ce petit être statu-

1. Célèbre neurologue, auteur notamment de *L'Homme qui prenait sa femme pour un chapeau.*

fié au milieu du trafic. Une série de voitures lui succédèrent. L'une d'elles freina et dut faire un écart afin d'éviter un léger mouvement que fit l'enfant.

— Ne bouge pas ! hurla Peter Backhouse. Ne bouge pas !

Il se tourna vers le haut de la rue et évalua la circulation. Un feu venait de passer au vert à l'angle de Great King Street et un flot de véhicules dévalaient la pente en direction du petit garçon, tandis qu'au même moment une multitude d'autres voitures arrivaient en sens inverse. Peter Backhouse décida de descendre sur la chaussée pour tenter de stopper le trafic le temps nécessaire pour que l'enfant achève sa traversée. Cependant, une voiture avait déjà atteint le point où il se tenait et dépassé le garçon. Peut-être celui-ci était-il invisible aux yeux des automobilistes ou ceux-ci pensaient-ils qu'il attendait pour traverser et savait exactement ce qu'il faisait.

Soudain, une voiture lancée à vive allure déboucha de l'angle de la rue et fonça dans la descente. Elle allait beaucoup trop vite et son conducteur, sans doute distrait, ne semblait pas avoir conscience de la présence de l'enfant, qui, ayant apparemment surmonté sa panique et son indécision, se lança dans la deuxième partie de sa traversée interrompue.

Peter Backhouse poussa un cri et fit un pas dans sa direction. Il fut cependant devancé par un autre passant, venu d'en face. Celui-ci, qui arrivait du bas de Dundas Street, avait tout vu lui aussi et il était passé à l'action. Il s'était précipité, évitant de peu une camionnette, et courait à présent vers le milieu de la chaussée. Là, il saisit le petit garçon et le souleva au moment même où le bolide allait le percuter. Puis, le tenant toujours dans ses bras, il fit demi-tour et rejoignit le trottoir. Une voiture s'immobilisa dans un hurlement de freins et son conducteur cria quelque chose – un compliment, une manifestation de soulagement ou une offre d'assistance, peut-être, mais le sauveteur indiqua que tout allait bien et la voiture repartit. Sur l'autre trottoir, Peter Backhouse secoua la tête en poussant un profond soupir, puis il reprit le chemin du conservatoire et de sa répétition. *Stand by Me !* C'est le cas de le dire, songea-t-il[1]. On ne pouvait trouver plus approprié.

Tremblant de frayeur et au bord des larmes, Bertie se tenait sur le trottoir, misérable, aux côtés de son sauveur.

— Tu l'as échappé belle, lui dit l'homme. Tu devrais traverser dans les passages cloutés, tu sais. C'est à cela que sert le petit bonhomme vert.

Le ton n'était pas désagréable et Bertie leva les yeux vers lui. Son visage lui parut familier, mais sans qu'il en fût vraiment sûr. L'homme sourit.

— Où est-ce que tu habites ? s'enquit-il.

Bertie tendit le doigt vers Scotland Street.

— Eh bien, je pense que tu ferais mieux de rentrer chez toi. Tu crois que ça va aller ?

Bertie hocha la tête. On lui avait appris à toujours remercier les gens, et cette règle lui revint à l'esprit.

— Merci beaucoup, dit-il. Merci de m'avoir sauvé la vie.

— Il n'y a pas de quoi, répondit l'homme en souriant. Je suis sûr que tu aurais fait la même chose si c'était moi qui m'étais retrouvé coincé là-bas !

— Je ne sais pas.

— Moi, j'en suis certain.

Bertie lui rendit son sourire, puis reprit Cumberland Street en sens inverse, se retournant encore une fois pour saluer l'homme qui le suivait des yeux. Cette expérience avait été à la fois affreuse, humiliante et terrifiante. Et si ce monsieur très gentil, quel qu'il fût, n'avait pas volé à son secours, il se serait fait écraser. Sans doute aurait-il été transporté dans une ambulance qui aurait branché sa sirène pour le conduire à l'hôpital.

1. *Stand by me* signifie « compte sur moi ».

Ou peut-être l'aurait-on d'abord emmené voir le Dr Fairbairn, qui lui aurait demandé de lui expliquer en long et en large pourquoi il avait voulu traverser Dundas Street. C'était possible, songea l'enfant. Rien n'était jamais simple.

Sur Dundas Street, les choses étaient vite revenues à la normale, comme cela se passe en ville après un incident malencontreux. Très peu de témoins avaient assisté à la scène. Il y avait eu Peter Backhouse, auquel un détail avait toutefois échappé. Un détail qui fut en revanche remarqué par une vieille dame. Celle-ci regardait par sa fenêtre au moment de l'incident. Elle avait tout vu et, à présent, elle décrochait son téléphone pour appeler son amie de Trinity.

— Effie ! s'exclama-t-elle, le souffle court. Effie, tu ne croiras jamais ce que je viens de voir, là, juste sous ma fenêtre. Un petit garçon a voulu traverser Dundas Street et il s'est arrêté au milieu de la rue, complètement paniqué. Et il a été secouru, arraché aux griffes de la mort par... Non, tu ne vas pas me croire si je te dis qui c'était, Effie, tu ne vas pas me croire... C'était Jack McConnell, le Premier ministre d'Écosse ! Si, si ! Ah, quelle histoire ! Mais tout de suite après, il est parti, alors je ne pense pas qu'il ait envie qu'on en parle dans les journaux. Donc pas un mot, Effie, d'accord ? Nous ne voudrions pas que le *Scotsman* raconte cette histoire, n'est-ce pas ?

36. Ramsey Dunbarton

Tout en haut de la ville, dans les vivifiantes collines des Braids, Ramsey Dunbarton contemplait, de la fenêtre de son bureau, les toits et les hauteurs de Fife qui se profilaient au-delà. Il vivait avec ce panorama depuis près de quarante ans et le connaissait dans toutes ses humeurs. L'hiver, quand, dans la lumière ténue, les lointaines collines devenaient des silhouettes gris pâle, à peine discernables des lourds nuages du ciel. L'été et l'automne, quand les crêtes se découpaient en lignes précises qui dessinaient des formes coloriées de vert et de mauve, et qu'à tort ces plis de la terre semblaient tout proches. Et l'on voyait en permanence le ciel du nord, immense et imprévisible, avec ses nuages en transformation constante, que le vent malmenait.

Ramsey était, par tempérament, un homme du Nord. Dès qu'il descendait vers le sud, en Angleterre ou en France, il se sentait mal à l'aise. Il trouvait la lumière trop intense, l'atmosphère poussiéreuse. C'était presque comme si le soleil avait pris quelque chose du paysage et l'avait blanchi. Et puis, l'air était confiné sous ces latitudes, estimait-il. Confiné et stagnant. Ramsey aimait la lumière de l'Écosse, pure et saine, nette aussi. Il aimait les longues et fraîches soirées d'été et la confortable obscurité des jours d'hiver. Il aimait l'Écosse telle qu'elle était : dépouillée, froide, et parfois presque invisible.

— Je ne suis pas du type méditerranéen, avait-il fait remarquer un jour à sa femme Betty.

Elle avait soupiré. Non, c'était certain. Et d'ailleurs, avait-elle pensé, moi non plus.

Debout à sa fenêtre, Ramsey songeait à la journée qui l'attendait. Il était dix heures et demie, il avait déjà lu le journal et traité le courrier du matin. Il y avait très peu de nouvelles dignes d'intérêt, de sorte qu'il ne lui avait guère fallu de temps pour parcourir le quotidien ; quant au courrier, il ne s'était pas révélé plus passionnant. Il y avait un catalogue de roses d'Aberdeen – les roses du Nord étaient les plus résistantes et elles se comportaient très bien à Édimbourg. Achetez au nord, plantez au sud, disait souvent Ramsey, et le succès de ses fleurs ne démentait pas la sagesse de cette politique. La formule s'appliquait aussi aux êtres, avait-il parfois pensé : les gens d'Aberdeen qui descendaient vers le sud réussissaient bien.

Au courrier, il avait également trouvé une lettre d'information de la section locale des conservateurs, dans laquelle on révélait aux membres le programme des manifestations à venir. Le bal organisé quelques mois plus tôt avait été plaisant, bien sûr, en dépit du taux de participation décevant, était-il souligné, l'assistance se limitant à six personnes. La secrétaire, qui n'avait pu venir elle-même, exhortait les membres à faire du prochain bal annuel un succès encore plus grand et ajoutait que l'on tenterait de s'assurer les services d'un orchestre différent. « Nous avons reçu des commentaires très critiques sur la prestation des musiciens, écrivait-elle, commentaires qui ont été transmis au comité d'organisation (composé de Sasha et Raeburn Todd). L'un des membres a soulevé la question de savoir s'il était convenable que des musiciens laissent leurs convictions socialistes interférer dans l'accomplissement d'une prestation rémunérée. Il s'agit là d'un point très pertinent et je pense que des mesures s'imposent. Si l'un de vous connaît un orchestre folklorique conservateur, je le prie de nous contacter dès que possible, afin que nous puissions le réserver pour l'an prochain. Jusqu'à présent, aucune suggestion ne nous est parvenue. »

Ramsey Dunbarton lut tout cela avec intérêt. Le membre qui avait évoqué le problème de l'orchestre, c'était lui, et il constatait avec plaisir que sa plainte avait été entendue. Selon lui, l'organisation du bal avait laissé à désirer. Pour commencer, quelqu'un avait cherché à les installer, Betty et lui, à une table séparée des quatre autres participants. L'idée était ridicule et il s'était empressé d'y remédier en rapprochant tout simplement les deux tables dressées. Ensuite, il y avait eu l'épisode de la tombola, qui continuait à vaguement le contrarier. Les membres de la section avaient fait don de lots extrêmement généreux et il était impératif qu'une tombola dotée de tels prix fût menée avec honnêteté.

Ramsey n'était pas persuadé que tel ait été le cas. En réalité, il était convaincu que Sasha Todd, qui l'avait organisée de A à Z, s'était arrangée pour qu'elle-même et sa famille récoltent les lots les plus convoités. En particulier, avait remarqué Ramsey, elle s'était attribué le déjeuner avec Malcolm Rifkind et Lord James, prix qu'il aurait adoré remporter. Cela n'avait guère dû amuser les deux hommes politiques de devoir supporter cette femme durant tout un repas et l'écouter radoter sur ses sujets de prédilection. C'était quelqu'un de très superficiel et sa conversation n'avait aucun intérêt.

Lui-même, en revanche, aurait pu leur parler de choses qu'ils comprenaient et appréciaient.

Les pensées de Ramsey furent interrompues par l'arrivée de Betty.

— Du café, mon chéri ? proposa-t-elle en lui tendant une tasse, avec son petit sablé perché au bord de la soucoupe.

— Tu es un ange, Betty.

— Tu réfléchissais ? Comme à ton habitude…

Ramsey sourit.

— À la politique, répondit-il. Je viens de lire la lettre d'information. Et cela m'a évoqué la politique.

Betty acquiesça.

— Tu aurais fait un excellent homme politique, Ramsey. Souvent, je me demande ce qui se serait produit si tu étais entré au Parlement. Je suis sûre que tu serais arrivé au sommet, ou tout près du sommet.

— Je ne sais pas, Betty, soupira Ramsey. La politique, ce n'est pas propre. Je ne suis pas certain que j'aurais eu les tripes pour cela. Ces gens-là ne se font pas de cadeaux, crois-moi. Ils saisissent la première occasion pour vous poignarder dans le dos.

Betty hocha la tête.

— Bien sûr, si tu t'étais lancé dans la politique, tu serais en train d'écrire tes Mémoires à l'heure qu'il est. C'est ce qu'ils font tous, me semble-t-il.

À ces mots, Ramsey fit volte-face et considéra sa femme.

— Mes Mémoires ? répéta-t-il.

— Oui, fit Betty. Tes Mémoires politiques.

Ramsey reposa sa tasse.

— Betty, il y a une chose dont je voulais te parler depuis quelque temps. Sur cette question des Mémoires.

— Ah oui ? fit Betty, intriguée.

Ramsey baissa les yeux en une expression modeste.

— C'est amusant que tu aies mentionné cela, parce que j'ai justement commencé à écrire mes Mémoires. J'en ai déjà rédigé un bon morceau.

Betty demeura un instant sans voix, puis elle applaudit.

— Mais c'est merveilleux, mon chéri ! C'est magnifique !

Ramsey sourit.

— Et j'ai pensé que tu souhaiterais peut-être en entendre quelques extraits. Je cherchais le courage de te proposer de te les lire.

— Oh, mais je suis impatiente ! Si nous commencions tout de suite ? Je vais chercher du café et j'arrive.

— Ce n'est pas ma prose qui va mettre le feu à la bruyère, fit humblement remarquer Ramsey, mais je pense que mon histoire est aussi intéressante que celle de n'importe qui.

— Et même plus, confirma Betty. Et même plus.

37. L'histoire de Ramsey Dunbarton
I – Jeunesse

Après avoir fourragé dans une liasse de feuillets, Ramsey Dunbarton considéra sa femme par-dessus ses demi-lunes.

— Je ne vais pas t'ennuyer avec le début, dit-il. L'école et tout cela… Mon enfance a été assez pauvre en événements et il ne s'est pas passé grand-chose. Ça ne vaut guère la peine de le coucher sur le papier. Je commencerai donc par l'époque où j'étais jeune homme. À l'âge de vingt-cinq ans. Peux-tu m'imaginer à vingt-cinq ans, Betty ?

Betty eut un sourire coquet.

— Comment pourrais-je l'oublier ? C'est l'année où nous nous sommes rencontrés.

Ramsey fronça les sourcils.

— Non, excuse-moi, Betty, mais ce n'est pas vrai. J'avais vingt-six ans quand je t'ai connue, pas vingt-cinq. Je m'en souviens très bien. Je venais de terminer mon apprentissage chez Shepherd and Wedderburn et j'avais été engagé dans un autre cabinet. Je m'en souviens très bien.

Betty but une gorgée de café.

— Et moi aussi, mon chéri, je m'en souviens très bien. Tu avais vingt-cinq ans, parce que je me rappelle – très clairement – le jour où je suis allée à ton vingt-sixième anniversaire. Je n'aurais pas pu assister à cette fête si je ne te connaissais pas. On ne va pas aux anniversaires de gens que l'on ne connaît pas, n'est-ce pas ?

Ramsey reposa ses papiers.

— Cette fête – et j'allais justement en dire quelque chose dans les Mémoires – n'était pas celle de mes vingt-six ans. C'était celle de mes vingt-cinq ans. Je n'ai pas fêté mon vingt-sixième anniversaire, parce que – si tu fais l'effort de revenir un peu en arrière – j'avais une amygdalite à ce moment-là et l'on m'a retiré les amygdales à la Royal Infirmary ! Je me souviens d'avoir reçu une carte qui me souhaitait un prompt rétablissement, et aussi un joyeux anniversaire. Elle était signée de l'associé principal du cabinet. Elle m'a fait très plaisir.

Betty pinça les lèvres. L'espace d'un instant, elle parut sur le point de dire quelque chose, mais demeura silencieuse.

— Je suggère que nous arrêtions de nous chamailler, reprit Ramsey. Si tu as l'intention de pinailler sur des détails de mes Mémoires, je ne suis pas sûr qu'il sera très productif que je te les lise.

Betty bondit.

— Je ne voulais pas pinailler sur des détails, comme tu dis. Je cherchais juste à respecter la réalité historique. Ces choses-là ont leur importance. Imagine ce que serait le monde si l'on ne pouvait se fier aux Mémoires que les gens écrivent ! Il faut être précis.

— Mais je suis précis ! protesta Ramsey. Je vérifie chaque fait avant de le coucher sur le papier. J'ai consulté mes journaux intimes et ils sont très denses, je te le dis. Je suis allé à la Bibliothèque nationale qui se trouve sur George IV Bridge pour m'assurer que tout ce que j'ai dit sur les événements contemporains était exact. Je m'attache à réaliser un vrai travail d'historien.

Il se tut, puis ajouta avec humeur :

— Je ne veux pas induire la postérité en erreur, Betty.

Betty réfléchit. Elle était certaine de ne pas se tromper au sujet de l'anniversaire des vingt-six ans, mais elle avait le sentiment qu'il valait mieux se garder d'argumenter, malgré la gravité de l'erreur.

— Je sais que ce n'est pas ton intention, bien sûr, Ramsey ! déclara-t-elle d'un ton apaisant. N'en parlons plus. Après tout, vingt-cinq ou vingt-six ans, c'est à peu près la même chose. Continue, mon chéri. Je t'écoute.

Ramsey Dunbarton reprit sa liasse de feuillets et s'éclaircit la voix.

« J'avais à présent vingt… environ vingt-cinq ans. Je venais de terminer mes années d'apprentissage comme juriste et avais été accepté à la Société des notaires de Sa Majesté. C'était un grand honneur pour moi, car je pouvais désormais apposer les initiales WS[1] après mon

1. Initiales de « *Writer to the Signet* », équivalent du notaire en Écosse.

nom. Je ne perdis pas de temps, il me faut l'admettre, pour faire imprimer un nouveau papier à lettres, ainsi que des cartes de visite. J'étais très fier de ces initiales et je dois reconnaître que je me montrais assez impatient avec les individus qui ignoraient leur signification. "Si vous vivez à Édimbourg, leur disais-je, vous devriez connaître ces choses. N'attendez-vous pas d'un Romain qu'il sache ce qu'est la Garde suisse ?"

« Cette réponse les réduisait souvent au silence et j'ose espérer qu'ils se sentaient assez humiliés pour aller chercher cette abréviation dans le dictionnaire en rentrant chez eux. Mon intention n'était pas d'embarrasser les gens, bien sûr, et d'autres que moi n'auraient pas hésité à faire sentir leur ignorance à leurs interlocuteurs. Cependant, il y a des limites et je pense qu'ignorer la signification de WS en fait partie.

« L'une des caractéristiques importantes de la Société des notaires est qu'elle a toujours concerné des juristes travaillant à Édimbourg, et pas dans n'importe quelle étude d'Édimbourg. Il est possible que certains de ses membres aient leur étude ailleurs – et même dans des endroits comme Pitlochry –, mais, dans ce cas, il est évident qu'ils ont malgré tout le type d'Édimbourg. C'est d'ailleurs ce qu'il faut, puisque la Société a ses bureaux ici, à Édimbourg, et qu'elle a été fondée par des notaires d'Édimbourg pour eux-mêmes et pour nul autre. Les notaires de Glasgow disposent de leurs propres sociétés et ont tout à fait le droit d'y entrer, s'ils le souhaitent – et je suis persuadé que certaines d'entre elles sont parfaitement respectables et sérieuses, même si je n'ai pas d'informations à leur sujet. Voilà pourquoi j'ai généralement très peu de temps à perdre avec ceux qui remettent en question nos institutions les plus importantes, comme la Société des notaires ou la Compagnie royale des archers, en l'occurrence. Ces gens-là sont en général des jaloux et il leur faudrait changer d'attitude s'ils voulaient être autorisés à en faire partie.

« Je travaillais à présent comme assistant dans la firme Ptarmigan Monboddo, cabinet juridique très réputé d'Édimbourg. Il comptait huit associés et trois assistants, dont moi-même. Mon supérieur, feu Mr Fergus Monboddo, m'indiqua que, si je jouais bien mes cartes, je pouvais espérer être intégré comme associé dans les cinq ans. Il était possible, ajouta-t-il, de l'être plus vite encore, mais pour cela, il me fallait épouser l'une des filles du fondateur du cabinet. Cela, commenta-t-il, représentait un trop grand sacrifice. Je pense qu'il avait dit cela en manière de plaisanterie, mais je trouvai la remarque de mauvais goût. J'étais surpris qu'un juriste associé dans une grande firme d'Édimbourg pût parler ainsi. J'allais découvrir par la suite que Mr Monboddo ne disait ce genre de chose que lorsqu'il avait bu un petit verre de sherry, aussi appris-je bientôt à distinguer entre les choses dites avec sérieux et celles qui ne l'étaient pas. J'ai toujours pensé que l'on ne devait pas retenir contre un homme des paroles prononcées après minuit ou après l'absorption d'un ou deux verres d'alcool.

« Je n'avais aucun désir d'épouser l'une des filles du fondateur du cabinet, car je venais de rencontrer la femme dont j'étais déterminé à obtenir la main. Il s'agissait de ma chère et tendre épouse, Betty, avec laquelle je suis marié depuis de longues et heureuses années. Malgré le temps qui s'est écoulé, je me souviens avec netteté du jour où je la vis pour la première fois : c'était au salon de thé *Brown Derby*, sur Princes Street. Ce fut le jour le plus important de ma vie, je pense, et j'ose à peine imaginer ce qui se serait produit si l'idée d'y entrer ne m'avait pas saisi et si je n'avais pas vu là celle qui allait transformer mon existence. »

Betty sourit. C'était si gentil à lui, si galant ! Et pourtant, il se trompait là encore, constatait-elle avec regret.

Ce n'était pas au *Brown Derby* qu'ils s'étaient rencontrés, mais chez *Crawford*. Elle n'eut cependant pas le cœur à le corriger de nouveau, aussi hocha-t-elle la tête en le pressant de poursuivre. Il lui avait fait une cour passionnée à l'époque et elle se demandait s'il allait en parler.

38. L'histoire de Ramsey Dunbarton
II – La cour

« Ce fut une période très particulière, lut Ramsey Dunbarton. J'avais compris presque tout de suite que Betty était la jeune fille que je voulais épouser, mais, à cette époque, il fallait faire sa cour assez longtemps avant de s'estimer en droit de présenter sa demande. Bien sûr, je connaissais certaines personnes qui s'étaient fiancées très vite, mais il s'agissait généralement de gens rapides et, même si je me considérais moi-même comme quelqu'un d'audacieux, je ne me serais cependant pas décrit comme rapide.

« Nous avions l'habitude d'aller au cinéma, au *Dominion* de Church Hill, et parfois au *Playhouse*, qui disposait d'un orgue superbe. Celui-ci était placé au-dessous du niveau du sol, avec l'organiste assis au clavier, qui jouait comme il pouvait. C'était un splendide instrument et je pense qu'il a contribué de façon sensible à l'atmosphère romantique qui régnait en ces occasions. On regardait les actualités, bien sûr, et nous revenions du cinéma en ayant non seulement passé un bon moment, mais aussi appris des choses sur ce qui se passait dans le monde. Ce ne serait pas une mauvaise chose de réintroduire les actualités au cinéma, mais j'imagine que les gens se moqueraient ou n'y prêteraient aucune attention. Plus personne ne prend ces choses-là au sérieux de nos jours.

« L'une de nos autres sorties favorites était d'aller à Cramond, où nous nous promenions par beau temps. C'était extrêmement romantique là-bas à cette époque et l'on y croisait beaucoup de couples d'amoureux qui cherchaient là un endroit paisible où évoquer l'avenir. Betty et moi aimions marcher sur la plage en regardant les huîtriers et autres oiseaux de mer. Nous observions aussi les bateaux en provenance de Rosyth ou de Leith qui arrivaient dans le Forth. En ce temps-là, il y en avait un, le *St Rognvald*, qui transportait des passagers en provenance de Kirkwall et d'Aberdeen. Il appartenait à la North of Scotland Orkney and Shetland Shipping Company et j'ai eu un jour le privilège de voyager à son bord. Il comportait une magnifique salle à manger lambrissée. Nous nous estimions par ailleurs heureux lorsque nous apercevions le *Pharos*, un vaisseau que les Northern Lighthouse Commissioners utilisaient pour l'inspection des phares. C'était un bateau splendide. J'aurais moi-même beaucoup aimé être un Commissioner of the Northern Lighthouses, mais on ne m'a jamais proposé pour cette fonction. C'est le problème à Édimbourg : pour devenir membre de quoi que ce soit de vraiment valable et d'important, comme la Compagnie royale des archers ou le Northern Lighthouse Board (sans parler des Knights of the Thistle !), il faut que quelqu'un vous parraine. Pourquoi ne pourrait-on pas envoyer simplement sa candidature ? J'aimerais avoir une réponse à cette question. Bien sûr, ces institutions recevraient alors toutes sortes de demandes émanant d'indésirables, mais les fonctionnaires auraient tôt fait de les disqualifier. Car si j'en crois mon expérience, ils savent fort bien distinguer entre un individu désirable et un autre qui ne l'est pas !

« Il y avait aussi le *Gardyloo*, bien sûr. Ce bâtiment chargeait à son bord les déchets d'Édimbourg pour aller les déverser dans l'estuaire. Il sortait chaque jour et revenait plusieurs heures plus tard, quelque peu allégé. Une fois, il y a très longtemps – c'était la fin des années 1970, me semble-t-il –, nous l'aperçûmes alors que nous nous promenions à Cramond. Betty le montra du doigt et me demanda ce que pouvait bien transporter cet étrange bateau. Je lui répondis que, selon moi, il devait s'agir de gravillons provenant d'une carrière des environs de North Berwick. Je savais que c'était faux, mais je ne pouvais tout de même pas lui expliquer ce qu'il en était en réalité. Ce fut la seule et unique fois où je mentis à Betty, et je le lui avouai par la suite. Elle me dit que j'avais bien fait, car cela aurait sans conteste gâché le romantisme de notre promenade si elle avait appris quelle était la véritable fonction du *Gardyloo*.

« Notre histoire d'amour s'épanouit, comme je l'avais prévu, et, un jour, Betty m'invita à l'accompagner à Broughty Ferry, où vivaient ses parents. Nous convînmes d'y aller un dimanche, de déjeuner avec eux, puis de rentrer à temps à Édimbourg pour le dîner.

« Je n'oublierai jamais cette première rencontre avec les parents de Betty. Il est très intimidant pour un jeune homme, bien sûr, de faire la connaissance des parents de sa promise et je me sentais plutôt anxieux en gravissant les marches du perron. Betty dut sentir mon appréhension, car elle me tapota le bras en m'assurant que je ne pourrais que les aimer.

« — Tout le monde les aime. Ils sont très gentils.

« Et elle avait parfaitement raison. Ils me mirent tout de suite à l'aise et semblaient tout savoir de moi et de ma carrière. Son père dit qu'il aimait beaucoup les juristes et qu'il aurait lui-même choisi ce métier s'il n'avait pas dû reprendre l'affaire familiale. C'était une fabrique de marmelade d'oranges située à Dundee, une entreprise que son propre père avait créée à son retour de Calcutta, où il travaillait auparavant comme représentant dans l'usine de toile de jute de son cousin.

« Après le déjeuner, les dames se retirèrent et nous laissèrent, le père de Betty et moi, dans la salle à manger. Pendant le repas, nous avions parlé de toutes sortes de sujets, mais à présent, la conversation s'étiolait. Je regardai par la fenêtre dans l'espoir d'apercevoir quelque chose qui pourrait m'inspirer un commentaire, mais je ne remarquai rien d'inhabituel. Il y avait un grand jardin plein de rhododendrons, mais je ne trouvai rien à dire sur les rhododendrons. Je gardai donc le silence.

« Finalement, le père de Betty prit la parole. Il me regarda un instant, comme pour m'évaluer, puis il me dit :

« — Et que pensez-vous de la marmelade ?

« Au début, je me demandai quelle réponse il fallait donner. J'aimais bien la marmelade, mais je n'étais pas sûr de la nature de la question.

« Il dut sentir ma confusion, car il précisa aussitôt le fond de sa pensée :

« — Ce que je veux dire, c'est ceci : pensez-vous que vous pourriez travailler dans une fabrique de marmelade ? Enfin, si quelqu'un vous proposait un poste dans ce genre d'entreprise…

« Je ne m'étais pas préparé à cette question. Il me sembla qu'il me sondait pour savoir si j'étais prêt à m'impliquer dans leur entreprise familiale. Cela me paraissait un peu prématuré, car je n'avais pas encore annoncé mon intention d'épouser Betty. Je suppose cependant que c'était tout à fait sage de sa part. S'il voulait marier Betty, il pensait peut-être qu'une offre anticipée d'association me pousserait à formuler ma demande plus vite. Plus j'y réfléchissais, plus j'étais convaincu que c'était ce qu'il avait à l'esprit.

« Bien sûr, je devais faire preuve de franchise. Je n'avais rien contre les fabriques de marmelade, mais je ne pensais pas que j'aimerais y passer ma vie. C'était indéniablement le genre de métier qui convient à beaucoup de gens, mais j'aimais le droit et j'avais travaillé dur pour devenir notaire. Je ne voulais pas envoyer tout cela promener pour de la marmelade.

« Je lui expliquai donc que je pensais continuer à pratiquer le droit. Il hocha la tête, assez tristement, estimai-je, et me dit que c'était la réponse qu'il attendait.

« — Nous ne sommes pas le secteur le plus passionnant du monde. Mais vous savez quoi ? Je l'adore ! J'adore chaque minute que j'y consacre. La marmelade est ma vie. Toute ma vie. »

39. L'histoire de Ramsey Dunbarton
III – Autres moments forts

« Betty et moi nous mariâmes à St Giles, dont mon père était membre du conseil. Nous emménageâmes dans notre première résidence, une maison en mitoyenneté à l'extrémité de Craiglea Drive, à Morningside. Elle n'était pas très grande, mais elle nous convenait parfaitement, car nous étions du côté ensoleillé de la rue et le soleil du matin pénétrait dans le salon. Ce qui signifiait bien sûr que le jardin, qui se trouvait de l'autre côté, ne recevait pas autant de soleil que je l'aurais souhaité et je pense que c'est la vraie raison pour laquelle nous devions déménager six ans plus tard. Je sais que certaines personnes ont suggéré que nous étions partis parce que nous estimions l'extrémité de Craiglea Drive pas assez "chic" pour nous, mais ce n'était vraiment pas le cas, et je suis heureux d'avoir ici l'opportunité de démentir ces rumeurs.

« L'un des principaux attraits de notre maison résidait dans les multiples promenades à faire dans les environs. Si l'on allait jusqu'au bout de la rue et que l'on tournait à droite, puis à gauche, l'on parvenait très vite aux grilles de Craig House. C'était un superbe bâtiment, d'abord construit pour abriter un hôpital, mais qui ressemblait davantage à un immense manoir. Il y avait une salle splendide où l'on servait aux patients des repas soignés lors des grandes occasions, ainsi qu'un très vaste parc. Comme beaucoup de voisins, je profitais du privilège de me promener là en admirant le somptueux panorama. Betty et moi avons vécu des moments très heureux, à marcher parmi ces arbres, lorsque nous vivions à Craiglea Drive et aujourd'hui, quand je passe par là en voiture, je ne peux m'empêcher de ressentir un peu de tristesse. Je pense à ces pauvres gens qui ont séjourné là et à tous leurs malheurs. Je pense aussi à la façon dont on prenait soin d'eux alors : en ce temps-là, ils étaient traités avec bien plus de dignité qu'aujourd'hui. Autrefois, quand vous étiez malade, vous étiez bien accueilli en arrivant à l'hôpital. On voulait que vous vous sentiez à l'aise et l'on vous appelait par votre nom quand on s'adressait à vous. Aujourd'hui, la première préoccupation est de savoir dans combien de temps on pourra vous renvoyer chez vous. On vous installe dans une salle où hommes et femmes sont mélangés, comme si l'intimité n'avait pas la moindre importance. Je songe parfois à toutes les choses de ce genre que notre société a perdues et à la façon dont c'est arrivé. Cependant, quand j'en parle autour de moi, je n'ai droit qu'à des moqueries et l'on me trouve vieux jeu et conservateur. Ma foi, que les gens disent ce qu'ils veulent ! Au moins, je peux me consoler avec l'idée que, pour ma part, j'ai toujours – toujours – appelé les gens par leur nom et que je ne me suis jamais permis avec eux une familiarité à laquelle ils ne m'avaient pas autorisé.

« En quittant Craiglea Drive, nous emménageâmes dans les Braids, dans la maison où nous devions rester de nombreuses années et où nous habitons encore aujourd'hui. Je n'ai pas l'âme nomade. J'estime que pierre qui roule n'amasse pas mousse, et j'aime amasser de la mousse. Cela nous convenait tout à fait de vivre ici, avec le bon air et le magnifique panorama. Au fil des ans, nous avons créé un jardin remarquable. Un jardin que nous songeâmes à ouvrir au public, dans le cadre du Programme des jardins d'Écosse. J'hésitai toutefois à prendre une initiative que notre entourage risquait de considérer comme prétentieuse. La plupart des jardins ouverts au public sont vastes et dépendent de grandes propriétés ou de châteaux, mais il reste malgré tout de la place pour les petits jardins intimes, qui peuvent devenir des joyaux, pour peu qu'on le désire vraiment et que l'on s'y consacre avec soin et bon goût.

« Betty était assez favorable à l'ouverture du jardin au public, mais finalement, je décidai que ce ne serait pas prudent.

« — Mieux vaut tenir la tête au-dessous du parapet, lui expliquai-je. Faites-la dépasser et les gens en profiteront aussitôt pour vous tirer dessus à boulets rouges !

« Elle parut surprise et me répondit que j'exagérais. Ma foi, elle est si gentille de nature qu'elle ne pouvait imaginer le mal chez autrui. Moi, j'avais vu plus d'une fois s'exprimer la nature humaine et je savais très bien qu'il existait des gens qui seraient trop heureux de saisir un prétexte pour faire circuler des commentaires hostiles à mon sujet. Je m'étais déjà trouvé en butte à cela quand j'avais demandé à devenir membre de l'association locale des équipements collectifs, en suggérant que mes compétences en droit pourraient se révéler utiles au cas où un projet d'aménagement controversé se présenterait. J'appris par la suite qu'un ou deux voisins affirmaient que cette suggestion signifiait que je pensais en savoir plus qu'eux sur les procédures administratives. C'était très injuste. Jamais je n'aurais insinué une chose pareille et, si je m'étais mis en avant, c'était seulement dans le but de servir ma communauté.

« Hélas, certaines personnes se soucient peu du bien public. Elles sont consumées par la jalousie à l'égard de tout individu qui manifeste un tant soit peu d'esprit d'initiative. Il n'est pas dans mon intention de donner des noms, mais je pense qu'il existe probablement en Écosse un ou deux hommes politiques un tantinet coupables de nourrir de tels sentiments dans leur cœur, par ailleurs fort généreux. Je n'ai cependant aucun goût pour le lynchage politique, aussi préféré-je en rester là !

« Le temps a passé avec une remarquable rapidité. Betty et moi n'avons pas eu de descendants, ce qui fut une déception pour nous, j'en suis conscient et j'aurais aimé qu'il en fût autrement.

Toutefois, nous avons été heureux dans tant d'autres domaines que je ne souhaite pas m'appesantir sur ce que nous avons pu manquer. Betty et moi avons eu beaucoup de chance et notre vie a été riche en émotions fortes. J'aimerais partager avec vous certains de ces bonheurs que j'ai vécus et vous parler notamment de quelques cas juridiques passionnants, du rôle du duc de Plaza-Toro que j'ai interprété au Church Hill Theatre dans *Les Gondoliers*, de Johnny Auchtermuchty, un ami au caractère bien trempé, et du jour où j'ai joué au bridge avec Angus, le défunt duc d'Atholl en personne ! »

40. Le plan de Bertie est lancé

En regagnant Scotland Street après sa malheureuse expérience sur Dundas Street – malheureuse parce qu'il s'était retrouvé coincé, de façon ignominieuse et terrifiante, au cœur de la circulation, et cependant heureuse dans la mesure où il avait été sauvé par un homme politique célèbre qui gravissait justement la colline au même moment –, Bertie se sentait découragé. Il n'avait pas ourdi beaucoup de plans dans sa courte vie – sa mère s'occupait de tout programmer à sa place – et son projet, dont il était si content, n'avait même pas démarré. Tandis qu'il rentrait chez lui en triturant le morceau de craie qu'il avait dans la poche, emporté en vue de laisser un message à Paddy, son éventuel collaborateur, il décida qu'il était peut-être inutile de se rebeller. Il lui semblait que, quoi qu'il fît, sa mère se montrerait toujours plus maligne que lui, d'autant qu'elle avait à ses côtés un puissant allié en la personne du Dr Fairbairn. On n'avait aucune chance de réussir à prendre le contrôle de sa vie, estimait Bertie, quand on se trouvait confronté à deux opposants aussi machiavéliques. Tel un prisonnier de guerre, peut-être devait-il se contenter de garder la tête basse en attendant l'heure de la libération. Celle-ci viendrait lorsqu'il atteindrait dix-huit ans, âge auquel Bertie avait compris que l'on devenait adulte et que l'on pouvait quitter sa maison pour faire ce que bon nous semblait. À dix-huit ans, on avait le droit, si on le souhaitait, d'abandonner les salopettes framboise et de s'habiller comme on voulait. Bertie bouillait d'impatience, et il ne lui restait plus que douze ans à attendre.

Bertie réfléchissait à tout cela lorsqu'il tourna au coin de Drummond Place. Tout à coup, il entendit un bruit venu des jardins, au centre de la petite place. C'était un son étrange, à mi-chemin entre sifflement et mugissement de sirène, et il se demanda un instant quel oiseau insolite avait pu se perdre et élire domicile dans l'un des arbres.

Il s'arrêta et scruta les buissons. Le bruit retentit de nouveau, suivi, cette fois, d'un mouvement des feuillages. À l'intérieur de ceux-ci, mi-couché, mi-debout, se tenait Paddy, le garçon que Bertie avait espéré trouver dans Fettes Row.

— Bertie ! cria-t-il. Viens ici ! Vite !

Prenant à peine le temps de vérifier si aucune voiture n'arrivait, mais veillant malgré tout à ne pas marcher sur les lignes, Bertie traversa la rue. En un instant, il avait franchi la grille des jardins. Paddy l'appela de nouveau, tout en retenant les branches du buisson qui le dissimulait.

— Salut, dit-il quand Bertie l'eut rejoint. C'est mon poste d'observation spécial. Tu peux y venir quand tu veux. D'ici, on voit tout ce qui se passe et personne ne nous voit !

— Génial ! répondit Bertie. *Magnifico*... ajouta-t-il, avant de se corriger aussitôt : Magnifique !

— Oui, acquiesça Paddy. Mais ne le dis à personne. Je n'ai pas envie que tout le monde se retrouve ici.

— Évidemment. Juste toi et moi. Comme dans une loge maçonnique.

Paddy parut perplexe.

— Une loge maçonnique ?

— Oui, expliqua Bertie. C'est un endroit où vont les hommes... les adultes. Ils se déguisent et ils vont dans des clubs secrets.

— C'est drôle. Et qu'est-ce qu'ils font là-bas ?

— Je ne sais pas trop, avoua Bertie. Ils ne laissent personne regarder. Et c'est interdit aux filles.

— Ça, c'est bien, approuva Paddy. Les filles gâchent toujours tout.

Bertie demeura un instant songeur. Il ne connaissait guère de filles. En fait, la seule à qui il eût jamais adressé la parole était celle qui s'appelait Olive, à l'école. Elle lui semblait plutôt gentille et il n'était pas tellement d'accord pour dire qu'elle gâchait tout. C'était Olive qui l'avait aidé le jour où Tofu l'avait poussé et elle l'avait réconforté en lui expliquant que Tofu allait peu à peu dépérir sous l'effet du régime végétalien qu'on lui imposait.

— Il y a des filles qui sont gentilles, affirma-t-il. J'en connais une qui s'appelle Olive...

— Connais pas, coupa Paddy. Mais on ne va pas parler des filles. Trouvons un autre sujet.

Bertie saisit la perche.

— Justement, j'ai eu une très bonne idée, déclara-t-il aussitôt. J'ai besoin de ton aide pour un plan. Tu as le droit d'aller partout, hein ?

— Oui, répondit Paddy. Je peux aller où je veux, du moment que je rentre à six heures. Je suis complètement libre.

— Mais… et ta… et ta mère ? Elle ne… ?

C'était difficile à exprimer. Cela lui paraissait si extraordinaire, si impossible qu'un garçon pût être libre de sa mère, qu'il éprouvait le besoin d'obtenir confirmation.

— Ma mère est cool, affirma Paddy en haussant les épaules. Elle dit qu'un garçon, ça doit s'amuser. Elle aussi, elle aime bien s'amuser. Tout le monde dit qu'elle s'amuse beaucoup.

Les yeux de Bertie s'élargirent.

— Et ton père, alors ?

— Il est cool, lui aussi. Il m'emmène pêcher dans les Pentlands. Je te l'ai déjà dit, non ? Et il aime bien boire. En fait, il s'amuse tout le temps.

Bertie considéra Paddy avec un mélange d'admiration et d'envie. Ce devait être comme cela quand on avait dix-huit ans, songea-t-il. Mais il était inutile de se complaire dans les regrets. Il avait un plan à exposer à Paddy, ce qu'il fit au cours des minutes suivantes, expliquant au garçon ce qu'il attendait de lui. Paddy l'écouta attentivement, puis hocha la tête avec enthousiasme.

— C'est du gâteau, assura-t-il. J'irai retirer l'argent pour toi et je t'achèterai le blazer et la cravate. Ensuite, je les apporterai ici et je les laisserai dans le buisson. Dans notre cachette secrète. Tu pourras venir les chercher quand tu voudras. Facile.

— Je te ferai un cadeau, promit Bertie. Tu pourras garder dix livres.

— Pourquoi pas vingt ?

Bertie réfléchit. Vingt livres, cela faisait beaucoup d'argent, mais il était sûr que Paddy accomplirait tout ce qu'il avait promis d'accomplir et le plan, après tout, était très important.

— D'accord, acquiesça-t-il. Tu pourras garder vingt livres.

— Bon. Alors donne-moi ta carte et dis-moi ton code.

Bertie sortit la carte de retrait de sa poche.

— Pour se rappeler le code, c'est facile, expliqua-t-il. C'est la date de naissance de Mozart.

Paddy fronça les sourcils.

— De qui ?

— De Mozart.

Paddy continua de fixer Bertie.

— Il jouait dans quelle équipe ? demanda-t-il.

Bertie se mit à rire. La blague était très drôle. Puis il s'arrêta net. Peut-être n'était-ce pas une blague…

41. Le projet d'Irene pour Bertie

Paddy tint parole. Le lendemain de leur rencontre fortuite dans leur nouveau lieu de rendez-vous de Drummond Place, Bertie découvrit un paquet, soigneusement emballé aux couleurs d'Aitken and Niven, qui l'attendait sous le buisson. Il avait obtenu d'Irene la permission de descendre jouer quinze minutes dans le jardin avant le cours de yoga à Stockbridge et il avait employé ce temps à localiser le sac. Il retira maladroitement la ficelle que Paddy avait nouée autour et déchira l'emballage, pour en contempler le contenu avec émerveillement. Là, sous les yeux, il avait le parfait blazer de Watson, accompagné de sa cravate. Dissimulée dans la poche poitrine de la veste, Bertie trouva aussi la carte de retrait de son compte de caisse d'épargne, qui s'était quelque peu amenuisé.

Il importait qu'Irene ne vît pas le blazer, aussi Bertie dut-il prendre mille précautions pour introduire le paquet dans l'appartement. La manœuvre se révéla toutefois plus aisée que prévu : Irene était au téléphone lorsqu'il arriva et il put se glisser dans le couloir sans être vu. Une fois dans sa chambre, il dissimula le paquet sous son lit. Cela avait été simple, mais dangereux malgré tout et son cœur battait fort dans sa poitrine alors que, debout à la porte, il guettait les bruits de la maison. Non, sa mère, qui bavardait encore au téléphone, ne se doutait de rien.

— Bien sûr, c'est incontestable, disait-elle, il n'aura aucun problème. Il est très en avance.

Bertie tressaillit. C'était de lui qu'elle parlait, une fois de plus. Et de quoi s'agissait-il ? Qu'est-ce qui ne lui poserait pas de problème étant donné son avance ? Sûrement pas le rugby…

Le silence s'installa tandis que l'on répondait à l'autre bout du fil. Puis Irene reprit la parole :

— Son âge ? Qu'est-ce que son âge vient faire là-dedans ?

Nouveau silence, puis :

— Eh bien, laissez-moi vous dire que c'est un règlement absurde ! Bertie n'a pas tout à fait six ans, mais il possède les capacités intellectuelles d'un enfant beaucoup, beaucoup plus âgé. Il y a une multitude de garçons de dix-huit ans qui ne lui arrivent pas à la cheville, vous savez. S'il voulait, Bertie pourrait même aller à l'université.

Bertie sentit un frisson glacé lui parcourir l'échine et un nœud d'angoisse se former dans son ventre. Elle allait l'envoyer à l'université à présent, avant même qu'il ait eu la chance de fréquenter l'école primaire ! C'était trop injuste ! Il devrait quitter la maison et s'installer dans une cité universitaire, où il lui faudrait préparer lui-même ses repas. Il n'y aurait personne de son âge là-bas : tous les autres auraient dix-huit ans, voire plus. Et ils se moqueraient de ses salopettes, il le savait. Il serait le seul de l'université à porter des salopettes.

— Oui, reprenait Irene. Je le pense vraiment. Il pourrait obtenir une licence sans aucun problème. Tenez, en italien, par exemple : il parle déjà couramment. Non, je ne le fais pas pousser en serre, comme vous dites ! D'ailleurs, cette expression est ridicule. Vous l'ignorez sans doute, mais il existe une chose que l'on appelle la curiosité intellectuelle !

La voix, de l'autre côté, dut parler un certain temps, car Irene garda un long moment le silence. Puis, non sans brusquerie, elle dit au revoir et raccrocha.

Bertie referma la porte de sa chambre, puis s'allongea sur le lit et contempla le plafond. C'était la seule surface blanche de la pièce, car sa mère n'avait pas eu le courage de demeurer debout sur l'escabeau pour le peindre le jour où elle s'était attelée à la décoration de la chambre. Il regarda les murs. Il était certain que Paddy n'avait pas une chambre rose, de même que Jock, l'ami qu'il avait failli se faire et qui, sans l'intervention de sa mère, serait devenu son frère de sang. Ces garçons-là vivaient dans des chambres normales, avec des petites voitures, des ballons de football et des jouets de ce genre. Ils n'avaient pas de mère comme Irene, qui appelait sa chambre son « espace »...

Tout à coup, la porte s'ouvrit et Irene apparut. Bertie aurait aimé qu'elle frappe avant d'entrer. Le jour où il lui en avait parlé, elle s'était mise à rire.

— Voyons, voyons, Bertie ! Tu n'es pas sérieux ! Pourquoi voudrais-tu que je frappe avant d'entrer dans ton espace ?

— Parce que c'est poli, avait répliqué Bertie. On le fait toujours quand on pénètre dans l'espace de quelqu'un. Ce serait bien que tu le fasses.

— Mais tu oublies que je suis ta maman... Et tu es Bertissimo ! Tu n'as pas de secrets pour maman, tout de même !

Baissant les yeux, Bertie avait songé à ses secrets. Si, il en avait, et il eût souhaité en avoir plus encore. Sa mère ne savait rien de ses pensées, de ses rêves de liberté. Elle ne savait rien de son plan, qui était désormais tout près de se concrétiser, et c'était très bien comme cela. Elle croyait tout connaître de son petit garçon, mais elle était loin du compte ! Cette idée fit plaisir à Bertie. Maman ignorante ! se dit-il avec délectation. Maman qui tâtonne dans le noir…

Debout dans l'embrasure de la porte, Irene souriait.

— C'est l'heure du yoga, lança-t-elle gaiement. Si nous nous dépêchons, nous aurons le temps de boire un *latte* en chemin.

Bertie prit une profonde inspiration. Il n'avait pas envie d'aller au cours de yoga. Il n'aimait pas s'allonger sur le ventre et cambrer le dos pour faire mine d'accueillir le soleil du matin. Il n'aimait pas non plus prendre l'air dans ses poumons et le garder à l'intérieur pendant que le professeur comptait jusqu'à vingt-cinq. Il n'en voyait pas l'intérêt.

— Je n'aime pas beaucoup le yoga, confia-t-il à mi-voix. Je ne pourrais pas laisser tomber et rester à la maison ?

Irene le gratifia d'un regard sévère.

— Mais bien sûr que si, tu aimes le yoga ! Tu aimes beaucoup ça, Bertie !

— Non, rétorqua Bertie. J'ai horreur de ça.

— Ne dis pas de bêtises, soupira-t-elle en haussant les épaules. Tu ne peux pas avoir horreur du yoga. On n'a pas *horreur* du yoga ! Maintenant, tu ferais mieux de te presser. À ce rythme, nous n'arriverons jamais à l'heure.

Avec un soupir, Bertie se leva.

— Est-ce que tu vas m'envoyer quelque part, maman ? s'enquit-il.

Irene haussa un sourcil.

— Pourquoi me poses-tu cette question, Bertie ?

— Parce que je veux savoir. Je veux savoir ce qui va m'arriver.

— Eh bien, il est vrai que j'ai un petit projet pour toi, concéda Irene. Mais ce n'est pas le moment d'en parler.

Bertie la regarda. Moi aussi, j'ai mon petit projet, songea-t-il. Mais toi, tu n'es pas au courant, espèce de vieille…

Il s'interrompit. Il ne voulait pas penser à sa mère de cette façon. Il voulait l'aimer, il voulait vraiment l'aimer. Seulement, cela se révélait difficile.

42. Bertie s'évade

Bertie emporta le blazer à l'école, plié au fond de son sac à dos. Il avait préparé une explication si sa mère lui demandait pourquoi le sac était si gros, mais Irene semblait préoccupée ce matin-là et elle lui prêta peu d'attention quand ils montèrent ensemble dans le bus.

— Tu es triste ? interrogea-t-il, tandis que le véhicule peinait à gravir le Mound.

Irene, qui regardait par la fenêtre, se tourna vers lui avec un sourire.

— Non, Bertie. Maman n'est pas triste. Maman réfléchit.

— Réfléchit à quoi ? insista Bertie. Au Dr Fairbairn ?

Irene tressaillit.

— Pourquoi diable penserais-je au Dr Fairbairn ? rétorqua-t-elle avec brusquerie.

Pourtant, c'était à lui qu'elle songeait, et plus précisément à sa veste de lin bleu, mais elle ne s'attendait pas à une telle sagacité de la part de son fils. Peut-être s'agissait-il de cet extraordinaire phénomène de télépathie familiale au sujet duquel elle avait lu un article. Se pouvait-il que Bertie fût télépathe ? se demanda-t-elle.

Non, ces histoires-là n'étaient que des inepties pour esprits faibles. Il avait deviné, voilà tout. Lui-même devait penser au Dr Fairbairn à ce moment-là – une pure coïncidence –, ce qui l'avait amené à attribuer à sa mère des réflexions similaires. Il était assez courant, se remémora-t-elle, de transférer sur autrui notre propre état d'esprit.

Bertie garda le silence. Il voulait voir sa maman heureuse, mais il semblait qu'elle fût elle-même un obstacle à son propre bonheur. Si seulement elle pouvait cesser de se préoccuper de lui ! Si seulement elle arrêtait de réfléchir aux motivations des gens ! Si seulement elle se mettait à accepter les personnes et les choses telles qu'elles étaient ! Il savait toutefois qu'il ne devait pas en espérer tant. Car si Irene cessait de le forcer à faire des choses, que deviendrait sa vie ? À sa connaissance, elle avait très peu d'amies. Au Floatarium, elle rencontrait des femmes avec qui elle aimait bien bavarder, mais elles ne se voyaient pas en dehors et elles ne venaient jamais à la maison. D'ailleurs, ils n'invitaient jamais personne chez eux, à Scotland Street, sauf un ami de son père, qui venait jouer aux échecs une fois par mois. Il était possible que son père eût d'autres amis au bureau, mais Bertie n'en était pas sûr. Il avait un jour posé la question et reçu une réponse qui l'avait intrigué :

— Des amis, Bertie ? Des amis ? Mais maman et moi, nous sommes amis, n'est-ce pas ? Ai-je besoin d'autres amis ?

Bertie pensait que oui, mais ne l'avait pas dit. S'il existait une chose au monde dont il était sûr, c'est qu'il ne ressemblerait pas à ses parents quand il serait grand. À dix-huit ans, il n'irait ni chez le psychothérapeute ni au Floatarium. Sa chambre aurait des murs blancs, et peut-être même noirs, mais certainement pas roses. Et il ne parlerait jamais en italien. Cela faisait beaucoup de changements en perspective, songeait-il.

Irene l'accompagna de Bruntsfield à la grille de l'école, puis elle l'embrassa et il la regarda s'éloigner. Le moment de passer à l'action était arrivé. S'assurant d'un coup d'œil circulaire que personne ne lui prêtait attention, il s'élança dans l'allée de l'école, puis bifurqua vers une petite cabane de jardin adossée au mur d'enceinte. C'était l'abri où l'on entreposait outils de jardinage et matériel de bricolage. Bertie avait exploré les lieux et il savait que la cabane n'était pas fermée à clé. Il l'ouvrit et se glissa à l'intérieur.

Il ne lui fallut que quelques minutes pour se métamorphoser. À la place de la salopette framboise et de la chemise à carreaux, il revêtit une chemise d'un blanc étincelant accompagnée de la cravate, un bermuda de la couleur idéale et le splendide blazer de Watson. Il fourra ses vieux vêtements dans son sac, qu'il cacha sous un seau de fer rouillé posé à l'envers. Puis, s'assurant par la fenêtre couverte de toiles d'araignée que la voie était libre, il ouvrit la porte et retourna en courant à la grille d'entrée.

Il convenait à présent d'achever la première phase du plan. De la poche de son blazer, Bertie sortit le mot qu'il avait rédigé la veille avec le plus grand soin et chercha un visage familier. Il aperçut Merlin, un garçon de sa classe.

— S'il te plaît, tu peux faire passer ce mot à Miss Harmony ? demanda-t-il en lui fourrant l'enveloppe entre les mains. Mais surtout, ne lui dis pas que c'est moi qui te l'ai donné. Pose-le juste sur son bureau.

Merlin regarda l'enveloppe, puis Bertie.

— Mais pourquoi tu t'es déguisé comme ça ? interrogea-t-il.

— Parce que, répondit Bertie.

Merlin haussa les épaules et chassa une poussière de sa veste arc-en-ciel.

— J'imagine que c'est ton droit d'être bizarre, conclut-il.

Bertie le remercia, franchit la grille, gagna à grands pas le coin de la rue, puis poursuivit en direction du George Watson's College. Tout en marchant, il réfléchissait au contenu de la lettre qu'il venait de confier aux bons soins de Merlin. Il savait très bien imiter l'écriture de sa mère et estimait qu'il avait réalisé un excellent travail. « Chère Miss Harmony, avait-il écrit. Malheureusement, mon fils Bertie a contracté une maladie infectieuse et il doit être tenu éloigné de l'école pendant un certain temps. Je serais volontiers venue vous en parler personnellement, mais je crains d'avoir été contaminée moi aussi et je ne voudrais pas vous transmettre la maladie. S'il vous plaît, ne vous faites pas de souci pour Bertie, il est très heureux et il vous sera renvoyé en bonne santé le moment venu. Il est traité aux stéroïdes, tout comme mon mari et moi-même, par précaution. Veuillez agréer, Mademoiselle, l'expression de mes sentiments les meilleurs, Irene Pollock. »

Bertie était enchanté de sa formulation et il était sûr que cela fonctionnerait, surtout avec le détail médical rajouté à la fin. La mention de la maladie infectieuse, estimait-il, interdirait à l'école de convoquer sa mère, car les établissements devaient se montrer prudents face aux infections. Si tout se passait comme prévu, il conserverait donc l'uniforme de Watson dans la cabane et se changerait là chaque matin. Il y avait tant d'enfants que personne ne le remarquerait. Quant à Watson, il avait entendu dire que c'était un très grand établissement. Dans ce genre d'école, aucun professeur ne remarquerait un garçon supplémentaire, se disait-il, et il n'y avait pas de raison qu'il ne puisse suivre là-bas l'ensemble de sa scolarité.

Il parvint bientôt à l'entrée de Watson. Maintenant, se dit-il, je vais faire comme si j'étais d'ici. Il ne faut surtout pas éveiller les soupçons. Je dois avoir l'air confiant.

Et, d'une démarche assurée, il remonta l'allée de l'école.

43. Rugby !

Une fois franchi le portail du George Watson's College, il se révéla assez simple de trouver une classe adéquate. En évidence sur les murs, des pancartes indiquaient la direction des différentes classes et Bertie n'eut qu'à suivre celle qui désignait les CP. Il se glissa à l'intérieur d'une salle en même temps que deux autres garçons.

— Est-ce qu'il y a une place de libre ? souffla-t-il à l'un d'eux. Je suis nouveau.

Le garçon désigna le fond de la classe.

— Cette table-là est vide, répondit-il. Il y avait quelqu'un au début, mais il n'est resté qu'un jour. Il a dû se perdre dans les couloirs.

Bertie regarda le pupitre. Il était idéal pour qui ne souhaitait pas attirer l'attention. Remerciant son nouveau camarade, il s'y rendit et s'assit. L'institutrice arriva peu après et les élèves commencèrent bientôt à copier des lettres sur une ligne. Tandis qu'ils travaillaient, l'institutrice passait entre les rangs, s'arrêtant auprès de chacun d'eux pour faire un commentaire. Bertie demeura immobile, les yeux fixés sur sa feuille de papier, espérant qu'elle retournerait à son bureau avant de parvenir jusqu'à lui. Mais les choses ne se passèrent pas ainsi : relevant la tête, il s'aperçut que la maîtresse l'observait d'un air surpris.

— Tu es sûr que tu es dans la bonne salle, mon chéri ? interrogea-t-elle avec douceur. Tu ne t'es pas trompé ?

Bertie déglutit.

— On m'a transféré, expliqua-t-il. J'étais là-bas, mais maintenant, je suis ici, ajouta-t-il avec un geste vague en direction du couloir.

— C'est impossible, assura l'institutrice. Dis-moi : comment t'appelles-tu ?

— Bertie, souffla-t-il. Bertie Pollock.

— Eh bien, je pense qu'il y a eu une petite confusion. Je vérifierai auprès du secrétariat tout à l'heure. Peut-être que l'on a juste oublié de me prévenir.

— Oui, fit Bertie. C'est sûrement ce qui s'est passé. C'est une très grande école. Ce n'est pas facile de garder la trace de tout le monde.

L'institutrice le considéra avec curiosité.

— L'école est grande, en effet. Mais en général, les gens se retrouvent là où ils doivent être. Je suis sûre que nous comprendrons bientôt ce qui s'est passé. Ne t'en fais pas !

Lorsque sonna l'heure de la récréation, Bertie quitta la classe aussi vite que possible. Il se demandait s'il y retournerait, car la maîtresse ne tarderait sans doute pas à découvrir qu'il n'avait rien à y faire. Peut-être serait-il plus judicieux d'en essayer une autre, songea-t-il, une classe avec une institutrice moins pointilleuse, s'il y en avait.

Il sortit dans la cour et s'adossa au mur pour regarder les jeux qui s'organisaient autour de lui. Les enfants couraient partout en criant et ils avaient l'air de bien s'amuser, mais personne ne proposa à Bertie de se joindre à eux. Il baissa les yeux : jusqu'à présent, il ne semblait pas y avoir de différence nette entre Watson et Steiner. En fin de compte, peut-être que ce plan n'était pas une si bonne idée. Il releva la tête et son cœur fit un bond dans sa poitrine. Oui, c'était lui ! C'était Jock ! Ce bon vieux Jock, le garçon qu'il connaissait, celui qui serait son ami…

— Jock ! hurla Bertie. Jock, je suis là !

Jock, qui courait vers la grille, un sac à la main, s'arrêta brutalement et le regarda, étonné.

— Oui, répondit-il. Tu es là.

Bertie s'approcha de son ami.

— C'est moi. Bertie. Tu te rappelles ?

Jock ne se départait pas de son expression perplexe.

— Non, pas vraiment.

Bertie éprouva une profonde déception, mais n'en laissa rien paraître. Il fit un signe en direction du sac que portait Jock.

— Qu'est-ce que tu fais avec ça ?

— C'est pour le rugby, répondit Jock. C'est là-bas, ajouta-t-il en désignant un terrain de jeu sur lequel un groupe de garçons commençait à se former autour d'un professeur en survêtement rouge. Tu viens aussi ?

Bertie ne perdit pas un instant.

— Évidemment, dit-il, avant de marquer un temps d'arrêt. Mais je n'ai pas de tenue, ajouta-t-il. Je ne peux pas jouer en blazer.

— Va voir dans les vestiaires, conseilla Jock avec désinvolture. Il y a toujours des trucs qui traînent. Tu n'auras qu'à prendre ce que tu trouves.

Bertie le suivit dans les vestiaires, où il repéra vite un short de rugby abandonné, un maillot déchiré maculé de boue et une paire de chaussures qui, bien que trop grandes de plusieurs pointures, offraient l'avantage de ne pas lui blesser les pieds. Puis, trottant toujours aux côtés de Jock, il gagna le terrain pour rejoindre les petits joueurs groupés en son centre. Toutes ses craintes d'être démasqué s'étaient envolées et il se sentait immensément heureux. Il y était enfin, sur le terrain de rugby, en tenue de rugby, prêt à jouer avec Jock, son ami retrouvé. Mr Gavin Hastings avait dû commencer de la même façon, se disait-il, même s'il portait sans doute des chaussures à sa taille et un maillot qui n'était pas déchiré à l'épaule droite. Mais il ne s'agissait que de détails : le principal, c'était qu'il s'apprêtait à jouer au rugby sur une vraie pelouse, avec de vrais garçons et un vrai ballon.

Le professeur divisa les enfants en deux équipes. Bertie avait espéré se retrouver avec Jock, mais tel ne fut pas le cas. Il lui adressa un petit signe, que le garçon ne lui rendit pas. Peut-être ne m'a-t-il pas vu, songea-t-il. Peut-être est-il déjà concentré sur le match.

Un coup de sifflet retentit et le ballon fut mis en jeu. Bien qu'il n'eût pas d'idée précise de ce qu'il devait faire, Bertie courut avec enthousiasme dans sa direction. Quelques instants plus tard, son équipe en prenait possession. Bertie cria aussitôt :

— Ici !

À sa grande surprise, le joueur qui avait le ballon le lui passa. Bertie le prit dans ses bras et commença à courir vers les poteaux de but. Il savait qu'il fallait tenter de marquer un essai et que, pour cela, il suffisait de se dépêcher d'aller déposer le ballon derrière la ligne.

Il courut aussi vite qu'il put. Plusieurs garçons se précipitèrent vers lui, mais il poursuivit son avancée. Soudain, l'un des joueurs – et c'était Jock – surgit devant lui et glissa un pied entre ses jambes.

Bertie tomba, tenant toujours le ballon. Alors, Jock lui décocha dans les côtes un coup de pied qui le fit se tordre de douleur. Bertie sentit qu'on lui arrachait le ballon. Il n'entendit ni sifflet ni cris de contestation. Le match continuait sans lui.

Il se releva et observa le jeu, qui se déroulait à présent dans l'autre partie du terrain. Il tenta de se maîtriser, mais sans succès, et les larmes se mirent à couler le long de ses joues. Des larmes d'amertume pour tout ce qu'il venait de vivre : l'échec de son plan, la fin de son amitié avec Jock, l'humiliation, surtout, d'être ce qu'il était.

44. Le retour

Bertie passa en courant la grille du George Watson's College, hésita au bout de la rue, puis s'élança pour traverser Colinton Road. Les voitures étaient rares et il ne ressentit rien de la panique qui l'avait envahi lors de sa récente tentative sur Dundas Street. Avec ses chaussures de rugby trop grandes qui lui irritaient les chevilles, il parcourut sans réfléchir le chemin qui le menait à Spylaw Road et au sanctuaire que représentait l'école Steiner. Cette évasion avait été une terrible erreur, songeait-il. Il n'appartenait pas à Watson et n'en ferait jamais partie. Et le rugby, qu'il avait tant rêvé de pratiquer, n'était qu'un violent cauchemar, un jeu dans lequel même vos propres amis ne pensaient qu'à vous faire tomber et à vous frapper dans les côtes. Il n'y avait rien de tout cela à Steiner, où les jeux de ballon agressifs n'étaient pas encouragés.

En atteignant la grille de Steiner, il était épuisé. Cette course depuis Watson lui avait donné un point de côté et la douleur provoquée par le coup de pied de Jock subsistait. Dans sa chute, il s'était également blessé au poignet, peut-être en voulant garder le ballon contre lui. C'était une douleur aiguë qui allait et venait, mais qui lui coupait le souffle et lui arrachait une grimace chaque fois qu'elle se faisait sentir.

Il franchit la grille et se dirigea lentement vers la cabane de jardin. Peu lui importait d'être vu, à présent ; il n'y avait plus de secret ou, du moins, plus de secret qu'il fallait garder. En pénétrant à l'intérieur, il envoya un coup de pied dans le seau qui dissimulait ses vêtements. Il retrouva sa salopette familière et sa chemise à carreaux. En revanche, ses chaussures étaient restées dans les vestiaires de Watson. Il ne les reverrait jamais, pas plus que le blazer prune et la cravate. De toute façon, ceux-ci n'avaient plus la moindre utilité, contrairement aux chaussures, dont il devrait expliquer la disparition à sa mère.

Bertie abandonna la tenue de rugby dans la cabane et gagna sa classe. La porte était fermée, mais il distingua ses camarades disposés en cercle par le panneau de verre. Il prit une profonde inspiration et entra.

Miss Harmony leva les yeux en entendant la porte s'ouvrir. Elle sourit à Bertie et indiqua la chaise vide qui l'attendait.

— Tu es un peu en retard aujourd'hui, Bertie, dit-elle. Mais ce n'est pas grave. Nous sommes en train de faire du dessin et je sais que tu te débrouilles bien dans cette matière.

Bertie s'assit et se prit la tête dans les mains. Il avait conscience de l'intérêt des autres élèves – le regard ahuri de Tofu, les coups d'œil à la fois discrets et soucieux d'Olive. Ils avaient dû remarquer ses chaussures de rugby, songea-t-il, ou du moins les entendre, car les pointes avaient produit un fort cliquètement au contact du sol. Et ils se moqueraient aussi de sa salopette, bien sûr, quand ils auraient fini de rire des chaussures.

Au bout de quelques minutes, il s'aperçut que Miss Harmony se tenait près de sa table. Penchée au-dessus de lui, elle lui murmura à l'oreille :

— Nous nous sommes fait beaucoup de souci, Bertie. Ce drôle de mot que tu m'as envoyé… Il m'a beaucoup intriguée, tu sais.

Bertie releva la tête. Elle souriait et avait posé la main sur son épaule.

— Ne t'en fais pas, souffla-t-elle encore. Je ne le montrerai à personne. Je suis de ton côté, tu sais.

Bertie fixa la surface de son pupitre. Il ne s'attendait pas à cela. Il était persuadé qu'il aurait droit à des réprimandes et serait convoqué dans le bureau du directeur. Il n'avait pas prévu cette compassion.

— Tu verras, poursuivit Miss Harmony si bas que même ses voisins ne pouvaient l'entendre, cette école est fondée sur l'amour et le respect. Nous nous aimons et nous prenons soin les uns des autres. Nous t'aimons tous, Bertie, parce que tu es l'un des nôtres. Et si tu as un problème, tu peux nous en parler, nous ferons notre possible pour t'aider, parce que nous t'aimons.

— Ma mère… commença Bertie.

Il ne sut comment poursuivre et s'arrêta. La main de Miss Harmony exerça une pression sur son épaule.

— Je sais, dit-elle. Les mamans rendent parfois la vie difficile à leurs petits garçons. Elles ne le font pas exprès, tu comprends. Ce qu'il faut, c'est ne pas te faire du souci pour cela.

— Mais elle m'oblige à mettre des salopettes ! insista Bertie. Et je me sens ridicule.

Miss Harmony hocha la tête.

— Voudrais-tu que je lui en parle ?

— Je veux bien, acquiesça Bertie. Mais elle ne vous écoutera pas.

— Je peux toujours essayer, répondit Miss Harmony. Qui ne tente rien n'a rien.

Elle se tut et posa les yeux sur les chaussures de rugby.

— Nous avons des chaussures de rechange dans un placard, en bas, reprit-elle. Veux-tu que nous y allions tous les deux pour en trouver une paire à ta taille ?

Ils quittèrent la classe ensemble et descendirent. Bertie boitillait sous l'effet de la douleur qui irradiait ses chevilles irritées.

— Pauvre Bertie ! s'exclama Miss Harmony. Tiens, prends mon bras. Appuie-toi sur moi.

Le placard renfermait une paire de chaussures marron bien cirées qui allaient parfaitement à Bertie. Lorsqu'il les eut enfilées, le petit garçon se sentit quelque peu rasséréné. Il leva les yeux vers Miss Harmony et lui sourit.

— Je suis désolé de vous avoir écrit cette lettre, dit-il. En fait, je n'ai pas de maladie infectieuse, vous savez.

— Ne t'inquiète pas, répondit l'institutrice. Je n'ai pas cru une seule seconde que tu étais malade. Ce qui compte, c'est que tu sois heureux. Et tu t'es excusé, ce qui est très important.

Elle marqua un temps d'arrêt.

— Tu vas être heureux ici, tu sais, Bertie. C'est une école où tout le monde est heureux.

Bertie réfléchit. Elle avait raison. Il se sentait effectivement plus heureux ici qu'au milieu du vacarme et de la cohue de Watson, avec ces centaines de garçons et de filles dont il n'aurait jamais pu retenir les noms. Le rugby n'était pas pour lui, décida-t-il, et c'était très bien qu'il n'y en ait pas à Steiner. Mr Gavin Hastings pouvait y jouer s'il le souhaitait, mais lui, Bertie, trouverait autre chose à faire. Même l'italien était mieux que le rugby.

À la sortie des classes, alors qu'il attendait sa maman à la grille, il vit Tofu venir vers lui. Le garçon lui demanda où il avait trouvé ses chaussures de rugby.

— Elles sont super ! ajouta-t-il.

— Tu les veux ? fit Bertie d'un ton nonchalant. Tu peux les prendre si elles te plaisent.

Tofu accepta avec reconnaissance.

— Merci, Bertie. Tu es un vrai pote.

— Et tu veux que je t'apporte un sandwich au jambon demain matin ? proposa Bertie.

— Oh oui ! répondit aussitôt Tofu. Même deux, si c'est possible.

— D'accord, acquiesça Bertie.

Tofu lui donna une tape amicale dans le dos et s'en alla.

En le regardant s'éloigner, Bertie songea aux événements de la journée. Il avait fait plusieurs découvertes. D'abord, le rugby était un sport violent. Ensuite, Jock n'était pas un véritable ami. Il convenait également de méditer sur d'autres choses : Tofu ne représentait plus une menace et pouvait même devenir un allié. De plus, il se pouvait aussi que lui-même, Bertie, soit heureux dans cette école, qui était un lieu accueillant, même si c'était sa mère qui l'avait choisie. Après tout, il existait des choses qu'elle faisait bien.

45. Dîner avec Père

Si Bertie rencontrait des problèmes avec sa mère – car tel semblait être le cas –, Matthew, pour sa part, en avait avec son père, Gordon. Irene et Gordon auraient eu beaucoup de mal à s'entendre sur quelque sujet que ce fût, et pourtant, l'un comme l'autre avaient réussi, chacun à sa manière, à rendre leur fils malheureux. Ainsi, tandis que Bertie se sentait prisonnier d'une mère qui nourrissait à son égard une ambition démesurée, Matthew, au contraire, avait conscience que son père n'en avait plus la moindre pour lui. Gordon avait conclu que son fils était un bon à rien et acceptait désormais cet état de fait. La galerie d'art dans laquelle il l'avait installé ne devait être qu'une sinécure, un endroit où l'obliger à demeurer la journée, pendant que le reste du monde travaillait. Certes, cet arrangement s'était révélé coûteux mais Gordon pouvait se le permettre sans difficulté.

Matthew avait accepté la proposition de son père parce qu'il n'avait rien de mieux à faire. Il se savait un piètre homme d'affaires, mais il fallait bien s'occuper et, en fin de compte, diriger une galerie d'art s'était révélé moins ennuyeux que prévu. Cet intérêt nouveau compensait un peu le malaise que lui procurait la mauvaise opinion de son père. Il n'était pas facile d'accepter que quiconque vous considère comme un moins que rien et il y avait des jours où Matthew brûlait de prouver qu'il était d'une autre trempe et pouvait réussir. Un problème se posait cependant : s'il s'y risquait, il avait toutes les chances d'échouer.

À présent, Matthew se préparait à passer une soirée en compagnie de son père. Lors d'une visite impromptue à la galerie, ce dernier l'avait invité à dîner pour lui présenter sa nouvelle amie, Janis, propriétaire d'un magasin de fleurs. Tout en nouant sa cravate devant le miroir, Matthew se demanda ce qu'il pourrait bien dire à cette femme, dont les motivations étaient limpides à ses yeux. Il serait judicieux de lui signaler qu'il comprenait parfaitement ce qui se passait et qu'il ne se laisserait pas duper par une aventurière. Mais comment ? Il ne pouvait dire franchement les choses, d'autant que le dîner devait avoir lieu au *New Club* – un établissement où la franchise n'était pas de mise –, aussi faudrait-il se faire comprendre à demi-mot, s'arranger pour que Janis lise entre les lignes. Mais comment une telle femme – une « blonde patentée », comme l'imaginait Matthew – serait-elle capable de lire entre les lignes ? Ces personnes-là avaient déjà du mal à lire les lignes elles-mêmes... Elle va remuer les lèvres quand elle lira le menu, songea Matthew en souriant à son reflet dans le miroir. Comme ça, pensa-t-il en articulant le mot « argent ».

Matthew examina la cravate qu'il avait choisie : des carrés rouges formant des chaînes sur fond bleu. C'était une erreur. Il en prit une autre, bleue elle aussi, mais avec des motifs irréguliers qui évoquaient vaguement des éclairs. C'était mieux. En regardant sa cravate, Janis recevrait un message subliminal : *Arrière !* Oui, pensa-t-il. C'était la note juste. Lui-même se montrerait froid et distant, ce qui véhiculerait précisément le message qu'il lui destinait : *Je sais ce que vous cherchez. Cela ne me concerne pas vraiment, bien sûr, mais je le sais.*

Satisfait de son apparence, il prit son manteau. Matthew habitait India Street, dans un appartement acheté par son père, et le trajet à pied jusqu'à Princes Street, où se trouvait le *New Club*, ne durerait qu'une quinzaine de minutes. En gravissant la rue en pente, il songea qu'il ne lui serait pas facile de se montrer froid et distant. En réalité, il se sentait plutôt sur les nerfs. Ce ne serait pas une partie de plaisir : cette femme me prend mon père, pensa-t-il. C'est aussi simple que cela. Elle me le prend, alors qu'il est à moi.

Il s'arrêta à l'angle de la rue et tenta de se raisonner. Après tout, ce n'était pas si grave. À quelle fréquence voyait-il son père ? Moins d'une fois par mois ! Et voilà qu'il cherchait à se persuader qu'il avait des droits sur lui ! Il faut que je sois un peu plus mûr, se dit-il. Que je regarde les choses avec du recul. Janis est une aventure passagère, une distraction et rien d'autre. Et en tant qu'aventure passagère, on pouvait la tolérer.

Arrivé au *New Club*, il monta l'escalier sombre qui menait au foyer. Tout était calme et mesuré, un monde protégé de l'agitation du dehors et très éloigné de cette artère encrassée maculée de vieux chewing-gums qu'était devenue Princes Street. Tandis que Matthew, parvenu dans le foyer, contemplait par la fenêtre, au-delà des jardins obscurs, la silhouette illuminée du château, il songea à ce que devait ressentir son père en cet instant. Il appréhendait la rencontre, bien sûr, car il était malaisé pour un père de présenter sa maîtresse à son enfant. Ce n'était pas bien du tout. Un enfant ne devait rien savoir de la vie amoureuse de son père.

Matthew fit volte-face. Gordon venait vers lui, contournant les imposants sofas de cuir qui les séparaient. Ils se serrèrent la main.

— Janis sera là dans une minute, assura-t-il. Elle se repoudre, précisa-t-il en se tapotant le nez avec un sourire malicieux. Tu sais ce que c'est…

Ces paroles, destinées à instaurer un climat de complicité masculine, mirent Matthew mal à l'aise. Il ne sourit pas.

Gordon fronça les sourcils.

— Tu sais, c'est important pour moi, Matthew, dit-il, un ton plus bas. Je… J'aime beaucoup Janis, tu comprends. Vraiment.

Matthew ferma les yeux et déglutit.

— Ça va aller ? demanda son père.

— Évidemment, répondit-il à mi-voix. Pourquoi ça n'irait pas ?

Gordon tenta de capter son regard, mais Matthew se détourna.

— Je te trouve extrêmement tendu, reprit son père. Regarde-toi, tu es tout crispé. Elle ne va pas te mordre, tu sais.

— Je n'ai jamais dit…

Gordon leva la main.

— La voilà…

46. Le langage des fleurs

Matthew éprouva la satisfaction ressentie quand on constate que l'on a bien jugé une personne, du moins sur son aspect extérieur. Il avait imaginé Janis blonde, et elle était blonde. Il se l'était représentée menue, et là encore, il avait vu juste. Et s'il était vrai qu'il n'avait pas envisagé les chaussures en imitation peau d'espèce en danger, c'était simplement qu'il n'avait pas poussé l'exercice jusqu'aux pieds. S'il l'avait fait, peut-être eût-il songé à ces escarpins en faux serpent. Ce fut du moins ce qu'il se dit en la regardant s'asseoir avec une modestie affectée dans le fauteuil en face du sien. Il s'efforça de ne pas la dévisager – il cherchait, après tout, à se montrer froid et distant –, mais il enregistra néanmoins chaque détail de sa personne.

Gordon ne jeta qu'un très rapide coup d'œil à son fils. Il souriait à Janis d'une façon qui, songea Matthew, en disait long sur le ravissement béat dans lequel elle le plongeait. Ce n'était plus le père circonspect et toujours sur ses gardes qu'il connaissait : c'était un homme tombé en esclavage.

— Ce château a tant de visages différents, déclara Janis en contemplant la vue. Pourtant, il est toujours là, n'est-ce pas ?

Matthew résista à la tentation d'éclater de rire. Quelle remarque absurde ! Bien sûr que le château était toujours là ! À quoi s'attendait-elle ?

— Oui, répondit-il. Ce serait drôle de constater qu'il a disparu en se réveillant un matin. Je me demande combien de temps mettraient les gens à s'en apercevoir...

Gordon se tourna à demi vers lui avec l'expression de quelqu'un qui vient d'entendre une chose légèrement désagréable. Puis il refit face à Janis.

— Oui, la vue d'ici est merveilleuse, n'est-ce pas ? Le plus beau côté d'Édimbourg...

Non, songea Matthew. Édimbourg, c'était bien plus que cela. Le château n'était que le cliché, rien d'autre.

— Moi, je n'aime pas beaucoup le château, riposta-t-il. Si on le remplaçait, cela ne me dérangerait pas.

Gordon émit un son qui pouvait ressembler à un rire.

— Et par quoi le remplacerait-on ? s'enquit-il.

— Oh, un grand magasin, par exemple. Comme ceux de Princes Street. Une enseigne connue. On se garerait sur l'esplanade et on irait faire ses courses à l'intérieur.

— Je ne sais pas si... commença Janis, qui ne l'avait pas quitté des yeux depuis qu'il avait pris la parole.

— Toi, papa, tu serais d'accord, l'interrompit Matthew. Tu pourrais investir dedans.

Gordon tambourina des doigts sur la table basse.

— Matthew tient une galerie d'art, expliqua-t-il à Janis. Tu pourrais y faire un saut un de ces jours.

Janis regarda Matthew et lui sourit, attendant visiblement une invitation.

— Bien sûr, dit-il. Un de ces jours…

— Merci, répondit Janis. J'aime beaucoup l'art.

— Ah bon ? Certains peintres en particulier ? Jack Vettriano, peut-être ?

Gordon se tourna vers son fils.

— Pourquoi dis-tu cela ? Pourquoi mentionnes-tu précisément Vettriano ?

Matthew évita le regard de son père et continua de fixer Janis.

— Parce qu'il a beaucoup de succès. Beaucoup de gens apprécient son travail.

— Mais pas toi, si j'ai bien compris ?

Matthew ne répondit pas et se concentra sur l'observation du plafond.

— Tu vois, reprit Gordon à l'intention de Janis, il règne un terrible snobisme dans le monde de l'art. Regarde les gens qui ont gagné ce prix, là… comment s'appelle-t-il, déjà ? le Turner. Ce sont des prétentieux qui n'ont produit que des inepties. Des pièces vides, des amas de pierres, ce genre de choses. Et à côté de cela, il y a un homme qui, lui, est vraiment doué pour la peinture… et les critiques d'art n'aiment pas son travail ! C'est ce qui se passe pour Vettriano. Moi, il me plaît beaucoup.

Janis hocha poliment la tête.

— Je suis sûre qu'il est très bon.

— Allons, déclara Gordon, il est temps de dîner.

Il jeta un rapide coup d'œil à Matthew, qui s'était levé avec promptitude.

Ils gagnèrent la salle à manger et s'installèrent. Au-dessus de leur table, un imposant tableau représentait un notable victorien affublé d'un chapeau à plumes.

— Quels magnifiques portraits il y a ici ! s'extasia Janis en dépliant sa serviette.

— Pour qui aime le genre lugubre, peut-être, rétorqua Matthew. Ces personnages-là ne respirent pas vraiment la joie de vivre, si ?

— Peut-être avaient-ils des soucis, objecta son père. Les gens étaient très graves à l'époque victorienne.

— C'est sûr, acquiesça Matthew. N'empêche que je ne voudrais pas rester trop longtemps assis sous ces vieilles horreurs…

Gordon ignora la remarque.

— Tu as eu beaucoup de travail aujourd'hui, Janis ? demanda-t-il à son amie.

— Oui. Nous sommes tombés en panne de roses à midi. Ce qui est bon signe.

— Ah ? s'étonna Matthew. Pourquoi ?

Janis but une gorgée d'eau.

— Oh, cela prouve qu'il y a du romantisme dans l'air…

Matthew enregistra la réaction de son père. Il le vit baisser les yeux et jouer avec le bord de son assiette, comme si les paroles de Janis l'embarrassaient tout en lui faisant plaisir. D'ailleurs, elle l'avait regardé en parlant, nota également Matthew. Quelle niaiserie ! Quel… en fait, toute cette scène lui semblait de très mauvais goût : cet amour qui fleurissait sur le tard, si déplacé chez ces deux personnes d'un certain âge… Quoique… à vrai dire, Janis était bien plus jeune que Gordon. Quel âge pouvait-elle avoir ? Pas tout à fait quarante ? Pour qui se prenait-elle ? Une coquette de vingt ans à son premier rendez-vous amoureux ? Et Gordon ? Ne voyait-il pas à quel point il était ridicule pour un homme de son âge de s'intéresser au… au charnel ? Car on ne pouvait même pas parler de sexe. C'était du *charnel* !

— Bien sûr, il existe un langage des fleurs, n'est-ce pas ? lança Gordon. Vois-tu, Matthew, chaque fleur a sa signification. Et Janis les connaît toutes.

Désolé, songea Matthew, mais j'ai la nausée. Le langage des fleurs ! Est-ce vraiment mon père qui parle, là ? Le pilier du Watsonian Rugby Club ? Le rotarien ? Il écouta Janis, qui s'était mise à évoquer le symbolisme des tulipes panachées. Il avait à présent l'opportunité de l'observer de plus près et il détailla ses yeux, puis son menton et son cou. S'il hésita d'abord, il fut vite convaincu d'avoir raison : Janis avait subi une opération de chirurgie esthétique.

Près des yeux, la peau était plus tendue qu'elle n'aurait dû l'être et cet aspect trop lisse se retrouvait sur une aile du nez. C'était comme si la peau avait été étirée, retendue, puis polie d'une manière ou d'une autre. Il vit aussi le maquillage qu'elle avait appliqué là : plus épais d'un côté que de l'autre, mais insuffisant pour tromper l'observateur attentif qu'il était en cet instant.

Janis cessa tout à coup de parler des lis. Elle avait repéré le regard fixe de Matthew. Eh bien, qu'est-ce qu'elle croit ? se demanda celui-ci. Quand on cède à la vanité, il faut s'attendre à ce que les autres le remarquent. Voilà ce qui arrive quand on n'accepte pas son âge…

Janis chercha son regard.

— Votre père vous a-t-il dit que j'avais eu un accident ? interrogea-t-elle.

47. Information

Certaines soirées ne sont pas réussies, et celle que passa Matthew avec son père et Janis, la nouvelle amie de celui-ci, tombait indéniablement dans cette catégorie. La conversation fut entretenue tant bien que mal jusqu'à l'arrivée du fromage, où elle faiblit encore, tandis que les trois convives s'attaquaient énergiquement au stilton, soucieux de ne pas retarder le moment de quitter enfin la table et de passer au salon pour le café. Un café qu'ils ne furent pas longs à avaler…

— Je commence tôt demain matin, annonça Gordon avec un coup d'œil à sa montre. J'ai passé une excellente soirée.

— Moi aussi, renchérit Janis.

Tous deux se tournèrent vers Matthew, qui hocha la tête.

— Oui, moi aussi. C'était très agréable.

Un silence plana. Le jeune homme se leva.

— Je vais chercher mon manteau, dit-il. Je vous rejoins dans le foyer.

Il se dirigea vers le vestiaire, non sans remarquer qu'à l'instant où il franchissait le seuil du salon son père et Janis étaient déjà en grande conversation. Ils parlent de moi, pensa-t-il. Soit, cela avait été un désastre, mais qu'avait espéré son père ? Que Matthew accueille à bras ouverts cette femme aux motivations claires comme de l'eau de roche ? Était-ce à cela qu'il s'attendait ?

Il pénétra dans le vestiaire, ôta son manteau du cintre et batailla avec une manche, qui s'était retournée. Soudain, une voix masculine lui parvint des lavabos voisins.

— Les résultats sont dramatiques, vous savez. Dramatiques.

Un robinet fut ouvert et le bruit de l'eau couvrit la réponse. Puis la première voix s'éleva de nouveau.

— Ils sont à court de liquidités et vont devoir revenir sur le marché pour trouver un ou deux millions. Le problème, c'est qu'ils seront contraints de le faire avant la confirmation du résultat des recherches. Du coup, ils auront l'air encore chancelants quand ils se mettront en quête de liquidités…

— AIM[1] ? Ils sont toujours sur le marché AIM, n'est-ce pas ?

— Oui.

— Dans ce cas, les nouvelles actions resteront assez basses tant que…

— Tant que le résultat des recherches n'aura pas obtenu le tampon d'agrément, mais ensuite… Voyez-vous, il

1. *Alternative Investment Market* : marché d'échanges publics géré par la Bourse de Londres.

s'agit d'une découverte capitale et les actions vont s'envoler. Évidemment, nous conseillons l'entreprise pour toute cette affaire, aussi vous demanderai-je la discrétion, bien entendu. Si je vous en ai parlé, c'est parce que je sais que vous connaissez Tommy, bien sûr, et que vous serez ravi pour lui.

— Cela va de soi. Il est toujours P-DG ?

— Oui. Et ils vont bientôt quitter la banlieue où ils ont leurs bureaux et s'installer dans l'un des nouveaux immeubles qui se sont construits près de la West Approach Road.

— Ah bon…

Le robinet s'arrêta.

— Ma foi, il va falloir que je touche un mot à Charles au sujet de ce savon…

Matthew prit son manteau et quitta le vestiaire en silence. Son père l'attendait au centre du foyer, Janis à ses côtés. Cette dernière lui lança un regard encourageant et il s'efforça de lui sourire, ce qui lui fut pénible. Tandis qu'ils descendaient ensemble l'escalier, Matthew s'immobilisa et se tourna vers son père.

— Je viens de surprendre une conversation très intéressante.

Gordon sourit.

— Dans les toilettes des hommes ? Et peut-on la répéter devant un auditoire mixte ?

— Oui, répondit Matthew. C'est une conversation commerciale.

Comme il s'y attendait, ces mots éveillèrent la curiosité de son père.

— Ah bon ? De quoi s'agissait-il ?

Il raconta ce qu'il avait entendu. Pour la première fois de la soirée, il lui sembla que son père l'écoutait vraiment.

— Mais c'est passionnant ! commenta Gordon quand il eut terminé. Je n'aurai aucune peine à découvrir de qui parlaient ces messieurs. Il n'est pas compliqué de savoir quelles sociétés écossaises commercialisent leurs actions sur le marché AIM. Pas compliqué du tout. D'ailleurs... Ne m'as-tu pas dit qu'ils ont parlé d'un P-DG nommé Tommy ?

— Si.

— Dans ce cas, je crois savoir de qui il s'agit.

Gordon sourit à son fils et lui tapota l'épaule d'un air espiègle.

— Je te contacterai très bientôt à ce sujet, Matt.

Matthew tressaillit. Il détestait qu'on l'appelle Matt et son père était la seule personne à se le permettre.

— Pourquoi ? interrogea-t-il.

— Parce qu'une information de ce genre peut être exploitée utilement, Matt. La Bourse n'est rien d'autre qu'une histoire d'informations et celle-ci me paraît précieuse. Si je ne me trompe pas, il s'agit d'une entreprise de biotechnologie. Les résultats en question doivent concerner des essais cliniques, quelque chose de ce genre, et ça peut entraîner la vente d'un nouveau produit à une grande compagnie pharmaceutique, par exemple. Des profits énormes en perspective...

— Mais pourquoi... pourquoi les deux hommes qui bavardaient ne peuvent-ils pas en profiter eux-mêmes en achetant des actions ?

Gordon secoua l'index en signe de mise en garde.

— Tssst, tssst, délit d'initiés. Ces deux messieurs sont sans doute avocats d'affaires. Il leur est interdit de se remplir les poches en exploitant des informations confidentielles. C'est très mal ! Les autorités constituées voient ce genre de délit d'un fort mauvais œil !

— Mais nous, alors, est-ce que nous...

Gordon l'arrêta d'un geste de la main et l'invita à se remettre en marche.

— Nous, il n'y a aucun problème. Nous avons surpris par hasard quelques bribes de conversation, voilà tout. Nous avons le droit d'acheter les actions que nous voulons et personne ne pourra nous accuser de délit d'initiés. Nous n'avons rien à craindre.

— Mais, objecta encore Matthew, dubitatif, n'est-ce pas malhonnête de tirer avantage de ceux qui vont nous vendre leurs actions ? Après tout, nous savons une chose qu'ils ignorent…

Gordon posa sur son fils un regard où se lisait une sorte de pitié qui horripila Matthew.

— On ne peut pas toujours être honnête dans la vie, Matt, répondit-il. Si j'avais ce genre de scrupules, crois-tu vraiment que je serais là où je suis aujourd'hui ? Crois-tu que j'aurais réussi comme cela ?

Matthew ne répondit pas. Ils avaient atteint la lourde porte cochère du club et l'on percevait déjà le bourdonnement de la rue. Il jeta un coup d'œil à Janis et leurs regards se croisèrent un instant, mais elle se détourna très vite. Matthew échangea une poignée de main avec son père.

— Merci pour le dîner, dit-il.

Gordon hocha la tête.

— Merci d'être venu. Je te tiendrai au courant, pour ces actions. Je vais sans doute boursicoter un peu là-dessus. Cela ne peut pas faire de mal.

Matthew poussa la porte et ils débouchèrent dans Princes Street, dérangeant un homme au visage émacié qui s'était installé juste devant. L'inconnu les regarda d'un air surpris ; il ne s'attendait visiblement pas à voir s'ouvrir ce portail anonyme. Il semblait épuisé, comme usé par la vie. Il avait un bouton de fièvre, ou quelque chose qui y ressemblait, sur la lèvre supérieure.

Matthew sentit la honte l'envahir. De quoi avait-il l'air aux yeux de cet homme ? Et que penserait ce dernier s'il connaissait la teneur de la conversation qu'il venait d'avoir avec son père ?

« Ce n'est pas moi ! eut-il envie de protester. Ce n'est pas moi… »

48. Documents personnels

Pat hésitait devant la porte de Peter. Il était encore simple de tourner les talons et de rentrer à Scotland Street, puis d'appeler le jeune homme en évoquant un imprévu. Il existait tant de prétextes possibles pour décommander un rendez-vous : une amie à secourir, une migraine, un travail à rendre… En agissant ainsi toutefois, elle était certaine de ne plus jamais le revoir, et elle n'était pas sûre que tel fût son souhait. Elle soupira, indécise. Les hommes créaient beaucoup de complications dans la vie d'une femme, c'était évident. Ils avaient des exigences et transformaient tout. Restait à déterminer s'ils en valaient la peine. Qu'apportaient-ils, après tout ? Le plaisir d'une compagnie ? Les femmes faisaient une compagnie bien plus agréable. L'excitation liée à la proximité des corps ? Combien de temps cela durait-il et, au fond, Pat avait-elle vraiment envie de cela ? Elle se dit que non et fut sur le point de rebrousser chemin lorsqu'elle se rappela le visage de Peter et la façon dont il s'était arrêté pour venir lui parler lors de leur dernière rencontre. Comme il lui avait paru parfait, physiquement, les deux fois où elle l'avait vu ! Et à présent encore, quand elle se le représentait, la perfection de ses traits la frappait.

Elle actionna la sonnette de bronze à l'ancienne. Le câble avait du jeu, mais elle tira plus fort et finit par percevoir un tintement à l'intérieur. Puis le silence régna. Elle allait recommencer à tirer lorsque la porte s'ouvrit. Peter se tenait sur le seuil. Il la considéra un instant d'un air surpris, puis porta la main à son front en un geste d'autodérision.

— J'avais oublié, lâcha-t-il. Ça m'était complètement sorti de la tête.

Pat ne s'attendait pas à cela. N'était-ce pas lui qui avait lancé l'invitation ? Elle ne s'était pas imposée !

— Je… je suis désolée, bredouilla-t-elle sans conviction. Je suis désolée. Nous avions convenu…

— Mais oui, bien sûr ! coupa Peter en secouant la tête. C'était prévu. Je suis vraiment un abruti. Entre.

— Si je te dérange…

Il lui saisit le poignet et l'attira à l'intérieur.

— Ne sois pas bête. Je ne faisais rien, de toute façon. Viens.

Elle pénétra dans une large entrée similaire à celle de l'appartement de Scotland Street, mais moins bien entretenue. La peinture des portes et des plinthes était éraflée et le sol, poncé au papier de verre, se composait de larges planches de bois canadien en partie couvertes de tapis orientaux effilochés. L'irrégularité du bois hérissait les tapis de petites crêtes, leur donnant l'aspect de chaînes de montagnes miniatures.

— Cet appartement appartient à un gars qui vit à Hong Kong, expliqua Peter. Un comptable, ou quelque chose comme ça. C'est un radin, il ne veut jamais rien réparer, mais le loyer n'est pas trop cher et ça nous va. J'habite ici depuis un an.

— Combien êtes-vous ? s'enquit Pat.

— Trois, répondit Peter en désignant une porte entrouverte. Ça, c'est la plus grande pièce. Joe et Fergus se la partagent. Et de l'autre côté, c'est ma chambre. On a aussi une sorte de salon, mais c'est un vrai dépotoir et on n'y met jamais les pieds.

Pat jeta un coup d'œil par la première porte. Joe et Fergus. Alors elle se souvint : le soir de leur rencontre au cinéma, Peter se trouvait en compagnie d'un autre jeune homme, qui l'avait observée pendant que Peter lui parlait à l'oreille. Ce que je suis naïve ! songea-t-elle. Je n'ai pas su voir l'évidence…

Peter fit un geste vers sa chambre.

— Tu es facilement choquée ? s'enquit-il.

Pat réfléchit très vite, se demandant à quoi elle devait s'attendre. Cependant, y avait-il deux façons de répondre à cette question ?

— Bien sûr que non…

— Tant mieux. Parce que c'est un peu le capharnaüm. Si je m'étais souvenu que tu venais, j'aurais rangé.

Pat se mit à rire.

— Je ne suis pas très ordonnée moi-même, avoua-t-elle.

— Bon, acquiesça Peter. Je veux bien te croire, mais là…

Ils pénétrèrent dans la chambre, faiblement éclairée par une unique lampe posée sur le bureau. Les rideaux, faits d'une lourde étoffe de brocart rouge, étaient tirés, mais ne se rejoignaient pas tout à fait en leur milieu, de sorte qu'un fin rai de lumière orangée venu des réverbères du dehors filtrait par l'interstice.

Pat regarda autour d'elle. Dans un angle, le lit était recouvert d'une courtepointe blanche. Il y avait aussi deux fauteuils protégés par des housses marron en velours côtelé. Des vêtements gisaient sur l'un d'eux : une chemise, des chaussettes, quelques sous-vêtements non identifiables et un jean. Peter saisit le tout, le roula en boule et le fourra dans un tiroir.

— Ce n'est pas tellement en désordre, fit remarquer Pat. Chez Bruce, mon colocataire, c'est parfois bien plus le bazar que ça.

Peter haussa les épaules.

— De temps en temps, je m'attaque au ménage. Le problème, c'est que l'aspirateur est fichu et ça ne facilite pas les choses.

— Tu n'auras qu'à emprunter le nôtre, la prochaine fois, suggéra Pat.

À peine eut-elle prononcé ces paroles qu'elle se demanda quelle mouche l'avait piquée. C'était comme si elle proposait à ce garçon de venir elle-même faire le ménage, ce qui n'était pas du tout dans ses intentions.

— Pas la peine, rétorqua Peter. On se débrouille avec les moyens du bord…

Désignant l'un des fauteuils, il l'invita à s'asseoir. Elle s'exécuta et s'intéressa aux murs, dans l'espoir d'y découvrir des indices qui confirmeraient ses doutes. Par exemple, une photo de… Quelles seraient les icônes appropriées ? Elle s'aperçut qu'elle n'en savait rien. Au-dessus du lit était accrochée une affiche de film, qui ne lui fut toutefois d'aucun secours : il s'agissait de cinéma japonais et Pat ne put se faire une idée du message qu'elle véhiculait. Enfin, derrière le fauteuil qu'elle occupait, il y avait une reproduction encadrée d'*American Gothic*, le fermier du Midwest américain, photographié aux côtés de sa femme devant une maison, une fourche à la main, l'air lugubre. Là encore, on ne pouvait rien déduire, sinon un goût pour l'ironie, peut-être.

Peter se frotta les mains.

— Je vais faire du café, annonça-t-il. Tu l'aimes comment ?

Pat le lui dit et il sortit, la laissant seule dans la chambre. Elle se leva et gagna le bureau. Elle y trouva une pile de livres – dont un roman de Jane Austen, un recueil d'essais critiques, les *Carnets* de Robert Lowell et un dictionnaire. Derrière, un classeur ouvert semblait contenir des notes prises lors de conférences. Oui, c'étaient bien des cours. Elle se pencha et lut : *Aspirations sociales et liberté artistique dans l'Angleterre d'Austen – Mardi*. Au bord du bureau s'empilaient divers papiers : quelques lettres et un document qui ressemblait à une facture d'électricité.

Elle déplaça légèrement les lettres. Elle ne les lirait pas, bien sûr, mais souhaitait juste regarder. Un timbre étranger : Allemagne. Au-dessous étaient glissées deux ou trois photographies posées à l'envers. Elle hésita. Elle ferait mieux de se mêler de ses affaires. Il n'était pas convenable d'entrer dans la chambre d'un inconnu et de regarder ses photographies. En revanche, elle pouvait au moins lire ce qui était inscrit au verso de la première. Le texte n'était pas très distinct, car l'encre avait bavé, mais Pat parvint à déchiffrer : *Baignade à poil, Grèce, avec T.*

Pat jeta un rapide coup d'œil par-dessus son épaule. Elle n'avait pas le droit de fureter dans ces papiers personnels, qui ne la concernaient en rien. Néanmoins, Peter l'avait invitée dans sa chambre et les photographies se trouvaient là. Existait-il une seule personne au monde capable de résister à la tentation de regarder un cliché portant une telle légende ? Laisser traîner des photos ne revenait-il pas à accorder plus ou moins aux visiteurs la permission de les regarder ? C'était comme avec les cartes postales : le facteur avait parfaitement le droit de les lire. Et Pat était une femme ordinaire… Elle retourna la photographie.

49. Souvenirs d'Australie

Deux tasses de café fumant à la main, Peter revint dans la chambre.

— Je n'ai rien d'autre à t'offrir, déclara-t-il. Même pas un biscuit. On est souvent à court de bouffe ici. Et je me suis aperçu que, chaque fois que je fais les courses, Joe et Fergus mangent tout. Je ne sais pas s'ils s'en rendent compte. Ils mangent sans se poser de questions.

Pat n'avait pas faim, de toute façon. Peter avait fait du vrai café, remarqua-t-elle, et cela sentait bon, comme du café fort d'origine… de quelle origine ? Le café était devenu compliqué, avec tous ces mokas et américanos, et autres *latti* double mousse à la vanille. Celui-là était amer, comme l'aimait Pat, et il ressemblait à celui qu'elle se préparait à l'appartement en dépit de Bruce, qui faisait la grimace. Peu après son emménagement, ce dernier s'en était servi une tasse de sa cafetière, sans autorisation, et il avait aussitôt recraché. Mais Bruce était l'opposé de Peter : sans subtilité, ne portant aucun intérêt à la littérature (il lui avait un jour demandé si Jane Austen était une actrice), et dénué de ce charme tout en finesse que Peter possédait en abondance. Elle songea brièvement à tout cela, non sans amertume, puisqu'elle était sûre à présent que Peter ne recherchait rien d'autre qu'une simple amitié. Quelle naïveté de sa part de s'être imaginé autre chose ! Peter était bien trop beau pour s'intéresser aux filles. Il y avait chez lui une sensibilité profonde, une expression particulière dans le regard qui lui disait, à elle et à toutes celles qui lui prêtaient attention, qu'il *comprenait*, mais qu'en même temps il était ailleurs.

Peter s'était assis sur le lit. Il avait replié les jambes et posé ses pieds nus sur le couvre-lit, sa tasse au creux des paumes. Pat, pour sa part, était retournée dans le fauteuil d'où il avait retiré la pile de vêtements, elle avait les deux pieds par terre et son café se trouvait sur la table basse. Pendant quelques instants, tous deux se regardèrent sans rien dire. Puis Peter sourit et elle remarqua l'alignement parfait de ses dents, soit naturel, soit dû aux efforts d'un orthodontiste. Elle crut déceler quelque chose de familier dans cette dentition et fouilla sa mémoire. Le souvenir lui revint alors : Pedro, la poupée qu'elle avait tant aimée, avait des dents peintes sur le tissu de son visage, et c'étaient exactement les mêmes. Pedro, la poupée garçon, se serait-il intéressé aux poupées filles ou aurait-il préféré la compagnie de poupées garçons ? En tant que petite fille, elle avait été convaincue que Pedro n'aimait qu'elle, mais peut-être était-ce une erreur. Peut-être Pedro avait-il souhaité autre chose, tout en étant contraint de passer sa vie de laine avec elle, prisonnier. Quelle pensée ridicule ! se dit-elle en souriant malgré elle. Peter lui rendit son sourire.

Tous deux prirent la parole en même temps.

— Je… commença Pat.

— Je… fit Peter, puis il se mit à rire. Non, vas-y…

— Non, toi, protesta Pat. Vas-y…

— Qu'est-ce que tu fais dans la vie ? Je crois que c'est ça que je voulais te demander.

Pat expliqua qu'elle était étudiante, ou presque étudiante.

— J'ai pris deux ans de vacances, ajouta-t-elle. Je suis allée en…

Elle s'arrêta et il l'interrogea du regard, attendant la suite.

— En Australie…

Il hocha la tête.

— Moi aussi. Tu étais où ?

Elle ne put se résoudre à évoquer l'Australie-Occidentale, tout en sachant qu'elle devrait le faire tôt ou tard, et se contenta de mentionner le Queensland et la Nouvelle-Galles du Sud. Peter répondit qu'il connaissait ces deux régions.

— Je cueillais des fruits là-bas, raconta-t-il. Et j'ai aussi travaillé dans un bar, à Sydney, dans la partie ancienne de la ville, près du pont du port. J'ai fait plein de petits boulots. Ensuite, j'ai parcouru le pays avec quelqu'un que j'ai rencontré là-bas. C'était vraiment super ! Deux mois de balade…

— D'où venait-il ? interrogea Pat.

— Elle, rectifia Peter. Elle était canadienne. Elle habitait du côté de Winnipeg.

Il devait s'agir d'une simple amie, bien sûr, songea Pat. Elle-même n'avait-elle pas visité la Thaïlande avec un garçon qui n'était rien d'autre qu'un ami ? La compagnie d'un garçon vous protégeait de toutes sortes de dangers. Et, bien sûr, si elle n'était pas partie seule en Australie-Occidentale, elle ne se serait jamais retrouvée dans la situation lamentable qu'elle avait connue là-bas !

— J'ai fait des boulots assez bizarres, en Australie, enchaîna Peter. Par exemple, j'ai passé un mois dans un élevage de moutons. Je m'occupais du propriétaire, qui était très vieux. Il avait du mal à marcher et on lui avait fabriqué une sorte de chariot, sur lequel il posait sa chaise. Il y avait des roues de vélo à l'avant et à l'arrière, et je devais le pousser à travers le jardin jusqu'à la rivière, en contrebas. Il étudiait l'histoire par correspondance et je devais aussi l'aider pour ça.

Pat éclata de rire. Elle aussi avait fait des choses insolites, mais aucune ne l'était davantage que le travail qu'elle avait trouvé en Australie-Occidentale. Une expérience dont elle n'avait cependant pas envie de parler.

— L'Australie me manque, tu sais, reprit Peter d'un air pensif. Les plaines immenses. Les forêts d'eucalyptus et les cris stridents des oiseaux. Tu t'en souviens ? Tu te rappelles les galahs ? Et puis il y avait les gens. Tellement sympathiques… Tout ça me manque beaucoup.

Elle sentit son regard peser sur elle, plein d'interrogations et légèrement étonné, et se demanda ce qu'il signifiait. C'était comme s'il la sondait, comme s'il cherchait à déterminer si elle serait capable de réagir à ces images, à l'évocation de cette atmosphère. Et elle le pouvait, bien sûr. Elle allait d'ailleurs répondre, parler de la nature australienne et de son effet sur elle, lorsqu'on frappa à la porte. Peter tourna la tête et la magie de l'instant fut brisée.

— Entrez !

La porte s'ouvrit à demi et un visage apparut. C'était une fille de l'âge de Pat, ou à peine plus âgée. Elle jeta un bref regard à Peter, puis à son invitée.

— Désolée de vous déranger, dit-elle, mais le thermostat de l'eau chaude s'est encore bloqué. Tu peux essayer de le traficoter comme la dernière fois, Peter ?

Peter posa sa tasse et se leva.

— Pas de problème. Au fait, ajouta-t-il à l'intention de Pat, je te présente Joe.

Pat salua d'un hochement de tête, que la nouvelle venue lui rendit avec un chaleureux signe de main. Puis, tandis que Peter et Joe quittaient la chambre, Pat leva les yeux au plafond et sourit. Josephine et Fergus : une image bien différente de ce qu'elle s'était imaginé. Du coup, Peter redevenait accessible, même si la question de T. restait en suspens. Qui était T. et était-ce elle (ou lui) qui avait pris la photo de la baignade « à poil » en Grèce ? Elle pourrait le demander directement à Peter, mais cela prouverait qu'elle s'était permis de fouiller dans des papiers qui ne la concernaient pas. Sauf, bien sûr, si elle posait sa tasse sur le bureau et faisait tomber par inadvertance les livres et les photos par terre… exactement comme cela…

50. Escapade à Glasgow en vue

Assise à la table du petit déjeuner devant son unique toast, Irene dit à Stuart :

— Quand tu iras à Glasgow samedi, tu pourras emmener Bertie avec toi, à condition que…

— Merci, coupa Stuart. Je suis sûr qu'il va beaucoup apprécier de prendre le train. Tu connais sa passion pour les trains. Les petits garçons…

— Oui, oui, soupira Irene, hochant la tête avec impatience tout en beurrant son toast.

Elle savait que les petits garçons – ou du moins certains d'entre eux – se passionnaient pour les trains, mais ce n'était pas une raison pour les pousser dans ce sens.

S'ils aimaient les trains, c'était parce que la société les y encourageait, et elle était sûre que Stuart était pour quelque chose dans l'apparition des trains dans l'univers de Bertie. En tout cas, elle-même n'avait rien fait dans ce sens. Il n'y avait rien d'inhérent à la constitution des garçons qui les attirât vers les trains. Génétiquement, garçons et filles étaient indifférenciables (mis à part le fameux chromosome) et c'était le conditionnement social qui produisait tel ou tel intérêt : le train pour les premiers et, ce qui était détestable, les poupées pour les secondes. Irene n'avait jamais joué à la poupée, mais Stuart avait-il eu un train électrique quand il était petit ? Pas une fois ils n'avaient abordé ce sujet, mais elle connaissait déjà la réponse à cette question.

— Ne traînez pas à Glasgow, recommanda-t-elle. Bertie va déjà manquer son cours de yoga, je ne voudrais pas qu'il rate aussi le saxophone.

— Ne pourrais-je pas plutôt en profiter pour l'emmener à Gourock, ou dans un village de ce genre ? hasarda Stuart. Cela lui plairait sans doute de voir les ferries. Nous pourrions manger du *fish and chips*.

Irene éclata d'un rire menaçant.

— Et pourquoi pas des barres de Mars en beignets, pendant que tu y es ?

Stuart songea que Bertie adorerait goûter à cette spécialité de Glasgow, mais il eut le bon sens de se taire. Il se réjouissait de cette escapade et ne voulait pas entendre Irene proposer de les accompagner. Il tenait à partir seul avec son fils, comme un père devait le faire de temps en temps. D'autant que Bertie ne lui adressait presque plus la parole ; il semblait s'être retiré dans un monde dont lui, son père, était exclu, et cela préoccupait Stuart. Toutefois, celui-ci éprouvait des difficultés à trouver des choses à dire à Bertie, comme à n'importe qui, d'ailleurs. Il était d'une nature silencieuse et, depuis son mariage avec Irene, dont il appréciait la force de caractère et la sagacité intellectuelle, il déléguait à sa femme le soin d'alimenter les conversations. Dès le départ, elle s'était instituée responsable de ce qu'elle nommait le projet Bertie et il l'avait laissée prendre toutes les décisions relatives à l'enfant. Derrière cette acceptation cependant, un vague malaise le perturbait : il en venait à se demander s'il était vraiment un père pour Bertie et la distance que celui-ci avait instaurée entre eux ces derniers temps alimentait ce questionnement. D'ailleurs, le jour où était survenu le terrible incident du *Guardian*, auquel le petit garçon avait mis le feu, il n'avait pas réagi. Un véritable père aurait grondé et puni son fils… pour son bien. Il n'avait rien fait, laissant Irene organiser une réponse psychothérapeutique.

De son côté, Bertie aimait assez son père, mais il eût préféré le voir un peu moins passif. À ses yeux, Stuart menait une vie très terne, avec son trajet quotidien jusqu'au Scottish Executive et toutes ces statistiques. Bertie était bon en mathématiques et il avait déjà absorbé les principes de base du calcul, mais il ne trouvait pas très satisfaisant de s'y consacrer tous les jours, comme son père. Et puis d'abord, quel besoin avait le Scottish Executive d'accumuler tant de statistiques ? se demandait Bertie. Il y avait certainement une limite au nombre de statistiques que l'on pouvait estimer nécessaires.

Lorsqu'on annonça à Bertie qu'il se rendrait à Glasgow avec son père, en train de surcroît, il poussa un glapissement de joie.

— Ça veut dire qu'on va aller à la gare de Waverley ? s'écria-t-il.

Il avait vu cette gare en photo, mais, autant qu'il se souvenait, il n'y était jamais allé.

— Oui, répondit son père. Et nous prendrons le train pour Glasgow jusqu'à la gare de Queen Street. La gare de Queen Street va te plaire, Bertie.

Bertie n'en doutait pas. Il laissa libre cours à son enthousiasme à travers un nouveau cri de joie.

— Surtout, n'oublie pas de mettre ton duffle-coat par-dessus ta salopette, lui recommanda sa mère. Et lave-toi bien les mains avant de manger quoi que ce soit. Glasgow n'est pas une ville très salubre et je ne voudrais pas que tu attrapes des microbes.

Bertie ne répondit pas. Il ne se laverait pas les mains à Glasgow, puisque sa mère ne serait pas là pour l'y contraindre. En fait, se retrouver à Glasgow serait un peu comme avoir dix-huit ans, l'âge qu'il attendait plus que toute autre chose. À partir de dix-huit ans, on n'était plus obligé d'écouter sa mère et cela, pensait Bertie, c'était vraiment le nirvana.

— Glasgow n'est pas si terrible que ça, lança Stuart avec légèreté. Ils ont la collection Burrell[1], et aussi le…

— Et les statistiques de mortalité ? coupa Irene. Tous ces gens qui fument ? qui boivent ? qui meurent de crises cardiaques ?

Bertie regarda son père en espérant le voir défendre Glasgow contre cette agression.

— Ils ont leurs problèmes, c'est vrai, concéda Stuart. Mais tout le monde n'est pas comme ça là-bas…

— Pas loin, insista Irene. Quoi qu'il en soit, ne pensons pas trop à Glasgow. C'est l'heure de l'italien, Bertie. Surtout que, demain, ton petit voyage va chambouler ton emploi du temps…

Docile, Bertie se plongea dans sa page d'exercices de grammaire italienne. Mais le cœur n'y était pas et il ne pouvait penser qu'à la journée qui l'attendait. Le train pour Glasgow ! Il s'installerait près de la fenêtre, espérait-il, et regarderait défiler le paysage. Il verrait les signaux et entendrait le crissement des freins à l'appro-

1. Ensemble de neuf mille œuvres d'art de toutes les périodes, venues du monde entier et réunies par Sir William Burrell et sa femme, qui en ont fait don à la ville de Glasgow en 1944.

che des gares. Ensuite, il y aurait la ville elle-même, qui paraissait extrêmement excitante, avec son bruit et tous ses microbes. Ils retrouveraient la voiture et il aiderait son père à la faire démarrer. Et peut-être même que, sur le chemin du retour, ils pourraient s'arrêter dans les Pentlands pour pêcher un peu, s'ils passaient par là. On ne savait jamais…

Bertie réfléchit à sa vie. Désormais, elle lui plaisait beaucoup plus. Il commençait à s'habituer à Steiner et s'était aperçu qu'il s'y sentait bien. Il avait noué des liens avec Tofu et voilà que son père s'apprêtait à l'emmener à Glasgow. Si cette bonne fortune persistait, il parviendrait à s'accommoder de toutes les choses qui lui rendaient l'existence si éprouvante : sa psychothérapie avec le Dr Fairbairn et, bien sûr, Irene. Il ne restait plus que douze années à passer avec celle-ci, songea-t-il, ce qui pourrait se révéler à peu près supportable. Sauf si, une fois à Glasgow, son père et lui décidaient de ne pas revenir…

51. Dans le train pour Glasgow, un cœur s'ouvre

Le visage pressé contre la vitre, Bertie était assis près de son père dans le train de dix heures au départ de la gare de Waverley. Les premières heures de la matinée l'avaient hissé à un niveau d'excitation encore inégalé dans sa courte existence. Cela avait commencé par le trajet à pied avec Stuart, au cours duquel ils avaient croisé deux membres de la police montée qui descendaient Dundas Street à cheval ; l'un d'eux lui avait adressé un signe de main et Bertie lui avait rendu son salut. Ils avaient ensuite atteint la gare de Waverley, que l'enfant voyait pour la première fois, nichée dans sa cuvette et dominée par les maisons de la vieille ville, ses drapeaux flottant dans la brise du matin. Dans ce cadre propice à l'exaltation, ils avaient patienté ensemble devant le guichet, jusqu'au moment où Bertie avait entendu son père prononcer des paroles chargées de signification :

— Un aller et demi pour Glasgow, s'il vous plaît.

Il avait aussitôt compris que ce « demi » qui allait à Glasgow, c'était lui. Quelle superbe, quelle magnifique perspective !

Bertie avait frissonné au coup de sifflet du chef de gare, qui avait provoqué l'ébranlement du train. Presque aussitôt, ils s'étaient engouffrés dans le tunnel qui passait sous la National Gallery of Scotland, pour en ressortir très vite et découvrir le Rocher du Château, dressé au-dessus de la voie ferrée, avant qu'un nouveau tunnel les enveloppe de son obscurité. Ils en émergèrent au bout de quelques minutes et débouchèrent dans une gare.

— C'est Glasgow ? demanda Bertie en se levant.

Stuart se mit à rire.

— C'est Haymarket, Bertie. Nous sommes toujours à Édimbourg. Glasgow est à quarante-cinq minutes d'ici.

Bertie se renfonça dans son siège, ravi de la prolongation. Ces quarante-cinq minutes lui apparaissaient comme merveilleusement longues – c'était à peu près la durée des séances avec le Dr Fairbairn, songea-t-il, et elles semblaient toujours interminables. Le nez collé à la vitre, il repéra tout à coup l'immense silhouette d'un stade qui se rapprochait. Le montrant du doigt, il tapota l'épaule de son père.

— Murrayfield, annonça Stuart. C'est le stade de rugby.

Bertie regarda, fasciné. Même s'il avait décidé que le rugby n'était pas un sport pour lui – conclusion à laquelle l'avait mené sa malheureuse expérience à Watson, quand Jock, le faux ami, lui avait décoché un coup de pied dans les côtes –, il rêvait toujours de voir l'Écosse affronter les All Blacks, ou même l'Angleterre. Ce serait très excitant, et peut-être se retrouverait-il assis près de Mr Gavin Hastings, qui lui ferait partager son analyse du match. Ce serait vraiment bien, pensa-t-il.

— Tu y es déjà allé, papa ? demanda-t-il. Tu es déjà allé à Murrayfield ?

Stuart acquiesça.

— Oui. J'y allais quand j'étais étudiant. J'y allais avec...

Il marqua un temps d'arrêt.

—... avec les garçons, j'imagine... acheva-t-il.

— Des garçons ? s'étonna Bertie. Des petits garçons comme moi ?

Stuart sourit.

— Non, pas des garçons comme toi. Des amis à moi. Je les appelais les garçons. On avait l'habitude d'aller aux matches de rugby ensemble. Et on allait aussi dans des pubs.

— Pour vous saouler ? s'enquit poliment Bertie.

De l'autre côté de l'allée centrale, une femme sourit. Elle avait remarqué l'enfant en salopette et s'amusait de l'excitation que lui procurait le voyage.

Stuart croisa son regard et fronça les sourcils.

— Non, pas vraiment, Bertie... Enfin..., peut-être que certains des garçons avaient parfois tendance à forcer un peu sur la boisson, mais la plupart du temps, ils étaient raisonnables.

Bertie digéra l'information. L'idée que son père ait eu une vie totalement différente de celle qu'il menait désormais à Scotland Street l'intriguait.

— C'était comment, avant que tu rencontres maman ? interrogea-t-il. Tu t'amusais bien ?

Stuart considéra son fils, puis se détourna vers la fenêtre. Ils avaient quitté la banlieue d'Édimbourg, et champs et collines les entouraient. Un lopin de terre riche, labouré en prévision de la récolte d'hiver, fila à côté de la voie. Un corbeau s'envola d'un arbre et fut laissé loin derrière. Stuart regarda de nouveau Bertie.

— Pour s'amuser, on s'amusait, répondit-il à mi-voix.

Il marqua une pause.

— Toi aussi, Bertie, tu t'amuseras, affirma-t-il. J'en suis sûr.

Bertie garda un long moment le silence. Il tirait sur un fil échappé d'une couture de sa salopette.

— Il faut avoir des amis pour s'amuser, marmonna-t-il. Moi, je n'en ai pas.

Stuart fronça les sourcils.

— Tu dois bien en avoir, Bertie, protesta-t-il. Ce garçon dont tu m'as parlé, là… Paddy ? Ce n'est pas un ami ?

— Je ne le connais pas vraiment, avoua Bertie. Je ne le vois presque jamais. Il faut toujours que j'aille à la psychothérapie ou au yoga…

Stuart saisit la main de son fils, qui lui parut toute petite. Toute sèche et toute petite.

— C'est très important, les amis, n'est-ce pas ?

Bertie hocha la tête.

— Moi, reprit son père, j'avais un meilleur ami, tu sais. Ça aussi, c'est très important. D'avoir un meilleur ami.

— Comment s'appelait-il ?

— Mike. Il était très gentil avec moi.

— C'est bien, ça. Les amis gentils, ce sont les meilleurs, non ?

Stuart hocha la tête en signe d'assentiment, puis tous deux regardèrent par la fenêtre. Il tenait toujours la main de Bertie dans la sienne. Je ne vais pas manquer l'éducation de cet enfant, songea-t-il. Mon Dieu, je suis passé à deux doigts de tout rater ! Que disait la chanson de cette comédie musicale à l'eau de rose, déjà ? *J'ai laissé passer les plus belles occasions de ma vie*. Oui, c'était ça. Un peu fleur bleue, mais très vrai. Nous laissons tous passer les occasions les plus belles, et tout le temps.

La femme du train, qui avait écouté leur conversation, fixait les pages de son livre sans rien voir. Pas un mot ne lui avait échappé. Elle risqua un regard très discret en direction du père et de son fils, désormais immobiles et silencieux, plongés l'un comme l'autre dans leurs pensées, puis tenta de reporter son attention sur sa lecture, mais sans parvenir davantage à se concentrer. Cela ne la concernait en rien, bien sûr. C'étaient les histoires des autres… Et pourtant, elle souhaitait de tout son cœur que cet étranger, dans la vie duquel elle était entrée quelques instants par inadvertance, ait bien écouté chacune des paroles prononcées par son enfant. Et lorsqu'elle se tourna de nouveau vers lui et découvrit son expression, elle sut que tel était le cas.

52. En arrivant à Glasgow

Alors que le train d'Édimbourg approchait de Glasgow, la lumière qui éclairait jusque-là le paysage s'atténua subtilement. Le ciel clair de l'est de l'Écosse céda peu à peu la place à un plafond bas de nuages noirs et violets chargés de pluie. Au-dessus du train, de part et d'autre de la voie ferrée, se dressèrent de hautes silhouettes d'immeubles, gros blocs de béton d'un gris maussade. Bouche entrouverte, Bertie observait la métamorphose du décor. Ainsi, c'était Glasgow ! La ville dont sa mère avait parlé sur un ton qui ne présageait rien de bon ! Peut-être avait-elle raison. Peut-être était-ce un endroit sombre et dangereux, après tout. Quand on pensait qu'il existait un tel lieu à une heure d'Édimbourg à peine ! Voilà ce qui semblait extraordinaire : l'on pouvait être à Édimbourg, avec ses *floataria* et ses salons de thé, et puis, en l'espace d'un court trajet en train, se retrouver là, sous ces nuages violets, face à Dieu seul savait quels périls…

Ils quittèrent leurs sièges et descendirent sur le quai. Bertie regarda ses pieds en songeant : Ça y est, je suis à Glasgow ! La surface du quai, une pierre spéciale polie, choisie par les autorités ferroviaires comme la plus susceptible de présenter un fort danger de glissade une fois mouillée, ressemblait beaucoup à celle qu'il avait vue à la gare de Waverley.

— Par ici, Bertie, indiqua Stuart en désignant une large porte vitrée. Nous allons prendre un taxi là-bas.

Bertie se pressa à sa suite, son duffle-coat boutonné jusqu'en bas pour dissimuler au maximum la salopette framboise. Il n'avait pas encore vu de pantalons framboise à Glasgow et il était certain que l'on n'en portait pas dans cette ville.

— Où on va ? interrogea-t-il, alors qu'ils prenaient leur tour dans la courte file d'attente pour les taxis. Tu te rappelles où tu as laissé la voiture ?

— Plus ou moins, répondit Stuart en agitant la main en direction de Dumbarton Road. Je reconnaîtrai l'endroit, je pense.

Leur tour de monter en taxi arriva. Stuart ouvrit la portière et Bertie s'installa à bord. C'était bien mieux que le bus numéro 23, songea-t-il : des sièges confortables, de petits voyants rouges et un chauffeur qui les regardait dans son rétroviseur en souriant joyeusement.

— Duch'est qu'vous allez ? demanda l'homme.

— Dumbarton Road, s'il vous plaît, répondit Stuart.

Le conducteur les considéra de nouveau dans le rétroviseur.

— Mais dins quelle portie d'l'rue vous voulez que j'vous pose ? Radumarton Road, ch'est ine rue qu'est quand même lingue…

Stuart expliqua qu'il ne savait pas exactement quelle partie de Dumbarton Road il cherchait, mais qu'il préviendrait le chauffeur quand ils en approcheraient. L'homme acquiesça ; les gens qui descendaient du train d'Édimbourg se montraient souvent un peu vagues, avait-il remarqué, mais il était très rare qu'ils tentent de sauter du taxi sans payer. Ils n'avaient pas non plus l'idée de parcourir à pied la moitié du trajet afin de faire des économies. Pour cela, il fallait guetter le train d'Aberdeen.

— Maintenant, Bertie, dit Stuart, tu vois, ça, là-bas ? C'est… en fait, je ne sais pas exactement ce que c'est, mais regarde bien quand même…

Bertie observa Glasgow. C'était plus animé qu'Édimbourg, estima-t-il, et les bus n'étaient pas de la même couleur. Mais tous les gens semblaient savoir où ils allaient et avaient l'air assez contents d'y aller. Il pensa qu'il allait aimer Glasgow et qu'il viendrait peut-être même y habiter quand il aurait dix-huit ans. Dans ce cas, il faudrait commencer par apprendre la langue. Cela ressemblait à l'italien sous certains aspects et ce serait peut-être même plus facile à parler.

Ils roulèrent jusqu'à St George's Cross, puis descendirent en contrebas de l'université. Stuart désigna celle-ci à Bertie en attirant son attention sur le fait que son propre père, le grand-père de Bertie, y avait étudié la médecine.

— C'est une très bonne école de médecine, ajouta-t-il. Beaucoup de très grands médecins ont été formés ici. Tu pourras y aller toi aussi, si tu veux.

— Ce serait bien, acquiesça Bertie.

L'idée lui vint que le Dr Fairbairn avait peut-être étudié dans cette université, mais cela devait faire très longtemps. Glasgow ne semblait pas un bon endroit pour les psychothérapeutes. Il était difficile d'expliquer exactement pourquoi, mais Bertie en était sûr. Édimbourg se prêtait beaucoup mieux à ce genre de discipline. Par ailleurs, il n'avait pas repéré un seul floatarium durant le trajet en taxi, pas un seul. Il avait vu quantité de restaurants indiens, bien sûr, mais aucun floatarium.

Lorsqu'ils furent parvenus à Dumbarton Road, Stuart se redressa sur son siège et scruta les rues de part et d'autre de l'avenue.

— C'est assez près d'ici, dit-il au chauffeur.

— Si ch'est achez, j'va p't'êt vous poser là alors…

Sans répondre, Stuart fixa une ruelle qui approchait sur leur droite. Oui, c'était ça. Il y avait une église à son extrémité, il se souvenait de ce curieux clocher.

— Ici, lança-t-il. C'est là qu'il faut nous poser.

Le chauffeur hocha la tête et s'arrêta au bord du trottoir. Stuart paya, puis Bertie et lui traversèrent Dumbarton Road en prenant garde à la circulation et commencèrent à avancer d'un pas lent dans la paisible ruelle résidentielle qui partait sur la droite.

— Elle était là, assura Stuart. Un peu plus loin, de ce côté-ci.

Bertie lâcha la main de son père pour avancer plus vite, cherchant des yeux la forme familière du break Volvo rouge. La rue était courte et, avant qu'ils ne l'aient entièrement parcourue, il s'aperçut qu'il avait examiné toutes les voitures stationnées sans trouver trace de la Volvo. Il se tourna vers son père.

— Tu es sûr, papa ? demanda-t-il. Tu es sûr que c'est la bonne rue ?

Stuart balaya la ruelle du regard. Il était certain de ne pas se tromper. Il ferma les yeux pour se remémorer ce fameux après-midi. Il avait pris ses documents dans le coffre et verrouillé les portières. Puis il s'était dirigé vers Dumbarton Road, où se tenait la réunion. Un chien avait traversé la rue, obligeant une moto qui arrivait à toute allure à freiner brusquement. Non, il n'y avait aucun doute là-dessus, c'était bien l'endroit.

— C'est cette rue, Bertie, répondit-il d'une voix rauque. Et la voiture était ici. Exactement ici.

Stuart montra une place de stationnement occupée par une grosse Mercedes verte. Bertie s'en approcha et en inspecta l'intérieur, comme pour y découvrir un indice relatif à la disparition de la Volvo. Soudain, ils entendirent une porte s'ouvrir et une voix s'élever juste derrière eux.

— Vous aut' ? Quo ch'est qu'vous fabriquez, à mater la caisse de Mr O'Connor ?

53. Lard[1] O'Connor

Bertie fit un bond en arrière. Il avait à peine touché la rutilante Mercedes-Benz verte, mais la voix qui tonnait derrière lui, semblable à un aboiement, était de nature à effrayer n'importe qui, et d'autant plus un petit garçon de cinq ans venu pour la première fois à Glasgow.

Stuart demeura lui aussi interdit sous le ton accusateur.

— Mon fils n'a rien fait, protesta-t-il enfin. Nous regardions, c'est tout.

L'homme qui avait surgi sur le seuil de la maison descendait déjà vers eux. Il se planta devant Stuart, qu'il dévisagea d'un air belliqueux.

— Vous r'gardez quoi ? Z'avez jamais vu cha, in' Mercedes ?

— Moi, si, j'en ai déjà vu, répondit Bertie avec fierté. Mrs Macdonald, qui habite au dernier étage, en a une crème. Elle m'a même proposé de faire un tour dedans.

L'homme se tourna vers lui.

— De quo ch'est qu'té parles, min garchon ?

— Il dit simpl… commença Stuart.

— Ti, ta gueule, Jim ! s'écria l'homme. Quo ch'est qu'c't'histoire de crème ?

— Oh, franchement ! s'impatienta Stuart, exaspéré. C'est ridicule. Viens, Bertie, on y va…

— Pas si vite, mon pote…

1. Jeu de mots avec « Lord ».

L'homme agrippa Stuart par le bras.

— Y faut qu't'aies in' p'tite discussion avec Mr O'Connor. Il aime pon qu'on traîne dins s'rue. Z'allez vous espliquer avec lui d'homme à homme.

La poigne était trop puissante pour que Stuart songe à résister, aussi se retrouva-t-il traîné de force dans l'allée du jardinet, suivi par un Bertie anxieux dont le duffle-coat battait contre les jambes de la salopette framboise. Stuart fut propulsé par son ravisseur dans une entrée à peine meublée.

— Par là, commanda l'homme en désignant du menton une porte entrouverte. Mr O'Connor va vous ver tout d'suite.

Stuart lui décocha un regard chargé de haine, mais estima la situation trop fragile pour se risquer à refuser d'obtempérer. Inquiet pour Bertie, il songea que la meilleure chose à faire était de parler à ce Mr O'Connor, quel qu'il fût, et de lui expliquer qu'ils n'avaient pas eu de mauvaise intention envers sa voiture. Peut-être ces gens-là avaient-ils été victimes de vandalisme par le passé et avaient-ils pensé, à tort, que Bertie et lui-même étaient des vandales.

Ils pénétrèrent dans un vaste salon au sol recouvert d'un tapis écossais et aux murs tapissés de papier peint rouge. La pièce était dominée par un énorme poste de télévision où passait un match de football, mais dont on avait coupé le son. Sur un fauteuil, devant, se trouvait un homme extrêmement gros. Les manches retroussées de sa chemise révélaient des avant-bras couverts de tatouages. À l'arrivée des visiteurs, il se retourna à demi, leur jeta un coup d'œil, puis actionna la télécommande. Le match de football mourut.

— Alors, déclara le gros homme, comme ça, vous regardez ma voiture ? Vous avez des vues sur elle ?

— Pas du tout, assura Stuart. Nous n'avions aucune visée dessus…

L'homme sourit.

— Mais je ne me suis pas présenté, dit-il avec un bref coup d'œil à Bertie. Je suis Aloysius O'Connor. Mais vous pouvez m'appeler Lard O'Connor. Tout le monde m'appelle comme ça, hein, Gerry ?

Gerry, l'homme qui les avait introduits dans la pièce, acquiesça.

— Ouais, c'est vrai, Lard. Y a plus d'respect, 'ed nos jours. Les gins ont plus d'respect.

Lard O'Connor haussa un sourcil. Puis il se tourna vers Bertie.

— Et toi, jeune homme ? Comment tu t'appelles ?

— Bertie. Bertie Pollock. J'habite à Édimbourg et je vais à l'école Steiner. Et ça, c'est mon papa. Nous habitons Scotland Street. Savez-vous où ça se trouve, Mr O'Connor ?

— Possible, répondit Lard. C'est joli, comme rue ?

— Très joli. Ce n'est pas très loin de l'endroit où habitait Mr Compton Mackenzie. Celui qui écrivait des livres, vous savez ?

Lard sourit.

— Sans blague ? Compton Mackenzie ?

— Oui, confirma Bertie. Il a écrit un livre qui s'appelait *Whisky à gogo* sur des gens qui trouvent plein de whisky sur la plage.

— Ça m'a l'air d'une bonne histoire, commenta Lard. T'entends ça, Gerry ? ajouta-t-il. Ce whisky avait dû tomber d'un ferry !

Gerry rit poliment. Puis Lard s'adressa de nouveau à Bertie :

— Je dois dire que j'aime bien ton style, jeune homme. J'aime les gosses qui parlent distinctement et qui ont du respect. Ça me plaît.

Il jeta un regard inquisiteur à Stuart.

— Alors, qu'est-ce que vous fabriquez dans le coin ? Pourquoi avoir fait tout ce chemin depuis… c'est comment, déjà ? Scotland Street... jusqu'à chez nous ? Vous visitez la ville ?

— J'ai laissé ma voiture ici, expliqua Stuart avec précipitation. Je l'ai laissée il y a un certain temps, et maintenant il semble qu'elle soit partie.

— Sans blague ! Elle s'est envolée ?

— On dirait bien, oui, répliqua sèchement Stuart.

— Voyons, voyons, fit Lard en caressant le bras de son fauteuil. Pourriez-vous me dire à quoi elle ressemblait ? Le modèle et tout le reste ? Et le numéro d'immatriculation ?

Stuart s'exécuta et Lard fit un signe à Gerry, qui nota laborieusement le tout sur un carnet pris dans un secrétaire.

— Gerry, lança Lard, va faire ta petite enquête là-dessus et vois ce que tu peux nous rapporter. Compris ?

Sans attendre de réponse, il se tourna vers Bertie.

— Et toi, jeune homme, que dirais-tu d'une partie de cartes en l'attendant ? Ton père et toi, vous aimez jouer aux cartes ? Moi, j'ai un petit faible pour ça, tu comprends... Seulement, j'ai pas toujours la chance d'avoir de la compagnie d'un niveau intellectuel suffisant, si tu vois ce que je veux dire...

Il fit un signe de tête en direction de Gerry, qui quittait la pièce.

— C'est un type bien, ce Gerry, reprit-il. Même s'il est pas tout à fait dans le style de vos intellectuels d'Édimbourg...

— J'aime bien jouer aux cartes, affirma Bertie. À quoi voulez-vous jouer, Mr O'Connor ?

Ils choisirent le rami et Lard se leva lentement pour aller chercher des cartes dans un tiroir.

— Vous êtes très gros, Mr O'Connor, lança Bertie d'un ton léger, sans remarquer les signes frénétiques que lui adressait son père. Est-ce que vous mangez des barres de Mars frites, comme les autres gens de Glasgow ?

Lard s'immobilisa net.

— Des barres de Mars frites ? répéta-t-il sans se retourner.

Stuart regarda autour de lui, paniqué. Il serait possible de se précipiter à l'extérieur, songea-t-il. Étant donné sa corpulence, Lard ne pourrait les prendre en chasse. Cependant, il avait perçu des bruits dans le couloir en arrivant, ce qui signifiait qu'il y avait sans doute d'autres individus, en plus de Gerry, dans la maison. Ce genre de gangsters, se dit-il, se contentaient rarement d'un seul et unique acolyte.

Déjà, Lard reprenait la parole.

— Oh, la vache ! Qu'est-ce que je donnerais pas pour en bouffer une là, tout de suite...

54. Partie de cartes et visite culturelle

La partie de rami fut intéressante. Au début, Lard accorda toutes les concessions possibles à Bertie, lui donnant des conseils de tactique et faisant une ou deux erreurs délibérées afin de lui laisser l'avantage. Très vite toutefois, il devint clair que de tels gestes étaient déplacés, car Bertie parvenait à jouer ses mains les plus médiocres avec une habileté consommée. Lard avait proposé de miser de l'argent, suggestion que Stuart avait acceptée par pure politesse, estimant discourtois de s'opposer à la volonté de leur hôte. Il avait donné cinq livres à Bertie pour commencer, en expliquant que ce serait sa limite. Au bout d'une heure cependant, l'enfant avait gagné soixante-deux livres sur Lard O'Connor et des piles de pièces d'une et deux livres s'amoncelaient devant lui.

— Je vous les rendrai, Mr O'Connor, proposa-t-il, généreux. Je ne veux pas vous prendre tout votre argent.

— Pas question, Bertie, répliqua Lard en secouant la tête. T'as gagné ça à la loyale. Tout comme j'avais moi-même gagné mon argent à la loyale au départ.

Stuart lui lança un coup d'œil à la dérobée, puis s'empressa de détourner la tête.

— Qu'est-ce que vous faites, dans la vie, Mr O'Connor ? s'enquit Bertie d'un ton poli tout en distribuant les cartes.

— Je suis homme d'affaires, expliqua Lard. J'ai une entreprise. Mais c'est difficile, pour nous, les petits, de s'en sortir sous ce gouvernement, tu comprends. Alors je vote pour les démocrates libéraux. C'est ce que je fais. Ce Ming Campbell, c'est le type qu'il nous faut. Et David Steel aussi.

— Je suis sûr qu'ils sont très heureux de bénéficier de votre soutien, intervint sèchement Stuart.

— Ouais, acquiesça Lard. Moi aussi.

La partie se poursuivit une demi-heure encore, puis Gerry revint. Il se posta à la porte, un large sourire aux lèvres.

— Mission accomplie, Lard, annonça-t-il.

Lard regarda fixement son assistant.

— T'as trouvé la voiture ?

— Ouais, confirma Gerry. Al' avait été enlevée sins permission, comme on dit. C'étaut des gars qui l'avaunt pris pour leurs besoins personnels. Alors je leur ai parlé in peu et je leur ai fait comprinde qu'ch'étaut pon une façon ed' traiter in' voiture d'Édimbourg.

Lard sourit.

— Et ils sont tombés d'accord avec toi ?

— Y a fallu in peu les persuader, patron. Vous chavez bien les mauvaises manières qu'y zont. Pon d'manières…

— C'est vrai, soupira Lard. Là-dessus, t'as raison. Mais le principal, c'est que t'aies récupéré ta voiture, Stewie, hein ? Qu'est-ce que t'en penses ?

Stuart se leva pour serrer la main de Lard avec enthousiasme.

— Vous avez été très aimable, Mr O'Connor. Je vous dois une fière chandelle.

Lard repoussa ces remerciements d'un haussement d'épaules.

— C'est rien. Je regrette juste que vous ayez été incommodés, tous les deux. Cela donne de Glasgow une mauvaise image quand on arrive ici et qu'on se fait confisquer sa voiture. C'est pas sympathique…

— Bien, fit Stuart en consultant sa montre. Ce n'est pas grave. Maintenant que nous l'avons récupérée, nous allons pouvoir rentrer à Édimbourg. Vous avez été très aimable avec nous, Mr O'Connor.

Lard esquissa un geste de la main droite.

— Pas de problème. Pas de problème du tout. Mais, ajouta-t-il après un bref silence, ce serait dommage de repartir si vite. Le jeune Bertie n'a même pas pu voir Glasgow, hein, Bertie ? Vous avez tout le temps de rentrer à Édimbourg, surtout maintenant que vous avez la voiture. Vous pouvez reprendre la route quand vous voulez et à votre rythme…

Stuart commença à expliquer qu'ils devaient vraiment rentrer, car Bertie avait un cours de saxophone, mais Lard ne le laissa pas parler.

— Qu'est-ce que t'en dis, Bertie ? interrogea-t-il. Qu'est-ce que t'aimerais voir pendant que t'es là ?

Bertie avait une réponse toute prête. Décidément, Glasgow lui plaisait et il avait envie d'y découvrir une infinité de choses. Il rêvait, par exemple, d'aller dans un *Fish and chips* et de commander une… Non. Jamais, il ne pourrait faire cela. Sa mère finirait à coup sûr par l'apprendre et sa réaction serait terrible.

— Le musée Burrell, Mr O'Connor, répondit-il donc, ajoutant aussitôt : Si ça ne vous dérange pas…

Lard se tourna vers Gerry avec un froncement de sourcils.

— Tu sais où c'est, Gerry ? Le musée Burrell ? Tu connais, toi ?

Gerry secoua la tête.

— Mais j'ai in plan, patron. J'peux vous y m'ner.

— Dans ce cas, allons-y. On prend ma voiture et vous récupérerez la vôtre quand on aura fini. Qu'est-ce que t'en dis, Stewie ?

Stuart comprit qu'il n'avait guère le choix. Néanmoins, une visite du Burrell était une bonne idée, car elle lui permettrait d'expliquer à Irene qu'ils avaient bien employé leur temps à Glasgow. Il était clair qu'il ne lui raconterait pas que Bertie et lui avaient joué aux cartes pour de l'argent avec un gangster de la ville, mais il pourrait dire qu'ils avaient visité la collection Burrell en compagnie de deux charmants Glasgowiens qui les avaient aidés à localiser la voiture.

Ils se mirent en route dans la Mercedes-Benz verte de Lard O'Connor. Gerry conduisait, Stuart assis près de lui, tandis que Bertie était installé à l'arrière avec Lard.

— Elle est belle, votre voiture, Mr O'Connor ! s'exclama l'enfant en caressant le cuir souple des sièges.

— C'est vrai, approuva Lard. Si tu travailles dur comme moi, tu pourras t'en payer une comme ça un jour.

— Mais dans quel secteur d'activité travaillez-vous exactement, Mr O'Connor ? s'enquit Bertie.

— Dans la distribution, répondit Lard. On fait circuler les choses. On s'assure qu'elles restent pas toujours à la même place. On les fait changer de mains, si tu veux…

— Quelles choses ?

— Bertie ! gronda Stuart du siège avant. Cesse de poser des questions à Mr O'Connor. Il a beaucoup de soucis en tête. Laisse-le tranquille.

Ils continuèrent le trajet en silence. Puis Bertie reprit la parole :

— Mr O'Connor, vous connaissez le club de football des Rangers ?

Lard O'Connor sourit.

— J'en ai entendu parler, ouais. J'en ai entendu parler…

Bertie regarda par la fenêtre. Il avait tant de choses à découvrir sur Glasgow !

— Tout le monde dit que c'est une très bonne équipe, reprit-il. Il paraît même que c'est la meilleure du pays.

— Pas si sûr, répliqua Lard en croisant l'œil de Gerry dans le rétroviseur. Y a aussi un club qui s'appelle le Celtic[1]. Cela te dit quelque chose ?

— Oui, répondit Bertie. Mais il paraît qu'il n'est pas très bon.

Lard O'Connor garda le silence. Peu à peu, un sourire se formait sur son visage.

— Tu sais, Bertie, tu es un môme très intelligent. Avec un grand sens de l'humour. Très grand. Toi et moi, on a un avenir brillant devant nous, je te le dis. Qu'en dis-tu, Stewie ? ajouta-t-il en décochant une tape sur l'épaule de Stuart. Si on se voyait un peu plus régulièrement, tous les trois ? Toi, moi, Bertie. Qu'est-ce que tu en penses ?

55. À la collection Burrell

Ils pénétrèrent sur le domaine de Pollok House et remontèrent l'allée qui menait à l'édifice abritant la Collection Burrell. Assis à l'arrière de sa Mercedes-Benz verte, avec Bertie à ses côtés, Lard O'Connor s'extasia sur le décor sylvestre.

1. Le Celtic Football Club est un club de football écossais, fondé en 1888 et aux origines catholiques et irlandaises.

— Bon Dieu ! s'exclama-t-il. Quand on pense qu'on a un truc pareil à Glasgow ! Juste sous notre nez ! On se croirait à Édimbourg, pas vrai ?

— Mais vous avez de très beaux musées ici, assura Stuart. Très beaux.

Lard parut redoubler d'attention.

— Des beaux musées, Stewie ? Ma foi, c'est bon à savoir…

Gerry gara la voiture et ils marchèrent jusqu'à l'entrée du musée. Des guides furent achetés – Stuart insista pour les payer, en guise de remerciement d'avoir retrouvé la voiture – et Lard et Gerry acceptèrent gracieusement. Puis ils se dirigèrent vers la première salle d'exposition. Là, sur un mur, une immense tapisserie flamande dépeignait une scène de chasse.

— Ma parole ! fit Lard. Z'avez vu ces chiens, là, sur le tapis ?

— En réalité, c'est une tapisserie, précisa Stuart.

Lard le considéra.

— C'est pas ce que j'ai dit ? Tu essaies de m'enfoncer ou quoi, Stewie ?

Stuart pâlit.

— Mais non, pas du tout. J'ai juste…

— Parce qu'y a des gens, l'interrompit Lard, qui croient que, sous prétexte qu'on n'a pas beaucoup d'éducation, on sait rien. T'es pas comme ça, toi, hein, Stewie ?

— Bien sûr que non, assura Stuart. Et il y a d'ailleurs beaucoup de gens éduqués qui savent très peu de choses sur le monde…

— T'entends ça, Gerry ? Stewie dit qu'y a plein de gens à Édimbourg qui connaissent rien à rien. Il vient de le dire.

Stuart se mit à rire.

— Je n'irais pas jusque-là !

— Eh ben moi, si ! fit Lard.

Ils avancèrent pour aller admirer une série de petits bronzes exposés dans une vitrine. Lard fit signe à Gerry et tous deux se penchèrent. Tout en examinant les œuvres, Lard promenait ses doigts sur la serrure qui fermait la vitrine. Il jeta un regard inquisiteur à Gerry, qui sourit.

— Facile, affirma ce dernier. Simple comme binjour…

Lard se redressa avec un hochement de tête.

— Très intéressante petite collection de… de… commença-t-il. Très bon goût, ce Wally Burrell. Il était dans le transport maritime, c'est ce que tu m'as dit, Stewie, hein ?

Stuart hocha la tête.

— C'était un grand collectionneur. Il gardait une trace écrite détaillée de tout ce qu'il achetait. Et il voyageait à travers le monde pour trouver des objets pour sa collection.

De son côté, Bertie étudiait son guide avec attention, s'arrêtant devant chacun des objets décrits. Ils se dirigèrent bientôt vers le salon de Hutton Castle, pièce que Burrell utilisait comme principal lieu d'exposition et que l'on avait recréée dans le musée. Là, ils contemplèrent un vitrail français représentant l'Annonciation. Lard adressa un signe de tête à Gerry et les deux hommes se signèrent.

— Je suis content de voir que ce Wally Burrell était partisan du Celtic ! s'exclama Lard.

Stuart se mit à rire.

— Ce n'est pas parce qu'on possède un vitrail représentant la Vierge que l'on est nécessairement…

Il s'interrompit sous l'œil noir de Lard, qui gagna alors une petite fenêtre, à laquelle il sembla prêter un intérêt minutieux.

— Bertie ! appela-t-il. Viens voir une petite minute.

L'enfant le rejoignit et regarda par la fenêtre.

— C'est une jolie petite fenêtre, hein, Bertie ? dit Lard. Je m'demandais si un garçon de ta taille, ou même toi, d'ailleurs, pourrait se faufiler par là ? Pas maintenant, bien sûr. C'est juste une question.

Bertie étudia l'ouverture.

— Je crois que oui, Mr O'Connor.

Lard sourit.

— C'est bon à savoir. Peut-être qu'un de ces soirs on pourrait revenir faire une petite visite tranquille, à un moment où y aura pas trop de monde. Ce serait plus drôle, non ? Qu'en penses-tu ? On pourrait mieux voir tous les trucs de Wally Burrell. Qu'est-ce que t'en dis, Bertie ?

— Ce serait vraiment bien, Mr O'Connor.

— Bon. Mais y faut que ça reste entre nous, hein ? C'est compris ?

Bertie hocha la tête, puis le petit groupe s'ébranla vers une autre salle. Il y avait beaucoup à voir : grandes urnes funéraires, antiquités grecques, tableaux – autant d'œuvres que Lard apprécia infiniment, tout comme Gerry dans une moindre mesure.

— Vous croyez qu'y z'ont quelque chose de votre gars, là, Vettriano ? s'enquit soudain Lard.

Stuart secoua la tête.

— Sir William Burrell est mort en 1958, expliqua-t-il, et Jack Vettriano est notre contemporain.

Lard le dévisagea d'un regard mauvais.

— T'essaies de me dire quelque chose, Stewie ? Tu crois que je sais pas tout ça, peut-être ?

Stuart lui répondit par quelques mots apaisants, puis consulta sa montre.

— Je me demande si nous ne devrions pas repartir pour Édimbourg maintenant, dit-il. La maman de Bertie va se demander ce qui se passe.

— Ma foi, c'est pas ce que nous voulons, hein, Bertie ? fit Lard.

Bertie garda le silence. C'était exactement ce qu'il voulait, au contraire, mais il jugea bon de ne pas en informer Lard. Aussi quittèrent-ils le musée. Quelques minutes plus tard, ils se tenaient devant la maison de Lard, où leur propre véhicule, la vieille Volvo rouge, était prêt à les ramener à Édimbourg. On se fit des adieux et l'on échangea les numéros de téléphone. Puis, avec un signe de main à Lard et à Gerry, restés à la grille pour les voir partir, Bertie et Stuart descendirent la rue en direction de l'autoroute qui les ramènerait chez eux.

— Ça fait du bien de se retrouver dans sa voiture ! s'exclama Stuart alors qu'ils quittaient Glasgow.

— Oui, répondit Bertie. Je me demande comment a fait Gerry pour la rapporter si vite.

Stuart sourit. Il ne détromperait pas l'enfant dans sa foi touchante en l'humanité. Il n'évoquerait pas devant lui les méthodes musclées qui avaient dû être employées afin d'arracher le véhicule aux griffes de ceux qui l'avaient volé. Il le laisserait croire à la gentillesse de Gerry et de Lard. Mais quelle bande de gredins !

— Papa… lança tout à coup Bertie. Papa, ce n'est pas notre voiture.

Stuart baissa les yeux sur son fils, qui examinait quelque chose sur la portière.

— Ne dis pas de bêtises, Bertie. J'ai vu la plaque d'immatriculation.

— Oui. Mais regarde les poignées. Les nôtres étaient arrondies. Celles-là sont toutes droites. Et la radio : ce n'est pas la même marque.

Stuart jeta un coup d'œil inquiet dans la direction qu'indiquait l'enfant. Puis il déglutit.

— Ne le dis pas à maman, Bertie. Je t'en prie, ne lui dis pas.

56. Domenica croise Pat

Le moment était venu de faire le point… même si aucun de ceux qui vivaient sous le toit du 44, Scotland Street ne le savait. S'ils avaient réfléchi à leur situation, sans doute eussent-ils constaté qu'ils se trouvaient à un carrefour, au sens métaphorique du terme.

Irene et Stuart Pollock, parents de Bertie, le petit surdoué de cinq ans, auraient pu s'apercevoir – mais tel n'était pas le cas – que leur mariage n'allait nulle part – à supposer que les mariages fussent censés aller quelque part, bien sûr. Il existe beaucoup de gens heureux en ménage qui ne manifestent aucun signe de mouvement, dans quelque direction que ce soit, ni vers l'avant, ni vers l'arrière, ni même à droite ou à gauche. Ces personnes-là sont souvent très satisfaites de leur sort, peut-être parce qu'elles ne se rendent pas compte qu'elles ont pris la direction dans laquelle nous allons tous : vers le bas.

Irene et Stuart étaient pourtant sur le point de vivre une épreuve de force fondamentale, dans laquelle Irene, qui estimait devoir prendre toutes les décisions dans le couple – et qui le faisait – se verrait bientôt contrainte d'affronter la toute nouvelle détermination de Stuart, bien décidé à changer la façon dont on traitait Bertie. Après s'être aperçu qu'il n'avait pas été un bon père jusque-là, Stuart avait en effet résolu, au cours de ces lumineux moments passés à bord du train pour Glasgow, alors qu'il tenait la main de son fils en parlant de l'amitié, qu'il jouerait désormais un rôle beaucoup plus grand dans l'éducation de Bertie. Et si cela impliquait un conflit avec Irene, la dame de fer qui avait pour armes toute une accumulation de connaissances et de doctrines sur le sujet des enfants et qui bénéficiait en outre du soutien d'un allié, le Dr Fairbairn, psychothérapeute réputé, auteur du très original ouvrage sur l'analyse de Wee Fraser, le tyran de trois ans, eh bien soit, qu'il en fût ainsi ! Ou disons plutôt, afin de mieux refléter le tempérament faible de Stuart, peut-être en serait-il ainsi. (Wee Fraser, puisque l'on parle de lui, avait presque quatorze ans désormais. Il avait été récemment aperçu en train de traverser la route, à l'extrémité de Princes Street, en direction de South Bridge. C'était le Dr Fairbairn qui l'avait vu : il s'était arrêté net, comme le capitaine Achab, apercevant Moby Dick, s'était immobilisé, cloué sur le pont de son baleinier. Dans le cas présent cependant, il n'y avait pas eu poursuite.)

Si ses parents ne faisaient pas consciemment le point sur leur situation, Bertie, lui, s'interrogeait sur son sort de temps à autre, avec un degré de lucidité tout à fait remarquable chez un petit garçon de cet âge. Il était assez satisfait de la façon dont évoluaient les choses. Il avait connu des revers, bien sûr, comme sa tentative manquée de rentrer au George Watson's College, mais ces déceptions se trouvaient compensées par la découverte qu'en fin de compte il préférait être à Steiner.

Le domaine de l'amitié lui avait posé des problèmes. Souvent, les adultes n'imaginent pas l'intensité du besoin d'avoir des amis pour un enfant. C'est un besoin fondamental, qui lui apparaît comme plus profond et plus pressant que tout autre. Et Bertie le ressentait ainsi. Jock, l'audacieux Jock, avec lequel il y avait eu une première rencontre prometteuse, s'était révélé déloyal et sans cœur, et ce constat avait bouleversé Bertie. Toutefois, il s'était presque fait un autre ami en la personne de Tofu, même s'il était parfois difficile de retenir l'attention de celui-ci, constamment engagé qu'il était dans des tentatives de se faire remarquer de tous ceux qui l'entouraient, au travers de bravades et de commentaires scatologiques. Mais les quelques moments où il y parvenait en valaient la peine, puisqu'ils l'aidaient à mieux supporter les séances de psychothérapie avec le Dr Fairbairn, le yoga à Stockbridge, l'apprentissage de l'italien et la préparation de l'examen du septième niveau de saxophone.

La vie de Pat ne présentait pas de manques aussi significatifs. Elle s'apprêtait à entrer à l'université et attendait avec impatience de connaître la vie d'étudiante. Il eût été préférable, se disait-elle, de partager un appartement avec d'autres étudiants, plutôt qu'avec Bruce, mais Scotland Street était pratique et elle aimait beaucoup la maison. Et puis, bien sûr, elle avait rencontré Peter, le serveur à temps partiel de chez *Glass and Thompson* qui étudiait la littérature anglaise et affectionnait – comme elle l'avait appris subrepticement – les bains de mer à poil.

À vrai dire, elle ne savait pas très bien que penser de ce jeune homme, aussi eut-elle l'idée d'en discuter avec Domenica, qu'elle n'avait pas vue depuis un certain temps, mais qu'elle rencontra ce jour-là à l'angle de Drummond Place et Scotland Street. La Mercedes-Benz crème était là, laborieusement manœuvrée pour s'insérer dans une place de stationnement qui était presque – mais pas tout à fait – trop petite pour elle. Pat attendit que sa voisine se fût extraite de l'impressionnant véhicule.

— Tout rapetisse ! tempêta Domenica en verrouillant la portière. Avez-vous tenté de vous asseoir en classe touriste dans un avion ces derniers temps ? Il semble bien qu'il faille renoncer à emporter ses jambes avec soi, ou alors les prendre séparément et les expédier en soute ! Les maisons rétrécissent, les plafonds sont de plus en plus bas. Et les bureaux, n'en parlons pas. Bref, cela concerne tout, absolument tout, et pas seulement les places de stationnement…

Pat sourit. Domenica avait cette sympathique habitude de se lancer d'emblée dans la polémique. Jamais elle ne s'attardait en commentaires sur le temps ou en questions sur la santé de son interlocuteur.

— Je crois que vous avez raison, répondit Pat.

— Merci. Non que je veuille me plaindre ! Il n'y a rien de pire, selon moi, que les personnes de mon âge – qui n'est pas excessivement avancé, je m'empresse de le souligner –, rien de pire, donc, que ces gens qui se plaignent sans arrêt. *O tempora ! o mores !* Ce genre de jérémiades. Tout cela parce qu'ils voient le monde changer et qu'il ne leur plaît plus sous prétexte qu'il est différent. Nous devons épouser le changement, nous dit-on. Et à mon avis, c'est en effet la réaction la plus sensée, à condition que le changement en question en vaille la peine et améliore la vie. Pourquoi devrions-nous épouser le changement pour le changement ? Je ne vois absolument aucune raison de le faire. Qu'en pensez-vous ?

Pat partageait son point de vue et elle le lui dit, tout en l'escortant dans Scotland Street.

— Le problème, reprit Domenica, c'est que les adeptes de la compression des coûts tiennent les commandes. Ce sont eux qui donnent le ton à notre époque. Eux qui insistent pour que tout soit bon marché et construit de la façon la plus rudimentaire. Personne ne peut plus fabriquer quoi que ce soit de grand et de généreux, parce qu'il y aura toujours un spécialiste de la compression des coûts qui viendra lui dire : « Arrêtez ! Réduisez-moi tout ça ! »

Pat garda le silence. Elle pensait à Peter. Peut-être serait-il judicieux d'aborder le sujet maintenant.

— Il y a un garçon qui me trotte dans la tête, déclara-t-elle.

— Voilà qui est intéressant ! rétorqua Domenica. Intéressant, mais souvent une affreuse perte de temps. Venez, montez avec moi, ma chère ; nous parlerons des garçons dans le confort de mon bureau. Cela s'annonce délicieux !

57. L'approche naturelle

— Eh bien, commença Domenica, perchée au bord de sa chaise, racontez-moi tout. Vous êtes allée le voir ? C'est ce jeune homme très beau que nous avions rencontré ensemble, n'est-ce pas ? Vous êtes allée chez lui ?

Pat trouva la question pleine de sous-entendus. Elle avait pardonné à Domenica sa tentative peu délicate de les présenter l'un à l'autre à travers un stratagème transparent, consistant à proposer à Peter de lui prêter un recueil de poésie de Rupert Brooke. Elle en avait même ri, rétrospectivement. Toutefois, étant donné ce manque de tact, pour ne pas dire cette lourdeur, elle estimait que Domenica n'était guère en position de critiquer la visite qu'elle avait faite à Peter.

— C'est lui qui me l'a demandé, précisa-t-elle, sur la défensive.

Elle décrivit à Domenica la rencontre au cinéma et l'invitation que lui avait adressée Peter. Celle-ci avait été spontanée, insista-t-elle, même si, à son arrivée chez lui, il l'avait oubliée.

— Et tout s'est passé comme prévu ? s'enquit Domenica.

— Mais je n'avais rien prévu ! s'indigna Pat.

Que s'imaginait Domenica ? Qu'elle avait une idée en tête en franchissant le seuil de Peter ? Parfois, dans leur désir de paraître modernes, les personnes de cette génération interprétaient tout de travers. Il y avait longtemps que les jeunes ne se préoccupaient plus d'élaborer des tactiques de séduction. Les choses arrivaient si l'on en avait envie. Et dans le cas contraire, il ne se passait rien. Une fille ne perdait plus son temps à minauder.

Domenica fournit la réponse elle-même.

— Mais en allant là-bas, vous deviez bien espérer trouver quelque chose, non ? En apprendre un peu plus sur ce garçon ? Cela a-t-il été le cas ?

Pat hocha la tête.

— J'ai appris des choses, oui, concéda-t-elle. Malgré tout, je ne sais pas trop ce qu'il faut penser de lui. Je ne suis pas…

Domenica l'interrompit d'un geste.

— De nos jours, le plus important est de savoir si… s'il est intéressé. Il y a tant de jeunes gens qui ne le sont pas ! Cela ne cesse de me surprendre, d'ailleurs.

Pat étudia sa voisine. Cela l'embarrassait un peu d'avoir une conversation de cette nature avec une femme plus âgée, même si l'on ne parlait qu'à demi-mot. *Intéressé* était un terme si démodé ! C'en devenait risible ! Pourtant, Domenica avait vécu : elle avait passé une partie de sa vie à l'étranger, perdu un mari, mené des missions anthropologiques en Amérique du Sud. Elle n'avait rien d'une ingénue. Dès lors, pourquoi user ainsi de circonlocutions ?

— Évidemment, la terminologie a changé, poursuivit Domenica. À mon époque, on disait de ce genre d'hommes qu'ils étaient « musiciens ». C'était un code. Ensuite, d'autres mots sont arrivés et maintenant, bien sûr, on dit les choses franchement. Il l'est, à votre avis ?

— Quoi ?

— Vous savez bien ! Jovial ?

— Vous voulez dire gay ?

Domenica rougit.

— Oui.

— Je ne sais pas, répondit Pat. Je ne sais vraiment pas.

Domenica éclata de rire.

— Ce n'est pas possible ! N'importe quelle femme devine ces choses-là !

— Je n'en suis pas sûre, protesta Pat. Et les hommes ? Croyez-vous qu'ils soient capables de dire si une femme ne s'intéresse pas à eux ?

— Non, bien sûr, répliqua Domenica sans une hésitation. Mais ils sont beaucoup moins perspicaces que nous. Ils ne perçoivent pas ces choses-là. Ils ne remarquent pas l'évidence.

— Et l'évidence est… ?

Domenica prit son verre sur la table.

— Les pantalons, répondit-elle. Les pantalons larges, flottants, et les grosses chaussures plates. Certains tatouages. Bref, de subtils indices de ce genre.

Elle s'interrompit un instant, puis interrogea :

— Mais alors, répondez-moi… Est-il disponible, pour ainsi dire ?

— Je pense que oui. J'ai eu l'impression que oui. Seulement…

Domenica haussa les sourcils.

— Il y a eu quelque chose ?

Pat baissa la tête. Elle n'allait pas sortir grandie de cette histoire, mais elle voulait la raconter à Domenica, aussi poursuivit-elle :

— Il y avait une photo, avec une inscription au verso. Il était écrit : *Baignade à poil en Grèce avec T.* J'y ai jeté un coup d'œil rapide quand il est sorti. Je n'ai pas pu m'en empêcher.

— Parfaitement compréhensible, commenta Domenica. N'importe qui en aurait fait autant. N'importe qui.

— En tout cas, moi, j'ai regardé. Sur la photo, il y avait Peter, debout dans la mer. Le cliché avait été pris sur une île grecque, je pense. Peter était assez loin du bord et l'eau lui arrivait à la poitrine. C'était une photographie parfaitement respectable.

— Que c'est décevant ! soupira Domenica.

Pat se demanda comment interpréter cette réaction. Domenica avait du piquant, des allures de femme libérée. En même temps, on ne décelait pas une once de vulgarité chez elle. Jamais elle n'employait ce langage scatologique que déversent avec négligence les individus grossiers, qui profèrent des jurons obscènes sans même s'en rendre compte et de façon obsessionnelle. Néanmoins, l'on constatait chez elle une totale absence de pudibonderie. C'était contradictoire... et déroutant.

— Ce doit être T. qui a pris la photo, ajouta Pat. Le problème, c'est que je ne sais pas qui est T.

Domenica haussa les épaules.

— Quelle importance ?

— Eh bien, cela change tout. Si T. est Tom, par exemple, il se peut que Peter ne recherche auprès de moi qu'une amitié. Mais si T. est Theresa ou Tessa, c'est différent.

— Vous auriez dû lui poser la question.

— J'ai essayé. Je me suis arrangée pour faire tomber la photo par terre et, quand il est revenu, j'ai dit : « Oh là là ! Mais qui est T. ? »

— Et alors ?

— Alors il a répondu : « Oh, ça ? C'était à Mykonos. » Et il a ajouté – c'est là qu'il m'a clouée sur place –, il a ajouté : « Tu comprends, je suis nudiste. »

Un silence complet suivit ces paroles. Pat guettait la réaction de sa voisine. Depuis qu'elle la connaissait, elle ne l'avait jamais vue à court de mots, mais c'était le cas à présent. Pat laissa son regard errer derrière Domenica, vers l'étagère chargée de livres. Elle aperçut l'ouvrage de Margaret Mead, *Coming of Age in Samoa*[1] : ce texte ne parlait-il pas précisément de nudité et de sexualité ?

Il y avait aussi des livres sur les enfants sauvages, qui frottaient leurs reliures à celles de Mead et de Pitt-Rivers. Les enfants sauvages ne s'habillaient pas ;

1. « Puberté à Samoa » : livre partiellement traduit en français dans *Mœurs et sexualité en Océanie*, Éd. Pocket.

encore de la nudité, donc ! Dans ces conditions, pourquoi Domenica semblait-elle si déstabilisée qu'on lui parle de nudité ?

L'intéressée fournit elle-même la réponse à cette question non formulée.

— Un nudiste ? À Édimbourg ? Mais sait-il bien sur quel parallèle nous nous trouvons ?

Pat sourit. C'était du pur Domenica.

— Et ensuite, reprit-elle en baissant la voix, comme si elle craignait d'être entendue, il m'a invitée à quelque chose.

— À quoi ?

— À un pique-nique nudiste dans les jardins de Moray Place. Samedi soir. Sous réserve de confirmation.

58. Moray Place

Domenica ouvrait la bouche pour répondre lorsque la sonnette de l'appartement retentit. Elle se tourna vers la porte avec une irritation manifeste. Elle était sur le point de réagir à l'extraordinaire révélation de Pat – qui avait été invitée à un pique-nique nudiste dans les jardins de Moray Place –, et voilà qu'un indésirable l'obligeait à garder ses commentaires pour plus tard !

— Nous n'attendons personne, marmonna-t-elle en se levant. Restez, je vous en prie. Il faut que nous parlions de cette invitation.

Elle atteignait la porte lorsqu'un aboiement retentit à l'extérieur.

— Angus, dit-elle. Annoncé par Cyril.

Elle ouvrit. Vêtu d'une veste de lin blanc, un bandana rouge noué autour du cou, Angus Lordie se tenait sur le seuil, Cyril à ses pieds. Le chien regarda Domenica et lui sourit, révélant la dent en or qui ornait sa mâchoire inférieure.

— Ma foi, déclara Domenica, c'est un plaisir rare. Est-ce une visite de Cyril, que vous accompagnez, ou une visite de vous-même, accompagné de Cyril ?

— La deuxième proposition, répondit Angus. Du moins de mon point de vue. Il est bien sûr possible que le point de vue canin sur cette question soit différent.

Il entra et fut introduit dans le bureau, où il salua chaleureusement Pat. Cyril lécha la main de la jeune fille, puis s'allongea à ses pieds en l'observant à travers ses paupières mi-closes. Elle crut le voir cligner de l'œil, mais sans en avoir la certitude. Il y avait quelque chose de profondément déconcertant chez Cyril, mais il était difficile de définir de quoi il s'agissait. Pendant que Domenica allait chercher un verre pour le nouveau venu, Angus engagea la conversation.

— Si je suis ici, confia-t-il, c'est à cause d'une frustration artistique. En ce moment, je travaille sur le portrait d'un financier d'Édimbourg. Je ne dois pas vous révéler son nom, mais qu'il me suffise de dire que son expression parle d'une chose, et d'une seule : l'argent. Et cela, assez bizarrement, est très difficile à reproduire sur la toile. Cela se voit dans la chair, mais comment le capturer dans la peinture ?

Il marqua un temps d'arrêt.

— Pouvez-vous deviner qu'une personne est riche, Pat ? Pouvez-vous le deviner juste en la regardant ?

— Moi, oui, affirma Domenica, qui revenait. Cela ne me pose aucune difficulté. Il existe généralement des signaux.

— Par exemple ? s'enquit Angus.

— L'assurance, répliqua Domenica en lui tendant un verre de vin. Les gens qui ont de l'argent ne se tiennent pas comme le reste d'entre nous. Ils possèdent une confiance en eux qui leur vient de leur compte en banque. Une certaine langueur, peut-être.

— Et il y a aussi leurs vêtements, suggéra Pat.

— Il faut regarder les chaussures, confirma Domenica. Les chaussures de luxe représentent en elles-mêmes tout un monde.

Elle se tourna vers Angus avec un sourire.

— À propos d'habillement, Angus, Pat a reçu une invitation très intéressante. Je vous en prie, Pat, racontez à notre hôte…

Pat répugnait à discuter de l'offre de Peter avec Angus, mais maintenant elle ne pouvait refuser.

— J'ai été invitée à un pique-nique nudiste, avoua-t-elle d'une voix faible.

Angus scruta son visage.

— Et vous allez y aller ? s'enquit-il.

Pat haussa les épaules.

— Je ne sais pas encore. Je me demande si…

— Ce n'est pas n'importe quel pique-nique nudiste, Angus, coupa Domenica. Il doit avoir lieu dans les jardins de Moray Place. Pouvez-vous croire une chose pareille ? C'est invraisemblable, non ? Vous ne trouvez pas ?

— Pas du tout, rétorqua Angus. Il y en a un certain nombre sur Moray Place.

— Un certain nombre de quoi ?

— De nudistes. Moray Place a beau se considérer comme une adresse prestigieuse, cela a beau être un lieu terriblement chic, n'empêche qu'il y a davantage de nudistes qui vivent là que dans tout autre quartier de la Nouvelle Ville ! Et il en a toujours été ainsi. Ces gens-là se retrouvent aux Lord Moray's Pleasure Grounds.

Domenica eut un rire sceptique.

— J'ai du mal à avaler ça, Angus. Des nudistes à Moray Place ? Avec tous ces grands salons classiques et les dîners mondains qui s'y donnent ? Des nudistes ? Certainement pas !

Angus haussa un sourcil.

— Bien sûr, je ne dis pas que tous les habitants de Moray Place sont adeptes de naturisme, mais il y en a un certain nombre. Il me semble qu'ils ont formé une sorte d'association, l'Association des nudistes de Moray Place. Ils ne font pas de publicité, bien sûr, mais c'est parce qu'il s'agit de Moray Place et que faire de la publicité serait un peu, disons, un peu vulgaire à leurs yeux.

Le silence régna quelques instants. Puis Domenica se tourna vers Pat.

— Vous savez, n'est-ce pas, qu'il faut toujours prendre ce que dit Angus *cum grano salis*[1] ?

Pat ne répondit pas. Qu'il pût y avoir des nudistes à Édimbourg semblait improbable, étant donné les températures qui y régnaient tout au long de l'année, mais peut-être était-ce envisageable l'été, où il pouvait faire raisonnablement chaud, parfois. Sans doute le soleil les incitait-il à sortir. Et puis, bien sûr, il y avait Peter, qui avait affirmé en être un, et il ne paraissait pas plaisanter en lançant son invitation.

Angus fronça les sourcils.

— Vous n'êtes pas obligée de me croire, ma chère Pat, mais cette vieille bique qui est là, dit-t-il en désignant Domenica, est un peu hors du coup, si je puis m'exprimer ainsi. Ne vous offusquez pas, Domenica *carissima*, mais je ne suis pas persuadé que vous ayez bien pris la mesure de la tendance Deacon Brodie[2] dans notre chère ville.

Pat regarda sa voisine à la dérobée, se demandant si elle prendrait ombrage d'avoir été traitée de vieille bique, mais Domenica se contenta de sourire.

— Vous pouvez m'appeler comme vous voulez, répliqua-t-elle, mais s'il y a une personne qui n'est plus

1. Expression latine signifiant littéralement « avec un grain de sel » et, au sens figuré, « à prendre avec réserve ou scepticisme ».

2. Personnage du XVIIIe siècle qui a inspiré l'œuvre de Stevenson, *Dr Jekyll et Mr Hyde*.

dans le coup ici, Angus, c'est certainement vous. Et puis, laissez-moi vous dire que je comprends très bien le problème de la dissimulation sociale et sa place dans la psyché écossaise. Mais ne perdons pas notre temps en plaisanteries. La question que je vous pose, Angus, est la suivante : comment savez-vous qu'il y a des nudistes sur Moray Place ? Les avez-vous vus ? Ou ne s'agit-il que de vagues rumeurs glanées au *Cumberland Bar* ?

Angus but une gorgée de vin. Son expression, estima Pat, était celle d'un homme qui s'apprête à asséner l'argument choc.

— J'aimerais que ce soit vrai, dit-il. Des nudistes sur Moray Place. Vous imaginez la scène ?

— Non, rétorqua Domenica, je n'imagine pas.

— Bob Sutherland aurait adoré, reprit Angus, pensif. Mon Dieu, comme il aurait aimé...

Domenica le dévisagea, perplexe.

— Bob Sutherland ?

— Robert Garioch[1], précisa Angus. Un grand makar[2]. Et l'un de nos voisins, le saviez-vous ? Il habitait Nelson Street. Habitait. Il est mort, hélas !

— Garioch... murmura Domenica. *Sur la tombe de Robert Fergusson ?*

— Vous allez me faire pleurer, souffla Angus.

59. Robert Garioch

— Oui, soupira Angus. *Sur la tombe de Robert Fergusson.* Quel magnifique poème ! Je pourrais vous le

1. Robert Garioch Sutherland (1909-1981) était professeur et écrivain. Très attaché à Édimbourg et à la langue écossaise, il a contribué à la rédaction du *Dictionary of the Older Scottish Tongue*.

2. Nom donné à un groupe de poètes créé au XVe siècle, qui écrivaient en langue écossaise. Dans l'Écosse moderne, le makar est le poète national écossais, désigné par le Parlement écossais.

réciter en entier, avec ses quatorze vers qui vous brisent le cœur. Mais je ne le ferai pas.

Il s'interrompit.

— Dites-moi, Pat… et Domenica aussi, d'ailleurs… quelle importance tient la poésie dans votre vie ?

Pat se posa la question. Elle avait lu certains poètes, mais, à bien y réfléchir, lesquels ? Chaucer, parce qu'on l'y avait obligée en classe – des écrits puisés dans la partie respectable de son œuvre, bien sûr. Il y avait eu également Tennyson et MacDiarmid, mais elle avait oublié les titres des poèmes. Et Yeats aussi : quelque chose sur un aviateur irlandais, lui semblait-il, et sur des tours, et des cygnes sauvages. Mais avait-ce été important ? Elle avait cessé de lire de la poésie dès sa sortie du lycée.

— Pas beaucoup, avoua-t-elle à Angus. Quoique…

Il hocha la tête.

— Je m'attendais un peu à cette réponse, hélas, commenta-t-il, avant de se tourner vers Domenica.

— Moi, j'y trouve du réconfort, indiqua celle-ci. Mais que vient faire Garioch dans notre conversation ? Et pourquoi cette histoire de nudistes sur Moray Place l'aurait-elle tant amusé ?

Angus se mit à rire.

— Parce qu'il avait un sens très aigu du contraste entre le grandiose, d'un côté (je n'entends pas suggérer un seul instant que Moray Place ait quoi que ce soit de grandiose) et l'homme de la rue, de l'autre. Il est l'héritier de Fergusson, comprenez-vous. Tout comme Burns. On trouve du pur Fergusson dans une quantité invraisemblable d'œuvres de Burns.

— Quelle tragédie ! s'exclama Domenica. Savez-vous quel âge avait Fergusson quand il est mort, Pat ? Non, bien sûr, vous l'ignorez. Eh bien, il était un tout petit peu plus âgé que vous. De quelques années à peine. Il avait vingt-quatre ans.

— Et il est mort seul dans sa cellule de Bedlam, renchérit Angus. Ce joli garçon…

— Cela semble être le lot de beaucoup de poètes, fit remarquer Domenica. De mourir jeune, je veux dire. Rupert Brooke…

Elle jeta un coup d'œil vers Pat. Le recueil de poèmes de Rupert Brooke était censé servir de prétexte pour réunir Peter et Pat… Et où cela les avait-il menés ? À une invitation à un pique-nique nudiste sur Moray Place.

— Ne me parlez pas de Brooke, protesta Angus avec dédain. Ou, du moins, ne l'associez pas à Fergusson. Ce jeune homme était une plaie. Avez-vous lu ses lettres à Strachey ? Des diatribes épouvantablement égocentriques, pleines d'affectation et de pâmoisons petites-bourgeoises. Les Cambridge Apostles[1] ! Quelle bande d'andouilles ! Et très satisfaits d'eux-mêmes, avec ça ! Le système anglais des collèges privés ne les avait pas aidés, il faut le reconnaître, cependant…

— C'était une jeunesse dorée, répliqua Domenica, plus tolérante. Il faut accorder à la jeunesse dorée une certaine liberté d'action… Et de toute façon, ils étaient tous condamnés, n'est-ce pas ? Ils savaient qu'on les enverrait en France un jour ou l'autre et que, là-bas, ils n'auraient guère de chances de s'en sortir…

— Fergusson, lui, vivait dans la réalité, coupa Angus. Il comprenait et il aimait ce qui se passait dans les rues et les tavernes d'Édimbourg. Et il souffrait. Brooke et les autres étaient des chochottes, voilà pourquoi leur poésie est si fade.

Domenica se leva pour remplir le verre qu'il lui tendait.

— Je ne sais pas où nous mène cette conversation, déclara-t-elle sans brusquerie. Mais c'est toujours comme cela avec vous, Angus. Vous avez une façon de

1. Également appelée Cambridge Conversazione Society, cette société secrète fut fondée à l'université de Cambridge en 1820. Centrée sur la tolérance, l'ouverture d'esprit, le sens critique et l'examen de conscience, réservée aux hommes, elle prônait en outre les relations homosexuelles.

réfléchir… disons que vous sautez facilement du coq à l'âne !

— Je ne perds jamais le fil, précisa Angus. Je parlais de Garioch et je disais qu'il aurait beaucoup apprécié le contraste entre la respectabilité affichée de Moray Place et le désir de certains de ses habitants de pratiquer le nudisme. C'est exactement le genre de thème dont il aimait traiter. Il a écrit en particulier un magnifique poème intitulé *Glisk*[1] *of the Great*, qui illustre cela. Le narrateur aperçoit un groupe de personnes qui sortent du *North British Grill*, « *launchan fit to kill*[2] », puis le petit groupe monte dans une « *muckle big municipal Rolls Royce*[3] » et disparaît en direction de Calton Hill. Le narrateur s'extasie sur le prestige de cette vie, même si nous autres n'y avons pas accès. Cela donne une certaine classe à la ville, vous comprenez…

Il se tut. Pat et Domenica le fixaient, attendant la suite. Cyril, qui avait relevé la tête, semblait écouter lui aussi, une oreille dressée en direction de son maître. Cyril n'avait pas la moindre idée de ce qui se disait – ce qui est, la plupart du temps, le lot des chiens. Ce qu'il savait en revanche, c'est qu'il était plongé dans un rêve très agréable dont la voix de son maître venait de le tirer. Il rêvait en effet qu'il mordait le mollet de Matthew, perspective qui le tentait depuis longtemps déjà. Dans le rêve, il s'en sortait sans écoper de punition.

— Bon ! fit Domenica. Robert Garioch n'est pas ici pour écrire quoi que ce soit sur l'invitation qu'a reçue Pat. Nous devons décider – ou plutôt, Pat doit décider – si elle y va ou non. Et en ce qui me concerne, la réponse serait : certainement pas !

1. Terme écossais qui désigne un trait de lumière, une étincelle. Le titre pourrait être traduit par « Aperçu de la grandeur ».
2. « Restaurant de luxe. »
3. « Très grosse Rolls municipale. »

— Moi, je ne sais pas, contra Angus. Le pique-nique restera parfaitement respectable, j'en suis sûr. Ces nudistes sont des personnes très bien éduquées, voyez-vous. Ils ne pratiquent pas le naturisme à des fins lascives. Tout cela est pur et conforme aux règles de la bienséance.

— C'est possible, acquiesça Domenica. Mais n'êtes-vous pas frappé par le fait que ce jeune homme ait invité Pat à se joindre à eux, alors qu'il sait qu'elle n'a jamais pratiqué le naturisme de sa vie ?

— Il faut bien qu'ils recrutent d'une manière ou d'une autre. C'est comme lorsqu'on invite quelqu'un à assister à un office religieux ou au concert d'un orchestre amateur. On espère que la personne viendra et que cela lui plaira. Les gens ont des âmes de recruteurs, vous savez. Cela les rassure de voir grossir les rangs des adeptes de leur dada.

Pat écoutait avec intérêt. Le discours d'Angus l'intriguait, mais elle sentait que tout conseil venant de lui ne pouvait être que mauvais. Angus était assez inoffensif, estimait-elle, néanmoins, il avait une drôle de vision du monde. Il procédait à des retournements poétiques, mettait tout sens dessus dessous. Domenica, au contraire, semblait comprendre les choses telles qu'elles étaient, et s'il fallait suivre un conseil, ce serait le sien. Bien sûr, Pat pouvait aussi demander d'autres avis. Celui de Matthew, par exemple. Cependant, elle était sûre qu'il se montrerait jaloux ou amer si elle lui révélait l'existence de Peter, et plus encore si elle évoquait l'étrange invitation. Il y avait aussi son père. Celui-ci avait une profonde compréhension du monde, mais elle trouverait gênant d'aborder un tel sujet avec lui. En fin de compte, elle pouvait décider toute seule, suivre son instinct. Mais que lui disait son instinct ? Elle réfléchit et, fermant les yeux, tenta d'imaginer la scène dans les jardins de Moray Place. Lorsqu'elle les rouvrit, elle avait fait son choix : elle irait.

60. L'histoire de Ramsey Dunbarton
IV – Questions juridiques

Sur les hauteurs de la ville, dans leur maison des Braids, Ramsey Dunbarton s'embarquait dans une deuxième lecture d'extraits de ses Mémoires à l'intention de sa femme Betty. Il avait achevé le compte rendu de leur rencontre et des premières années à Craiglea Drive, où ils avaient vécu avant de s'installer dans les Braids. Betty avait beaucoup apprécié le récit, bien qu'elle eût détecté quelques inexactitudes dans le souvenir que son mari gardait des événements. Il s'était trompé sur le lieu de leur rencontre et sur l'âge qu'il avait à l'époque. Il avait également confondu le nom du défunt duc d'Atholl, l'appelant Angus alors qu'il se nommait Iain. Il s'agissait de détails, bien sûr, mais l'effet cumulatif d'un certain nombre d'erreurs de cette nature risquait de produire un récit peu fiable. Elle s'était pourtant retenue de le corriger. Ramsey possédait de multiples vertus, mais il avait une légère tendance à prendre la mouche quand on lui disait qu'il se trompait. Aussi Betty avait-elle gardé le silence et limité ses réactions à des hochements de tête et de petites exclamations appréciatrices. Elle se disait que, de toute façon, jamais personne ne lirait ces Mémoires, même si Ramsey parvenait à trouver un éditeur prêt à les publier. Non qu'ils fussent foncièrement hors de propos, mais parce que, de nos jours, les gens ne s'intéressaient qu'aux événements violents ou vulgaires. Or il n'y avait ni violence ni vulgarité dans les Mémoires de Ramsey, du moins jusqu'à ce point du récit. Betty soupira.

— Je vais à présent passer à quelques réminiscences juridiques, déclara Ramsey en baissant les yeux sur sa femme, installée dans un confortable fauteuil.

Il préférait lire debout, car cela libérait le diaphragme et permettait de bien projeter la voix.

— Du juridique, murmura Betty. C'est bien, mon chéri.

« J'ai exercé le droit durant toute ma vie professionnelle, commença Ramsey. Et pas un seul instant je ne l'ai regretté. Si j'avais fait un choix différent lors de ce déjeuner décisif à Broughty Ferry avec mon futur beau-père, j'aurais peut-être fini dans le commerce de marmelade, mais ce ne fut pas le cas. Je m'en suis tenu à la loi.

« Non pas que je n'aie pas la plus haute considération pour les personnes qui travaillent dans la marmelade. Je sais que des gens pensent qu'il y a une certaine indignité à être impliqué dans ce genre d'activité, mais pour ma part, je n'ai jamais compris ce point de vue. Selon moi, ce n'est ni le lit où vous êtes né ni le métier que vous exercez qui détermine votre valeur. C'est ce que vous êtes en tant qu'homme. C'est cela qui compte. Et je crois que Robert Burns, notre poète national, a parfaitement exprimé cette philosophie lorsqu'il a écrit : "*A man's a man for a' that*[1]." En d'autres termes, peu importe qui vous êtes et ce que vous faites. La question ultime est celle-ci : avez-vous mené une bonne vie, une vie décente ? Et, sans vouloir être immodeste, je crois pouvoir répondre à ces questions par l'affirmative.

« Il se trouve que je porte un intérêt très vif à Burns depuis l'âge de dix ans. C'est là que j'ai commencé à apprendre ses textes par cœur, avec *To a Mouse*[2]. J'ai toujours recommandé ce poème aux parents qui veulent inciter leurs enfants à aimer la poésie. Commencez par celui-là, puis passez à *Tam o' Shanter*, quand l'enfant est un peu plus grand, pour qu'il ne s'excite pas trop

1. Paroles d'une chanson chantée lors de l'inauguration du Parlement écossais. Il y est question d'égalité entre les hommes, mais elle est en fait associée au combat pour l'indépendance de l'Écosse.

2. « À une souris. »

avec toutes ces références aux crottes de nez et aux choses de ce genre.

« Mais je m'éloigne du sujet. Dès le jour où j'entrai à la faculté de droit, je sus que la loi serait ma maîtresse. Je me souviens très nettement de ma première conférence de droit romain, quand le professeur nous parla du *Corpus Juris Civilis* de Justinien et de la façon dont celui-ci fut transmis, par l'intermédiaire d'érudits italiens et hollandais, jusqu'en Écosse. Pour moi, c'était comme un roman ! Et ça devint encore plus passionnant quand nous passâmes à des sujets tels que la loi écossaise sur les successions et les principes de la loi du délit. Le thème des successions présentait beaucoup d'intérêt sur le plan humain et je me souviens des rires qui s'élevèrent dans l'amphithéâtre quand le professeur George Campbell Paton nous exposa l'affaire de Mr Aitken, de Musselburgh, qui avait donné à ses exécuteurs testamentaires l'instruction d'élever à sa mémoire une statue équestre en bronze dans la rue principale de sa ville. Et il y avait aussi l'histoire de cet homme de Dundee qui laissa toute sa fortune à son chien. C'était vraiment très amusant, et ce ne fut que grâce à la fermeté de la Chambre des lords que cette instruction fut considérée comme *contra bonos mores*. Je frissonne en imaginant ce qui se serait passé si la cour en avait décidé autrement. Ce n'est pas que j'aie quoi que ce soit contre les chiens – au contraire –, c'est juste que toute utilisation ridicule de l'argent au nom de la liberté testamentaire doit être sanctionnée. J'ai des idées très arrêtées sur ce point.

« On ne peut oublier des cas comme ceux-là. Et il y en eut beaucoup d'autres, comme la fameuse affaire Donoghue contre Stevenson, qui concernait une fâcheuse expérience vécue par une certaine Mrs May Donoghue. Elle s'était attablée au *Wellmeadow Café* de Paisley et avait commandé une boisson gazeuse au gingembre.

Dans la bouteille, il y avait un escargot en décomposition. À la suite de l'incident, Mrs Donoghue fut très malade, aussi faut-il se garder d'en rire. Cependant, il doit être réellement très déconcertant de trouver un escargot dans une boisson au gingembre ! Il y eut également d'autres affaires écossaises très intéressantes, comme celle de Bourhill contre Young, qui concernait la demande de Mrs Euphemia Bourhill, une poissonnière, qui avait assisté à un accident de motocyclette survenu juste à côté du bus dans lequel elle voyageait. Il existe à ce sujet un fait remarquable, mais très peu connu. Le précédent professeur de jurisprudence de l'université d'Édimbourg, le défunt professeur Archie Campbell, avait à son service une femme de ménage dont le neveu était impliqué dans cet accident ! Il se trouve que je suis l'un des rares à connaître ce détail. En outre, il existe une deuxième coïncidence : Archie Campbell vivait dans une rue située juste derrière le *Braid Hills Hotel*, qui n'est pas très loin de la maison occupée par mon épouse Betty et moi-même. Édimbourg est un peu comme cela ! »

Après ces révélations, Ramsey Dunbarton marqua un temps d'arrêt et regarda sa femme. Elle s'était assoupie.

61. L'histoire de Ramsey Dunbarton
V – Johnny Auchtermuchty

— Je trouve un peu fort de café que tu t'endormes ainsi ! tempêta Ramsey Dunbarton. Je me donne la peine de te faire la lecture de mes Mémoires et, quand je relève la tête, je constate que tu dors comme un loir ! Honnêtement, Betty, j'attends autre chose de toi !

Betty se frotta les yeux.

— Je suis affreusement confuse, mon chéri. Mais je n'étais partie que depuis une minute ou deux. Je crois que tu en étais arrivé au moment où quelqu'un édifiait une statue de chien à Dundee.

— Bonté divine ! s'exclama Ramsey. Tu as tout mélangé ! C'est à Musselburgh que la statue équestre...

— Une statue équestre de chien ? coupa Betty. Ce n'est pas possible ! On ne peut pas faire une statue équestre avec un chien, si ? Tu ne crois pas que cela paraîtrait un peu bizarre, même à Musselburgh ?

Ramsey soupira.

— Ma chérie, si tu avais écouté, au lieu de dormir, tu aurais compris que l'histoire du chien se passait à Dundee et qu'il n'a jamais été question de lui ériger une statue, ni équestre ni autre. Mais, dis-moi, as-tu vraiment envie que je continue à lire ou préfères-tu que j'en reste là ?

— Oh, il faut que tu continues, Ramsey, affirma Betty avec conviction. Voilà ce que nous allons faire : tu vas lire et, de temps en temps, tu jetteras un coup d'œil vers moi. Si j'ai les yeux fermés, tu me donnes une petite tape pour me réveiller, d'accord ?

Ramsey y consentit à contrecœur, puis reprit le manuscrit.

« Bon, après ma formation juridique, je reçus mon diplôme en temps voulu et je me retrouvai clerc de notaire dans l'étude Ptarmigan Monboddo, à Édimbourg. C'était une très bonne étude, qui comptait huit associés, dirigée par Me Hamish Ptarmigan. J'aimais beaucoup cet homme, qui était très gentil avec moi. Chaque fois que j'avais besoin d'un conseil, j'allais tout droit à son bureau et il m'expliquait exactement ce que je devais faire. Il ne se trompait jamais.

« — Vous devez garder à l'esprit, me disait-il, que même s'il est de votre devoir de vous plier aux exigences du client, rien ne vous oblige à faire des choses qui heurtent votre conscience. Si un client vous le demande, vous pouvez refuser purement et simplement d'exécuter ses instructions. En vous en tenant à cette règle, vous n'aurez de problème ni avec le Conseil de l'Ordre d'Écosse ni avec Dieu.

« Ces paroles remontèrent à ma mémoire lorsqu'un client vint me trouver pour me demander de convertir tous ses avoirs en biens immeubles – ou, comme dit le profane, en terrains –, afin de léser son fils, qu'il n'aimait pas, quand celui-ci réclamerait sa part d'héritage à la mort de son père.

« Cette requête me consterna, parce que je connaissais le fils et savais que c'était quelqu'un de très bien. Je répondis donc à mon client que j'estimais que ce ne serait pas une bonne chose, d'autant que la personne à qui devaient profiter ces dispositions était sa maîtresse, une méchante femme qui buvait beaucoup et aguichait les hommes.

« Ma réponse énerva le client.

« — Si c'est ainsi que vous voyez les choses, déclara-t-il, je peux toujours aller chez l'un de vos confrères.

« Ce à quoi je répondis :

« — Ne vous gênez pas ! Je vous rappelle que je suis un notaire, et non un larbin que vous pouvez contraindre à faire vos quatre volontés !

« Il quitta aussitôt l'étude et j'allai rapporter l'incident à Me Ptarmigan. Jamais je n'oublierai sa réaction.

« — Dunbarton, vous avez bien agi, me dit-il, même si cela va coûter beaucoup d'argent à notre étude, ce pour quoi je dois exprimer un léger regret. Mais… félicitations tout de même !

« Par la suite, je suis heureux de le préciser, le fils, dont j'avais veillé à protéger les intérêts et à qui l'on avait rapporté mon geste, réussit fort bien dans la vie et nous confia toutes ses affaires. Me Ptarmigan nota ce fait et il me fit remarquer que, si la vertu représentait certes une récompense en elle-même, elle pouvait aussi rapporter des profits annexes, de nature plus matérielle… Cela nous fit beaucoup rire tous les deux !

« Ce client-là était important, mais je ne l'ai pas particulièrement bien connu. D'autres m'étaient un peu plus proches, et deux ou trois d'entre eux devinrent même des amis, dont Johnny Auchtermuchty.

« Johnny possédait un domaine près de Comrie. Si son père, Ginger Auchtermuchty, avait été un célèbre joueur de golf, il ne s'était pas montré très doué pour entretenir ses propriétés. Il était même très médiocre, de sorte que, le jour où Johnny obtint son diplôme de l'Institut d'agronomie du Sud-Est écossais, tout le monde estimait qu'il était trop tard pour espérer tirer de nouveau profit des fermes que le père et le fils avaient en main. Les clôtures étaient dans un état lamentable et les fermes elles-mêmes exigeaient un travail considérable. En fait, quand Ginger a légué le tout à Johnny pour partir s'installer à Gullane, nous pensions devoir bientôt vendre une vaste superficie de terrain, seule façon d'éviter que le domaine ne périclite complètement.

« Je rencontrai Johnny lorsqu'il vint nous exposer sa volonté de trouver des fonds pour effectuer les réparations essentielles. Je préparai un acte visant à sécuriser les prêts à venir et je me souviens d'avoir pensé que jamais mon client ne serait en mesure de rembourser le premier sou de ce qu'il allait emprunter. Comme je me trompais ! Johnny se révéla un organisateur hors pair de parties de pêche et de chasse, si bien qu'en l'espace de quelques années le domaine devint l'un des lieux les plus fréquentés du Perthshire. Johnny, quant à lui, figura vite parmi les personnages en vue. Tout le monde l'appréciait et l'invitait. Il aimait faire rire et racontait les histoires les plus merveilleuses.

« J'avais entendu parler des parties de chasse qu'il organisait chez lui, elles étaient légendaires, mais je n'y avais jamais été convié. Cela me peinait un peu et je commençais à me dire que Johnny ne voyait en moi qu'un notaire avec lequel il n'y aurait aucun intérêt à instaurer des liens sociaux. Cela eût été très injuste. J'appréciais la chasse, même si je n'étais pas particulièrement expérimenté dans cette discipline, et je ne comprenais pas qu'il ne m'invite pas de temps en temps.

« Et puis, un jour, enfin, l'invitation arriva. Pouvais-je lui faire le plaisir de me rendre à Mucklemeikle pour une partie de chasse ? De vendredi à dimanche ? Je répondis que j'en serais ravi, sans demander ce que nous chasserions. Betty, qui ne manifesta pas le même enthousiasme que moi à la réception du carton, suggéra qu'il s'agissait peut-être de chasse au papillons. C'était censé être une plaisanterie, mais je dois avouer que je ne la trouvai pas très drôle sur le moment. D'ailleurs, elle ne l'est pas davantage aujourd'hui. À vrai dire, elle est restée aussi peu amusante qu'elle l'était la première fois. Pas spirituelle pour deux sous. »

62. L'histoire de Ramsey Dunbarton
VI – Un week-end dans le Perthshire

— Bon, lança Ramsey à sa femme Betty, à laquelle il lisait ses Mémoires à haute voix, c'est maintenant que cela devient vraiment intéressant.

— Johnny Auchtermuchty ! soupira Betty d'un air pensif. Qu'est-ce qu'il était drôle ! Et beau garçon, avec ça ! Cette moustache…

— Oui, acquiesça Ramsey. Un grand homme !

Ils gardèrent tous deux le silence, puis Betty reprit la parole.

— Et on n'a rien retrouvé de lui ? Pas même un petit morceau de quelque chose ?

— Rien, dit tristement Ramsey. Mais ne sombrons pas dans la mélancolie. Je vais reprendre ma lecture, Betty.

Il consulta sa montre.

— Ce sera le dernier extrait pour aujourd'hui, ajouta-t-il. L'auditoire devra patienter pour connaître la suite.

— Et nous n'en sommes même pas arrivés au moment où tu as joué le duc de Plaza-Toro au Church Hill Theatre ! déplora Betty.

— Nous avons tout le temps devant nous... À présent, revenons à Johnny Auchtermuchty et à son invitation à Comrie.

« Je fus ravi, bien sûr, de recevoir cette invitation, même si, en toute sincérité, je n'avais guère chassé au cours de mon existence. En vérité, je n'avais même jamais tenu d'arme à feu, en dehors de quelques séances de tir au pigeon auxquelles j'avais participé dans ma jeunesse. Il faut avouer qu'en réalité je désapprouve la chasse. Je suis un ami des oiseaux et je trouve quelque peu cruelle cette coutume de les faire exploser en plein vol. Mais il ne m'appartenait pas de critiquer mes clients, et Johnny Auchtermuchty aurait été fort surpris de m'entendre exprimer une telle opinion. Il existe à Édimbourg quantité de notaires qui auraient sauté sur cette occasion de passer une journée à chasser avec Johnny, et certains d'entre eux n'auraient pas été opposés à quelques manœuvres de persuasion subtile pour l'inciter à transférer ses affaires chez eux, plutôt que de les laisser chez Ptarmigan Monboddo. Je ne mentionnerai aucun nom, mais je suis sûr que, si l'un d'entre eux lit ces lignes, il se reconnaîtra.

« Betty décida finalement qu'elle ne m'accompagnerait pas et je partis seul pour Comrie ce vendredi-là. J'avais emprunté la Rolls Royce d'un ami pour l'occasion et le trajet me procura un grand plaisir ; je passai par Stirling, puis traversai les collines après Glenartney. Johnny se tenait devant son immense maison, la *Big Hoose*, comme on l'appelait, lorsque j'arrivai.

« — Quelle belle Rolls vous avez là, Dunbarton ! s'exclama-t-il. Vous devez nous prélever d'assez jolies sommes pour pouvoir vous offrir des voitures comme celle-là, vous autres !

« Ces paroles m'embarrassèrent quelque peu et j'entrepris de lui expliquer qu'en réalité le véhicule appartenait à un notaire d'une autre étude, mais il ne m'écouta pas.

« — C'est de bonne guerre, dit-il. Faire porter le blâme aux autres ! On connaît l'astuce, Dunbarton !

« Nous dînâmes tous ensemble et passâmes une très bonne soirée. Il y avait un couple d'Ayrshire et quelqu'un de Fife. La femme de Johnny, qui était fin cordon-bleu, nous avait préparé un repas délicieux. Je lui demandai si elle pouvait me donner ses recettes, afin que je les rapporte à Betty, mais elle refusa, ce que je trouvai assez impoli de sa part. Je crois qu'elle avait une dent contre moi depuis le jour où, quelques années auparavant, elle m'avait entendu expliquer à quelqu'un que, selon moi, Johnny avait fait une mésalliance en l'épousant. Qu'elle ait surpris ces paroles fut un manque de chance terrible ; toujours est-il que j'avais absolument raison. C'était vrai, et je pense qu'elle le savait. Je remarquai également que l'on m'avait attribué la plus petite chambre de la maison, à l'extrémité du couloir, et que l'on avait fait mon lit avec des draps trop courts. Quant à l'eau de la carafe posée sur ma table de nuit, elle avait un drôle de goût, aussi décidai-je de ne pas boire.

« Le matin, nous partîmes tirer. Johnny avait un garde-chasse que je sentis dès le départ hostile à mon égard, alors qu'il se montrait courtois envers tous les autres. Il regarda mes chaussures et me demanda si je pensais qu'elles étaient suffisamment robustes pour l'occasion. Je trouvai qu'il avait du toupet et décidai sur-le-champ qu'il ne recevrait pas un sou de pourboire de ma part, ce que je lui dis tout de go. Il était originaire des Highlands, bien sûr, et ces gens-là peuvent se montrer extrêmement rancuniers quand ils prennent quelqu'un en grippe.

« Nous nous plaçâmes le long des piquets que le garde avait plantés en terre. Je me trouvais tout au bout, à une place que je soupçonnais être la moins bonne, car il y avait sur ma droite un massif d'ajoncs qui me piquaient sans cesse. Puis on força les oiseaux hors du couvert et, tout à coup, les gens pointèrent leur arme vers le ciel et tirèrent tous azimuts. Pour ma part, je fis de mon mieux mais, hélas, les oiseaux ne volaient pas dans ma direction, aussi n'eus-je aucune touche. Puis, soudain, un volatile passa juste devant moi ; je brandis mon fusil et appuyai sur la détente.

« Je n'entendis crier le garde qu'après coup. L'oiseau, qui était noir, remarquai-je alors, était tombé dans la bruyère. Je compris que j'avais tué un merle et en fus fort contrit.

« — Je suis affreusement désolé ! criai-je. Je crois que j'ai tué un merle !

« Le garde accourut en gesticulant.

« — Ce n'est pas un merle, monsieur, tempêta-t-il, c'est un coq de bruyère. Et l'on vous a bien précisé qu'il ne fallait surtout pas tirer sur des volatiles de couleur noire. Vous avez dû vous oublier, monsieur.

« Entre-temps, Johnny Auchtermuchty était arrivé près de nous. Il s'entretint quelques instants en privé avec le garde et j'entendis une partie de ses paroles. Il lui commandait de tenir sa langue, car il ne tolérait pas, disait-il, que l'on fût impoli avec l'un de ses invités, quel qu'il fût. Il ajouta autre chose, expliquant que Mr Dunbarton venait d'Édimbourg et que l'on ne pouvait pas demander… je ne pus distinguer la suite.

« Je dois dire que cette histoire m'embarrassa profondément, même si j'appréciai beaucoup la compagnie de Johnny Auchtermuchty et de ses amis, qui se montrèrent très corrects avec moi et ne firent aucun commentaire.

Je repris la route le lendemain matin après le petit déjeuner, mais mon départ ne se passa pas dans les meilleures conditions : pour une raison ou pour une autre, la Rolls ne voulut pas démarrer et l'on dut me pousser dans l'allée en pente pour que le moteur se mette en marche.

« Pauvre Johnny Auchtermuchty ! Il me manque beaucoup. C'était un vrai boute-en-train et il fut l'ami le plus stimulant que j'aie jamais eu et que j'aurai jamais. Je pense que ce qui est arrivé est un vrai drame ; j'aurais aimé que l'on retrouve au moins un petit morceau de son corps, afin que l'on puisse lui faire des adieux décents. Malheureusement, tel ne fut pas le cas. Tout a disparu, tout. Même sa moustache. »

63. Bertie est invité

L'invitation de Tofu fut solennellement remise à Bertie dans la cour de récréation de l'école Steiner.

— Ne la montre pas à tout le monde, recommanda Tofu avec un coup d'œil par-dessus son épaule. Je ne pouvais pas inviter toute la classe. J'ai juste choisi Merlin, Hiawatha et toi. Et ne dis rien à Olive, surtout. Je ne peux pas la voir.

Bertie jeta un rapide regard à la carte, avant de la glisser dans la poche de sa salopette. C'était la première fois de sa vie qu'il recevait une invitation et il ressentait, à juste titre, une immense excitation. Tofu, annonçait la carte, allait avoir sept ans et il célébrerait l'événement au bowling de Fountainbridge. Bertie était invité.

— Tu pourras venir ? s'enquit Tofu tandis qu'ils regagnaient la classe.

— Bien sûr, répondit Bertie. Merci beaucoup, Tofu.

L'autre haussa les épaules.

— Surtout, n'oublie pas d'apporter un cadeau.

— Bien sûr. Qu'est-ce que tu voudrais ?

— De l'argent. Dix livres, si tu peux.

— Je vais essayer, promit Bertie.

— Tu as intérêt, marmonna Tofu.

Ils s'assirent et la classe reprit. Pendant que Miss Harmony lisait une histoire, Bertie caressait la carte dissimulée dans sa poche. La sentir sous ses doigts lui réchauffait le cœur et lui procurait un plaisir infini. Lui, Bertie, avait été invité à une fête, et en son propre nom ! Il n'irait pas là-bas pour accompagner sa maman, ce ne serait pas une sortie qu'elle aurait décidée, non : ce serait une fête à laquelle on l'avait convié, lui, par amitié ! Quant au bowling… Bertie n'avait jamais été dans un bowling, mais il avait vu en photo des gens en train de jouer et cela lui avait paru extrêmement amusant. Mille fois plus amusant, en tout cas, que le yoga à Stockbridge.

Assise à sa droite, Olive regardait les doigts de Bertie bouger sous le tissu de la poche.

— Qu'est-ce que tu as dans ta poche ? chuchota-t-elle.

— Quoi ? fit Bertie, rougissant, en sortant précipitamment la main.

— Ce que tu as là-dedans, insista Olive, c'est un truc important, hein ?

— Non. Ce n'est rien.

— Si, c'est quelque chose. Tu es obligé de me le dire, tu sais. On n'a pas le droit d'avoir des secrets pour son amoureuse.

Bertie se tourna vers elle, horrifié.

— Pour son amoureuse ? Mais qui a dit que tu étais mon amoureuse ?

— Moi, déjà, répliqua Olive avec l'air d'une personne contrainte d'expliquer une évidence à un interlocuteur un peu lent d'esprit. Et tu peux aussi demander à toutes les autres filles. Demande à Pansy. Demande à Skye. Elles te le diront. Toutes les filles sont au courant. C'est moi qui leur ai dit.

Bertie ouvrit la bouche pour parler, mais aucun son n'en sortit.

— Alors, reprit Olive. Réponds-moi : qu'est-ce que tu as dans ta poche ?

— Je ne suis pas ton amoureux, articula enfin Bertie. Je t'aime bien, mais je ne t'ai jamais demandé d'être mon amoureuse.

— C'est une invitation, hein ? souffla Olive. Une invitation pour l'anniversaire de Tofu. Je parie que c'est ça.

Bertie estima qu'il pouvait le reconnaître. Cela ne regardait pas Olive qu'il aille à l'anniversaire de Tofu. D'ailleurs, la façon dont il employait son temps en général ne la regardait pas. Pourquoi les filles – et les mères – pensaient-elles toujours pouvoir commander les garçons ?

— Et alors, qu'est-ce que ça fait si c'est une invitation ? riposta Bertie. Tofu m'a demandé de ne pas en parler.

— Ah ! fit Olive, triomphante. J'en étais sûre ! Il m'avait invitée pour ses six ans, l'année dernière, mais j'ai dit non. Aucune autre fille n'a voulu y aller non plus. Il voulait nous obliger à payer dix livres pour venir. Tu es au courant ? Il a essayé de nous vendre des billets d'entrée à son anniversaire !

Bertie garda le silence et Olive enchaîna :

— En plus, il paraît que la fête était horrible ! On ne s'amuse jamais beaucoup dans les fêtes de végétaliens. Il y a juste des germes de haricot sucrés et de l'eau. C'est tout. Ça ne vaut pas dix livres.

Bertie sentit qu'il devait défendre son ami contre une telle attaque.

— On va aller au bowling, affirma-t-il. Il y aura aussi Merlin et Hiawatha.

— Merlin et Hiawatha ? s'exclama Olive. Ces mauviettes ? Eh ben, je suis bien contente de ne pas avoir été invitée. Je suis sûre que Merlin va encore venir avec son manteau arc-en-ciel débile et que Hiawatha aura ces horribles chaussures de randonnée qu'il met tout le temps. On va l'obliger à les enlever là-bas, tu sais. On ne le laissera jamais marcher sur une piste de bowling avec des chaussures comme ça. Et alors là, tout le monde sentira ses chaussettes, parce qu'elles empestent à dix kilomètres ! Pansy m'a raconté qu'elle a été malade – elle a même vomi – la première fois que Hiawatha a enlevé ses chaussures pour la gym. Mon pauvre Bertie, cette fête, ça va être une puanteur !

C'était la jalousie qui faisait parler Olive, pensa Bertie. Il était dommage que Tofu ne l'ait pas invitée, car s'il l'avait fait, elle ne se serait pas donné tant de mal pour dénigrer l'anniversaire. Cependant, Bertie n'allait pas la laisser gâcher son plaisir : il lui tourna délibérément le dos et se concentra sur l'histoire que racontait l'institutrice.

— Tu ne veux pas reconnaître la vérité, lui chuchota Olive. Et tu sais ce qui arrive aux gens qui refusent de reconnaître la vérité ?

Bertie se retourna.

— Quoi ? Qu'est-ce qui leur arrive ?

Olive le couvrit d'un regard supérieur. Elle l'avait inquiété et savourait le pouvoir que cela lui conférait.

— Ils attrapent le tétanos. C'est connu. Et quand tu as le tétanos, tu ne peux plus ouvrir la bouche. Les docteurs sont obligés de te casser les dents avec un marteau pour pouvoir te verser un petit peu de soupe dedans. C'est ça qui arrive.

Bertie considéra Olive avec mépris.

— C'est toi qui devrais attraper le tétanos, contra-t-il à mi-voix. Ça t'empêcherait de dire toutes ces horribles choses.

Olive le dévisagea, les narines frémissantes et les yeux agrandis par la fureur. Puis elle éclata en sanglots.

Miss Harmony releva les yeux de son livre.

— Qu'est-ce qu'il y a, Olive ? Qu'est-ce qui ne va pas, ma chérie ?

— C'est lui, répondit Olive entre deux hoquets en désignant son voisin. Il dit qu'il veut que j'attrape le tétanos et que je sois paralysée de la bouche.

— Bertie ? fit Miss Harmony. As-tu vraiment dit que tu voulais qu'Olive attrape le tétanos ?

Bertie baissa les yeux. C'était si injuste ! Ce n'était pas lui qui avait lancé cette conversation. Tout était la faute d'Olive et voilà qu'il allait en porter le blâme…

— Je déduis de ton silence que c'est la vérité, reprit l'institutrice en se levant. Tu sais, Bertie, je suis très, très déçue. Ce n'est vraiment pas gentil de dire à quelqu'un que l'on veut qu'il attrape le tétanos. Tu en as conscience, n'est-ce pas ?

— Mais qu'est-ce qui se passe si on attrape le tétanos pendant qu'on est en train d'embrasser quelqu'un ? lança Tofu. On reste accroché à sa bouche ?

Toute la classe éclata de rire et Tofu afficha un sourire ravi.

— Ce n'est pas drôle du tout, Tofu, *Liebling*, affirma Miss Harmony.

— Alors pourquoi tout le monde rit ? rétorqua Tofu.

64. Où l'on réfléchit à l'invitation de Bertie

Irene Pollock arriva en retard à la sortie de l'école cet après-midi-là. Elle n'avait pas vu le temps passer, plongée qu'elle était dans la préparation de la réunion du club de lecture de Melanie Klein, prévue ce soir-là. Un texte consacré au point de vue kleinien sur la survivance du primitif l'avait fascinée. Car elle n'en doutait pas un instant : nos instincts primaires nous accompagnaient tout au long de la vie et l'on ne pouvait sousestimer leur influence. Cette vision de la nature humaine, présentée comme envieuse et tourmentée, était, pour Irene, corroborée par le drame psychique personnel que chacun expérimentait si l'on y réfléchissait. Irene pensait que nous étions tous confrontés à des besoins primitifs – même à Édimbourg –, des besoins et des peurs qui créaient une vie intérieure agitée, marquée par toutes sortes de fantasmes de destruction.

Le thème du débat du soir lui apparaissait par ailleurs comme un choix problématique, car il avait été suggéré par l'un des membres les plus réticents du groupe, une femme que l'on pouvait même considérer comme une kleinienne limite, étant donné sa sympathie affichée pour l'approche d'Anna Freud. Irene se demandait si cette personne ne se sentirait pas plus heureuse en quittant carrément le groupe. Son ambivalence, lui semblait-il, se manifestait de façon éloquente dans le sujet de discussion qu'elle avait proposé : *Melanie Klein était-elle gentille ?*

En découvrant ce thème de débat, Irene avait aussitôt exprimé ses doutes. Quelle question naïve ! Cette femme voulait-elle qu'un génie du calibre de Melanie Klein soit une optimiste minaudière ? S'attendait-elle à trouver chez la grande psychanalyste de l'affabilité, plutôt que des turbulences créatrices ?

Bien sûr, elle savait déjà ce que l'on dirait ce soir. Il y aurait nécessairement quelqu'un pour évoquer certains détails de la vie de Melanie Klein qui n'avaient rien d'édifiant (aux yeux de l'optimiste bourgeois). On rappellerait que Melanie Klein avait grandi dans une famille à problèmes et que, ayant commencé sa vie sous de mauvais auspices, elle s'était ensuite trouvée engagée dans une direction assez négative. En outre, elle avait connu la catastrophe la plus grave que puisse connaître quiconque puise son inspiration à Vienne : son analyste était décédé. Enfin, quand son tour de mourir était arrivé, sa fille Melitta, fâchée avec elle en raison de divergences d'interprétations analytiques, avait donné une conférence le jour de l'enterrement et choisi de porter, pour l'occasion, une flamboyante paire de bottes rouge vif !

On exhumerait tout cela, bien sûr, mais pour Irene, là n'était pas la question. La question était la suivante : Melanie Klein n'était pas gentille *parce que personne ne l'est.* Cela représentait l'essence même de la vision kleinienne : quelle que soit l'apparence extérieure que nous affichons face au monde, derrière, nous sommes tous profondément déplaisants, précisément parce que nous sommes tourmentés par les pulsions kleiniennes.

Telles étaient les pensées complexes qui encombraient l'esprit d'Irene lorsqu'elle retrouva Bertie devant l'école cet après-midi-là et le ramena à Scotland Street. L'enfant ne desserra pas les dents durant le trajet à bord du bus 23, et il ne parla pas non plus lorsqu'ils empruntèrent à pied Cumberland Street et tournèrent dans Drummond Place. Toujours préoccupée par ses problèmes kleiniens, Irene ne prit pas garde à ce silence. Elle ne s'aperçut que son fils n'était pas dans son assiette qu'au moment où il vint la trouver dans son bureau. Il lui présenta la carte chiffonnée extraite de sa poche de salopette.

— Qu'est-ce que c'est que ça, Bertie ? interrogea-t-elle en la lui prenant des mains.

— Je suis invité à un anniversaire. Par mon ami Tofu.

Irene examina l'invitation. Une expression de vague dégoût marquait ses traits.

— Tofu ?

— Oui. C'est un garçon de ma classe. Tu as parlé avec son père un jour. C'est celui qui a écrit un livre bizarre. Tu te rappelles ?

— Vaguement, acquiesça Irene. Mais qu'est-ce que c'est que cette histoire de Fountainbridge et de bowling ? Quel rapport avec une fête d'anniversaire ?

— Le papa de Tofu va nous emmener au bowling, expliqua Bertie, une note d'anxiété dans la voix. Il y aura Merlin, Hiawatha, Tofu et moi. Il nous emmène là-bas pour fêter l'anniversaire de Tofu.

Il marqua un temps d'arrêt, avant de reprendre d'un ton convaincant :

— C'est très gentil de sa part, tu sais. On s'amuse bien dans un bowling.

— Peut-être que certaines personnes s'y amusent, rétorqua Irene, mais je ne suis pas sûre que traîner dans des clubs de bowling soit le genre d'activité qui convient à un enfant de cinq ans. Nous n'avons aucune idée du style d'individus que l'on peut croiser là-bas. Ce ne seront pas des gens très sains, si tu veux mon avis. Et ils vont fumer, c'est sûr, et boire de l'alcool aussi.

— Mais moi, protesta Bertie d'une toute petite voix, je ne vais ni fumer ni boire, je te le promets, maman. Et les garçons qui seront avec moi non plus.

Irene réfléchit un instant, puis secoua la tête.

— Je suis désolée, Bertie, mais c'est non. En plus, je vois que c'est samedi, ce qui signifie que tu devrais manquer le yoga et le saxophone avec Lewis Morrison. Tu sais que Mr Morrison est très impressionné par tes progrès. Il ne faut pas que tu manques ses leçons.

— Mais Mr Morrison est très gentil, plaida Bertie. Ça ne le dérangera pas que je prenne mon cours à un autre moment.

— Ce n'est pas le problème. C'est une question d'implication… et de priorités. Si tu commences à aller à droite et à gauche tous les samedis, tu vas finir par ne plus profiter de ces choses enrichissantes que nous avons arrangées pour toi. Tu le comprends certainement, Bertie, hein ? Maman n'est pas méchante avec toi : elle agit pour ton bien.

Bertie déglutit. À l'insu de sa mère, il était en train de vivre un moment kleinien. Il imaginait une piste de bowling – sans doute à Fountainbridge – avec une série de quilles à son extrémité. Et chacune des quilles représentait sa maman ! Bertie saisissait une grosse boule de bowling dans sa petite main, il prenait son élan et lançait la boule de toutes ses forces, et la boule roulait vers le groupe d'Irenes dressé au bout de la piste, et BANG ! elle renversait toutes les quilles, sans exception, d'un coup, et les envoyait sombrer dans l'obscurité kleinienne.

65. Stuart intervient

Lorsque Stuart rentra de son bureau du Scottish Executive (qu'Irene, par provocation, appelait le « gouvernement miniature »), il trouva Bertie dans sa chambre, assis sur son lit et pleurant à chaudes larmes. Lâchant son attaché-case, il se précipita vers lui et le prit par l'épaule.

Quelques questions l'éclairèrent bientôt sur les raisons de la détresse du petit garçon.

— J'ai été invité à une fête, sanglota Bertie. Pour l'anniversaire de mon ami Tofu…

Stuart fronça les sourcils.

— Mais pourquoi cela te met-il dans des états pareils ? C'est plutôt bien d'être invité à une fête, non ?

— Maman ne veut pas que j'y aille. Elle dit qu'on va fumer et boire de l'alcool là-bas.

Les yeux de Stuart s'agrandirent.

— À l'anniversaire de Tofu ? Quel âge a ce Tofu ? Vingt-quatre ans ?

Bertie secoua la tête.

— Pour l'instant, il a six ans. Mais il en aura bientôt sept.

— Alors vous n'allez ni fumer ni boire, si ? Tu ne crois pas que maman avait l'esprit ailleurs quand tu lui as parlé ?

Bertie réfléchit. Il était clair que sa maman avait beaucoup l'esprit ailleurs ces derniers temps, mais ce n'était pas nécessairement le cas au moment où il lui avait parlé de la fête. Non, la réaction qu'elle avait eue tenait plutôt à sa *Weltanschauung* en général, estimait Bertie.

— L'anniversaire doit avoir lieu dans un bowling, papa, précisa Bertie, la voix toujours noyée par les pleurs. Dans un endroit qui s'appelle Fountainbridge. Elle dit que là-bas il y aura sûrement des gens qui fument et qui boivent.

Stuart serra son fils contre lui.

— Et toi, tu as envie d'y aller, Bertie ?

Bertie hocha la tête d'un air malheureux.

— Olive dit que ça ne va pas être très amusant, mais c'est juste parce qu'elle n'est pas invitée. Elle cherche à me gâcher la fête.

Stuart demeura pensif. Il ne connaissait pas cette Olive, mais il songea que ce genre-là lui était familier. Lorsqu'il était jeune, il se trouvait toujours des filles pour venir gâcher la bonne humeur des garçons. Il s'en souvenait. Et cela continuait, d'ailleurs…

— Je vais parler à maman, promit-il. Je vais arranger ça. Je suis persuadé que maman cherche seulement à t'aider, Bertie. Elle t'aime beaucoup, tu sais.

Beaucoup trop, même, ajouta-t-il en son for intérieur, mais il garda cette appréciation pour lui.

Après avoir tapoté une dernière fois l'épaule de Bertie, il se leva et gagna la cuisine, où Irene émincait des légumes.

— Bertie est en larmes, annonça-t-il. Je viens de parler avec lui. Pauvre petit, il pleure tout ce qu'il sait…

Irene leva les yeux.

— Il a fallu que je mette le holà, malheureusement. J'ai essayé de lui expliquer certaines choses, mais il n'a rien voulu entendre. Ça lui passera.

— Je ne pense pas, répondit doucement Stuart.

— Tu ne penses pas que quoi ?

— Je ne pense pas que ce genre de chagrin puisse lui passer facilement. Il se faisait une joie d'aller à cet anniversaire, tu comprends.

Irene posa son couteau et fixa Stuart dans les yeux.

— Tu sais en quoi consiste cette prétendue fête d'anniversaire ? Je vais te le dire : il ne s'agit pas d'un goûter autour d'une table. Oh non ! Cela va se passer dans un club de bowling, pour l'amour du ciel ! Un lieu de débauche plein de bruit et de fumée dans Gorgie ou une rue comme ça ! Voilà de quoi il s'agit !

— C'est un club de bowling tout à fait correct et respectable, contra Stuart. Je le connais. Il se trouve que j'ai assisté à l'inauguration de ce complexe. Le ministre était invité et un certain nombre d'entre nous l'ont accompagné.

— Ces établissements débutent bien, et puis, ils se dégradent très vite, affirma aussitôt Irene. Mais de toute façon, ce n'est pas le problème. Le problème, c'est que cela lui ferait manquer le yoga et le saxophone. Et il a déjà manqué le yoga quand tu l'as emmené en virée à Glasgow.

Stuart s'efforça de contrôler la colère qu'il sentait monter en lui.

— Cette virée, comme tu dis, a peut-être été le plus beau jour de sa vie ! Il a adoré ! Il a adoré le train, il a adoré Glasgow, il a adoré la Collection Burrell…

— Et ces personnages douteux sur lesquels vous êtes tombés, hein ? Oh oui, je suis au courant de toute l'histoire, tu sais. Bertie m'a parlé de ce Porc O'Je-ne-sais-quoi.

— Lard O'Connor, rectifia Stuart. Et alors ? Il nous a aidés. Mais sous prétexte qu'il ne fait pas partie du monde petit-bourgeois…

— Petit-bourgeois ! s'écria Irene, les yeux brillants de colère. Qui es-tu en train de traiter de petit-bourgeois ? Moi ? C'est ça ? Je suis une petite-bourgeoise ? Moi ?

— Calme-toi, fit Stuart. Personne ne songerait à te traiter de petite-bourgeoise en face.

Les deux derniers mots lui avaient échappé, mais il les avait proférés.

— Ah bon ! tempêta Irene. C'est comme ça ! Ainsi tu me considères comme une petite-bourgeoise ! Eh bien, c'est gentil, ça ! Je consacre tout mon temps, toute mon énergie à élever Bertie pour qu'il devienne un citoyen intégré, pour qu'il s'adapte et qu'il adopte les bonnes attitudes, et voilà que tu viens traiter toute mon entreprise de petite-bourgeoise ! Merci pour ton soutien, Stuart, merci !

Stuart poussa un soupir.

— Écoute, je suis désolé. Je ne veux pas que nous nous disputions là-dessus. Ce que je veux te dire, c'est ça : il faut que tu laisses à Bertie un peu plus d'espace, un peu plus de place pour être lui-même, pour être un petit garçon. Et l'une des manières de le faire consiste à le laisser avoir une vie sociale. Alors autorisons-le à aller à cet anniversaire. Autorisons-le à aller au bowling. Il passera un sacré bon moment là-bas !

— Non, rétorqua Irene. Nous devons être des parents cohérents. Nous ne pouvons pas dire une chose à un moment et son contraire l'instant d'après. Melanie Klein…

Elle ne put aller plus loin.

— Il ira, décréta Stuart. C'est tout. Il ira à cet anniversaire. Et je vais le lui dire de ce pas.

— Tu ne feras pas ça, affirma Irene en retournant à ses légumes.

Elle saisit une carotte et la coupa en fines lamelles avec son couteau. Stuart ne put s'empêcher de songer que c'était là une image hautement symbolique. Mais le moment était venu d'agir, ce qu'il fit. Il se souvenait de sa conversation avec Bertie, dans le train, de cet instant où ils avaient été si proches tous les deux et où il s'était fait le serment de devenir un meilleur père. Il serait ce meilleur père. Il le serait maintenant, et non un jour prochain, à l'avenir… Maintenant.

Il se dirigea vers la porte de la cuisine. Irene saisit une autre carotte et la coupa minutieusement.

— Bertie ! cria Stuart par la porte ouverte. Tu peux arrêter de pleurer. Tu iras au bowling, mon garçon. Que la fête commence !

66. L'anniversaire de Tofu

Stuart déposa Bertie au club de bowling, le confiant aux bons soins et à la surveillance de Barnabas Miller, le père de Tofu.

— Bon, bon, bon ! s'exclama Barnabas. On va bien s'amuser, hein, Bertie ? Tu as déjà joué au bowling ? Je suis sûr que tu vas te débrouiller comme un chef !

— J'espère, répondit Bertie. Merci pour l'invitation, Mr Miller.

— C'est Tofu qui t'a invité, rectifia Barnabas, et ma foi, on va bien s'amuser, hein, Tofu ?

— Oui, papa, acquiesça Tofu.

— En plus, je vous ai apporté des bonnes choses à manger, ajouta Barnabas en tapotant le sac à dos accroché à son épaule.

Merlin et Hiawatha arrivèrent quelques minutes plus tard et les quatre garçons, accompagnés de Barnabas, traversèrent le vaste bâtiment à la façade de verre pour gagner les pistes de jeu.

— Vous avez mes cadeaux ? demanda Tofu à ses invités tandis qu'ils marchaient.

Bertie porta la main à sa bouche.

— Tofu, je suis désolé. Je voulais, mais j'ai oublié. Je vais essayer de te l'apporter à l'école la semaine prochaine.

— Moi aussi, dit Hiawatha.

— Et moi aussi, compléta Merlin. Mais je ne pourrai te donner que trois livres, Tofu, parce que c'est tout ce que j'ai.

— Vous avez intérêt à ne pas oublier, fit Tofu, énervé. Sinon…

Il laissa la menace en suspens. Ils étaient parvenus dans la salle du bowling et Barnabas les conduisit jusqu'à la piste qu'il leur avait réservée.

— Je vais vous montrer comment on s'y prend, les garçons, annonça-t-il en saisissant l'une des lourdes boules. On fait quelques pas pour se donner un peu d'élan et ensuite, hop, on lâche…

La boule roula à toute vitesse sur la piste et heurta les quilles avec un fracas très honorable. Les garçons manifestèrent leur enthousiasme en sautant de joie. Pour Bertie, en particulier, l'expérience était des plus excitantes. Envoyer une boule le long d'une piste de bois pour dégommer des quilles, c'était le rêve devenu réalité. Bruit, action, excitation, destruction. Comme l'aurait souligné Melanie Klein…

Après avoir joué une demi-heure, ils firent une pause. Les garçons s'assirent et le père de Tofu ouvrit son sac à dos.

— Des carottes, annonça-t-il. Et de délicieux germes de haricot ! Voilà !

Les enfants se servirent avec réticence et mâchonnèrent sombrement.

— Tu as de l'argent sur toi ? chuchota Tofu à Bertie.

— Deux livres. Je les ai toujours dans ma poche en cas d'urgence.

— Là, c'est une urgence, affirma Tofu. Regarde là-bas, tu vois ? Ils vendent des hot-dogs. Tu sens l'odeur ?

— Oui, répondit Bertie en reniflant.

— Bon, fit Tofu. Si tu m'en achètes un, je te donnerai quelque chose en échange.

— Quoi ?

Tofu regarda son ami.

— Cette salopette rose…

— Framboise, rectifia Bertie.

— Si tu veux. Je sais que tu ne l'aimes pas. Eh bien, je t'échangerai cette salopette ridicule contre mon jean si tu m'achètes un hot-dog. J'ai plein d'autres jeans à la maison.

— Tu ferais ça ? s'extasia Bertie.

— Oui.

Tofu jeta un coup d'œil à son père et baissa encore la voix.

— Voilà mon plan : on dit qu'on a envie d'aller aux toilettes et toi, tu vas acheter le hot-dog. Ensuite tu me l'apportes dans les toilettes, et je t'échange mon jean contre ta salopette débile. Qu'est-ce que tu en dis ?

Bertie réfléchit. Le troc lui semblait déséquilibré (en sa faveur), mais la tentation était irrésistible. Il avait toujours rêvé de porter un jean et voilà que s'offrait l'occasion d'en obtenir un à un coût pratiquement nul dans les minutes à venir. C'était un extraordinaire coup de chance.

— D'accord.

— Bon. Donc, tout est OK ? Super. Réglons nos montres.

Il baissa les yeux sur son bracelet-montre.

— La grande aiguille est sur…

Bertie l'interrompit.

— Je n'ai pas de montre.

C'était une humiliation de plus, mais il y était habitué et les subissait désormais sans broncher.

— Ah, fit Tofu. Tant pis, on y va quand même…

Il informa son père qu'ils se rendaient aux toilettes et les deux garçons se levèrent. Après avoir parcouru quelques pas, Bertie bifurqua et se mit à courir vers le comptoir où l'on vendait des hot dogs. Il en commanda un grand, paya et ajouta une bonne dose de sauce tomate sur la saucisse. Puis, muni de sa précieuse cargaison chaude et soigneusement emballée, il courut retrouver Tofu.

Ils procédèrent à la transaction près des lavabos. Tofu retira très vite son jean et enfila la salopette framboise abandonnée par Bertie. Quant à Bertie, le souffle court, il revêtit le pantalon cédé par Tofu. Chacun des vêtements allait comme un gant à son nouveau propriétaire. Tofu engloutit le hot dog, lécha jusqu'à la dernière goutte de sauce tomate sur ses doigts et émit un rot de contentement.

— Merci, Bertie. C'était super bon. Maintenant, on y retourne.

— Ton père ne va pas remarquer que j'ai ton jean ? s'inquiéta Bertie.

— Aucun risque, affirma son ami. Il s'en fiche, de ce qu'on porte. Il ne fait pas attention à ça. Il est trop occupé à réfléchir à ses noix et à ses carottes.

Ils rejoignirent le petit groupe et se consacrèrent à une nouvelle demi-heure de bowling intensif. Bertie ne s'en sortit pas trop mal pour quelqu'un qui n'avait jamais joué, arrivant deuxième derrière Tofu. Merlin fut dernier, mais il expliqua qu'il s'était foulé le poignet et qu'en temps normal il aurait terminé premier. Hiawatha ne fit aucun commentaire sur le résultat.

Ce fut Irene qui vint chercher Bertie et le ramena à la maison. Elle se garda de toute allusion à l'anniversaire et ne demanda pas à son fils s'il s'était bien amusé. Comprenant que sa présence à la fête était une défaite pour elle et une victoire pour son père, Bertie eut le tact de ne pas dire à quel point il avait apprécié son après-midi, préférant évoquer le nouveau morceau qu'il préparait au saxophone pour le prochain examen de musique. Puis, tandis qu'ils roulaient dans Lothian Road, Irene fronça tout à coup les sourcils.

— C'est bizarre, il me semblait qu'il y avait cinq vitesses sur cette voiture. On dirait que ce levier de vitesses n'en a que quatre…

Bertie sentit l'angoisse l'étreindre.

— Quelle importance ? répliqua-t-il. Ça ne suffit pas, quatre vitesses ? N'est-ce pas un peu égoïste d'en vouloir cinq ?

67. L'entreprise de Bruce

Bruce prit possession de son nouveau magasin un lundi matin à neuf heures. L'excitation que lui procurait l'emménagement le réveilla à six heures, soit considérablement plus tôt que l'heure à laquelle il avait pris l'habitude de se lever depuis le début de son inactivité forcée.

Il quitta son lit, ouvrit les volets et regarda le jour qui s'annonçait. Le soleil était presque levé, mais pas encore tout à fait. L'automne viendrait bientôt et les jours commençaient à raccourcir. C'était l'époque de l'année idéale pour débuter, surtout dans les vins. On pourrait compter sur un gros volume de ventes en novembre et en décembre, car les gens faisaient des stocks en prévision de la frénétique succession de festivités qui marquaient la fin de l'année. C'étaient les mois où les gens prenaient conscience qu'ils devaient recevoir leurs amis s'ils ne voulaient pas risquer de les perdre. Ensuite, en janvier ou en février, on ne voyait plus personne, mais Bruce estimait que, d'ici là, il se serait constitué une bonne clientèle de connaisseurs qui apprécieraient son savoir et s'adresseraient à lui pour leurs achats quotidiens. Cela lui permettrait de traverser les mois sombres de la nouvelle année, puis viendrait le printemps, avec les grosses commandes de vins pétillants néo-zélandais ou de blancs californiens légers.

Il gagna la salle de bains et se contempla dans le miroir. Est-ce le visage d'un expert immobilier, se demanda-t-il, ou celui d'un marchand de vins ? Les marchands de vins étaient courtois, élégants, sûrs d'eux, autant de qualités que… oui, sans fausse modestie, Bruce retrouvait toutes ces qualités chez lui. Il serait parfait dans le rôle qu'il s'était attribué.

Il se doucha, examina son reflet dans le miroir en pied, s'attardant peut-être plus que de raison, puis appliqua une copieuse quantité de tonique rafraîchissant pour le corps et, bien sûr, du gel lissant au girofle dans ses cheveux. Je suis prêt, se dit-il. Non : il faut aussi que je m'habille. Ce qu'il fit.

Il quitta Scotland Street à neuf heures moins dix et prit fièrement la direction de St Stephen Street, où l'attendait son nouveau lieu d'activité. Scotland Street prenait vie. Bruce croisa le patron du garage de motocyclettes de collection, qu'il salua, recevant un signe de main en retour. Il vit aussi Mr Stephen Horrobin, installé à sa fenêtre, et Iseabail Macleod qui partait travailler pour le dictionnaire d'écossais. Quelle rue intéressante ! pensa Bruce. Et voilà qu'un marchand de vins vient s'ajouter à ce beau monde !

Il descendit Cumberland Street et traversa St Vincent Street. Le magasin qu'il louait se trouvait en entresol, à l'angle de St Stephen Street et de Stockbridge, près du *Bailie Bar*, sous une boutique d'antiquités et une autre de bijoux en strass. Il l'eût préféré plus spacieux, mais cela suffirait, et il aurait toujours la possibilité de dénicher une vieille cave pour entreposer les bouteilles. Le loyer était correct et, avec les fonds que son ami George avait accepté d'injecter dans l'affaire, Bruce n'aurait aucune difficulté, il n'en doutait pas, à acquérir un stock impressionnant. Il ne doutait pas non plus que, tôt ou tard, le magasin deviendrait un véritable lieu de pèlerinage pour les amateurs de vin d'Édimbourg. Après tout, y avait-il beaucoup de concurrence ? Certes, la ville comptait quelques marchands ringards ici et là, mais ils avaient tous des cheveux blancs et, de nos jours, les gens recherchaient la jeunesse, la vigueur et la beauté.

Et moi, j'ai tout cela, se félicita-t-il. Tout cela, plus une connaissance du vin et un excellent palais.

L'employé de l'agence immobilière l'attendait devant la porte. C'était un jeune homme à l'allure sérieuse, portant des lunettes à monture d'écaille, qui affichait une expression légèrement soucieuse. Oh, non ! songea Bruce. Un plouc...

Ils échangèrent une poignée de main et le jeune homme fronça le nez en sentant l'odeur du gel capillaire.

— Essence de girofle, indiqua Bruce. Ça vous plaît ?

Ils entrèrent.

— Normalement, tout est en ordre, déclara l'agent immobilier. Nous avons eu une petite fuite dans l'évier de la pièce du fond, mais le plombier est venu la réparer. Tout me paraît en ordre. L'éclairage fonctionne. Regardez...

Il se dirigea vers l'interrupteur, qu'il actionna.

— *Lumière*[1] ! s'exclama Bruce.

L'agent le fixa sans comprendre.

— D'après ce qu'on m'a dit, vous ne comptez pas faire de transformations, n'est-ce pas ?

Bruce examina les étagères. Elles avaient les dimensions idéales.

— C'est parfait pour les bouteilles, confirma-t-il en prenant les clés au jeune homme. Alors, aurai-je le plaisir de vous vendre du vin dans un proche avenir ? Je vais avoir un excellent choix.

— Merci, mais je ne bois pas.

— Vous pourriez vous y mettre ! lança Bruce avec enthousiasme. Vous initier en commençant par quelque chose de léger... un petit blanc allemand, pourquoi pas ? Le genre de chose qui plaît aux femmes.

Son interlocuteur pinça les lèvres.

— Non, merci.

1. En français dans le texte.

— Vous êtes sûr ? insista Bruce. Cela vous détendrait un peu, si vous voyez ce que je veux dire…

— Avez-vous tout ce qu'il vous faut ? le pressa l'agent. Si oui, je dois rentrer à l'agence.

Il sortit et Bruce secoua la tête. Quel mollasson ! Toutefois, malgré ce début fort peu prometteur, il songea que son boniment avait fait assez bonne impression. Il attendait avec impatience le moment d'expérimenter ses talents de vendeur sur d'autres clients.

Il regarda autour de lui. Tout ce qu'il avait à faire, c'était passer un coup de chiffon, commander les bouteilles et installer deux ou trois petites choses. Ensuite, il se lancerait dans le commerce ! Il consulta sa montre. Il pouvait travailler là jusqu'à midi, heure à laquelle il avait rendez-vous avec un grossiste qu'il avait contacté. Ils étaient convenus de se retrouver au *Bailie,* où ils dresseraient ensemble la liste des achats. Le grossiste, croisé deux ou trois fois au club de rugby, lui avait promis des ristournes substantielles.

— Quand j'ai affaire à des gars du club, je réduis mes marges au maximum, lui avait-il assuré. Tu obtiendras tout ça pratiquement à prix coûtant.

Puis, baissant la voix, il avait ajouté :

— En plus, tu ne vas pas le croire, mais je viens de recevoir quelques caisses de Petrus. Surtout, ne le dis à personne, parce qu'ils vont tous en vouloir et qu'il n'y en aura pas pour tout le monde. Mais, je pourrai t'en céder deux ou trois caisses à un tarif incroyable. Franchement, tu vas tomber raide quand tu verras le prix.

Dès qu'il l'avait quitté, Bruce s'était mis en devoir de se documenter sur ce qu'était un Petrus, puis il avait consulté les prix. Il avait cru tout d'abord se tromper en lisant les chiffres. Mais non : ces zéros avaient bien leur place à cet endroit-là.

68. *Une occasion en or*

Peu avant midi, Bruce ferma le magasin et se dirigea vers le *Bailie Bar*, au bout de la rue. Il était très content de ce qu'il avait accompli au cours des deux heures précédentes. Il avait épousseté les étagères, balayé le sol et nettoyé la vitrine. Dans l'après-midi, il réceptionnerait les livraisons, dont des fournitures de bureau et une armoire de rangement. Ensuite, il ne lui manquerait plus que le stock pour débuter et c'était de cela qu'il comptait s'occuper avec Harry, le membre du club de rugby grossiste en vins de qualité.

— Je suis passé devant ta boutique en venant, commença ce dernier en rejoignant Bruce au comptoir circulaire. C'est bien situé. Tu vas cartonner, ici, Bruce, c'est sûr !

— Tu crois vraiment ?

Bruce était heureux de recevoir un tel verdict d'un membre de la profession. Bien sûr, lui-même n'en avait jamais douté, mais cela faisait plaisir de se l'entendre confirmer.

— Oui, reprit Harry, mais encore faut-il que tu aies le stock adéquat. Tu sais ce qu'on dit dans le commerce ? L'emplacement, l'emplacement, l'emplacement. Bon, c'est vrai, mais on pourrait aussi dire : le stock, le stock, le stock.

Bruce l'écoutait avec attention.

— Ah bon ?

Harry lui tapota le bras avec entrain.

— Et c'est là que j'interviens, Bruce, mon ami ! Je vais te faire de ces prix, tu n'en croiras pas tes oreilles, c'est moi qui te le dis. Mais d'abord, laisse-moi t'offrir à boire. Qu'est-ce que tu prends ?

Bruce sourit.

— Un verre de Petrus 1982.

— Ha, ha ! s'esclaffa Harry. Très drôle ! Mais je remarque que tu sais de quoi tu parles. L'année 1982 était à tomber par terre ! À tomber par terre…

Ils commandèrent leurs boissons et, munis de leur verre, allèrent s'installer à une table. Harry avait un attaché-case, dont il sortit une chemise rouge.

— Voici la liste. C'est classé par secteur géographique. On commence par la France ?

— Je suis plutôt branché Nouveau Monde, objecta Bruce. Californie, Australie, Nouvelle-Zélande…

— Très judicieux ! commenta Harry. Je t'approuve complètement. Seulement, il ne faudrait pas oublier le Vieux Monde, vois-tu. Les gens apprécient encore le vin français et tu seras obligé d'en vendre. C'est là que j'entre en scène. Je peux te procurer les bouteilles qui se vendent. Parce que je sais ce que les gens demandent.

Harry plaisait beaucoup à Bruce. Celui-ci aimait sa façon de prendre les choses en main et d'instaurer un climat de confiance. C'était le genre d'homme qui vous parlait sans détour. Avec lui, il n'y aurait pas de chicaneries sur les prix (Harry annoncerait d'emblée un tarif qui serait définitif, d'homme à homme, et l'on saurait que le prix exigé était honnête).

Déjà, Harry feuilletait sa liste.

— La France. Principaux choix : les bordeaux et les bourgognes. Je peux t'avoir les deux à de très bons prix – y compris, puisque tu as lancé l'idée toi-même, du Petrus. Je t'ai parlé de l'opportunité que j'avais pour le Petrus, n'est-ce pas ?

Bruce hocha la tête.

— Je dois avouer que je n'en ai jamais tenu une bouteille entre les mains.

— Une bouteille ! s'exclama Harry. Je connais beaucoup de gens qui s'estimeraient heureux de pouvoir en tenir un verre ! Mais moi, ajouta-t-il en baissant la voix, bien que le bar fût vide, j'ai mes sources et je peux t'en avoir trois caisses – oui, trois caisses – de la cuvée 1990 ! Ça se boira très bien dans quelques années et ça peut se conserver trente ans au moins. Ce qui ne veut pas dire qu'il va rester sur tes étagères, crois-moi ! Il suffira que tu en mettes une bouteille sur ton présentoir pour qu'en un rien de temps toute l'Écosse vienne se presser devant ta porte !

— Mais qu'est-ce qui fait qu'il est si célèbre ?

— Oh, arrête ton char, Ben Hur ! Ce truc-là, c'est la perfection des perfections ! Juste le bon équilibre, arômes subtils, violet profond, un monde de complexité. Il y a tout, dans cette bouteille ! Tu bois ça, Bruce, et tu te dis : « Je suis mort et je viens d'arriver au paradis. » C'est ce que boit le pape. Ce vin est... extraordinaire !

— Alors c'est pour ça qu'il coûte si cher ?

Harry hocha la tête.

— Regarde les ventes aux enchères. Ce vin-là crève le plafond ! Deux mille livres la bouteille, facile, si c'est une bonne année. Le 1990 se vend huit cents la bouteille. Pas la caisse, Bruce, la bouteille ! Ce qui nous fait neuf mille six cents la caisse. À moins...

Bruce releva vivement les yeux.

— À moins ? répéta-t-il.

Harry baissa encore la voix.

— À moins d'avoir des relations. Et moi, j'en ai. J'ai des amis là-bas, à Pomerol. De vieux amis. Qui m'ont à la bonne.

— Tu as de la chance, commenta Bruce. C'est très important, les relations.

— Eh bien, des relations, tu en as toi aussi ! s'exclama Harry. Puisque tu as moi ! Je fais partie de tes relations. Et comme j'ai moi-même des relations... Les amis de mes amis sont mes amis, non ? Et voilà comment je peux te faire avoir trois caisses de Petrus ! C'est simple comme bonjour !

— Ce qu'il y a, c'est que je débute, objecta Bruce, sceptique. Je ne suis pas sûr d'avoir les fonds.

— L'argent n'est pas un problème, affirma Harry. Je vais te le vendre à un prix qui te laissera baba. Ce sera mon petit coup de pouce pour ton installation.

À cet instant, Bruce surprit son reflet dans un miroir placé en face de lui, à l'extrémité de la salle, et cette vision l'encouragea.

— Combien ?

— Écoute, répondit Harry. Trois caisses de 1990 à huit cents livres la caisse. Trois fois huit cents, ça fait deux mille. Non, ce n'est pas ça, ha, ha ! Erreur intentionnelle ! Deux mille quatre cents. Mais moi… moi, je t'accorde quatre cents livres de réduction parce que tu débutes. À ça, il faut encore enlever les trois cents que je retire toujours quand c'est quelqu'un du club. Ce qui nous fait dix-sept cents ! Est-ce que tu peux croire une chose pareille, mon ami ? Dix-sept cents livres pour trois caisses de Petrus 1990 !

Bruce réfléchit un court moment. Il avait prévu de limiter au minimum les frais initiaux d'acquisition de stock et de faire rentrer les vins les plus chers dans un second temps, mais l'offre semblait trop alléchante pour être négligée.

— Quand pourrai-je les avoir ? s'enquit-il.

— Ils sont dans ma voiture. À l'angle, là-bas, sur Royal Circus.

Bruce hésita. Harry l'observait.

— Une offre pareille, on ne te la fera pas deux fois dans ta vie, Bruce, affirma-t-il gravement. Tu en es conscient, n'est-ce pas ?

— C'est bon. Tope là !

69. Les plans les mieux conçus des souris et des hommes[1]

Savourant la satisfaction sans bornes que lui avait procurée l'acquisition des trois caisses de pomerol Petrus 1990 à un prix ridiculement bas, Bruce se sentait d'excellente humeur en retrouvant Scotland Street ce soir-là. Voyant la porte de Pat fermée, il frappa pour lui proposer une tasse de café. De son point de vue, Pat était une fille un peu bizarre, mais comme colocataire elle était passablement sympathique et comme locataire, fiable.

Elle ouvrit la porte pieds nus.

— Je peux te préparer du café, si ça te dit, lança-t-il, généreux. À moins que tu aies mieux à faire…

Pat accepta l'invitation et le suivit dans la cuisine. Elle lui demanda s'il avait débuté dans son magasin.

— Aujourd'hui même ! répondit-il. J'ai eu les clés de la boutique ce matin. Et j'ai acheté du vin.

Il se tut. Il venait de songer qu'il pourrait avoir besoin d'aide au magasin de temps à autre. Peut-être Pat serait-elle intéressée ? Il n'aurait pas à la payer très cher et, au moins, il saurait à qui il avait affaire.

— Tu n'aurais pas envie d'un boulot à temps partiel, par hasard, ma petite Patty ?

La question prit la jeune fille au dépourvu. Il était difficile d'imaginer pire situation que d'être l'employée de Bruce.

— C'est gentil à toi, mais mon travail actuel me convient très bien. Et Matthew a besoin de moi.

Bruce afficha une expression de mépris.

— Il ne s'en sort pas, hein ? Ce gars est une zone sinistrée à lui tout seul ! S'il n'y avait pas son vieux derrière lui, il foncerait droit dans le mur, crois-moi.

1. Extrait d'un vers de Robert Burns : « Les plans les mieux conçus des souris et des hommes ne se réalisent pas », dont s'inspira Steinbeck pour son roman, *Des souris et des hommes.*

Pat s'efforça de garder son calme.

— Eh bien, en fait, il a réalisé un beau bénéfice ce semestre. Onze mille livres.

Bruce leva les sourcils.

— Onze mille en six mois ? Comment est-ce qu'il s'est débrouillé ?

— Il a acheté et il a vendu, répondit Pat. C'est ce que font les galeries d'art, tu sais.

Bruce haussa les épaules.

— Si même lui peut faire des profits, il faut croire que ce n'est pas sorcier de tenir une galerie. D'ailleurs, onze mille livres, ce n'est pas le gros lot.

— Tu vas faire beaucoup mieux, toi ?

— Sûr, répondit Bruce en versant le café moulu dans la cafetière. Beaucoup mieux.

Il se tourna soudain vers Pat.

— Tu veux savoir ce que j'ai acheté aujourd'hui ? Je vais te le dire : trois caisses de Petrus à cinquante livres la bouteille. Tu te rends compte ?

— Cinquante livres ? répéta Pat, stupéfaite.

— Oui, fit Bruce, ravi. N'oublie pas que ce n'est pas le genre de pinard que tu apportes quand tu es invitée à une fête ! Ce vin-là est réservé aux connaisseurs. C'est un vin qu'on boit à Charlotte Square ou à Moray Place.

La mention de Moray Place rappela à Pat l'invitation qu'elle avait reçue. Devait-elle en parler à Bruce ? Se contenterait-il de se moquer d'elle ou pourrait-il lui donner un conseil ?

— À Moray Place ? fit-elle.

— Oui, à Moray Place. Le quartier le plus chic de la Nouvelle Ville. Il n'y a que des gens de la haute, là-bas, des aristos… Et à Moray Place, on aime le Petrus.

— Tu sais quoi ? J'ai été invitée à un pique-nique de nudistes dans les jardins de Moray Place, lança Pat, soudain décidée à parler. Je ne sais pas encore si je vais y aller.

Bruce la dévisagea, un sourire incrédule aux lèvres.

— Un pique-nique de nudistes dans les jardins de Moray Place ? Ça, c'est la meilleure ! Oh, Patty, petit pigeon, bien sûr ! C'est même très classique, les pique-niques de nudistes là-bas !

Pat baissa les yeux. Elle aurait dû se douter qu'il ne prendrait pas cette histoire au sérieux. Déjà, il se mettait à pousser de petits cris, tout en commençant à retirer sa chemise comme s'il se lançait dans un numéro de strip-tease.

— Moray Place ! chantonna-t-il. Attention les yeux ! Un, deux, trois, c'est parti !

Joignant le geste à la parole, il envoya sa chemise dans les airs et se mit à virevolter autour de la pièce, avant de s'arrêter devant la vitre du micro-ondes pour admirer le reflet de son torse nu.

Pat le regarda d'un air dégoûté.

— Tu es complètement ridicule. Tu es… tu es très immature, tu sais.

— *Moi*[1] *?* Immature ? chanta Bruce. Mais qui est la nudiste, Patty le pigeon ? Qui est la petite nudiste effarouchée ? Hop, hop…

Pat regagna sa chambre à grandes enjambées et claqua la porte derrière elle. Bruce fit encore quelques pas de danse, puis acheva la préparation du café. Ensuite, tenant sa tasse au creux de la paume, il s'assit près du téléphone et composa le numéro de son ami George.

— Ça y est, j'ai le magasin, annonça-t-il. Il est super ! Il faut que tu passes le voir.

À l'autre bout du fil, George semblait sur ses gardes.

— Et le loyer ? s'enquit-il.

Bruce lui en révéla le montant.

— Ce n'est pas donné. Pour un magasin si petit.

— Pas donné ? s'exclama Bruce. Est-ce que tu connais les prix des commerces à Édimbourg ? Parce que moi,

1. En français dans le texte.

oui ! Et je peux te dire que ce n'est rien, rien du tout, comparé à ce que certains paient. Crois-moi, trouver un local à ce prix-là, c'est un vrai coup de bol !

Constatant que George demeurait silencieux, il reprit :

— Et puis, il y a autre chose, George. J'ai déjà fait une affaire en or, pour le stock. Tu as entendu parler du Petrus ?

— Il se trouve que oui, répondit George. C'est un très grand vin français, non ? Il se vend à des prix exorbitants.

— Exactement, plusieurs milliers de livres la bouteille si l'année est bonne.

— Et tu en as trouvé ? interrogea George.

Bruce se mit à rire.

— C'est plutôt lui qui m'a trouvé. On m'en a proposé trois caisses à un prix incroyable.

Il y eut encore un silence à l'autre bout du fil.

— Quand le prix est bas, déclara enfin George, il y a toujours une raison.

Bruce se raidit. George était comptable, songea-t-il, et ces gens-là pouvaient être très pédants.

— Qu'est-ce que tu veux dire par là, George ?

Contrairement à son habitude, George répondit d'un ton affirmé.

— Je veux dire exactement ce que j'ai dit, Bruce. Si on te vend quelque chose à prix cassé, soit la chose a été volée, soit elle n'est pas ce qu'elle prétend être.

— Je suis sûr qu'il n'y a rien de malhonnête dans cette histoire, rétorqua aussitôt Bruce. Celui qui m'a vendu ça joue dans mon club de rugby. Ce type-là n'est pas du genre à faire du recel. Et comment veux-tu que ce vin ne soit pas ce qu'il prétend être ? Je l'ai regardé : l'étiquette dit bien « Petrus », et il y a le portrait du type, là, saint Pierre…

George le laissa achever. Puis il expliqua :

— As-tu entendu parler des vins frauduleux, Bruce ?

Bruce tressaillit. Quand il reprit la parole, sa voix s'était affaiblie.

— Des vins frauduleux ? Des faux ?

— Oui. Tout le monde sait qu'il existe des fausses montres et des faux jeans de marque. Mais tout le monde ne sait pas qu'il y a des tonneaux de faux vin en circulation. Il y a eu un scandale avec ça en Extrême-Orient. J'ai lu pas mal d'articles là-dessus. Il y a des gangs qui fabriquent des copies d'étiquettes et qui les collent sur des bouteilles de piquette française. Ensuite, ils les vendent à leurs victimes… qu'ils appellent les pigeons.

Bruce jeta un nouveau coup d'œil à son reflet dans le micro-ondes. Ai-je l'air d'un pigeon ? se demanda-t-il. Puis il se souvint qu'il avait traité Pat de pigeon quelques minutes plus tôt. Et le vrai pigeon, c'était lui, depuis le début.

70. Cyril hurle à la mort

Matthew fut le premier client de Big Lou ce matin-là. Debout derrière son bar, celle-ci l'accueillit d'un signe de tête sans cesser d'astiquer la surface du comptoir.

— Tu sais, Big Lou, dit-il, tu me fais penser à Sisyphe, avec ton chiffon. Tu astiques, tu astiques sans arrêt…

Il se tut et lui sourit.

— Tu sais qui était Sisyphe ?

Big Lou se hérissa.

— Figure-toi que oui, et je le sais même très bien. Il était obligé de pousser un rocher sur une pente et quand il arrivait en haut, le rocher retombait et il devait recommencer encore et encore.

Elle donna un coup de chiffon rageur sur le comptoir.

— Et toi, tu sais qui était Albert Camus ?

Matthew secoua la tête.

— Un Français, j'imagine…

— Eh bien, mon cher Matthew, avant de me prendre de haut, tu ferais bien de te renseigner. Cet homme-là a écrit un livre qui s'appelle *Le Mythe de Sisyphe*. Tu l'as lu ?

Matthew leva les mains en signe de reddition.

— Non, jamais. Mais toi, si, apparemment…

— Ouais, confirma Big Lou. Je l'ai lu. Ça parle de la recherche du sens de la vie et de la façon de traverser l'existence sans se suicider. Camus explique qu'on doit chercher du sens dans un contexte limité et que ça suffit. Il dit qu'on ne pourra jamais répondre aux vraies grandes questions.

— Pour ma part, je n'ai jamais cru ça possible, assura Matthew en allant s'asseoir à sa place habituelle. Je n'ai même pas réussi à découvrir quelles étaient ces vraies grandes questions.

Big Lou posa son chiffon et prépara le café de son client. Tandis qu'elle s'affairait, la porte du bar s'ouvrit sur Angus Lordie, qui entra, accompagné de son chien Cyril.

— Lou, mon amour, faites-m'en un aussi, dit-il. Très fort. J'ai un sujet difficile à peindre aujourd'hui et j'ai besoin de toute mon énergie.

— Et qu'est-ce qu'il a comme problème, ce sujet ? s'enquit Lou.

— Qu'est-ce qu'*elle* a. C'est une femme. Et c'est justement cela, le problème. Elle a trois mentons de trop et je ne sais pas quoi en faire.

— Supprimez-les, conseilla Lou. Aucune femme n'ira s'en plaindre.

— Je pourrais, en effet. Mais est-ce que ce sera ressemblant ? Les gens s'attendent à un minimum de similitude.

— Vous trouverez une solution, affirma Lou. Voilà votre café. Et ne faites pas boire le chien dans ma soucoupe, hein ! Je ne veux pas que ses microbes infectent ma vaisselle.

— Il n'y a rien de plus sain qu'une gueule de chien, protesta Angus. D'accord, celle des chats est pleine de toutes sortes d'horribles bestioles, mais quand un chien vous lèche, c'est comme s'il vous passait un antiseptique. C'est bien connu.

Angus gagna la table de Matthew et s'assit en face du jeune homme. Débarrassé de sa laisse, Cyril s'allongea aux pieds de son maître, la queue enroulée, le museau niché dans les poils du ventre ; toutefois, d'un œil resté entrouvert, il observait le mollet droit de Matthew, distant de quelques centimètres à peine.

— Êtes-vous allé à ce dîner avec votre père ? interrogea Angus. Vous l'appréhendiez un peu…

— Je l'appréhendais, en effet, confirma Matthew. Mais j'y suis allé.

— Et alors ?

— Alors, cela n'a pas été un succès fracassant. Il avait amené sa nouvelle…

Prononcer le mot lui coûtait, cependant il y parvint :

—… maîtresse.

— Comme c'est intéressant ! s'exclama Angus.

Big Lou haussa un sourcil.

— Maîtresse ? Mais qu'est-ce que tu veux dire par là, Matthew ?

— Eh bien, c'est ce qu'elle est. C'est sa maîtresse.

— Mais ton père est veuf, non ? persista Lou. Tu ne devrais pas appeler cette femme comme ça. C'est très insultant !

Angus Lordie agita un index en direction du jeune homme.

— Oui, Matthew ! Vous devriez avoir honte ! Cette femme est sa compagne, voilà ce qu'elle est. C'est le terme approprié, de nos jours.

Il conclut ces paroles par un claquement de langue désapprobateur. Matthew haussa les épaules.

— Appelez-la comme vous voulez. Moi, je la vois comme sa maîtresse.

— Eh bien, tu vois mal, intervint Big Lou. Et comment est-elle ?

— C'est une aventurière, répondit le jeune homme.

Big Lou le dévisagea.

— Comment le sais-tu ? Elle a dit ou fait quelque chose qui t'a fait penser cela ?

— C'est assez évident, expliqua Matthew. Elle a au moins dix ans de moins que lui, si ce n'est pas quinze ou plus, et elle ne le lâche pas d'une semelle. Elle doit savoir qu'il n'est pas à court de fric…

— Peut-être qu'il lui plaît, fit remarquer Big Lou. Dix ans d'écart, ce n'est pas si énorme !

Tandis que la discussion faisait rage de part et d'autre de la salle, Cyril s'était rapproché des chevilles de Matthew. Il n'était plus enroulé sur lui-même, mais allongé à plat ventre sur le sol, les pattes avant étendues devant lui et le menton reposant au milieu, les yeux fixés sur la chair exposée au-dessus des chaussettes de Matthew.

Cyril était un bon chien. Même s'il aimait boire de la bière au *Cumberland Bar* et adresser des clins d'œil aux filles, il possédait très peu de vices et, surtout, il n'était pas agressif. Il aimait les gens en général et se montrait toujours heureux de lécher les mains qu'on lui tendait en signe d'amitié. Si l'on insistait pour lui lancer un bâton, il courait le chercher, bien qu'il trouvât l'exercice fastidieux et inutile. Mais il voulait faire plaisir et savait que les gens étaient contents de le voir adopter le comportement que l'on attend d'un chien.

Pourtant, aussi absurde que cela paraisse, il y avait quelque chose qui le tentait dans les mollets de Matthew. Ces mollets-là n'étaient pas gros, ils se situaient dans la moyenne. Ils avaient une couleur similaire à celle des mollets que les chiens avaient l'habitude de voir. Côté odeur, ils étaient neutres, aussi n'y avait-t-il aucun indice olfactif qui expliquât le pouvoir de séduction qu'ils exerçaient sur lui. Ce pouvoir était pourtant bien réel, irrépressible, de sorte qu'en cet instant Cyril ne pouvait concevoir d'activité plus réjouissante que d'y planter ses crocs.

C'était cependant impossible. Il connaissait les conséquences. Il recevrait une terrible réprimande et serait battu par son père (c'était ainsi qu'il considérait Angus). On élèverait la voix et l'on proférerait des paroles terrifiantes. Et le pire de tout, c'est qu'il se retrouverait en disgrâce et aurait l'impression que le monde des humains ne voulait plus de lui. Il serait rejeté, exclu, d'une façon radicale.

Alors, Cyril se leva. Se détournant des chevilles de Matthew – de manière à écarter la tentation –, il se mit soudain à hurler. Il levait la tête vers le plafond et hurlait à la mort, versant dans ses cris toute la tristesse de son monde et de la condition canine. C'était des hurlements de regret et de chagrin propres à faire fondre les cœurs, tous les cœurs.

Et, parmi les personnes présentes, aucune ne comprit pourquoi il se lamentait de la sorte.

71. Framboise...

Traînant les pieds dans Dundas Street aux côtés d'une mère absorbée dans ses pensées, Bertie réfléchissait au terrible cours qu'avaient pris les événements. Il avait adoré la fête de Tofu et décidé qu'à dix-huit ans, lorsqu'il serait libéré de sa mère, il assisterait à toutes les fêtes possibles et imaginables. Quand on était étudiant, il le savait, on n'avait même pas besoin d'être invité et il lui suffirait de se présenter pour pouvoir entrer. Cette perspective le réjouissait, car il doutait de recevoir beaucoup d'invitations. Celle de Tofu n'était-elle pas la seule et unique qu'il eût reçue de toute sa vie ?

Si l'après-midi au bowling avait été un franc succès, on ne pouvait en dire autant de la soirée qui avait suivi. Quand Irene était venue le chercher, Bertie avait eu très peur qu'elle ne remarque tout de suite le jean de Tofu, obtenu en échange de la salopette framboise et d'un hot-dog. Ce pantalon lui allait parfaitement, et il était parfait, d'ailleurs, sous tous rapports : il avait les taches délavées aux genoux et le bas des jambes effiloché. Il comptait plusieurs poches de chaque côté, ce qui était sans doute très utile, même si Bertie n'avait rien trouvé à y glisser. Depuis toujours, il rêvait de posséder un canif, mais Irene opposait un refus constant à cet achat. S'il finissait malgré tout par en obtenir un, le couteau aurait sa place dans la poche adéquate.

— Pourquoi veux-tu un canif ? s'était étonnée Irene quand il avait évoqué le sujet, quelques mois plus tôt.

— C'est très utile pour couper toutes sortes de choses, avait-il répondu. Il y a plein de lames différentes et, sur certains, il y a même l'outil qui sert à retirer les cailloux coincés dans les sabots des chevaux.

— Ne sois pas ridicule, Bertie ! s'était exclamée Irene. Tu n'as jamais vu un cheval de près et tu n'as pas besoin de couper quoi que ce soit. Et si c'était le cas, tu n'aurais qu'à me demander et maman le couperait pour toi, avec ses jolis ciseaux.

Bertie n'avait pas insisté. Quand sa mère avait décidé quelque chose, rien ne la faisait changer d'avis. Elle ne comprenait pas, en avait-il conclu, et elle ne comprendrait jamais. Les garçons avaient certains besoins – posséder des canifs, former des clubs secrets ou rouler à bicyclette –, mais Irene ne l'acceptait pas, parce qu'elle ignorait ce que c'était d'être un garçon. Pour elle, garçons et filles étaient identiques ou, du moins, on pouvait faire en sorte qu'ils le soient. Or elle se trompait. Quand on était un garçon, on *se sentait* différent. C'était aussi simple que ça ! Bertie, pour sa part, acceptait volontiers l'idée que les filles éprouvent les choses différemment. Il comprenait par exemple ce que cela signifiait d'être Olive. Il comprenait pourquoi Olive avait horreur de Tofu et pourquoi c'était réciproque. Il comprenait pourquoi Olive détestait que les garçons lui tirent ses nattes et trouvait que Hiawatha sentait mauvais des pieds. Bertie comprenait tout cela. Alors pourquoi sa mère, de son côté, ne pouvait-elle pas considérer les choses de son point de vue à lui ?

Lorsqu'il monta dans la voiture, Bertie retint donc son souffle un long moment, mais sa mère ne sembla pas voir le jean, car elle n'y fit aucune allusion. Cependant, quand ils parvinrent dans l'immeuble du 44, Scotland Street et commencèrent à monter l'escalier, elle poussa soudain un cri.

— Bertie ! Pour l'amour du ciel, qu'est-ce que c'est que ce pantalon ?

Le cœur du petit garçon fit un bond.

— C'est un jean, maman. Tu l'aimes bien ?

— Un jean ! hurla Irene. Où est ta salopette ? Qu'as-tu fait de ta salopette ?

Bertie déglutit avec difficulté. Il avait pensé lui raconter qu'il s'était fait voler ses vêtements, et qu'un gentil passant lui avait donné un jean, mais c'était un garçon sincère et il répugnait à mentir, même à sa mère. Il avait donc résolu de dire la vérité et de se livrer à sa merci. Après tout, Irene ne pouvait plus récupérer la salopette, dont la propriété était officiellement passée à Tofu.

— C'est Tofu qui l'a, expliqua-t-il. Il l'aimait bien, alors je la lui ai donnée en échange de son jean. Je suis sûr que le jean coûte beaucoup plus cher ; c'est une bonne affaire…

Irene secoua l'index.

— Tu es un très vilain petit garçon, Bertie ! Maman est très, très fâchée ! C'était ta plus belle salopette et tu n'as pas à laisser ce garçon mal élevé, ce Toffee…

— Tofu, rectifia Bertie.

— Ce Tofu, te la prendre, conclut Irene.

— Je suis désolé, maman, murmura Bertie en fixant l'escalier sous ses pieds. Je ne recommencerai plus, je te le promets.

— J'espère bien ! s'exclama Irene, tandis qu'ils reprenaient leur ascension. D'ailleurs, la première chose que nous allons faire en arrivant, c'est téléphoner et demander à quel moment nous pouvons passer récupérer la salopette.

— Mais on ne peut pas faire ça ! s'indigna Bertie. Tout le monde sait qu'il est interdit de reprendre ce qu'on a donné. C'est la loi, maman. On n'a pas le droit de reprendre une chose une fois qu'on l'a donnée à quelqu'un.

— Tu dis des bêtises ! Cette salopette a coûté une fortune et elle t'appartient toujours. Toffee n'a pas le droit de te l'extorquer comme ça.

Bertie osait à peine imaginer la scène qui se préparait. Ce serait l'humiliation suprême que d'être traîné chez Tofu et de devoir rendre le jean nouvellement acquis pour enfiler de nouveau la salopette framboise.

— Je suis obligé d'aller avec toi ? interrogea-t-il d'une toute petite voix, vaincu d'avance. On ne peut pas simplement leur demander de nous la déposer ici ?

— Non, rétorqua Irene avec fermeté. On doit affronter les conséquences de ses actes, Bertie. C'est toi qui as provoqué cette situation, c'est toi qui vas devoir t'en sortir… comme un homme.

Bertie leva les yeux vers sa mère. Il rêvait de se comporter en homme (oh, comme il en rêvait !). Seulement, les hommes n'étaient pas obligés de porter des salopettes framboise. Les hommes n'étaient pas obligés d'aller aux cours de yoga ni en psychothérapie. Les hommes n'avaient pas des mères comme Irene.

En fin de compte, la scène se révéla aussi humiliante qu'il l'avait redouté. Sa mère appela Tofu Toffee tout au long de l'entretien et elle lui secoua même un index sous le nez. Bertie avait envie de disparaître sous terre. Il avait envie de fermer les yeux et de s'endormir, pour ne plus jamais avoir à les rouvrir sur des salopettes framboise.

72. Encre et imagination

Le Dr Fairbairn était assis à son bureau, une petite bouteille d'encre à la main.

— Écoute, Bertie, commença-t-il. J'ai pensé qu'aujourd'hui nous pourrions faire quelque chose d'un peu différent. Voici une bouteille d'encre.

Il leva le flacon noir et le secoua devant Bertie. Sur ses gardes, l'enfant l'observa. Ce ne serait sans doute plus qu'une question de jours, pensa-t-il, avant que l'on conduise le Dr Fairbairn à Carstairs. Il se demanda comment la chose se passerait. Peut-être enverrait-on des hommes munis d'un grand filet, qu'ils lanceraient sur le médecin alors que celui-ci se promènerait dans Dundas Street, vêtu de cette veste bleue qu'il portait toujours. On le ligoterait et on le ferait monter dans une camionnette. Bertie avait localisé Carstairs sur une carte : ce n'était pas très loin d'Édimbourg. Le trajet ne prendrait guère de temps et ils arriveraient sans doute là-bas pour l'heure du thé, ce qui serait agréable.

Bertie déglutit.

— De l'encre… répéta-t-il doucement.

Mieux valait ne rien dire qui pût exciter son interlocuteur. Des mots courts, prononcés à mi-voix, semblaient appropriés.

— Oui, confirma le psychiatre. C'est bien. De l'encre noire.

Bertie hocha la tête.

— De l'encre, dit-il encore. De l'encre.

Le Dr Fairbairn sourit.

— Tu te demandes peut-être pourquoi je te montre une bouteille d'encre, Bertie.

— Non, s'empressa de répondre l'enfant en secouant la tête.

— Bien. Alors, écoute : il existe un petit jeu très intéressant que les thérapeutes ont inventé. Cela s'appelle le test de Rorschach. Aimerais-tu y jouer, Bertie ?

Bertie comprit qu'il n'avait guère le choix, aussi acquiesça-t-il. Ce devait être la bonne réponse, car le Dr Fairbairn parut ravi.

— Parfait, dit-il. Je vais donc ouvrir cette bouteille… comme cela. Voilà… Et à présent, je vais répandre un tout petit peu d'encre au centre d'une feuille de papier. Voilà ! Regarde : maintenant, je plie la feuille en deux. Et voilà !

Bertie contempla un instant la feuille de papier pliée.

— C'est mon tour ? s'enquit-il.

— Ha, ha ! Non, Bertie. Ce n'est pas chacun son tour dans ce jeu-là. Ce que tu dois faire, toi, c'est regarder la tache d'encre qui apparaît lorsqu'on déplie la feuille et me dire ce que tu vois. C'est tout.

Bertie saisit le papier, le déplia d'une main tremblante et examina la tache d'encre humide.

— Je vois l'Écosse, déclara-t-il. Regardez, ça ressemble à la carte de l'Écosse.

Le thérapeute reprit la feuille et l'observa. Puis il la retourna.

— Amusant. On va recommencer.

Il s'empara de nouveau du flacon et versa de l'encre sur une feuille vierge, qu'il plia et tendit à Bertie.

— Maintenant, voyons… Dis-moi ce que tu vois. Surtout, tu ne dois pas hésiter, même si cela te paraît très bizarre. Tu dois me dire tout ce qui te passe par la tête.

— D'accord, acquiesça obligeamment le petit garçon.

Il déplia la feuille.

— Je vois la reine, annonça-t-il. Regardez, elle est là, docteur Fairbairn. Je vois la tête de la reine.

Le psychiatre lui reprit le papier des mains, regarda et parut déconcerté.

— Je vais recommencer.

L'encre fut répandue une troisième fois, le papier plié. Bertie, désormais en confiance, quoiqu'il trouvât le jeu un peu ennuyeux, dévoila la tache.

Cette fois, il l'examina un long moment avant de répondre. Puis, la tendant au Dr Fairbairn, il déclara :

— C'est le Dr Freud, n'est-ce pas ? Regardez, docteur Fairbairn, vous avez fait deux Dr Freud !

À la grande surprise de Bertie, le thérapeute repoussa la bouteille d'encre, saisit la feuille et la froissa, avec les deux autres, avant de jeter le tout à la corbeille.

— Peut-être recommencerons-nous une autre fois, dit-il, quand tu auras envie de faire fonctionner ton imagination. Pour le moment, nous allons en rester là. J'ai besoin de parler un peu avec ta maman avant que tu t'en ailles. Va lire le *Scottish Field* en salle d'attente. C'est très bien, mon garçon.

Bertie s'exécuta, tandis que sa mère venait le remplacer dans le cabinet de consultation. Bien que la séance de thérapie fût censée durer une heure, il restait rarement plus de dix minutes avec le médecin ; ensuite, sa maman s'entretenait avec ce dernier une cinquantaine de minutes, sinon plus. De quoi pouvaient-ils bien parler, tous les deux ? se demandait Bertie. On ne pouvait tout de même pas disserter sur Melanie Klein, pendant cinquante minutes, deux fois par semaine ! Pourtant, c'était ce qui semblait se passer.

Dans la salle de consultation, Irene prit place sur la chaise libérée par son fils et écouta le Dr Fairbairn.

— J'ai un peu travaillé Rorschach avec lui ce matin, expliqua-t-il, mais le résultat n'a pas été très concluant. Bertie m'a livré des interprétations très littérales. Je n'ai rien pu déceler des processus de son inconscient. Aucun éclairage sur la relation d'objet.

— Ah bon ? Il faut persévérer. Il y a beaucoup d'agressivité chez lui en ce moment, je crois. Il a insisté pour aller au bowling l'autre jour. C'est très agressif.

— Peut-être, acquiesça le Dr Fairbairn en notant quelque chose dans son carnet. Mais peut-être pas.

— Et puis, il a encore des fantasmes de couteaux, reprit Irene. Il continue à me demander de lui acheter un canif.

— Ça, c'est préoccupant, estima le médecin. Quoique, évidemment, les garçons aiment bien posséder ce genre d'objet, vous savez.

Irene le considéra.

— *Certains* garçons, peut-être, rectifia-t-elle. Certains mâles ont en effet besoin de couteaux. Mais pas tous.

Le thérapeute médita un instant.

— Voyez-vous, déclara-t-il enfin, j'ai un peu réfléchi au cas de Bertie et je commence à entrevoir ce qui se passe. La dynamique. Le processus de séparation. La bifurcation schizoïde bonne mère/mauvaise mère.

Irene se pencha en avant, captivée.

— Ah oui ? Et selon vous, quel est le problème ?

Le Dr Fairbairn se leva et contempla les feuilles de papier froissées dans la corbeille. Puis, sur une impulsion soudaine, il en prit une et la déplia pour la montrer à Irene.

— Que voyez-vous ?

Irene regarda la tache d'encre de l'Écosse et fronça les sourcils.

— Un nuage de culpabilité ? suggéra-t-elle. Oui, un nuage de culpabilité.

— Ah ! s'exclama le psychiatre. C'est l'Écosse !

— Pas du tout ! protesta Irene. C'est un nuage de culpabilité.

Le Dr Fairbairn extirpa le deuxième papier de la corbeille.

— Et ça ? demanda-t-il en défroissant la représentation de la reine. Qu'est-ce que c'est ?

— La mère, répondit Irene sans hésiter.

Le Dr Fairbairn lui reprit brutalement la feuille des mains, puis il lui fit face et déclara avec calme, mais fermeté :

— Vous savez quoi ? Vous savez quoi ? J'ai compris d'où vient le problème. Le problème, c'est vous !

73. Wee Fraser, toujours

Bertie sut que quelque chose se passait au moment où lui parvinrent des cris émanant du cabinet de consultation du Dr Fairbairn. Il s'était absorbé dans la lecture du *Scottish Field* et le temps avait passé vite, puis, soudain, des éclats de voix troublèrent le profond silence qui régnait toujours dans la salle d'attente. Sa mère et le Dr Fairbairn se disputaient ! Peut-être même était-ce pire. Peut-être le Dr Fairbairn avait-il finalement perdu le contrôle de lui-même et agressé Irene, en lui lançant de l'encre au visage, qui sait ? Bertie abandonna le magazine et se leva d'un bond en se demandant quoi faire. Débouler dans le cabinet de consultation risquait d'aggraver les choses. Mais s'il restait là, sa mère allait subir un sort terrible entre les mains du Dr Fairbairn sans même pouvoir compter sur l'aide de son fils !

Bertie gagna la porte et y colla l'oreille. Les cris avaient cessé et le silence régnait. Très mauvais signe, estima-t-il. Peut-être le Dr Fairbairn était-il en train de faire descendre le corps de sa mère par la fenêtre à l'aide d'une corde, en vue de l'enterrer dans les jardins de Queen Street. Soudain, Bertie perçut une voix, puis une autre : à nouveau calmes, toutes deux semblaient mener une conversation normale. Il poussa un soupir de soulagement. La dispute était terminée. Ils s'étaient remis à parler de Melanie Klein.

Dans le cabinet de consultation, le Dr Fairbairn était assis à son bureau, la tête entre les mains.

— Je ne sais pas ce qui m'a pris, gémit-il. C'est arrivé si vite… J'ignore pourquoi j'ai dit cela.

Irene le regarda. Elle savait à quel point le stress pouvait affecter les gens. Le métier de psychothérapeute, où l'on était confronté à toutes sortes de problèmes personnels poignants, était indéniablement éprouvant. Dans un tel contexte, on ne pouvait s'empêcher, parfois, de laisser échapper des paroles irréfléchies et, comme dans le cas présent, injustifiées.

— Je comprends, assura-t-elle avec douceur. Je comprends très bien. Vous ne devez pas vous en vouloir outre mesure.

Il continua de fixer la surface de son bureau sans qu'Irene le quittât des yeux. C'était là une occasion en or d'aller fouiller un peu. Il y avait beaucoup de choses qu'elle brûlait de connaître à propos du Dr Fairbairn et le moment semblait idéal pour pousser celui-ci aux aveux.

— Peut-être serait-il bon que vous m'en parliez, suggéra-t-elle.

Le Dr Fairbairn releva les yeux.

— De quoi ? s'enquit-il.

— De toutes ces choses que, de façon évidente, vous refoulez, répondit-elle à mi-voix. De la culpabilité…

Le Dr Fairbairn observa un long silence.

— Ma culpabilité est si flagrante que cela ? souffla-t-il enfin.

— Je crains que oui, soupira Irene d'un ton qu'elle voulait compatissant. Elle apparaît très clairement. Je la sens depuis notre première rencontre.

— Ah bon…

Une telle révélation était très déprimante. Cela équivalait à apprendre que le déodorant que l'on utilisait était moins efficace qu'on le croyait.

— La culpabilité possède sa signature caractéristique, insista Irene. Il se trouve que je la décèle toujours.

Elle observait le médecin du coin de l'œil. Elle ne savait pas sur quoi portait cette culpabilité, mais cela s'annonçait passionnant.

— Vous pouvez me parler, vous savez, insista-t-elle. Cela vous libérera.

— Vous croyez ?

Irene hocha la tête. L'heure était à la communication non verbale.

— Je me sens si mal, confessa le Dr Fairbairn. Je porte ce poids depuis si longtemps ! J'ai essayé de me convaincre qu'il n'existait pas, mais ce déni n'a fait qu'aggraver les choses.

— Le déni a toujours cet effet-là, commenta Irene. Le déni est un morceau de scotch qui ne colle pas bien.

Elle réfléchit à cet adage qu'elle venait d'inventer. Il était assez pertinent, estima-t-elle.

— Seulement, il est si douloureux de se confronter à sa propre honte, poursuivit le Dr Fairbairn. Ce n'est vraiment pas facile.

Irene sentit l'impatience la gagner et jeta un discret coup d'œil à sa montre. Pourvu que le prochain patient n'arrive pas tout de suite ! Cela l'empêcherait d'entendre les révélations du thérapeute qui, lorsqu'ils se reverraient, aurait repris ses esprits et se montrerait moins disposé à la confession.

— Alors ? fit-elle. Qu'y a-t-il au cœur de votre culpabilité ? Qu'avez-vous fait ?

Le Dr Fairbairn détourna les yeux, comme gêné par l'aveu qui lui brûlait les lèvres.

— J'imagine qu'au cœur de ma culpabilité il y a ma faute professionnelle. J'ai essayé de me convaincre que ce n'en était pas une, mais c'est faux. Il s'agissait bel et bien d'une faute.

Irene se pencha en avant.

— Quelle faute avez-vous commise ? Dites-le-moi. Laissez-moi être votre catharsis.

— Vous avez entendu parler de ma célèbre étude de cas, n'est-ce pas ? demanda le Dr Fairbairn. Wee Fraser ?

— Bien sûr ! Elle est presque aussi célèbre que le cas du petit Hans chez Freud ou celui de Richard chez Melanie Klein !

Le Dr Fairbairn eut un sourire qui se mua aussitôt en grimace de douleur.

— Cela me flatte, bien sûr, mais assez curieusement, cela rend ma faute plus odieuse encore.

Irene le dévisagea avec étonnement. Avait-il falsifié son étude de cas ? Se pouvait-il que Wee Fraser n'ait pas existé ? Était-ce sur une création frauduleuse que reposait toute la réputation scientifique du Dr Fairbairn ? Dans ce cas, c'était scandaleux et l'on comprenait que l'auteur d'une telle imposture ressente une culpabilité aussi oppressante.

— Qu'avez-vous fait exactement ? le pressa Irene. Vous avez inventé Wee Fraser ?

Le Dr Fairbairn la fixa sans paraître comprendre.

— Si je l'ai inventé ? Pourquoi diable aurais-je fait cela ? Non, je ne l'ai pas inventé. Je l'ai frappé.

Irene tressaillit.

— Vous avez frappé Wee Fraser ? Vraiment frappé ?

Le Dr Fairbairn ferma les yeux.

— Je l'ai frappé, répéta-t-il. Il m'a mordu et je l'ai frappé. Et vous savez quoi ? Vous savez quoi ? Je me suis senti mieux après.

Il se tourna vers la fenêtre en secouant la tête.

— Mais un peu plus tard, la culpabilité est apparue. La culpabilité s'est insinuée en moi comme un voleur dans la nuit… *Et elle m'a dérobé la paix de l'esprit.*

74. L'Homme aux loups, les voyous et Motherwell

Il était rare qu'Irene ne sache pas quoi dire, mais après l'extraordinaire confession du Dr Fairbairn, qui avait avoué avoir levé la main sur Wee Fraser, le célèbre petit tyran de trois ans, elle resta sans voix pendant deux bonnes minutes. Durant tout ce temps, le Dr Fairbairn se tint immobile, encore frappé par l'ignominie de sa faute. Il venait de dévoiler une chose qu'il prenait soin de refouler depuis près de onze ans. Il avait clairement exprimé l'épisode de l'agression, revécu le moment où, sous le coup de la douleur engendrée par la morsure, il avait donné une tape – légère – sur la main de Wee Fraser en lui disant qu'on ne devait pas mordre son thérapeute. L'enfant l'avait considéré avec stupéfaction, puis, contrairement à son habitude, il s'était très bien comporté durant le reste de la séance. Si le Dr Fairbairn n'avait pas été versé dans la dynamique du comportement infantile, il en aurait peut-être déduit que c'était ce dont Wee Fraser avait besoin depuis le départ, conclusion qui, bien sûr, eût été erronée.

Irene finit par retrouver l'usage de la parole.

— Je comprends ce que vous ressentez. C'est une culpabilité très lourde que vous portez là. Mais, au moins, vous m'en avez parlé. Dites-moi, ajouta-t-elle avec un regard interrogateur, comment vous sentez-vous à présent ?

Le Dr Fairbairn prit une profonde inspiration.

— À vrai dire, un peu mieux. C'est l'effet cathartique de la vérité. Comme une purge…

Irene acquiesça. Le Dr Fairbairn semblait plus léger, en effet, comme si le poids métaphysique de la culpabilité avait pesé jusque-là sur ses épaules ; maintenant, celles-ci s'étaient redressées, elles emplissaient la veste en lin bleu de mouvement et de force.

— Bien sûr, reprit Irene en levant l'index, non pas tant en signe de remontrance que de mise en garde, nous ne pourrons pas en rester là.

— Ah non ? fit le Dr Fairbairn, soudain inquiet.

— Non, confirma Irene. Ce coup que vous avez donné à Wee Fraser reste une affaire en suspens, n'est-ce pas ? Vous devez opérer un acte réparateur.

Le thérapeute fronça les sourcils.

— Peut-être…

— Dites-moi, l'interrompit Irene, qu'est devenu Wee Fraser ? Y a-t-il eu un suivi ?

Le Dr Fairbairn secoua la tête.

— Wee Fraser m'avait été adressé par un médecin généraliste, une femme, qui avait réussi à faire prendre la thérapie en charge par la sécurité sociale à la suite d'un comportement exhibitionniste qu'avait eu l'enfant dans un salon de coiffure pour dames de Burdiehouse. Sa mère, un jour qu'elle allait se faire coiffer là-bas, l'y avait emmené avec elle. Certaines des clientes s'étaient dites choquées par cette conduite, aussi la mère avait-elle décidé de consulter le médecin de famille pour en discuter. Par chance, le praticien en question a estimé qu'une intervention psychothérapeutique pouvait avoir son utilité, et c'est ainsi que nos chemins se sont croisés.

— Et les parents ? s'enquit Irene. Fonctionnels ?

— Oh, je pense qu'ils fonctionnaient plutôt bien, oui, acquiesça le thérapeute. En tout cas, ils en donnaient l'impression. C'était un couple respectable. Lui était pompier et la mère, réceptionniste à l'hôtel *Roxburghe*. Ils ne savaient plus quoi faire avec Wee Fraser.

— Et que lui est-il arrivé depuis ? Avez-vous eu de ses nouvelles ?

— Aucune. Mais j'imagine qu'ils sont toujours là. Fraser doit avoir quatorze ans aujourd'hui. Savez-vous, ajouta-t-il après un temps d'arrêt, que je l'ai aperçu l'autre jour ?

Les yeux d'Irene s'agrandirent.

— Wee Fraser ? Vous avez vu Wee Fraser ?

Elle venait de lire un article au sujet du célèbre patient de Freud, l'Homme aux loups : on l'avait retrouvé depuis peu, il vivait à Vienne en Homme aux loups retraité. Cette découverte était due à un journaliste américain qui s'était lancé à sa recherche. Peut-être le moment était-il venu de retrouver Wee Fraser de la même façon…

— Je l'ai vu à l'extrémité est de Princes Street, expliqua le Dr Fairbairn. Il y a beaucoup de voyous… enfin, beaucoup d'adolescents qui traînent là-bas… je veux dire, qui se retrouvent là-bas. Je pense qu'ils font du shopping dans ce centre commercial très glauque, en haut de Leith Street. Vous savez, celui qu'a tant critiqué Nicky Fairbairn…

Irene se redressa brusquement. Nicholas Fairbairn ! Pourquoi le Dr Fairbairn mentionnait-il ce nom ? Parce qu'il s'agissait de son frère, peut-être ? Ce qui signifierait alors qu'il était le fils de Ronald Fairbairn, rien de moins… Ronald Fairbairn, auteur des *Études psychanalytiques de la personnalité*, ouvrage dans lequel figurait le célèbre article intitulé « La structure endoscopique considérée en termes de relations-objets ».

— Est-ce que, par hasard, vous seriez… commença-t-elle.

Le médecin hésita. Une autre culpabilité refaisait surface, inexorable, aussi bouillonnante que le magma d'un volcan.

— Non, soupira-t-il. Je n'ai aucun lien ni avec Ronald Fairbairn ni avec son pittoresque fils. Je ne suis qu'un Fairbairn très ordinaire.

Il hésita encore.

— En fait, ma famille vient de Motherwell.

— Motherwell[1] ! s'exclama Irene.

Elle se reprit. Il n'y avait rien de mal à venir de Motherwell, ni d'Airdrie, d'ailleurs. Nous étions tous originaires de quelque part, alors pourquoi pas de Motherwell ? Elle-même ne venait-elle pas de Moray… ? Ma foi, ce n'était pas la peine de le crier sur les toits. (Il s'agissait en réalité de Moray Place.)

— Oui, confirma le Dr Fairbairn.

Cet aveu l'avait remis en confiance et il regarda Irene droit dans les yeux.

— Et vous, Mrs Pollock, d'où venez-vous ?

— De Moray… répondit Irene, prête à ajouter « Place » (on ne devait pas mentir), mais prenant son temps.

Malgré sa bonne volonté, elle n'eut pas l'opportunité de terminer sa phrase.

— Moray ! coupa le Dr Fairbairn. Quel beau coin ! J'adore Moray. Et Nairn aussi.

Irene ne dit rien. Après tout, ils n'étaient pas là pour évoquer sa culpabilité à elle, mais celle de son interlocuteur.

— Il faut que vous retrouviez Wee Fraser, déclara-t-elle. Vous le savez, n'est-ce pas ? Il faut que vous le retrouviez et que vous vous excusiez auprès de lui.

Le Dr Fairbairn ne bougea pas. Irene avait raison, il ne pouvait se le cacher. La réparation était essentielle ; Melanie Klein elle-même l'avait dit. Il devrait donc se rendre à Burdiehouse, trouver Wee Fraser et lui demander pardon. C'était assez simple à accomplir, et très important, non seulement pour lui-même, mais peut-être aussi pour Wee Fraser.

1. Petit bourg catholique proche de Glasgow.

75. L'heure de gloire de Cyril

Sur le chemin du retour, Irene ne manquait pas de sujets de réflexion. La séance avec le Dr Fairbairn avait été traumatisante et il lui fallait mettre de l'ordre dans ses pensées. Lorsque le psychothérapeute l'avait violemment agressée en suggérant qu'elle était peut-être à l'origine des problèmes de Bertie, elle avait été stupéfaite. Il était facile de blâmer la mère. Tout individu doté de quelques vagues notions de psychanalyse estimait pouvoir désigner celle-ci comme coupable de tous les maux. Mais entendre cette accusation de la bouche du Dr Fairbairn, qui œuvrait pourtant comme analyste, était pour le moins surprenant ! Et dangereux aussi : car si elle-même, qui possédait les capacités intellectuelles requises pour lui tenir tête et qui connaissait la théorie kleinienne sur le bout des doigts, pouvait se remettre d'une allégation de cette nature, une personne ordinaire, une mère comme les autres, en aurait été, en revanche, terriblement éprouvée…

Bien sûr, le commentaire tenait de l'aberration et la très vive réaction d'Irene avait vite ramené le thérapeute à la raison, mais il était clair qu'après cet incident leurs relations avaient changé. Le voir assis à son bureau avec cet air misérable, sa tête si distinguée entre les mains, avait fait surgir l'instinct maternel d'Irene…

À cet instant précis de sa réflexion, la lumière se fit dans son esprit. Elle se révéla même si éclatante, si aveuglante, qu'Irene s'immobilisa sur le trottoir, au beau milieu de Dundas Street, et réprima un cri. Mais bien sûr ! Bien sûr ! Le Dr Fairbairn n'avait pas de mère ! En évoquant l'hypothèse absurde qu'Irene étouffait Bertie, le thérapeute avait cherché à détourner vers lui-même son instinct maternel. Cessez d'être une mère pour Bertie, disait-il, afin de pouvoir en être une pour moi. C'était clair comme de l'eau de roche. C'était l'évidence même !

— Ça va, maman ? s'enquit Bertie, remarquant son émoi.

Irene baissa les yeux vers lui. Elle était si absorbée par ses pensées qu'elle en avait oublié sa présence. Pourtant, il était là, dans sa salopette, qui lui lançait ce sourire attendrissant si caractéristique. Quel drôle de petit garçon ! Si doué, quand on songeait à l'italien et au saxophone, et qui n'en rencontrait pas moins des difficultés dans le domaine des relations d'objet…

— Oui, merci, Bertie, répondit-elle. C'est juste que je viens d'avoir une pensée très importante. Tu sais que l'on a parfois des pensées si importantes qu'on ne peut s'empêcher de pousser une exclamation. Eh bien, c'est ce genre de pensée que j'ai eu.

— Tu veux dire, un instant de clairvoyance ? demanda Bertie.

Irene le considéra. L'étendue du vocabulaire de son fils la surprenait parfois, mais elle en était aussi très fière. Tout cela, c'est moi qui le lui ai donné ! songeait-elle alors. Tout. Bertie est ma création.

— Oui, acquiesça-t-elle. On pourrait appeler cela un instant de clairvoyance. Je viens de comprendre avec précision quelque chose qui s'est passé tout à l'heure dans le cabinet du Dr Fairbairn. Tu n'es pas au courant, mais le Dr Fairbairn et moi-même avons eu une toute petite dispute. Rien de grave, bien sûr.

Bertie simula la surprise.

— Une *wee stooshie*[1] ?

Irene fronça les sourcils.

— Je ne suis pas certaine que j'appellerais cela une *stooshie*, et je ne suis pas certaine non plus d'avoir envie que tu emploies des mots comme celui-là, Bertie.

— C'est un gros mot, maman ? s'enquit Bertie. Est-ce que c'est comme…

1. « Petite dispute », en écossais.

— Ce n'est pas un gros mot, le coupa Irene. C'est plutôt… comment dirais-je… c'est du dialecte. C'est de l'écossais.

— Et c'est mal élevé de parler écossais, maman ? insista Bertie.

— Non, concéda Irene. L'écossais n'est pas vraiment vulgaire. Seulement, nous ne l'employons pas beaucoup à Édimbourg.

Bertie resta silencieux. Il venait d'avoir une idée. Désormais, il parlerait écossais ! Cela agacerait sa mère et cela lui montrerait que, même si elle pouvait obliger son fils à porter des salopettes roses, elle ne pouvait contrôler son langage ! Ha, ha ! Ça lui apprendrait !

— Bon, reprit Irene. Maintenant, il faut rentrer à la maison. Tu as un cours de saxophone dans une demi-heure, me semble-t-il, et je veux que tu fasses tes exercices avant.

— *Aye*, répondit l'enfant à mi-voix. *Nae time for onything else*[1].

—Qu'est-ce qu'il y a, Bertie ? Tu as dit quelque chose ?

— *I didnae*[2].

— Quoi ?

— *No spikkin*[3], murmura Bertie.

— Vraiment, tu es un petit garçon bizarre, parfois, déclara Irene, une note d'irritation dans la voix. À marmonner comme ça dans ta barbe.

Ils continuèrent à descendre la rue et passèrent bientôt devant le café de Big Lou. Au moment où ils l'atteignaient, Matthew et Angus Lordie montaient les marches qui menaient au trottoir. Le hurlement soudain et prolongé de Cyril avait mis un terme à leur conversation du jour. L'angoisse existentielle canine qui l'avait déclenché s'était sans doute estompée aussi vite qu'elle était appa-

1. « On n'a pas le temps de faire autre chose. »
2. « Non. »
3. « Je n'ai pas parlé. »

rue, car Cyril avait retrouvé sa bonne humeur. Il remua la queue avec enthousiasme à la vue de Bertie. Cyril adorait les petits garçons : il aimait leur odeur (un tantinet rance) et leur habitude de courir et de sauter. Garçons et chiens étaient des alliés naturels, estimait Cyril.

Dès qu'il aperçut Bertie, Cyril accourut, s'assit devant lui et lui tendit la patte.

— *Bonnie dug*, fit Bertie en prenant la patte et en se baissant pour être à sa hauteur. *Guid dug*[1].

Avec enthousiasme, Cyril lui lécha le visage, déclenchant de petits cris ravis chez le garçon.

— Bertie ! hurla Irene. Éloigne-toi de cette créature dégoûtante ! Ne le laisse pas te lécher !

Puis elle se pencha en avant pour s'adresser à Cyril.

— Vilain chien dégoûtant. Allez ouste ! Ouste !

En tant que chien, Cyril ne possédait pas un vocabulaire très étendu. Toutefois, il existe des mots que tous les chiens comprennent. Ils savent ce que veut dire « bon chien » et « va chercher ». Et Cyril connaissait aussi la définition de « dégoûtant », et ce terme l'indignait. Il avait déjà vu cette grande femme sur Drummond Place et elle ne lui plaisait pas du tout. Et voilà qu'à présent elle le traitait de chien dégoûtant ! C'en était trop !

Les mollets d'Irene se profilèrent soudain devant lui. Ils étaient tout proches et sans protection. Ce n'était pas lui qui avait commencé, c'était elle. Aucun chien, aussi héroïque fût-il, ne pouvait résister. Il s'élança, gueule ouverte. Exposée à la lumière, sa dent en or lança un éclair menaçant. Alors Cyril mordit le mollet droit d'Irene. Ce fut un instant glorieux, source d'une intense satisfaction. La sanction était amplement méritée…

1. « Bon chien. »

76. Crieff inspire à Bruce des pensées peu charitables

Bruce était ressorti ébranlé de sa conversation téléphonique avec George. Alors que l'achat des caisses de Petrus à un prix incroyable l'avait mis en joie, sa jubilation s'était évanouie dès l'instant où George avait émis l'hypothèse que le vin n'était peut-être pas ce qu'il croyait : il pouvait s'agir de vin de table versé dans des bouteilles factices par des faussaires sans scrupules.

Au début, il avait refusé d'y croire. George n'avait même pas vu les bouteilles : comment pouvait-il pontifier à leur sujet ? Le problème de George, bien sûr, était qu'il manquait foncièrement d'audace. L'idée d'effectuer un achat qui sortait des conventions, d'acquérir un bien autrement que par les canaux habituels était de toute évidence étrangère à sa prudente personnalité de comptable. Pauvre George ! Il avait toujours été le timoré, même à la Morrison's Academy, où il ne s'aventurait jamais à faire des choses susceptibles d'attirer des ennuis. Quel couard ! Seulement, les couards pouvaient se révéler utiles, surtout quand ils avaient de l'argent !

Cependant… cependant, George avait peut-être raison cette fois-ci, dans une certaine mesure du moins, quand il affirmait qu'il fallait se méfier des bonnes affaires. Si le Petrus avait la valeur qu'on lui attribuait d'ordinaire, pourquoi Harry le lui aurait-il vendu à un prix si dérisoire ? Car ce dernier ne s'était pas contenté de lui concéder une petite réduction, de celles que l'on estime devoir accorder à un ami. Non : il avait fait fi du prix du marché et bradé les trois caisses de vin.

L'idée que George avait sans doute vu juste mettait Bruce très mal à l'aise. Le Petrus lui avait coûté une grosse somme d'argent, prélevée sur ses économies personnelles. À cela venait s'ajouter le montant du premier mois de loyer du magasin, également réglé avec ses économies, et la colonne *Dépenses* de son livre de comptes promettait de gonfler encore sous peu. Quant à George, il n'avait pas versé le premier penny, bien qu'il eût assuré que l'argent serait disponible une fois ses obligations vendues. Combien de temps fallait-il pour vendre des obligations ? Ne suffisait-il pas d'appeler le courtier ?

Bruce passa son deuxième jour de travail à prendre livraison du vin commandé chez un grossiste de Leith – le genre de bouteilles que les gens de Stockbridge achetaient pour accompagner leurs repas ou pour offrir lorsqu'ils allaient dîner chez des amis. Il y avait des rouges australiens, des chardonnays, et même des vins doux allemands, qu'il comptait placer dans un rayon spécial intitulé *Pour Elle*. Cette dernière idée lui avait semblé excellente et il n'était pas impossible que d'autres cavistes la reprennent lorsqu'ils constateraient à quel point elle séduisait les femmes.

Les rayons du magasin commençaient à s'étoffer. Les vins du Nouveau Monde étaient exposés à l'avant, conformément aux goûts personnels de Bruce, la France et l'Italie, reléguées au fond. L'Espagne était très peu représentée, là encore selon les convictions de Bruce, qui trouvait le rioja imbuvable (« Même pour mes gargarismes, je n'utiliserais pas ce truc-là », se plaisait-il à répéter ; une remarque qu'il estimait pleine d'esprit). De même, la partie Afrique du Sud restait limitée, en raison de l'aversion que lui inspirait l'esprit du rugby sud-africain. Bruce était de ceux qui pensaient que les supporters de ce pays avaient empoisonné les All Blacks en plus d'une occasion, alors que ceux-ci devaient affronter les Springboks. « Toute une équipe de rugby qui attrape la diarrhée la veille d'un match, ce n'est pas un accident », faisait-il observer. Et l'équipe écossaise avait-elle été empoisonnée de la même façon ? Cette question faisait rire Bruce. « Qui s'en soucie ? » répondait-il, amer.

Quant au Petrus, il ne l'avait pas exposé, mais dissimulé dans l'arrière-boutique, trois caisses encore fermées avec les clés de saint Pierre imprimées au stencil sur le côté. Chaque fois qu'il les regardait, Bruce ressentait la morsure du doute et du regret. Si le vin n'était pas du vrai Petrus, il serait impossible de le vendre. Il ne pouvait se permettre d'entamer sa nouvelle carrière en se retrouvant impliqué dans un scandale de ce genre ; ce serait accepter le baiser de la mort. Mais comment confirmer ses douloureux soupçons ? La question restait sans réponse.

En milieu d'après-midi, alors qu'il achevait de disposer ses bouteilles sur les étagères, Bruce décida de rappeler George. Il devait organiser un rendez-vous, afin de mettre au point les montages financiers qui lui permettraient de payer la facture du grossiste de Leith (un peu plus de huit mille livres), à régler dans les quatorze jours.

George ne répondit pas tout de suite au téléphone. Lorsqu'il décrocha enfin, il accepta de passer au magasin après son travail.

— J'aimerais venir avec quelqu'un, ajouta-t-il. Quelqu'un que je veux te faire rencontrer.

— Qui est-ce ?

— Une personne que j'aime beaucoup, répondit George. Une amie, en fait.

Bruce eut un petit rire.

— Alors ça y est, George ? Tu t'es enfin casé ? Ça doit être un canon !

Il était persuadé du contraire. Il imaginait très bien le genre de fille avec laquelle finirait George. Ce serait le bas du panier, du matériel de second choix. Des chaussures confortables, quelques bons kilos en trop, et ennuyeuse comme la pluie. Et pour couronner le tout, elle devait venir de Crieff ! D'ailleurs, peut-être s'agissait-il de celle que George fréquentait autrefois – comment s'appelait-elle, déjà ? – Sharon quelque chose. Elle habitait dans l'une des maisons en préfabriqué de Comrie Road. Ou une fille de ce genre. Pauvre George ! Bruce portait un jugement très sévère sur sa ville natale. Une ville comme les autres, bien sûr, mais qu'il considérait d'un œil critique. Lui-même s'en était échappé pour venir à Édimbourg, et il caressait désormais le rêve de quitter cette dernière pour des horizons plus vastes : New York ? Sydney ? Et pourquoi pas Paris ? Tout était possible, pensait-il, quand on avait du talent, ce qui était son cas. Mais ce pauvre vieux George, lui, était revenu à la case départ…

77. Retour de bâton pour Bruce

George et Sharon se présentèrent au magasin de Bruce, dans St Stephen Street, juste avant six heures. Ils avaient un léger retard, ce qui agaça Bruce, et surtout l'inquiéta. Mais ils étaient là à présent, debout sur le seuil, scrutant la boutique à travers la vitre. Bruce reconnut aussitôt la fille : il ne s'était pas trompé. Sharon McClung, la fille de Crieff, avait fini par mettre le grappin sur George ! Bruce souriait en lui-même en allant leur ouvrir. Dans la vie, chacun n'a que ce qu'il mérite, songeait-il.

C'en fut trop pour Némésis, qui ne put résister à la tentation. Que Bruce, entre tous les hommes, invoque le principe de la rétribution revenait à demander à la première déesse grecque attentive, pour peu qu'elle fût sous-employée en cet instant, peut-être en raison de la prudence des autres humains, de frapper de façon concrète et convaincante. Sans doute Bruce dut-il à la malchance que Némésis se trouvât justement dans cette partie d'Édimbourg à ce moment précis, errant de rue en rue dans l'espoir de surprendre des députés du Parlement écossais en train d'utiliser leurs frais de représentation d'une manière susceptible d'attirer son attention. Mais non : elle n'avait observé jusque-là que des comportements honorables, aussi se tenait-elle à l'affût, prête à capter toute parole imprudente prononcée par des humains indignes. Et ce furent les pensées de Bruce qui lui parvinrent de St Stephen Street. Aussitôt, la déesse s'engagea dans cette rue et passa la tête dans l'entresol où venait de pénétrer un couple légèrement grassouillet, sur invitation de l'occupant des lieux. Au premier coup d'œil, Némésis comprit que Bruce évoluait sous la tutelle de son collègue Narcisse. Jubilant, elle se frotta les mains.

— George ! s'exclama Bruce avec enthousiasme. Bienvenue au magasin ! Et toi aussi, Sharon ! C'est incroyable de se revoir après tout ce temps ! Ça fait un bail ! Tu as l'air en pleine forme !

Il tenait en lui-même un tout autre discours : Regarde-moi ces cheveux ! Cette fille n'est vraiment pas gâtée par la nature… Et ce corps, on dirait un haggis[1]. Comment peut-on imaginer épouser une fille comme ça ! Quoique George, de son côté, a des allures de pudding au maïs… Finalement, ils ne vont pas si mal ensemble…

Il s'avança pour embrasser Sharon sur la joue. Pauvre fille ! Elle avait tant rêvé d'un tel baiser à l'époque de la Morrison's Academy, quand elle le couvait des yeux en cours de chimie, elle et neuf autres. (Toutes les filles de la classe, en fait, sauf une. Et pour ce qui concernait cette dernière, Bruce connaissait la raison de son manque d'intérêt. Oh oui, il avait compris : avec ses cheveux courts et sa froideur, cela crevait les yeux !)

Il serra la main de George.

— Alors, comme ça, Sharon et toi, vous êtes ensemble ! Tu as bien gardé le secret, dis-moi !

George eut un sourire ravi.

1. Panse de brebis farcie, plat national écossais.

— En fait, Bruce, tu es l'un des premiers à qui nous annonçons la nouvelle : Sharon et moi, nous allons nous fiancer.

Il lança à la jeune fille un regard tendre.

— La décision date d'hier, n'est-ce pas, Shaz ?

Shaz ! songea Bruce. N'importe quoi ! Et elle, comment appelait-elle George ? Il n'existait guère de possibilités avec un prénom comme celui-là…

— Mais c'est génial ! s'extasia-t-il. Et…

— Et nous nous marierons en mars, coupa George. À Crieff !

— À Crieff ! répéta Bruce. Vous allez réunir toute la vieille équipe, alors ?

— La réception aura lieu à l'*Hôtel des Thermes*, précisa George.

— Un très bon choix, commenta Bruce, tout en pensant : J'imagine que je vais être obligé d'y aller. En tant qu'associé, difficile de se défiler… Et où est-ce que tu habites maintenant, Sharon ?

L'intéressée, qui regardait George jusque-là, dévisagea Bruce d'une façon qu'il trouva un peu effrontée de la part d'une telle fille. Qui était-elle pour se permettre de le jauger ainsi, comme si elle lui attribuait une note ?

— À Crieff, répondit-elle. Je travaille à Perth, mais j'habite toujours chez mes parents. Ils commencent à se faire vieux.

Il y avait dans le ton de sa voix quelque chose qui mit Bruce mal à l'aise. On eût dit que, d'une certaine manière, elle le provoquait, le mettait au défi de critiquer le fait qu'elle continuait de vivre à Crieff.

— Et que fais-tu à Perth ? interrogea-t-il. J'ai un peu perdu le contact avec tout le monde… Tu étais partie étudier à Dundee, c'est ça ?

Sharon hocha la tête, le fixant là encore d'un regard qui suggérait qu'elle guettait la moindre critique sur l'université de Dundee, prête à bondir.

— J'ai fait du droit, expliqua-t-elle. Maintenant, je suis avocate. Je travaille dans un cabinet à Perth. Je plaide beaucoup.

— Sharon plaide au tribunal presque tous les jours, renchérit George avec fierté. La semaine dernière, le juge de grande instance a dit qu'elle avait très bien mené sa plaidoirie. Il lui a fait ce compliment pendant l'audience !

— C'est quelqu'un de très gentil, expliqua Sharon. Il écoute avec beaucoup d'attention.

— Super, commenta Bruce, avant de se tourner vers George. Bon, maintenant, il faut que je te mette un peu au courant, pour le magasin. J'ai passé toute la journée à installer le stock. Regarde, ça m'a pris des heures. Et tu vois ce rayon là-bas, Sharon ? *Pour Elle*. Tu le vois ?

Sharon jeta un coup d'œil aux quatre étagères qu'il désignait, avant de fusiller Bruce du regard.

— Pourquoi as-tu écrit *Pour Elle* ? Qu'est-ce que c'est censé signifier ?

— Ça veut dire que les femmes ont plus de chances d'aimer ces vins-là, expliqua-t-il.

Sharon lança un bref coup d'œil à George, qui se balançait d'un pied sur l'autre, puis refit face à Bruce.

— Et pourquoi les femmes auraient-elles des goûts différents de ceux des hommes en matière de vin ? Leurs papilles gustatives ne sont pas les mêmes, peut-être ?

Bruce soutint son regard. Il ne laisserait pas ce haggis lui parler sur ce ton ! D'ailleurs, il savait très bien quel genre de vin plairait à cette fille-là : le Blue Nun[1] ! Peut-être lui en offrirait-il une bouteille en guise de cadeau de fiançailles…

— Non, répondit-il. Les femmes préfèrent les vins plus doux. Et elles apprécient les étiquettes avec des designs plus féminins. Tout le monde sait ça.

1. Vin d'origine allemande dont le nom signifie « Religieuse bleue ».

Il s'interrompit. Discuter avec Sharon représentait une perte de temps. Il importait de parler affaires avec George.

— En tout cas, George, il faut que nous discutions un peu de notre entreprise. J'ai déjà déboursé pas mal d'argent pour le stock, alors si nous pouvions parler de cet aspect des…

— George a changé d'avis, le coupa Sharon. Désolée, Bruce. Nous allons nous marier et nous voulons acheter une maison à Stirling. On aura besoin de cet argent. Je regrette.

Bruce s'était immobilisé, pétrifié. À la porte, un léger frissonnement de l'air, une infime modification dans la luminosité furent tout ce qui révéla le passage d'une Némésis qui repartait, triomphante, dans les rues d'Édimbourg…

78. Une vieille affaire

— Tu m'as donné ta parole, George, articula Bruce en détachant chaque mot. Tu m'as donné ta parole. Tu m'as dit que tu t'associerais à mon entreprise. C'était au *Cumberland Bar.*

Ces deux derniers mots furent prononcés avec toute la solennité requise lorsqu'on invoque le nom d'un établissement où les promesses commerciales sont scrupuleusement tenues. En l'occurrence toutefois, même la mention de ce haut lieu des affaires ne put produire l'effet désiré.

— En réalité, Bruce, déclara George, je ne t'ai rien promis. Je t'ai simplement dit que cela m'intéressait, mais nous n'avons rien fixé de précis, n'est-ce pas ? Nous sommes convenus de mettre au point un accord de partenariat, mais tu ne me l'as jamais soumis et je ne l'ai jamais signé. Nous avons juste évoqué l'idée de nous associer, mais non pas l'aspect pratique de l'association. Nous n'avons pas établi de contrat en bonne et due forme, tu comprends.

— Il n'y a aucun contrat écrit, renchérit Sharon. Pas de contrat, pas d'engagement.

Bruce la considéra d'un œil menaçant.

— Ça t'ennuierait de rester en dehors de problèmes qui ne te concernent pas ? C'est entre moi et mon ami George, alors ne t'en mêle pas, s'il te plaît.

— Ah bon ? s'exclama Sharon. Ce que fait mon fiancé ne me concerne pas ? C'est ce que tu as dit ? Eh bien, vois-tu, j'ai une grande nouvelle à t'annoncer : ce que fait George me concerne au premier chef !

Bruce se mordit la lèvre. Il regarda George, mais celui-ci avait baissé la tête et contemplait ses souliers. C'était typique : dès qu'une femme arrivait, il fallait qu'elle mette son grain de sel. Et maintenant, cette fille répugnante avait pris le contrôle de cet incapable et elle le manipulait entre ses petits doigts grassouillets.

— Alors tu veux la guerre ? dit-il. La petite Sharon McClung a enfin capturé un homme dans ses filets et elle déclare la guerre à grande échelle ! Tu es contente de toi, Sharon ? Dommage que tu n'aies pas pu trouver mieux !

George releva la tête.

— Que veux-tu dire par là, Bruce ?

Sa voix était crispée, ses yeux humides comme s'il allait pleurer.

— Ce n'est pas pour te critiquer, George, soupira Bruce. Mais reconnais que tu laisses un peu Sharon te mener par le bout du nez, tu ne crois pas ?

— Mais tu as dit : « Dommage que tu n'aies pas pu trouver mieux », insista George. Qu'est-ce que tu as voulu insinuer, Bruce ? Qu'est-ce que tu as voulu dire au juste ?

— Oui, renchérit Sharon. Qu'est-ce que cela signifie exactement ? Que George n'est pas une si bonne prise que cela ? Eh bien, si c'est ce que tu penses, je vais te dire, moi, ce que je crois. Je crois que George est dix fois, vingt fois mieux que toi. Aucune femme – aucune femme disposant de toutes ses facultés mentales – ne daignerait poser le regard sur toi. Tu le sais, n'est-ce pas ?

Bruce ricana.

— Ne me fais pas rire. S'il te plaît, ne me fais pas rire. Toi-même, tu étais assez contente de pouvoir me regarder à l'époque, quand on était à Crieff. Oh oui ! Tu crois peut-être que je ne remarquais rien, quand tu m'observais, toi et les autres filles, et que vous me déshabilliez du regard ? Je m'en rendais tout à fait compte, vois-tu.

Ces mots arrachèrent à Sharon un cri d'indignation.

— Quoi ? Qu'est-ce que tu racontes ? On te déshabillait du regard ? Tu es complètement fou !

— Écoutez, intervint George d'un ton apaisant, je ne crois pas qu'il soit très constructif de discuter de…

— Si, contra Sharon. Je n'ai pas l'intention de rester là à écouter ce salaud imbu de sa personne dire des choses pareilles ! Et puis, j'ai une autre nouvelle à t'annoncer, Bruce : les filles de Crieff te détestaient toutes, tu sais. Elles te haïssaient. Si tu avais entendu ne serait-ce que la moitié des choses qu'elles disaient sur toi, tu serais mort de honte… Sais-tu que, sur le mur des toilettes des filles, il y a eu pendant deux ans quelque chose d'écrit à ton sujet ? Pendant deux ans ! À chaque fois, les femmes de ménage l'effaçaient et, à chaque fois, quelqu'un le réécrivait, si bien qu'à la fin elles ont renoncé à y toucher. Et sais-tu ce que cela disait ? Quelque chose qui ne te plairait pas du tout, je te jure. tu détesterais vraiment. Seulement, je ne peux pas te le dire, c'est trop gênant…

— Est-ce que c'était inscrit au marqueur ? s'enquit George. L'un de ces gros feutres impossibles à effacer ?

D'un même mouvement, Bruce et Sharon se tournèrent vers lui, mais Sharon ne répondit pas.

— Tu mens, reprit Bruce à l'intention de la jeune femme. J'en aurais entendu parler. Personne ne m'a jamais rien dit.

Sharon haussa les sourcils en une expression incrédule.

— Tu crois que quelqu'un aurait pu te répéter une chose pareille ?

— Ça dépend de ce que c'était, fit remarquer George. Et de toute façon, je ne trouve pas ça bien de ne pas le lui dire, maintenant, Shaz. Regarde, tu l'as mis en colère. Il faut que tu lui dises.

— Non, George, je ne lui dirai pas.

— Et à moi, tu peux me le dire ? insista George.

Sharon réfléchit un instant, puis se pencha, mit la main en coupe autour de l'oreille gauche de son ami et lui chuchota quelques mots. Les yeux de George s'élargirent, puis il se mit à rire.

— Non, c'est vrai ? s'exclama-t-il. C'est vrai ?

Sharon hocha la tête d'un air satisfait.

— Oui, c'est vrai. C'est drôle, hein ?

— Mais tu crois que c'est la vérité ?

Sharon haussa les épaules.

— Comment savoir ? Bon, ajouta-t-elle après un temps d'arrêt, c'est comme ça, Bruce. C'est ce qu'on pensait de toi.

Bruce considéra George.

— Et tu vas te marier avec cette personne ? marmonna-t-il. Tu vas persister et te marier avec cette personne ? Avec cette… avec ce *haggis*… ?

On eût dit que George recevait une décharge électrique. Se redressant de toute sa hauteur – il était nettement plus petit que Bruce, et que Sharon –, il pointa l'index sur son ancien ami.

— Je t'interdis de traiter ma fiancée de haggis, déclara-t-il. Tu as intérêt à ne plus jamais prononcer ce mot devant moi, je te préviens.

Sur ces paroles, il tourna les talons, saisit le bras de Sharon et fit un signe de tête en direction de la porte.

— Au revoir, Bruce. Je suis désolé que les choses se soient passées comme ça. Mais tu ne peux t'en prendre qu'à toi-même. Viens, Shaz, on y va.

Sharon lança à Bruce un regard triomphal.

— Tu veux vraiment savoir ce qui était écrit sur le mur ?

Elle venait d'apercevoir un bloc de papier et un crayon sur le comptoir, vers lequel elle se dirigea pour écrire quelques mots. Puis elle plia la feuille, la tendit à Bruce et rejoignit George à la porte.

Lorsqu'ils eurent disparu, Bruce se laissa tomber sur une chaise, le papier plié à la main. Il le tritura un instant, hésitant, puis finit par l'ouvrir et lut les mots inscrits. Alors, d'un geste rageur, il froissa la feuille et la lança à travers la pièce.

79. À la galerie

Lorsque Matthew rentra à la galerie, il s'empressa de raconter à Pat ce qui s'était passé.

— Cyril a mordu quelqu'un, annonça-t-il avec un large sourire. Une femme qui vit à Scotland Street, une voisine à toi, je crois. C'est la mère de ce petit garçon qui a toujours l'air d'avoir vu un fantôme. Le gosse était en train de caresser Cyril et Cyril le léchait partout. Alors, cette femme au visage en lame de couteau a dit au chien quelque chose qui ne lui a pas plu, et il l'a mordue à la cheville. Ce n'était pas une morsure bien méchante, il l'a juste mordillée. Je ne sais même pas s'il a troué la peau. Elle a hurlé et elle a essayé de le frapper, mais il a reculé. C'était très drôle ! Et nous, nous étions obligés de garder notre sérieux. Et Angus

Lordie a dû s'excuser et donner à Cyril une tape avec un exemplaire du *Scotsman*. Pauvre Cyril !

— Je connais cette femme, répondit Pat. Domenica ne la supporte pas. Elle dit qu'elle pousse beaucoup trop son petit garçon. Elle l'oblige à apprendre le saxophone et l'italien. D'après elle, il se rebellera à la première occasion.

— Il y a des mères comme ça, commenta Matthew. À cause d'elles, les fils ont plein de problèmes. En tout cas, l'incident nous a bien fait rire.

Ils se remirent au travail. Le catalogue d'une prochaine vente aux enchères était arrivé par le courrier du matin et Pat l'avait déjà parcouru en notant les numéros des lots qui pouvaient intéresser Matthew. Il y avait quelques études du port de Kirkcudbright datant du début du XXe pour lesquelles, selon elle, il valait la peine d'enchérir. Matthew était en train d'étudier les photographies des œuvres en se demandant quel prix il pourrait en obtenir s'il les vendait à la galerie, lorsque la porte s'ouvrit sur une femme. Pendant quelques instants, il ne put mettre un nom sur son visage, puis il la reconnut tout à coup : c'était Janis, la nouvelle amie de son père, la fleuriste avec laquelle ce dernier et lui avaient passé une soirée assez peu satisfaisante au *New Club*. Il se leva pour l'accueillir en tentant de paraître avenant. Ce fut difficile.

— Alors, c'est votre galerie… dit Janis en regardant autour d'elle.

Matthew hocha la tête et se demanda comment il devait interpréter le ton sur lequel elle avait lancé la remarque. N'était-il pas légèrement dédaigneux ? Il décida de ne pas accepter la moindre condescendance de la part de cette femme, quelles que fussent les relations qu'elle entretenait avec son père égaré.

— Oui, rétorqua-t-il d'une voix sensiblement plus froide. C'est ici que je travaille.

— J'espère que cela ne vous dérange pas que je passe à l'improviste comme ça…

Il haussa les épaules.

— Vous êtes la bienvenue, affirma-t-il. Moi-même, je pourrais faire un saut dans votre magasin un de ces jours.

— Oh oui, avec plaisir ! s'exclama Janis. Venez quand vous voulez…

Elle jeta un nouveau regard à la salle.

—… même si nous n'avons pas grand-chose qui puisse vous intéresser. À moins que vous ayez une attirance particulière pour les fleurs…

— Je ne suis ni pour ni contre les fleurs, répondit-il. Du moment qu'elles sont à leur place.

La remarque, énigmatique, pouvait appeler plusieurs interprétations. Tout d'abord, elle suggérait que l'on ne devait pas trop s'occuper des fleurs, qu'il y avait mieux à faire, des sujets plus intéressants sur lesquels se pencher. On pouvait aussi comprendre que les fleurs devaient rester là où elles poussaient, qu'il ne fallait pas les cueillir. Enfin, elle pouvait impliquer que les personnes qui s'occupaient de fleurs n'avaient pas le droit de prendre les pères de celles qui s'occupaient de tableaux, surtout quand ces pères étaient considérablement plus âgés que la fleuriste.

— En fait, je n'en suis pas sûre, répondit Janis sans se départir de son calme. Les fleurs apportent du plaisir aux gens… aux gens ordinaires.

C'était, là aussi, une observation interprétable à différents niveaux. Elle pouvait passer pour de l'auto-dénigrement : travailler dans les fleurs représentait une activité modeste, contrairement aux activités liées à l'art, qui procuraient du plaisir à une catégorie de gens d'un niveau intellectuel plus élevé. C'était une possibilité. Il en existait une deuxième : au moins, les personnes qui vendaient des fleurs aux personnes qui en achetaient n'avaient aucune prétention. Elles tiraient leur plaisir des fleurs et cela faisait une justification suffisante.

Quel que fût le sens que Janis entendait donner à ses paroles, elle ne poursuivit pas dans cette voie. Avec un sourire poli à Pat, que Matthew ne s'était pas donné la peine de lui présenter, elle avança jusqu'au fond de la salle et s'intéressa à un tableau représentant une petite fille cueillant des fleurs dans un champ.

— C'est la copine de mon père, souffla Matthew à Pat. La fleuriste. Tu as vu, elle est allée directement voir un tableau de fleurs. C'est typique.

— Je ne sais pas, répondit Pat. Elle m'a l'air gentille. Et le tableau qu'elle regarde est plutôt joli.

— Je ne comprends pas, maugréa Matthew. Tu ne vois pas les signes de dollars dans ses yeux ? Tu ne les vois pas ?

— Non.

Matthew leva les yeux au ciel en une expression qui en disait long sur sa frustration, mais garda le silence et retourna à son catalogue. Au bout de quelques minutes, Janis vint se poster devant le bureau.

— Vous avez quelques beaux tableaux, déclara-t-elle. Ce Crosbie, là-bas, est très joli.

Matthew jeta un bref coup d'œil à l'œuvre en question.

— Il y a des gens qui aiment, oui, répondit-il de mauvaise grâce. Ça arrive…

— Je me suis dit que je pourrais l'acheter, reprit Janis. Enfin, si vous voulez bien me le vendre…

— Si vous voulez, dit Matthew. Il est à vendre.

— Dans ce cas, je le prends. C'est un cadeau pour votre père. Je suis sûre qu'il va beaucoup l'aimer.

Matthew hésita. L'achat d'un tableau destiné à son père ne traduisait-il pas l'existence d'une intimité entre elle et lui ? On n'achetait pas un tableau pour des gens avec qui l'on entretenait une relation banale.

— Ce n'est pas un grand amateur de tableaux, marmonna-t-il. Vous êtes sûre ?

Janis hocha la tête.

— Absolument sûre, Matthew. Je commence à bien le connaître, vous savez.

Sans répondre, le jeune homme se leva et marcha jusqu'au tableau, qu'il retira de son crochet pour le rapporter à Janis. Ce faisant, il regarda le paysage que Crosbie avait saisi à grands traits : un petit port, avec plusieurs pêcheurs assis sur des caisses en bois retournées. On sentait la main d'un peintre habile, sûr de lui, pour un sujet qui aurait fort bien pu passer pour affecté ou banal. Ces travers avaient été évités.

Janis contempla le tableau et sourit.

— Il va l'aimer, vous savez.

— J'espère, répondit Matthew.

Janis parut hésiter.

— Cela vous ennuierait si je faisais quelque chose ? interrogea-t-elle soudain. Si je lui disais que c'est vous qui l'avez choisi pour lui ?

Ce fut Pat qui répondit à la question.

— Cela te ferait très plaisir, n'est-ce pas, Matthew ? Oui, il sera très content.

80. Les chiens et l'histoire cubaine

Deux jours plus tard, Pat frappait à la porte de Domenica. Cette dernière ne semblait jamais mécontente de découvrir sa jeune voisine sur le seuil de son appartement et ce soir-là ne faisait pas exception. Bien sûr qu'elle ne la dérangeait pas ! Bien sûr qu'elle pouvait entrer boire un café !

Pat avait compris que Domenica adorait la conversation, mais leurs rencontres lui paraissaient toujours déséquilibrées, Domenica parlant la plupart du temps.

Sans doute était-ce parce que, au cours de son existence, celle-ci avait vécu bien plus d'expériences que Pat : en règle générale, il se passe davantage de choses en soixante ans qu'en vingt, même si, bien sûr, il existe des exceptions. Pat avait lu un article sur les recherches du professeur Sykes, qui avait exploité les techniques modernes de la génétique pour découvrir d'où venaient les familles portant son nom, Sykes. Il avait constaté qu'elles étaient presque toutes originaires d'un petit village anglais, où il restait encore des gens répondant à ce nom et qui, en l'espace de huit cents ans, ne s'étaient pas déplacés de plus de quelques centaines de mètres. Une stabilité poussée à un degré héroïque…

Cette fois, Pat avait plus de choses à raconter que d'ordinaire, car les jours précédents s'étaient révélés riches en événements. Il y avait eu l'incident de la morsure d'Irene par Cyril, la visite de Janis à la galerie et la dispute avec Matthew qui s'était ensuivie, ainsi que le pique-nique nudiste de Moray Place où elle était allée avec Peter et dont elle avait vraiment besoin de parler.

Les deux femmes se rendirent dans le bureau de Domenica, qui s'installa à sa place habituelle, près de la table de travail chargée d'une pile de livres, tandis que Pat s'asseyait dans le fauteuil réservé aux visiteurs, sous le portrait encadré du père de la maîtresse des lieux.

Angus Lordie n'était pas encore venu raconter à son amie l'histoire de la disgrâce de Cyril, aussi Domenica l'écouta-t-elle avec un vif plaisir.

— En temps normal, je ne souhaiterais pas de morsure à quiconque, affirma-t-elle. Mais dans ce cas précis, je vois là un élément de justice poétique. Je rêve moi-même de mordre cette femme depuis longtemps et je comprends tout à fait Cyril. Je me demande toutefois si elle a tiré une leçon de l'expérience. J'en doute.

— Matthew dit qu'elle l'a provoqué, expliqua Pat. Elle l'a insulté d'une manière ou d'une autre.

— Les chiens sont très sensibles à l'insulte. Et vous savez – chose très intéressante –, les chiens qui vivent dans des sociétés d'un niveau culturel élevé se montrent plus sensibles à la manière dont on les traite. Une étude très originale a d'ailleurs été réalisée sur le sujet : l'auteur est un chercheur de Stanford, qui s'était mis en tête que le comportement des chiens reflétait les caractéristiques nationales de la culture humaine dans laquelle ils vivaient. Je crois que cette idée lui est venue alors qu'il visitait New York, où il a trouvé que les chiens étaient tous nerveux et névrosés, à l'image de leurs propriétaires. Cela lui a fait penser que ces différences se manifestaient peut-être également au niveau national. Un thème de recherche passionnant, mais très litigieux, bien sûr. Presque excentrique.

— Et qu'a-t-il découvert ? s'enquit Pat, intriguée.

Domenica sourit.

— Il a découvert ce qu'il avait décidé de découvrir. Ce qui rend toujours la recherche un peu suspecte. Il faut garder l'esprit ouvert, même si l'on peut partir d'une hypothèse, bien sûr. Il a donc observé les chiens de culture hispanophone – les chiens colombiens, je crois –, puis les chiens suédois, australiens et japonais.

— Et alors ?

— Alors, les chiens suédois lui ont paru calmes et prudents. Leur attitude révélait en fait des symptômes de dépression. Ils restaient mornement assis et n'aboyaient pas autant que les autres chiens. Les chiens colombiens, eux, étaient très excités. Dès qu'on les soumettait au stress, ils faisaient tout un cirque. Ils passaient leur temps à danser et à courir après des choses.

— Et les chiens australiens ?

— Eux aussi sont assez turbulents, même si leur excitation n'est pas aussi marquée que chez les chiens colombiens. Ils semblent moins soucieux de leur apparence – ils sont beaucoup plus sales – et ils adorent être dehors. Ils sont également très doués pour rapporter les balles. Quant aux chiens japonais, ils se révèlent très intéressants du point de vue du comportement animal. Ils sont sensibles et ont beaucoup d'amour-propre.

Pat se mit à rire.

— Un peu comme leurs propriétaires ?

— On peut le dire. Et cela, me semble-t-il, ne devrait pas nous surprendre. Les animaux qui nous sont proches dans la vie quotidienne ne peuvent que nous renvoyer notre comportement à la figure, n'est-ce pas ? Je ne pense pas qu'il faille s'étonner de ces découvertes.

— Non, reconnut Pat. Quoique cette théorie me paraisse un peu tirée par les cheveux…

Domenica demeura quelques instants pensive.

— J'ai eu l'occasion d'y réfléchir moi-même, reprit-elle enfin. L'an dernier, quand j'étais à La Havane, cette étude m'est revenue en mémoire. Et je dois dire que j'ai pensé que le chercheur de Stanford n'avait pas tort. Mais je ne suis pas sûre que vous ayez envie de m'écouter disserter là-dessus. Vous avez ce pique-nique à me raconter…

Pat protesta. Elle brûlait d'apprendre des choses sur La Havane. Il serait toujours temps d'évoquer Moray Place plus tard.

Encouragée à continuer, Domenica saisit donc l'un des livres de la pile, sur le bureau, y jeta un coup d'œil pensif, puis le remit en place.

— Je souhaitais me rendre à La Havane, expliqua-t-elle, avant que deux choses ne se produisent : d'abord, avant que la ville ne s'écroule complètement. Savez-vous qu'une bonne centaine de ses ravissants vieux immeubles s'effondrent chaque année ? Et puis, je tenais à y aller avant que les Américains ne mettent la main sur la ville. Je ne suis pas de ces gens qui, par principe, se montrent peu charitables envers les États-Unis, mais il faut dire ce qui est : les États-Unis harcèlent

Cuba depuis le XIXe siècle et ils continuent de le faire. Je ne peux pas croire – mais alors, vraiment pas – que, si le citoyen américain lambda savait comment cette île adorable a été traitée durant toutes ces années, il ne ressentirait pas de la honte. Une honte profonde. Franchement, tout le monde a brutalisé Cuba. Les Espagnols ont d'abord été des meurtriers purs et simples, puis ils ont pillé l'île. Nous-mêmes n'avons pas été en reste. Ensuite, les Américains ont voulu l'acheter. Ils l'ont occupée et traitée comme leur terrain de jeux personnel. Le crime organisé a envahi la place. On y a construit de grands hôtels, on y a tenu des réunions. Puis Castro et sa clique sont apparus et l'on connaît la suite. Des milliers et des milliers de personnes emprisonnées et maintenues sous la botte. Pauvres Cubains ! Pour eux, c'est toujours la même histoire.

Pat se demanda ce que tout cela avait à voir avec les chiens et Domenica parut percevoir son questionnement.

— Vous vous demandez évidemment en quoi tout cela concerne les chiens, dit-elle.

— Un peu, avoua la jeune fille.

— Les chiens sont concernés au premier chef par l'histoire de leur pays, affirma Domenica. Les chiens cubains se révèlent assez particuliers, voyez-vous…

81. La Havane

— J'ai atterri de nuit à La Havane, raconta Domenica. C'est un bon moment pour arriver, car on ne voit pas grand-chose et le lendemain matin, quand on se réveille, on ouvre ses volets sur un monde entièrement nouveau. C'est ce que j'ai ressenti. Ma chambre avait un balcon qui donnait sur les toits, avec une vue sur la plus somptueuse tour que j'aie jamais vue. Une tour qui surmontait un palais, avec de petites arches et des fenêtres peintes dans ce bleu ciel que l'on affectionne à Cuba, presque turquoise. Et quand j'ai baissé les yeux pour regarder la rue, je n'ai vu que des bâtiments à trois ou quatre étages, avec des façades de stuc aux couleurs passées, blanc, jaune et rose, et des balcons en fer forgé. Jamais je n'avais vu autant de beauté dans une ville, jamais, même en Italie. Même dans des lieux comme Sienne ou Vienne. C'est une architecture superbe, très féminine.

« Seulement, le problème avec la beauté de La Havane, c'est qu'elle est complètement décrépite. La plupart de ces merveilleuses maisons sont près de s'écrouler, et leurs habitants n'ont pas les moyens d'effectuer les réparations. Ils n'ont pas d'argent. Lorsqu'on ne possède même pas de quoi manger ou s'acheter du savon, on ne songe pas à entretenir sa maison, n'est-ce pas ?

« Alors, quand on se promène, on passe devant ces bâtiments dont des étages entiers, ou certaines pièces seulement, se sont effondrés. Mais les gens qui habitent à côté de ces pièces qui n'existent plus continuent à y vivre. De sorte que l'on voit dans les immeubles de grands trous semblables à des dents manquantes tandis que, juste à côté, une fenêtre éclairée prouve que d'autres personnes sont toujours là, suspendues au beau milieu de cette maçonnerie en ruine.

« J'avais une amie qui habitait l'une de ces maisons. Je l'avais rencontrée quelques années plus tôt à la Jamaïque, dans un congrès d'anthropologie, et nous étions restées en contact. Les Cubains recherchent désespérément des amis. Ce sont des gens adorables, charmants, qui ont envie d'appartenir au monde au même titre que n'importe lequel d'entre nous. Alors, ils écrivent des lettres, quand ils ont de quoi payer le timbre.

« Elle m'a invitée dans son appartement, qui était situé en bordure de la vieille ville. L'escalier menant au dernier étage, où elle vivait, était résolument suspect, avec de grands trous béants. Il importait de bien regarder où l'on mettait les pieds quand on montait là-haut. Son appartement comportait trois pièces : une cuisine et deux chambres. Mon amie vivait dans l'une d'elles avec son plus jeune fils, tandis que son mari, dont elle était divorcée, habitait dans l'autre. Oui, ils avaient divorcé parce qu'il s'était rendu coupable d'adultère et de cruauté, mais ils étaient condamnés à vivre ensemble, parce que, dans cette société, il est impossible de déménager, à moins de passer par un système compliqué et onéreux d'échange d'appartements. Ces gens-là ne pouvaient se le permettre et ils étaient donc contraints de vivre sous le même toit, en partageant la cuisine et la salle de bains. De plus, pour aller dans sa chambre, l'homme devait passer par la chambre de mon amie, ce qu'il faisait à n'importe quelle heure du jour ou de la nuit. Pouvez-vous imaginer une telle situation ?

« Et pourtant, comme beaucoup de Cubains, mon amie avait un chien, un petit chien qui s'appelait Basilio. Elle voulait que son fils ait un chien. Or, à Cuba, chaque habitant a droit à une ration de nourriture, et à rien d'autre, à moins d'avoir beaucoup d'argent, ce qui n'était pas le cas de mon amie. Aussi devait-elle nourrir le chien sur la pitance misérable, tout juste suffisante, qu'elle recevait. En d'autres termes, elle lui donnait à manger sa propre nourriture.

« Lorsqu'on sortait dans les rues ou sur la plaza, on voyait ces bandes de petits chiens qui se promenaient d'un air joyeux. Ce n'étaient pas vraiment des chiens errants – chacun avait son maître, dont il était aimé. Dans d'autres villes, on a l'habitude de voir les chiens sans collier persécutés, capturés, emmenés à la fourrière et exécutés par injections léthales. Ces chiens-là, non : ils vagabondaient ensemble, parfaitement heureux.

« En y réfléchissant, je me suis dit que l'on pouvait voir cela comme une métaphore de la société. Ces petits chiens très attachants, ces *perritos*, qui se débrouillaient malgré les terribles privations matérielles et supportaient tout sans rien perdre de leur bonne humeur, se comportaient de la même façon que les gens qui les entouraient. Tous, chiens et êtres humains, souriaient donc malgré une misère accablante et omniprésente.

« Ce qui pourrait bien constituer une partie du problème, en fait. Le communisme a lamentablement échoué à Cuba, comme il semble avoir échoué partout ailleurs. C'est un système incapable de répondre aux besoins matériels des populations. Il n'a survécu qu'à travers le déni de liberté… On peut l'accuser de nombreux maux. Et si les gens de Cuba n'avaient pas un caractère aussi bon enfant, ils se seraient mis en colère et auraient réclamé leur liberté, réclamé des réponses plus efficaces à leurs besoins quotidiens, comme cela fut le cas en Europe de l'Est. Mais ils ne l'ont pas fait. Ils ont continué à danser et à jouer de la musique et n'ont rien perdu de leur sens de l'humour, ce qui est tout à fait remarquable… mais triste aussi : il est triste de penser qu'il a dû y avoir une multitude de gens qui, en toute bonne foi, ont voulu créer une société décente, qui ont cru faire des choses bonnes et justes, pour s'apercevoir ensuite que rien ne se passait bien, que toute cette entreprise entraînait mensonges, indignités et répression, et qu'elle était devenue méprisable. Car c'est ce qui s'est produit : même les panneaux qui proclamaient la victoire tombent en ruine aujourd'hui. Et les habitants saisissent la moindre occasion de fuir leur pays, par désespoir, en bravant tous les dangers.

« Et puis, dans les coulisses, il y a ceux qui attendent en se frottant les mains, ceux qui se disent que ce n'est plus qu'une question de temps, que bientôt la ville sera couverte de fast-foods, les ports seront pleins de paquebots de croisière déversant des flots de touristes blasés, les prostituées et leurs proxénètes triompheront, et cette charmante et magnifique culture sera balayée dans le déluge.

« C'est la globalisation, ma chère. Et c'est de cette façon que notre vaste monde enchanteur et coloré, notre monde fait de chansons et de musique et de différences culturelles, sera mené à sa fin et deviendra un univers fruste, faux, sans âme, imposé.

Domenica se tut. Elle fixait le sol à présent. Pat était venue là pour lui raconter un événement dont elle n'avait même pas commencé à parler, mais après une histoire d'une telle tristesse, elle ne pouvait plus le faire. Aussi termina-t-elle son café en silence et pria-t-elle Domenica de l'excuser si elle préférait revenir à un autre moment, un autre jour. Domenica comprit.

82. Un grand sens de la pureté

Ce fut en solitaire que Pat réfléchit à ce qui s'était passé. Cet après-midi-là, Peter avait glissé un message dans la boîte aux lettres, avec son nom inscrit sur le papier plié. « Ce pique-nique – tu te souviens ? – c'est confirmé ! Je viendrai te chercher à cinq heures. Si tu ne peux pas, appelle-moi à ce numéro… »

Elle s'était enfermée dans sa chambre – il n'y avait aucun signe de Bruce dans l'appartement – pour relire plusieurs fois ces quelques lignes. Le jour où il avait lancé l'invitation, elle n'avait pas accepté sur-le-champ. Une fois remise de sa surprise – ce n'était pas tous les jours que l'on vous invitait à un pique-nique de nudistes, de surcroît dans les jardins de Moray Place –, elle avait promis d'y réfléchir, sans s'engager davantage. Et elle avait réfléchi et, bien qu'elle eût décidé d'accepter, elle ne lui en avait encore rien dit.

Elle regarda par la fenêtre. C'était une journée assez chaude – bien plus chaude que la normale pour un début septembre – et cela avait dû encourager les nudistes à maintenir leur pique-nique. Toutefois, chacun savait que le temps changeait très vite à Édimbourg et qu'en quelques minutes le soleil pouvait laisser place à une profonde obscurité, le ciel vide se charger de nuages de pluie, la neige remplacer la brise légère. L'on ne pouvait tout simplement rien prévoir.

Lorsque, à cinq heures précises, la sonnette retentit, l'indécision avait refait surface et Pat était même un peu plus encline à refuser l'invitation. Elle dirait à Peter qu'elle ne se sentait pas prête à participer à un pique-nique de nudistes. Toutefois, existait-il un moment où l'on se sentait prêt pour une telle activité ? Comment se préparait-on ? Peut-être passait-on par un processus de *coming out*, grâce auquel on acceptait peu à peu l'idée que l'on serait plus à l'aise sans vêtements. À moins qu'il ne s'agît d'une révélation soudaine, similaire à la conversion de saint Paul sur la route de Damas, par laquelle le côté restrictif des vêtements apparaissait tout à coup avec une aveuglante clarté.

Arrivée à la porte, elle s'apprêtait à ouvrir lorsqu'une question lui vint à l'esprit : le Peter qu'elle découvrirait sur le seuil serait-il habillé ou nu ? C'était une pensée absurde qu'elle s'empressa de chasser. Quand elle ouvrit la porte, il était là, vêtu comme à son habitude d'un jean et d'un tee-shirt. Cependant, il avait à la main un petit sac, sans doute prévu, se dit-elle, pour recueillir les vêtements délaissés.

Il la salua tout à fait normalement, comme s'il venait la chercher pour l'emmener au cinéma ou au restaurant, et non à un pique-nique de nudistes.

— Il ne faut pas traîner, dit-il en regardant sa montre. Ça commence toujours à l'heure.

Et qu'entendait-il exactement, songea Pat, par « ça » ?

— Je ne suis pas vraiment… commença-t-elle.

Il ne parut pas l'entendre et lui demanda si elle avait un sac.

— Remarque, on pourra partager le mien, ajouta-t-il aussitôt. Il y a assez de place pour nos affaires à tous les deux.

— Mais…

— Non, je t'assure que ça ira. Mon sac est assez grand. Tu n'as besoin de rien d'autre, c'est bon.

— Mais je me…

Il tapota sa montre.

— On doit vraiment se dépêcher. Il faut un quart d'heure pour aller là-bas et je ne veux pas arriver en retard.

De guerre lasse, Pat choisit la voie de la conciliation et sortit avec lui. Après tout, ce n'était qu'un pique-nique de nudistes et tout le monde savait que les nudistes n'étaient pas des gens dangereux. Ils rejoignirent donc Cumberland Street. Peter marchait en balançant le sac au bout de son bras, escorté d'une Pat silencieuse.

— Tu ne parles pas beaucoup, dit-il alors qu'ils traversaient Dundas Street. Tu n'as pas peur, si ?

Elle hésita.

— Un peu, sans doute. C'est la première fois que…

Il sourit et la prit par l'épaule d'un air taquin, puis il retira son bras.

— C'est très facile, tu sais. Au bout de quelques minutes, on ne s'en rend même plus compte.

— Il ne t'a pas fallu du temps pour t'habituer ?

— Je suis né là-dedans, expliqua Peter. Mes parents étaient des nudistes convaincus, à Helensburgh. Tous les ans, nous allions passer des vacances naturistes au Danemark. Nous avions plein d'amis danois. Maintenant, je n'y pense même plus.

— Et comment as-tu connu ces gens de Moray Place ? s'enquit Pat.

— Grâce à mes parents. Quand je suis venu étudier à l'université d'Édimbourg, des amis à eux m'ont contacté et m'ont invité à dîner. Le dîner avait lieu dans une maison de Moray Place et, en arrivant, j'ai vu qu'il s'agissait d'un dîner nudiste. Ces gens-là avaient un très bel appartement avec vue sur la vallée de la Dean. La soirée était plutôt chic… très Édimbourg, sauf que personne n'était habillé.

Pat tenta de s'imaginer la scène, mais sans grand succès.

— Et de quoi avez-vous parlé ? s'enquit-elle.

— De choses dont on aurait parlé dans n'importe quel dîner à Édimbourg, répondit Peter. Les prix de l'immobilier, les écoles… Du coup, je me suis un peu ennuyé. Heureusement, il y avait deux ou trois jeunes de mon âge. On nous avait placés ensemble à un bout de la table. De l'autre côté, il n'y avait que des avocats et des gens comme ça…

— Et alors ?

Peter haussa les épaules.

— Après le dîner, on est passés au salon pour prendre le café. On a un peu joué aux charades, puis on s'est rhabillés et on est rentrés chez nous. Pas très marrant, comme soirée…

Pat demeura songeuse. Des charades : mimait-on l'histoire d'Adam et Ève, ou cela s'était-il déjà fait si souvent dans les soirées nudistes que plus personne n'abordait ce thème ? *Mon tout vient d'un livre célèbre. Mon premier…* Tout cela semblait si absurde ! Et pourtant, il devait y avoir une raison qui poussait les gens vers le nudisme. Elle regarda Peter. Que se passait-il dans sa tête quand il participait à ces réunions ? Se sentait-il différent sans ses vêtements ?

— Pourquoi le fais-tu ? demanda-t-elle. Est-ce que cela t'apporte quelque chose ?

Peter se mit à rire.

— Cela ne produit aucun effet sur moi, si c'est ce que tu me demandes. Non, cela donne juste un sentiment de naturel total. Tous les faux-semblants, toutes les façades tombent. Tu as l'impression de ne plus sentir sur tes épaules le poids énorme des restrictions et du secret. C'est... comment dire ? C'est libérateur. Et pur. Tu te sens profondément pur.

Il marqua un temps d'arrêt.

— Tu me crois, hein, Pat ? Ce ne sont pas des histoires. D'ailleurs, tu vas t'en rendre compte tout à l'heure, je te le promets...

83. Dans les jardins de Moray Place

Quand ils arrivèrent sur Moray Place, rien, absolument rien, ne laissait présager qu'un pique-nique nudiste était en préparation. La gracieuse ligne d'architecture, façades magnifiques et hautes fenêtres, était plus digne et plus discrète que jamais. Les gens qui vaquaient à leurs occupations, marchaient sur le trottoir ou garaient leur voiture, ceux qui entraient et sortaient de leur maison, tous étaient habillés.

— Ce ne sont pas ces jardins-là, précisa Peter en désignant les mornes carrés de verdure situés au centre de la place. Nous allons passer par-derrière. L'entrée se trouve en haut de Doune Terrace.

Ils contournèrent la place jusqu'au point où Doune Terrace se sauvait vers le nord. En haut, une petite grille, à peine visible dans la balustrade de fer forgé, donnait accès aux jardins qui descendaient le long de la pente abrupte jusqu'au Water of Leith, qui coulait au-dessous. C'était un magnifique ensemble de jardins réservés à ceux qui en détenaient la clé. Une clé qui, en l'occurrence, se révélait inutile, car la grille avait été laissée entrouverte. Un homme barbu se tenait juste derrière.

Peter lui serra la main. Avec un petit rire, l'homme désigna le ciel. Là-haut, arrivant du nord, s'entassaient des nuages menaçants qui n'étaient pas en vue au moment où le couple avait quitté Scotland Street.

— Le temps n'est pas terrible, déclara Peter en entraînant Pat vers les jardins.

— Va-t-on annuler le pique-nique s'il pleut ? s'enquit Pat.

La note d'espoir qui perçait dans sa voix fut vite balayée par la réponse de son compagnon.

— Non, il aura lieu quand même. Seulement, il sera un peu différent.

À cet instant, la pluie se mit à tomber, non à torrents, mais avec une certaine insistance, bouchant la vue sur la ville qui s'étendait au nord et formant de petits ruisseaux qui dévalaient les sentiers pentus. Peter se tourna vers Pat et lui sourit.

— Tiens, mets ton imper, dit-t-il en sortant de son sac deux imperméables en plastique.

Pat le remercia et s'apprêta à enfiler le vêtement.

— Non, pas encore, objecta-t-il. Il faut d'abord que tu te déshabilles. Il y a deux tentes-vestiaires un peu plus bas, sur l'herbe. Attends d'y être.

Les deux petites tentes blanches, qui se dissimulaient derrière une haie, apparurent en effet à la jeune femme quelques instants plus tard. Et de l'autre côté, demeuré à l'abri des regards tant que l'obstacle de la haie n'avait pas été franchi, se trouvait un groupe d'une vingtaine de personnes, toutes vêtues de volumineux imperméables. Ces derniers étaient opaques, de sorte que la seule preuve que ces individus ne portaient rien dessous résidait dans les chevilles dénudées apparaissant au bas du plastique. Tous ces gens étaient tête nue, les cheveux plaqués contre le crâne. Ils semblaient très mouillés et très mal à l'aise.

— Bienvenue au pique-nique ! lança un homme. Le vestiaire des dames est ici. Celui des hommes est de l'autre côté.

Pat se dirigea vers la tente indiquée et écarta le rabat. À l'intérieur, une dame d'un certain âge achevait de boutonner son imperméable.

— Cette pluie est une plaie, se lamenta-t-elle. Mais, contre vents et marées, nous aurons notre pique-nique !

Pat hocha la tête. Elle ôta ses vêtements et mit l'imperméable. Dans ce nouveau costume, elle n'avait aucunement l'impression d'être nue, et d'ailleurs elle ne l'était pas.

— Vous allez avoir besoin d'un sac pour mettre vos vêtements, fit remarquer la dame avec affabilité. En voilà un de chez Jenners, si vous voulez.

La vue du sac en plastique, estampillé de la fameuse enseigne, eut pour effet de rassurer Pat dans ces circonstances déroutantes. Il y avait, dans le nom de Jenners, quelque chose qui apportait le réconfort nécessaire dans les situations inconfortables. Lorsqu'on vous demandait de vous déshabiller et de mettre vos effets dans un sac de chez Jenners, vous vous sentiez moins menacé que si l'on vous tendait un autre sac.

Pat remercia la femme et fourra ses vêtements dans le sac, qu'elle laissa dans la tente, parmi d'autres (pour la plupart de chez Jenners). Puis elle sortit sous la pluie. Sur l'herbe qui s'étendait devant elle, autour d'une table pliante, un groupe de participants à l'allure respectable, vêtus d'imperméables, sirotaient des verres de punch. Quelqu'un en offrit un à Pat, qui rejoignit les convives.

— C'est la première fois que vous assistez à l'une de nos petites réunions ?

Pat se tourna face à l'homme qui s'adressait à elle. Il portait un imperméable marron, dont il avait relevé le col de façon à se protéger le cou. Il avait une coquette moustache, qui semblait détrempée et dont s'échappaient de minces filets d'eau.

— Oui, répondit Pat. Je suis venue avec un ami. Je ne suis pas tellement…

— Nous nous amusons énormément, la coupa son interlocuteur. Le mois dernier, nous sommes allés à Tantallon pique-niquer dans les dunes. Malheureusement, il soufflait un vent terrible et nous avons tous fini par mettre nos cirés, mais nous avons fait de notre mieux. La plupart du temps, nous parvenons au moins à rester pieds nus, même si les choses se résument à cela. Le nudisme en Écosse, c'est ça ! Nous ne pouvons pas nous passer totalement de vêtements. Mais chacun d'entre nous se montre compréhensif…

Pat s'apprêtait à demander où résidait l'intérêt de tout cela, mais son interlocuteur ne lui en laissa pas le temps.

— Vous intéressez-vous aux timbres ? s'enquit-il.

Elle secoua la tête.

— Pas vraiment.

— Quel dommage ! Je trouve les timbres absolument fascinants. J'en possède une magnifique collection à la maison. Et vous, collectionnez-vous quelque chose ?

— Pas vraiment.

— Quand j'étais petit, je collectionnais les œufs d'oiseaux. Mais par la suite, je me suis rendu compte que ce n'était pas bien et j'y ai renoncé. Il y avait tant de gens qui pillaient les nids que certaines espèces se sont trouvées menacées. Je suis donc passé aux cartes à jouer, puis aux certificats d'actions. C'est ma passion actuelle. La scriptologie. J'adore les certificats d'actions des chemins de fer d'Amérique du Sud, ce genre de chose… Ils ont des dessins magnifiques ! Absolument superbes.

Pat baissa les yeux sur son punch. Des gouttes de pluie y tombaient, créant de minuscules cercles. Sous ses pieds, le sol devenait détrempé, et un vent d'est s'était mis à souffler. Elle regarda autour d'elle. Peter n'était pas en vue, mais cela n'avait aucune importance, parce qu'elle n'avait plus envie de le voir. Elle ne ressentait rien pour lui, ni intérêt, ni antipathie, rien.

Elle se tourna vers l'homme resté près d'elle.

— Il faut que je rentre, annonça-t-elle sur une impulsion. Au revoir.

84. Le souvenir des cochons

Le Dr Fairbairn débordait de reconnaissance envers Irene : grâce à elle, il avait pu regarder en face la culpabilité qui le taraudait depuis des années. Pendant tout ce temps, il avait refoulé le souvenir de sa faute professionnelle, et efficacement. Du moins avait-il cherché à s'en convaincre. En réalité, il savait pertinemment qu'un tel refoulement ne faisait qu'autoriser le souvenir désagréable à agir à un autre niveau. Il ne manquerait pas de se manifester, c'était évident, à un stade ultérieur et de créer une tension entre le Dr Fairbairn externe, celui que tout le monde voyait, et le Dr Fairbairn interne, qui se cachait derrière la veste en lin bleue aux qualités particulières d'infroissabilité.

Le jour où Irene le força à s'avouer – et à lui avouer – qu'il avait bel et bien frappé Wee Fraser, son célèbre patient, le Dr Fairbairn rentra chez lui en fin d'après-midi et se prépara quelques sandwiches à la tomate, ainsi que du thé. L'appartement était vide, car sa femme travaillait beaucoup et rentrait bien après sept heures. C'est pourquoi ils dînaient tard – parfois même à neuf heures passées – et le Dr Fairbairn éprouvait le besoin d'un en-cas pour lutter contre la faim.

C'était lui qui faisait la cuisine. Il avait adopté ce rôle dès son mariage, non seulement pour montrer qu'il était un « homme nouveau », mais aussi parce que la cuisine représentait une activité relaxante et créative. Lorsqu'il tenait sa poêle à la main, qu'il ajoutait de la crème aux escalopes ou faisait délicatement gonfler des champignons déshydratés au moyen d'une judicieuse mesure d'eau bouillante, toutes sortes de pensées lui venaient à l'esprit. C'était, lui semblait-il, un moment où son inconscient pouvait mettre de l'ordre dans les expériences de la journée, avant que les rêves ne viennent prendre le relais. Cette théorie, selon laquelle il importait de bien réfléchir aux choses avant que les rêves n'assument leur fonction, il avait pour projet d'en faire un livre. Le titre était déjà trouvé : *Rêver avant de rêver,* et l'ouvrage ne manquerait pas de remporter le même succès que celui, désormais célèbre, consacré à Wee Fraser. Bien sûr, il y en avait d'autres à écrire, des livres qui se disputaient la première place dans un emploi du temps déjà surchargé. L'un d'eux s'intitulerait *La Santé mentale dans l'assiette*, titre qui lui était venu au cours d'une de ses prestations aux fourneaux. Le Dr Fairbairn se souvenait exactement de ce moment : il faisait revenir de l'ail dans un peu d'huile d'olive lorsqu'il avait songé que notre attitude vis-à-vis de la nourriture était souvent affectée par notre vision de ce que les autres penseraient s'ils nous voyaient manger la nourriture en question. Il s'était immobilisé, les yeux rivés sur l'ail. Sa femme et lui aimaient le goût de cet aliment. Cependant, les gens, y compris les amateurs d'ail, se montraient prudents et s'excusaient presque quand ils en consommaient. Qui – hormis les Français, bien sûr – pourrait ne serait-ce qu'envisager de placer dans le four une gousse d'ail arrosée d'une délicate goutte d'huile, pour la retirer quelques minutes plus tard et croquer dedans à pleines dents ? Sans rien pour l'accompagner ?

Et cependant, pourquoi pas ? Ce n'était pas dans le domaine culinaire, mais social, qu'il fallait chercher la réponse, bien sûr. L'ail sentait mauvais. Ceux qui en mangeaient sentaient mauvais. Et personne ne voulait sentir mauvais.

La plupart des gens en seraient restés là. Le Dr Fairbairn, lui, était allé plus loin : à son avis, une inhibition sociale de ce type – le désir de ne pas sentir mauvais – se révélait probablement plus néfaste et limitatrice qu'on ne l'imaginait. Une personne qui ne se soucierait pas du regard des autres jouirait d'une résolution bien plus forte, d'une tranquillité intérieure bien plus grande. Et l'une des façons d'encourager les gens à acquérir cette assurance était de les inciter à manger ce qu'ils voulaient. Si la libre expression pouvait être encouragée à table, elle suivrait dans tous les autres domaines de la vie.

À partir de cette idée particulière, le Dr Fairbairn avait élaboré toute une théorie sur la façon de combattre les inhibitions et les angoisses à la cuisine et à table. Cela s'appellerait *La Thérapie par la table* et finirait vite par acquérir une immense popularité. L'on écrirait d'autres livres sur le sujet, il y aurait des cours, des tournées de conférences, et sa femme Estelle et lui-même pourraient alors quitter Sciennes – un quartier certes charmant – pour aller vivre ailleurs, pourquoi pas à Palm Beach. C'était une agréable perspective, qui suscitait même une nouvelle idée, celle d'une autobiographie qui pourrait s'intituler *De Motherwell à Palm Beach*.

Assis dans son salon de Sciennes, ses sandwiches à la tomate posés devant lui, le Dr Fairbairn ne songeait cependant à rien de tout cela. Son esprit était accaparé par l'épreuve qui l'attendait. Irene avait raison : il devait se mettre en quête de Wee Fraser et lui présenter des excuses pour ce qu'il avait fait toutes ces années auparavant. Au préalable toutefois, il lui fallait revivre, de la façon la plus imagée possible, la séquence précise des événements qui l'avaient conduit à lever la main sur l'enfant.

Il se trouvait donc dans son cabinet de consultation avec Wee Fraser, à qui il avait donné une petite ferme en bois. Celle-ci était constituée de quelques cochons, d'un tracteur miniature, d'un fermier et de sa femme, et de cubes de construction destinés à former les bâtiments et les étables. Il y avait là de quoi inciter l'enfant à représenter une grande partie de sa dynamique interne. Toutefois, Wee Fraser avait posé les cochons à l'envers, avec leurs minuscules pattes porcines pointées vers le ciel.

— Non, Fraser, avait dit le Dr Fairbairn. Il faut mettre les petits cochons comme cela.

Et il avait retourné les animaux dans le bon sens.

— Nan ! avait fait Wee Fraser en les remettant à l'envers.

Le Dr Fairbairn les avait de nouveau redressés, et c'est alors que Wee Fraser avait planté ses dents dans la chair du psychiatre…. qui l'avait aussitôt tapé.

Il importait de réparer cette erreur. Il se leva. Il s'y attellerait sans attendre. Sur-le-champ. Il irait à Burdiehouse et trouverait Wee Fraser. Il saisit sa veste de lin bleu et sortit.

85. Rencontre, catharsis, fuite

Le Dr Fairbairn quitta son appartement de Sciennes et marcha jusqu'à l'arrêt de bus de Causewayside. Il était d'humeur optimiste. Maintenant qu'il avait pris sa décision, il brûlait de passer à l'action. Il ne doutait pas qu'il trouverait Wee Fraser. Du vieux dossier, il avait tiré l'adresse du garçon et une rapide recherche dans l'annuaire lui avait révélé qu'une famille Maclean – le nom de Wee Fraser – vivait toujours là. Si le bus ne tardait pas trop à venir, songea-t-il, il pourrait frapper à la porte juste avant six heures, moment où il était sûr de les trouver chez eux, puisque les gens ordinaires (comme Irene et lui les appelaient) soupaient à cette heure-là.

Le bus arriva et le Dr Fairbairn monta à bord. C'était l'heure de pointe et il dut avancer vers le fond du véhicule pour trouver une place, qui se révéla d'ailleurs tout juste suffisante. Il s'y glissa tant bien que mal, dérangeant la grosse dame en robe à fleurs assise sur le siège mitoyen. Cette dernière le considéra avec animosité, comme s'il n'était pas autorisé à s'installer dans un espace qu'elle aurait si aisément pu remplir seule. Le Dr Fairbairn lui renvoya son regard hostile. Schizoïde, pensa-t-il.

Il observa les autres passagers. Il prenait rarement le bus – il n'allait en fait jamais nulle part en bus –, aussi éprouva-t-il un vif intérêt à scruter les voyageurs et à spéculer sur leurs problèmes psychologiques. Assis de l'autre côté de l'étroite allée, il remarqua un jeune homme et sa compagne, habillés de façon banale. Le garçon portait un jean déchiré aux genoux et un tee-shirt arborant le mot NON. La jeune fille était vêtue de façon identique, mais le message, sur son tee-shirt, se révélait plus complexe. Il disait : JE NE SUIS PAS SAOULE, C'EST MA FAÇON DE ME TENIR.

Le regard du Dr Fairbairn s'attarda quelques instants sur les vêtements, puis remonta vers les visages des deux jeunes gens. Ceux-ci devaient avoir dix-neuf ou vingt ans, estima-t-il, et semblaient assez pondérés dans leur attitude. Dès lors, pourquoi avoir choisi des tee-shirts véhiculant des messages ? Était-ce une question de mode – sachant que certaines personnes s'habillaient ainsi, ils éprouvaient le besoin de les imiter ? Cette explication était simple, mais puissante. Le désir de se conformer à la majorité à travers ses vêtements était pratiquement universel. Mettre un jean, c'était signifier au monde que l'on était semblable aux autres ; le jean représentait l'uniforme moderne, créant une terne monotonie qui aurait réjoui le cœur de Mao à l'apogée de son enthousiasme pour l'abolition du non-conformisme vestimentaire.

Toutefois, pensa le Dr Fairbairn, les messages apportaient quelque chose de différent. Une personne qui se promenait avec une inscription sur son tee-shirt – inscription visible de l'extérieur, fallait-il souligner – se transformait en tableau d'affichage ambulant. Ce qui signifiait que choisir un tel vêtement représentait une prise de position idéologique à la fois passive et active. Le tee-shirt rouge illustré de la tête du Che annonçait : *Je soutiens la lutte*. Et si le message n'était pas assez clair, l'on pouvait ajouter au-dessous du portrait les mots *La lucha*. Lorsqu'on était vraiment radicaliste, un point d'exclamation venait souligner l'intention. Ainsi, les gens vêtus d'un tee-shirt marqué *La lucha !* pouvaient être considérés comme des activistes beaucoup plus sérieux que ceux qui se contentaient d'un simple *La lucha*. Et, bien sûr, l'espagnol était obligatoire pour un tel message. L'effet produit ne serait pas tout à fait le même si le tee-shirt arborait le mot *küzdelem*, équivalent hongrois de « lutte ».

Cependant, c'était toujours dans un but exhibitionniste que l'on portait un tee-shirt avec inscription. Attirer l'attention sur soi par ses vêtements était un signe d'exhibitionnisme et, comme le savait fort bien le Dr Fairbairn, l'exhibitionnisme n'était en réalité qu'un substitut au don réel de soi, à la véritable intimité. L'exhibitionniste paraissait désireux de donner, mais il faisait le contraire. Il claironnait le message *Regardez-moi*, mais dans l'unique but d'échapper à la véritable rencontre, à l'échange avec autrui. Il ne proposait que des choses extérieures et gardait l'intérieur en réserve, protégé, ou, pour parler comme Freud, refoulé. Face à un exhibitionniste, la dernière personne que l'on voyait était l'être véritable, celui de l'intérieur. Cette personne-là ne s'exposait pas.

Le Dr Fairbairn jeta un coup d'œil au jeune homme affublé du message négatif. Proclamer ce NON n'était peut-être pas aussi mauvais qu'il y paraissait. Au moins, cela restait modeste. Cela ne ressemblait pas à ces messages obscènes que certains faisaient imprimer sur leurs vêtements. Ces derniers étaient des exhibitionnistes éhontés, qui polluaient de surcroît notre espace commun.

Il remua un peu sur son siège, de manière à jouir d'une meilleure vision sur l'arrière du bus. Là se tenait un échantillon banal de la population : un jeune homme en costume (employé de banque, sans doute, pensa le Dr Fairbairn), une personne portant un lourd panier à provisions et à l'expression résignée et un homme d'un certain âge qui s'était assoupi. Et là-bas, au fond, assis près de sa mère, que le Dr Fairbairn reconnut malgré toutes les années écoulées… Wee Fraser en personne !

Le Dr Fairbairn retint son souffle. Il s'était préparé à des retrouvailles avec Wee Fraser, mais non à une rencontre dans le bus. À présent, confronté à la réalité, face à ce garçon de quatorze ans aux cheveux ras et à la lèvre inférieure agressive, il ne savait que faire. Devait-il attendre que l'adolescent descende et le suivre, ou fallait-il aller lui parler sur-le-champ ? Était-il possible de délivrer son message dans un bus, ou un minimum d'intimité s'imposait-il ?

Il se mit à réfléchir, indifférent à ce qui l'entourait, pour s'apercevoir tout à coup, en regardant par la vitre, qu'ils étaient presque arrivés à Burdiehouse. Déjà, Wee Fraser et sa mère se levaient.

Le Dr Fairbairn attendit avant de les imiter. En passant à sa hauteur, Wee Fraser posa les yeux sur lui et fronça les sourcils. Quelque part, du fin fond de sa mémoire, un souvenir se réveillait…

Le Dr Fairbairn se leva au même instant et, par inadvertance, bouscula le garçon. Celui-ci fit volte-face, maugréa une injure, puis, avec une incroyable vivacité, se propulsa en avant et décocha un coup de tête au psychothérapeute.

Presque sans réfléchir, mais mû, aussi, par une rage profonde, le psychiatre riposta en projetant son poing dans le menton de Wee Fraser. On entendit un craquement lorsque la mâchoire se brisa.

— Maa ! Maa ! hurla le garçon, que la fracture empêchait d'articuler.

Le Dr Fairbairn se fraya en toute hâte un chemin vers la sortie et descendit. Nous répétons nos erreurs, songeait-il en courant dans la rue. Indéfiniment. Et d'une manière qui parle avec une grande éloquence de nos pulsions les plus profondes.

86. Au Café St Honoré

Ce soir-là, Janis et Gordon se retrouvèrent à huit heures au *Café St Honoré*. Gordon avait suggéré ce dîner en tête à tête et Janis avait accepté d'emblée, car elle guettait l'occasion de lui offrir le Crosbie acheté chez Matthew. Ce tableau lui avait plu au premier regard et, depuis qu'elle l'avait rapporté chez elle, dans sa maison de Stockbridge Colonies, elle l'aimait encore plus. Elle avait donc confectionné un ravissant paquet cadeau à l'aide du papier rouge qu'elle utilisait pour les bouquets au magasin et rédigé un court message : *Pour Gordon, grâce à qui ces derniers mois ont été si heureux – Janis.*

Gordon avait proposé de passer la prendre en taxi, mais elle avait préféré monter à pied jusqu'au lieu du rendez-vous, car la soirée était belle. Certes, un observateur attentif pouvait déceler les premiers signes de l'automne . un air un peu plus vif, une luminosité atténuée… Mais en cette paisible soirée, il y avait toutes les raisons de profiter du ciel pâle, toutes les raisons de marcher dans les rues d'Édimbourg avec la perspective d'un brin de conversation en agréable compagnie au terme du trajet. Et c'est ce que nous recherchons tous, songeait Janis, d'une manière ou d'une autre…

En remontant Howe Street, elle réfléchissait aussi à la journée écoulée. Il y avait eu beaucoup de travail au magasin ; quand, à six heures, ses deux assistantes avaient fermé, elles étaient épuisées. On avait préparé une grosse commande pour deux mariages prévus le lendemain et le flot des clients ne s'était pas interrompu. En milieu d'après-midi, un homme était entré et avait choisi une gerbe de roses. Elle les avait préparées, puis lui avait tendu le bouquet.

— C'est pour ma femme, avait expliqué le client. C'est pour elle.

— Je suis sûre qu'elle va les aimer, avait répondu Janis avec un chaud sourire.

L'homme avait regardé les fleurs un long moment et c'est alors seulement qu'elle avait compris… Quand il avait relevé la tête, ses yeux brillaient de larmes. Elle avait posé la main sur son bras pour tenter de le réconforter, tout en pensant : *Nous achetons des fleurs pour les défunts. C'est la seule chose que nous achetons pour eux…*

De tels moments faisaient partie de la vie d'une fleuriste et elle les gérait avec tout le professionnalisme dont elle était capable. Dans son métier, il était impossible de ne pas songer au caractère éphémère de l'existence humaine et aux façons que nous avons d'atténuer cette réalité par des gestes de bonté et de considération.

Lorsqu'elle arriva, Gordon était déjà là, assis à une table près de la fenêtre. Il se leva dès qu'il la vit, renversant un verre dans son empressement. Celui-ci roula sur la table et tomba, pour se briser en infimes fragments.

— Je suis vraiment maladroit, expliqua-t-il au serveur aussitôt accouru.

— Ce n'est rien, monsieur, assura le garçon. Il y a des gens qui font bien pire que cela. Parfois, des tables entières sont renversées.

Janis sourit, reconnaissante devant tant de gentillesse, et se concentra sur la lecture du menu. Pendant quelques minutes, ils discutèrent de ce qu'ils allaient prendre, puis, dans le bref silence qui suivit, elle saisit le paquet posé à ses pieds.

— Je t'ai apporté un cadeau, annonça-t-elle. Ce n'est pas grand-chose, mais j'espère que cela te plaira.

Il haussa les sourcils.

— Mais ce n'est pas mon anniversaire !

— Cela ne fait rien.

Elle lui tendit le paquet rouge, dont il se saisit avec précaution.

— Ouvre-le !

Glissant l'index sous le papier, il découvrit la carte. Il s'en empara et lut.

— C'est très gentil à toi de m'écrire cela.

— Je le pense vraiment.

— Eh bien, merci. Ce devrait être à moi de t'offrir un cadeau. Pour moi aussi, ces derniers mois ont été très heureux.

Il retira le reste de l'emballage et tint le tableau à bout de bras, sans rien dire tout d'abord. Enfin, il sourit.

— J'aime beaucoup les ports de pêche. Et particulièrement celui-ci.

— Matthew a pensé qu'il te plairait.

Il haussa les sourcils à la mention du nom de son fils.

— *Mon* Matthew ? Il a dit ça ?

— C'est son idée, affirma Janis. Je voulais un tableau pour toi et il a pensé que tu aimerais celui-ci.

Ce n'est pas un vrai mensonge, songea-t-elle. Matthew avait laissé entendre que son père aimerait l'œuvre puisqu'il ne l'avait pas activement découragée d'en faire l'acquisition. Avec un petit effort d'imagination, on pouvait en déduire qu'il était à l'origine de l'idée. Gordon examina de nouveau le tableau.

— C'est une attention très touchante de sa part, dit-il, avant de marquer un temps d'arrêt. Comment était-il ? reprit-il. Je veux dire, comment l'as-tu trouvé ? L'autre soir, au *Club*...

Janis secoua la tête.

— Il faut le comprendre, assura-t-elle. Cela ne doit pas être facile pour lui. On est souvent jaloux de ses parents. On n'aime pas les voir avec d'autres personnes. Que l'on ait huit ou vingt-huit ans, c'est la même chose. De tels sentiments peuvent être très forts.

— Je ne sais pas quoi faire. Si nous lui proposons de se joindre à nous pour une sortie, nous n'obtiendrons qu'une répétition de la soirée de l'autre fois. Ce garçon est complètement immature.

— C'est parce qu'il t'aime beaucoup. Si ce n'était pas le cas, il s'en ficherait.

— Mais cela rend les choses très difficiles pour toi, non ? Et ce sera encore plus dur quand nous lui annoncerons notre mariage...

Il s'interrompit, rougissant violemment, et saisit sa serviette en un geste maladroit qui envoya un autre verre au sol.

— Je suis vraiment désolé, bredouilla-t-il. J'ai fait une gaffe... Je ne voulais pas...

— Mais j'accepte, déclara Janis. Ne t'inquiète pas. C'est oui.

Le serveur apparut, balayette et pelle à la main.

— J'ai recommencé, dit Gordon. Je vous paierai ces verres. S'il vous plaît, ajoutez-les à l'addition.

Le serveur secoua la tête.

— Ce n'est pas grave, monsieur, assura-t-il.

— Avez-vous des flûtes à champagne ? s'enquit Gordon. Non que j'aie l'intention de les casser aussi...

Mais je pense que nous allons avoir besoin d'une bouteille de champagne.

Le garçon s'éclipsa. Lorsqu'il revint avec la bouteille et les flûtes, Gordon avait discrètement sorti son portefeuille pour en extraire un billet de cinquante livres tout frais sorti de la Banque d'Écosse, qu'il lui glissa dans la main.

— C'est très aimable à vous, monsieur, dit le serveur.

Là d'où vient ce billet, songea alors Janis, il en reste encore 10 999 950 autres.

87. Domenica apporte à manger à Angus

Angus Lordie ne recevait pas souvent la visite de Domenica, mais de temps à autre, elle sonnait chez lui sans prévenir, souvent chargée de quelque chose de bon, en général des scones au fromage qu'elle faisait elle-même.

— Je suis convaincue que vous ne vous alimentez pas correctement, Angus, déclara-t-elle en posant un sac de provisions sur la table de la cuisine. Je vous ai préparé une tarte aux pommes, et il y a aussi une livre de saucisses qui viennent de chez ce merveilleux boucher, à l'extrémité de Broughton Street – celui qui confectionne de vraies saucisses. Vous vous souvenez de ce superbe passage de Barbara Pym, n'est-ce pas, où l'un des personnages affirme que les hommes ont besoin de viande ? Non pas les hommes au sens de l'être humain en général, mais les hommes dans le sens de mâles. Inestimable !

— Et vous m'avez pourtant apporté une livre de saucisses ! ironisa Angus. Ce pour quoi je vous remercie beaucoup. Mais cela ne suggère-t-il pas que vous estimez, vous aussi, que les hommes doivent manger de la viande ?

— Pas du tout, rétorqua Domenica. Les hommes peuvent tirer leur ration de protéines à n'importe quel stade de la chaîne des protéines, à supposer qu'une telle chose existe. Vous feriez mieux de ne pas manger de viande du tout, vous savez. Regardez les statistiques concernant la durée de vie des végétariens. Ceux-ci s'en sortent beaucoup mieux que les autres. Peut-être devrais-je remporter ces saucisses, d'ailleurs.

— À condition qu'ils boivent. Un végétarien qui boit deux ou trois verres de vin par jour s'en sort terriblement bien.

— Une amélioration de trente-cinq pour cent dans les chiffres de la mortalité.

Angus Lordie considéra les saucisses.

— Pourtant, le gouvernement ne peut pas vraiment nous encourager à boire, n'est-ce pas ?

— Certainement pas. Nous savons que le gouvernement lui-même boit, mais sur ce sujet il se doit d'être hypocrite.

Angus Lordie, qui peignait à l'arrivée de son amie, se dirigea vers la fenêtre, ramassa un chiffon et essuya les taches de peinture à l'huile qui maculaient ses mains.

— Je n'ai jamais compris pourquoi les gens condamnent l'hypocrisie, déclara-t-il. Il doit bien exister des circonstances dans lesquelles l'hypocrisie est tolérable.

— Comme… ?

— Laissez-moi réfléchir… Oui. Quand on reçoit un cadeau qui ne nous plaît pas. Croyez-vous vraiment qu'il faille prétendre l'apprécier ?

Domenica réfléchit.

— Je crois que oui. Mais dans ce cas, s'agit-il d'hypocrisie, ou est-ce autre chose ?

— Être hypocrite, c'est dire une chose et faire son contraire, expliqua Angus. Si vous affirmez aimer le cadeau en question et avoir hâte de l'utiliser ou de le contempler, ou que sais-je encore, vous êtes hypocrite.

Il marqua un temps d'arrêt.

— Donc, quand un homme politique dit qu'il ne faut ni boire ni manger de saucisses, alors que lui-même boit et mange des saucisses, il est hypocrite. Pourtant, il ne fait sans doute que son devoir.

— Mais vous-même, choisiriez-vous d'être hypocrite ?

Angus reposa le chiffon taché et sourit.

— Je suis faible, comme tout le monde, répondit-il. Je suppose que j'ai proféré ma part de mensonges au cours de mon existence. J'ai été hypocrite en certaines occasions.

Domenica éclata de rire.

— Dans ce cas, dites-le-moi franchement : vous n'aimez pas les saucisses, n'est-ce pas ?

— Non, c'est vrai, avoua Angus.

— Vous auriez dû me le dire tout de suite.

— Mais je n'ai pas voulu vous vexer. Et j'ai également la tarte aux pommes en horreur.

Domenica fronça les sourcils.

— Mais pourquoi ne pas le dire ? Vous auriez gâché toutes ces bonnes choses ! Je serais repartie en pensant que vous alliez vous régaler de mes petits présents, alors qu'au même moment vous auriez été en train de tout jeter à la poubelle.

Angus secoua la tête.

— Pas du tout ! J'aurais donné les saucisses à Cyril et laissé la tarte aux pommes dans le parc, pour que les écureuils en profitent.

— Je ne tolérerai pas que vous donniez mes saucisses de chez Crombie à ce chien ! Vous abusez de mon amitié, Angus !

— Je ne vous ai pas demandé de me les apporter ! rétorqua Angus, indigné.

— Et je ne vous en apporterai plus jamais, croyez-le bien ! riposta Domenica.

— Parfait, conclut Angus. Alors, plus de saucisses.

Ils se dévisagèrent d'un regard chargé de reproche. Puis Angus haussa les épaules.

— Qu'allons-nous faire de ces saucisses ? interrogea-t-il avec un geste vers le paquet. Je suppose que vous feriez mieux de les remporter pour les manger chez vous, à Scotland Street.

— Le problème, c'est que je n'aime pas les saucisses, moi non plus, confessa Domenica. J'ai même horreur de ça.

Pendant quelques instants, tous deux contemplèrent le paquet en silence.

— Et vous ne connaissez personne qui aime ça ? s'enquit Domenica. Un voisin, peut-être ?

— Mes voisins trouveraient très étrange que je me mette à leur offrir des saucisses. Nous n'avons pas ce genre de relations.

— Je ne savais pas qu'il existait une catégorie de relations qui autorisait le don et l'acceptation de saucisses.

— Et pourtant, c'est le cas. Il faut bien connaître une personne pour pouvoir se permettre de lui offrir des saucisses.

Domenica ne répondit rien. Elle savait qu'en certaines circonstances Angus pouvait ergoter pendant des heures et il ne servait à rien de s'engager dans une conversation avec lui quand il était d'une telle humeur.

— Bon, peu…

— Avant d'abandonner le sujet des saucisses, la coupa-t-il, il faut que je vous raconte une anecdote. Un jour, je me suis trouvé obligé de manger des saucisses… et de faire, en plus, semblant de me régaler. Cela se passait dans une maison terriblement huppée de Sutherland. J'étais allé déjeuner là-bas et nous étions une dizaine d'invités autour de la table. Nous nous apprêtions à savourer un délicieux repas, ce qui ne fut pas du tout le cas, puisque l'on nous servit des saucisses et des pommes de terre à l'eau. Rien d'autre. Mais je me souviens qu'au cours du déjeuner le sujet des hydravions est arrivé sur le tapis. Je ne sais pas de quelle façon, toujours est-il que quelqu'un a abordé ce thème.

« Alors, j'ai dit à l'hôtesse : "Vous savez, Votre Grâce, vous devriez acheter un hydravion. Ce lac que vous avez là, juste devant la maison, est idéal pour un hydravion." Et savez-vous ce qu'elle m'a répondu ? Elle a dit : "Mais il me semble que nous en avons déjà un quelque part !" Elle s'est alors tournée vers son intendant, qui était assis à l'autre extrémité de la table, et lui a demandé : "Mr Grant, auriez-vous vu l'hydravion, par hasard ? Sauriez-vous où il se trouve ?"

L'histoire s'arrêtait là. Angus Lordie regarda Domenica, puis éclata de rire. Et Domenica l'imita. Pour une raison ou pour une autre, ce qui venait d'être raconté les amusait beaucoup. Sans doute eût-il été difficile de mettre le doigt sur le motif d'une telle hilarité, mais ni l'un ni l'autre ne doutait que l'anecdote fût drolatique.

Toutefois, elle était aussi très triste. Et, là encore, définir ce qui la rendait si triste eût nécessité une certaine dose de réflexion.

88. Bruce réfléchit

Après sa malheureuse expérience face à George et sa nouvelle fiancée, Bruce regagna Scotland Street en état de choc. Il s'était lancé dans son commerce de vins avec une confiance et un optimisme que venait d'assombrir, de façon rédhibitoire, la confrontation avec son ex-bailleur de fonds, devenu, par la même occasion, son ex-ami. Il n'y aurait pas d'argent à attendre de George, et avec la disparition de ce soutien, le passif de l'entreprise excédait désormais son actif. Le règlement au grossiste de Leith ne pourrait guère être repoussé que de quelques jours, et Bruce ne disposait tout simplement pas des fonds nécessaires pour acquitter la facture. Il lui faudrait donc retourner tout le stock jusqu'à la dernière bouteille, ce qui laisserait les étagères vides, y compris celles dont il était si fier, ce rayon novateur intitulé *Pour Elle*.

Pat était là lorsqu'il rentra. Il hésita à frapper à sa porte pour lui proposer du café. Elle ne devait surtout pas penser qu'il avait besoin de sa compagnie – mais être convaincue, au contraire, que sa présence ne lui faisait ni chaud ni froid. En fin de compte, toutefois, le besoin de réconfort l'emporta.

Pat l'accueillit poliment. Oui, c'était gentil à lui. Elle le rejoindrait à la cuisine dans un instant.

— Alors, dit-elle, ce magasin ? Comment ça marche ?

— Super, commença Bruce. Absolument…

Il s'interrompit et baissa la tête.

— En fait, non, rectifia-t-il, ça ne va pas. Ça ne va pas du tout…

Pat haussa les sourcils.

— Tu as un problème avec le local que tu loues ?

— Non, c'est bien plus grave que ça. En fait, Pat, c'est la catastrophe…

Il s'assit à la table et enfouit la tête dans ses mains.

Pat l'observa. Pauvre Bruce… être si prétentieux, si vaniteux, et s'effondrer ainsi tout à coup. Il était difficile de ne pas le plaindre.

— Un problème d'argent ? s'enquit-elle.

Bruce acquiesça misérablement.

— On m'a lâché.

— Qui ?

— Un type qui était avec moi à l'école, à Crieff. Il aurait mieux fait de rester dans ce patelin pourri.

Pat fronça les sourcils.

— Pourquoi es-tu si dur avec Crieff, Bruce ? Tu n'es pas fier de l'endroit d'où tu viens ?

— Non, répondit Bruce. Pas du tout.

— Et je peux te demander pourquoi ? interrogea-t-elle après un instant de réflexion. Je ne vois pas quel problème il y a avec Crieff. Moi, je trouve cette ville très sympathique.

— C'est ça… rétorqua Bruce avec amertume.

Pat faillit laisser passer, mais décida que Bruce était allé trop loin.

— Ah, fit-elle. Alors tu te crois vraiment supérieur, c'est ça ? Tu crois qu'en étant dur envers Crieff, tu prouves au monde que tu es quelqu'un d'extraordinaire ! Eh bien, vois-tu, tu te trompes. Tu te trompes sur Crieff, complètement. Crieff est une ville très bien. Je connais des gens qui y vivent et qui sont très contents. Et ce sont des gens qui ont un bien meilleur jugement que toi, Bruce. Quand tu te mets à dénigrer Crieff, tu en dis bien plus sur toi-même que sur cette ville, crois-moi.

Bruce demeura silencieux sous son regard scrutateur.

— Ton problème, Bruce, c'est que tu es persuadé qu'aucune personne et qu'aucun endroit n'est assez bien pour toi. Tu te crois trop bien pour Crieff, trop bien pour tes anciens amis. Tu penses que ce garçon dont tu parles t'a laissé tomber, mais à mon avis, c'est exactement le contraire qui s'est passé. À mon avis, tu as cherché à te servir de lui.

Bruce redressa la tête avec vivacité.

— Et qu'est-ce qui te fait penser ça, si je peux me permettre ?

Pat haussa les épaules.

— C'est comme ça que tu fonctionnes, lâcha-t-elle.

Elle marqua un temps d'arrêt.

— Mais ça ne sert à rien que je te dise tout ça, reprit-elle. Ça m'étonnerait que ça te fasse changer.

Bruce se leva.

— Non, en effet, ça ne sert à rien. Parce que, vois-tu, Patsy, je n'ai aucune intention de t'écouter. Mais merci quand même.

Sur ces mots, il quitta la pièce, traversa l'entrée et s'engouffra dans sa chambre, claquant la porte derrière lui. Une fois seul, pourtant, la confiance qu'il s'était efforcé d'afficher se brisa. Il avait des dettes, de lourdes dettes. Il songea un instant à aller demander un prêt à ses parents pour régler les factures les plus urgentes, dont celle de Leith, mais il s'en sentit incapable. Il imaginait déjà la réaction de son père. Celui-ci lui ferait la leçon, lui parlerait de prudence et de mauvaise évaluation. Il lui reprocherait de s'être lancé dans une entreprise commerciale sans avoir acquis au préalable l'expérience nécessaire. Et si Bruce tentait de lui expliquer ce qui s'était passé avec George, son père prendrait sans aucun doute la défense de ce dernier. Il avait toujours apprécié ce garçon, Bruce s'en souvenait, affirmant que, de tous les amis de son fils, c'était le meilleur. Cela en disait long sur ses capacités de discernement, songea Bruce.

Assis sur son lit, il réfléchit à sa situation. L'actif et le passif, fondements du commerce. Il savait ce qu'il possédait et il savait ce qu'il devait. Ce qu'il possédait, c'était l'appartement de Scotland Street, qu'il était loin d'avoir fini de rembourser, quelques économies sur un compte d'épargne et… Il avait presque oublié : les trois caisses de Petrus. Seul George avait suggéré qu'il s'agissait peut-être de fausses bouteilles, mais il y avait une chance, certes infime, qu'il se trompât, et Bruce se souvint tout à coup qu'une vente de vin aux enchères devait avoir lieu sous peu à Édimbourg. S'il n'était pas encore trop tard pour s'inscrire, et si le vin était du vrai…

Mais qui pourrait le lui dire ? En demandant leur avis aux commissaires-priseurs, il risquait d'insuffler le doute dans leur esprit. Il fallait donc solliciter le jugement d'un particulier, et qui était mieux placé que Will Lyons ? S'il existait une personne au monde capable de distinguer un vin authentique d'un faux, c'était lui. Or il avait déjà fait preuve de générosité envers Bruce en lui prodiguant ses conseils. Bruce l'inviterait donc à venir boire un verre de Petrus, sans lui en révéler le prix, et il attendrait le verdict. C'était une idée brillante. Il allait appeler Will sans attendre pour savoir s'il était libre le soir même ! Comme il est pratique de vivre à Édimbourg, se félicita-t-il, et d'avoir ainsi tous les experts qu'on veut sous la main !

89. Le retour légitime de la chance

Will Lyons avait mieux à faire que de rendre visite à Bruce, mais par pure gentillesse, il accepta de venir au 44, Scotland Street vers huit heures ce soir-là. Il ne pourrait rester longtemps, expliqua-t-il, car il avait du travail. Il écrivait une histoire du commerce du vin à Édimbourg et le manuscrit acquérait peu à peu de l'épaisseur entre ses mains. C'était une sensation très plaisante que de voir grossir la pile de feuillets, mais, comme tout auteur, il savait qu'il devait veiller jalousement à préserver ses heures de liberté pour travailler. Car l'on pourrait écrire des livres entiers sur les auteurs dont les manuscrits n'avaient jamais dépassé le stade du premier chapitre, voire de l'introduction.

Will soupira en s'engageant dans l'escalier. Il n'aimait pas beaucoup Bruce, qu'il trouvait à la fois trop sûr de lui et ignorant. Il avait d'ailleurs tenté de le mettre en garde contre les difficultés que posait l'ouverture d'un magasin de vins, mais ses conseils étaient restés lettre morte. Il était clair qu'il manquait à Bruce le savoir de base requis pour un commerce de ce type. Le jeune homme n'avait rien d'un spécialiste et il ne possédait pas non plus le palais nécessaire dans un quartier comme la Nouvelle Ville, où le nombre de connaisseurs et le niveau d'exigence de la clientèle se révélaient très élevés. Bref, Bruce ne pouvait qu'échouer dans son entreprise, la seule question étant de savoir combien de temps cela prendrait et à quel point ce serait spectaculaire.

Bruce ouvrit la porte et introduisit son invité dans l'appartement. Il avait préparé du café et ce fut vers la cuisine que tous deux se dirigèrent, pour s'asseoir autour de la longue table en pin.

— Je vois que vous avez un pavement d'origine, remarqua Will en désignant les magnifiques dalles.

— Pour le moment, oui, répondit Bruce. Je n'ai pas encore pris le temps de m'en occuper.

— De vous en occuper ? répéta Will, surpris. Mais il m'a l'air en parfait état.

— Je veux dire, de le moderniser, rectifia Bruce. J'ai envie d'un effet chêne. Il existe un nouveau revêtement de sol qui ressemble à s'y tromper à du chêne. Je défie n'importe qui de faire la différence. Seulement, c'est un peu cher.

Will garda le silence. Ses yeux venaient de s'arrêter sur une bouteille posée sur l'étagère. Était-ce possible ?

Bruce suivit son regard.

— Oui, dit-il avec désinvolture. C'est un Petrus. Vous voulez y jeter un coup d'œil ?

— C'est un très grand vin, commenta Will. Beaucoup de gens affirment même que c'est le meilleur vin du monde, vous savez.

— Oh, je le sais. C'est pour ça que j'en ai acheté un stock, d'ailleurs.

— Un stock ?

Bruce affecta la nonchalance.

— Oui. J'en ai pris trois caisses pour mon nouveau magasin. Je me suis dit qu'Édimbourg étant ce qu'elle est, il y aurait sûrement de la demande. Il y a beaucoup de gens très riches ici, vous savez. Des gens qui sont prêts à casquer pour ce genre de truc.

— Oh, j'en suis conscient, approuva Will.

Il se tourna de nouveau vers l'étagère où trônait la bouteille.

— Cela vous ennuie que je la regarde de plus près ?

— Bien sûr que non. Que diriez-vous d'en boire un verre ?

Will haussa les sourcils.

— C'est très généreux de votre part. Je ne voudrais pas…

— Pas de problème, coupa Bruce en se levant. J'attendais une occasion pour le goûter et vous êtes la personne la plus indiquée pour m'accompagner, non ?

Il se dirigea vers l'étagère et saisit la bouteille, qu'il tendit à Will. Celui-ci l'examina avec attention.

— Très belle année, commenta-t-il. Je suppose que vous savez que ce vin vaut une petite fortune. Mais, ajouta-t-il après une hésitation, vous ne pouvez pas l'ignorer si vous en avez acheté trois caisses.

Bruce se garda de lâcher le morceau

— Oui, répondit-il en souriant. Ce vin n'est pas donné, c'est le moins qu'on puisse dire. Mais à quoi ça sert d'en avoir si on ne s'en accorde pas un petit verre de temps en temps ?

Il saisit un tire-bouchon, qu'il passa à Will.

— Je vous laisse faire les honneurs ?

Avec précaution, Will mit le goulot à nu et s'y attarda un instant. Puis, tandis que Bruce sortait deux verres du placard, il introduisit le tire-bouchon dans le liège et tourna, avant de tirer doucement. Le bouchon émergea avec un ploc satisfaisant. Will approcha le goulot de son nez et renifla, puis sourit.

— Jusque-là, tout va bien, annonça-t-il. À présent, si vous voulez bien me passer les verres, nous allons voir ce que ça donne…

Ce fut avec une expression pleine d'angoisse que Bruce s'exécuta. Le moment de l'humiliation était arrivé, songea-t-il. L'humiliation suprême, qui viendrait couronner tout ce qui allait déjà de travers depuis quelques mois : l'histoire qu'il avait eue avec cette Américaine trop collante, la perte de son emploi dans le pathétique cabinet d'experts Macauley Holmes Richardson Black et, enfin, la terrible trahison de George et de sa fiancée-haggis. Il ferma les yeux, trop anxieux pour regarder le sombre liquide rouge que Will humait à présent en le faisant tournoyer dans son verre.

Puis, fasciné, il vit Will prendre une gorgée de vin et la garder en bouche, la faisant passer à droite et à gauche tout en aspirant un mince filet d'air entre ses lèvres. Nerveusement, il leva son propre verre et sirota une gorgée de liquide. Le vin lui parut correct – et même plutôt bon. Mais, songea-t-il alors avec une honnêteté qui lui était peu familière, qu'est-ce que j'y connais, en fait ?

Il s'aperçut que Will le regardait.

— Quelle bombe ! lança ce dernier.

Bruce tressaillit.

— Bombe… ?

— C'est un vin magnifique, enchaîna Will. À la fois souple et mûr, et pourtant élégant et long en bouche. On comprend qu'il ait cette réputation d'excellence ! On le comprend vraiment.

Un peu plus tard, lorsque Will eut quitté l'appartement, Bruce se rendit dans la salle de bains et se contempla dans le miroir. Son visage rayonnait, triomphal, tandis qu'à ses oreilles résonnaient encore les mots prononcés par Will avant son départ. Selon ce dernier, il n'aurait aucun problème à faire accepter le vin restant, désormais réduit à trente-cinq bouteilles, par les commissaires-priseurs de la vente prévue quelques jours plus tard. Puis Will avait ajouté : « Et je ne serai pas surpris si vous parvenez à en tirer au moins trente mille livres, après commissions. »

Bruce regarda son reflet et se sourit.

— C'est toi, la bombe ! se lança-t-il en guise de compliment. Mon vieux, tu es un Petrus humain !

90. Cours d'affirmation de soi pour fonctionnaires de l'État

Ce fut à peu près à la même période que le Scottish Executive décida d'offrir à tous ses hauts fonctionnaires une formation d'affirmation de soi. La raison pour laquelle celle-ci devait être réservée aux titulaires des postes les plus élevés était simple : il semblait inutile d'accroître la confiance en eux des subalternes, qui dépassait généralement celle de leurs supérieurs. Et renforcer l'affirmation de soi des échelons les plus hauts du Scottish Executive était, estimait-on, la seule façon de réussir à appliquer les politiques face à l'opposition venue d'en bas. D'ailleurs, dans un deuxième temps, avait-on annoncé, les ministres eux-mêmes recevraient à leur tour des cours d'affirmation de soi, afin de faciliter la mise en place des politiques impopulaires face à l'opposition du public et de forcer ainsi celui-ci à les accepter. (Ce qui ne signifie pas que ces politiques soient mauvaises. Certaines sont même excellentes. Néanmoins, on ne peut toujours se fier au public pour reconnaître une bonne politique quand on lui en soumet une.)

Stuart s'était inscrit à l'atelier proposé et devait donc passer deux heures en compagnie d'un conseiller en affirmation de soi. Il attendait ce rendez-vous avec impatience, car il était peu à peu parvenu à la conclusion que si, dans son environnement professionnel, il n'avait aucune difficulté à imposer son point de vue, il n'en était pas de même à la maison. Il avait compris en particulier que, pour améliorer ses relations avec son fils Bertie, il lui faudrait s'opposer à Irene. Et cette pensée l'alarmait. C'était bien beau d'avoir remporté une victoire mineure en envoyant Bertie au bowling pour l'anniversaire de Tofu, mais ce serait une autre paire de manches d'atteindre ses autres objectifs : faire cesser la psychothérapie de Bertie, le libérer de la nécessité d'assister aux leçons de yoga à Stockbridge et démanteler, dans la mesure du possible, les divers points du programme qu'Irene appelait le « projet Bertie ». Cependant, il devait tout cela à son fils. Il avait juré qu'il ne laisserait pas tomber son petit garçon : il lui offrirait les plaisirs et les moments d'oisiveté d'une enfance heureuse. Il lui redonnerait goût à la vie.

Assis dans la salle de réunion 64A/3B/4/16 (ouest) de l'immeuble du Scottish Executive, Stuart attendait donc l'arrivée du conseiller en affirmation de soi, qui avait déjà dix minutes de retard. Stuart occupait son temps en lisant le journal et il était plongé dans un éditorial quand la porte s'ouvrit sur un frêle jeune homme d'une trentaine d'années, qui portait un jean et une chemise à col ouvert.

— Vous êtes Stuart Pollock ? demanda le nouveau venu en jetant un coup d'œil à la planchette qu'il tenait à la main.

Stuart répondit que oui et lui tendit la main, que le conseiller serra très fort.

— Très heureux de vous rencontrer, Stuart. Je m'appelle Terry. Ça vous pose un problème ?

Stuart cligna des yeux.

— Non, répondit-il, hésitant. Bien sûr que non.

— Voyez-vous, il y a des gens qui estiment que le nom de Terry est efféminé. Vous voyez ce que je veux dire ? interrogea-t-il en fixant son interlocuteur droit dans les yeux. Et vous ne me trouvez pas trop petit, n'est-ce pas, Stuart ?

— Pas du tout.

— Et ce serait grave si tel était le cas ? insista Terry avec agressivité. Quel mal y a-t-il à être petit ?

— Je n'ai jamais dit que c'était mal, protesta Stuart. C'est vous qui avez lancé cette idée, pas moi. Et d'ailleurs, je ne trouve pas votre nom efféminé, petit... je veux dire, Terry. Et vous n'êtes ni petit ni grand, en ce qui me concerne.

Terry continua de le dévisager.

— Très bien, asseyons-nous. Je vais prendre cette chaise, d'accord ? Celle-ci. Ce sera ma chaise.

— Comme vous voulez, répondit Stuart.

— Mais imaginons que vous ayez vraiment envie de vous asseoir sur cette chaise ? interrogea Terry. Que se passerait-il si vous vouliez cette chaise ?

— Je ne pense pas que j'en ferais une maladie. C'est exactement la même que l'autre. Toutes les chaises du Scottish Executive sont identiques.

— Et cela vous ennuie ? Avez-vous un problème avec le Scottish Executive, Stuart ?

Stuart prit une profonde inspiration. Terry était extrêmement irritant et cinq minutes à peine venaient de s'écouler sur une séance qui devait durer deux heures. Il se demanda s'il serait capable de tenir jusqu'au bout ; dans le cas contraire, cet échec serait-il consigné dans son dossier ? En conclurait-on qu'il ne possédait pas le degré d'affirmation de soi requis pour faire un fonctionnaire moderne compétent ?

— Non, déclara-t-il en réponse à la question de Terry. Je n'ai aucun problème avec le Scottish Executive. Mon seul problème, c'est que je ressens en ce moment même une légère irritation envers vous.

Terry applaudit.

— Bravo, Stuart ! C'est l'esprit ! C'est exactement ce que je voulais vous entendre dire. Je voulais que vous vous affirmiez.

— Eh bien, voilà ! répondit Stuart en se détendant. Et je suppose que, si je devais être totalement franc…

— Il faut toujours être franc, coupa Terry. Dire les choses comme elles sont. Ne rien cacher. Laisser sortir les sentiments…

— Eh bien, poursuivit Stuart, je suppose que, si j'ai un problème avec quelqu'un, c'est avec ma femme. Elle est très douée pour l'affirmation de soi.

— Très douée, répéta Terry. Ça ne m'étonne pas. Elle vous émascule, Stuart ! Je ne la connais pas, mais je peux vous dire exactement ce qui se passe. Je vois ça tout le temps. La plupart des hommes que je rencontre dans ce boulot se sont fait émasculer par une femme ou une autre. C'est un phénomène endémique par les temps qui courent, endémique.

Stuart s'étonna de la force avec laquelle le conseiller avait émis son jugement. Il avait reconnu lui-même ne rien savoir d'Irene ; alors comment pouvait-il la juger en termes aussi extrêmes ? D'un autre côté…

— C'est si grave que ça ? demanda-t-il d'une voix mal assurée.

— Et comment ! Il est temps que les hommes ripostent. Ils vont devoir se défendre, reconquérir leur espace avant qu'il ne soit trop tard et qu'ils ne deviennent les nouvelles victimes, exactement comme les femmes étaient autrefois victimes des hommes. Il faut vous défendre.

— Et que puis-je faire ? s'enquit Stuart.

— Prenez une décision et dites-le-lui, décréta Terry. Et si elle n'est pas d'accord, ignorez-la. Quittez la maison.

Les femmes n'aiment pas ça. Elles n'aiment pas qu'on quitte la maison.

— Est-ce que vous l'avez fait vous-même ?

Terry réfléchit.

— Je le ferais, affirma-t-il. Enfin, s'il le fallait. Vous comprenez, je n'ai pas l'habitude de m'engager dans des relations. Je vis seul. Je suis un homme libre. C'est la nouvelle tendance.

— Je vois, fit Stuart.

Ils bavardèrent encore quelque temps. Puis il y eut des exercices d'affirmation de soi que Stuart dut accomplir – dont des techniques pour ne pas se laisser faire au téléphone –, suivis d'une longue discussion sur l'affirmation de soi dans la rédaction de rapports. À la fin de la séance, Terry prit Stuart par l'épaule et lui souhaita bonne chance.

— Vous sentez-vous mieux ? demanda-t-il.

Stuart réfléchit. Non, il ne se sentait pas mieux. Si quelque chose avait changé en lui, peut-être, c'est qu'il avait encore plus peur. Il lui semblait que les enjeux s'étaient sérieusement accrus. Ce n'était plus le seul avenir de Bertie qui était en jeu désormais : c'était aussi le sien.

91. Stuart repeint la chambre de Bertie

Stuart sortit du cours d'affirmation de soi à quatre heures et décida de quitter le bureau sans attendre cinq heures. C'était là une première façon de s'affirmer, mais sans trop enfreindre le règlement. Il était arrivé tôt au travail ce matin-là et, en termes d'heures de présence, s'estimait largement créditeur. Il sortit donc du Scottish Executive et se dirigea vers une droguerie devant laquelle il était passé d'innombrables fois sans y prêter attention. On y vendait de la peinture et des pinceaux, Stuart y trouverait donc ce qu'il lui fallait : un gros rouleau et de la peinture blanche à finition mate.

Il effectua ses achats, remercia le commerçant et prit le chemin de la maison. Il éprouvait le même mélange d'excitation et d'anxiété qu'un écolier s'apprêtant à transgresser une règle. C'est ainsi, pensait-il, que doit se sentir un malfaiteur qui se rend sur les lieux de son crime : le cœur battant, la bouche sèche, tous les sens en éveil. Car ce qu'il se proposait d'accomplir s'apparentait fort à un délit. Il avait l'intention de repeindre la chambre de Bertie, une décision unilatérale, sans consultation préalable, au mépris total de la volonté d'Irene. C'était elle qui avait choisi le coloris actuel, elle qui avait opté pour le rose, à cause des vertus prétendues apaisantes de cette teinte, et par désir de réfuter les idées reçues au sujet des préférences masculines. Les garçons n'aiment pas le rose, disait la sagesse populaire. Eh bien, on allait voir ! Il n'y avait aucune raison qu'un garçon intelligent, éduqué de façon à s'affranchir de l'étroit corset que représentait la définition des rôles, n'apprécie pas le rose.

Stuart savait que la couleur de sa chambre – ou de son « espace », comme l'appelait Irene – ne plaisait pas à Bertie. L'enfant le lui avait confié, ajoutant que, tant que les murs resteraient roses, il ne pourrait pas inviter d'amis… même si, bien sûr, il n'en avait pas, de toute façon, avait-il conclu.

Stuart avait prêté à son fils une oreille compatissante.

— Mais tu dois bien avoir des amis, Bertie ! lui avait-il répondu. Ce garçon, là, Tofu ? Ce n'est pas ton ami ?

Bertie avait eu l'air dubitatif.

— Je ne sais pas trop, avec lui. Peut-être, mais ce n'est pas sûr. Il n'arrête pas de me demander de l'argent et à manger. Sa famille est végétalienne, tu comprends. Je crois qu'il m'aime seulement parce que je peux lui fournir ce qu'il veut.

— Certains amis sont comme ça au début, avait expliqué Stuart, mais ils changent peu à peu et finissent par devenir de vrais amis, des amis qui t'aiment, indépendamment de ce que tu peux faire ou ne pas faire pour eux.

Il marqua un temps d'arrêt.

— Et la petite fille ? Olive ?

Bertie secoua la tête.

— Elle croit que je veux qu'elle attrape le tétanos pour qu'elle soit paralysée de la bouche. Mais ce n'est pas vrai. Je ne souhaite à personne d'avoir le tétanos. Vraiment.

Stuart avait souri.

— Mais c'est évident, Bertie !

Et moi, avait-il pensé, n'aurais-je pas envie de voir certaines personnes attraper le tétanos ? Et il avait décidé que la réponse était oui, qu'il existait un certain nombre de gens qu'il aimerait voir privés de l'usage de la parole : quelques hommes politiques, ainsi qu'un ou deux individus qui se prétendaient chanteurs. Ce serait, imaginait-il, la seule façon de les faire taire, même si cette solution se révélait assez radicale. Cependant, de telles pensées n'étaient pas très charitables…

En montant les marches du 44, Scotland Street, Stuart consulta sa montre. Irene ne serait pas à la maison, car c'était l'heure du cours de saxophone de Bertie, que devait suivre une leçon spéciale de yoga mères-enfants. Tous deux rentreraient bien après sept heures, ce qui lui laissait deux bonnes heures pour repeindre la chambre. Celle-ci n'était pas grande et, avec un rouleau, on pouvait couvrir une large surface de mur en un temps record. À leur retour, Bertie et Irene se trouveraient ainsi devant le fait accompli.

Il entra dans l'appartement et cria le nom de sa femme pour s'assurer que le champ était libre. Le silence lui répondit ; il n'y avait que le tic-tac de l'horloge et le bourdonnement, quelque part en arrière-fond, du réfrigérateur. Stuart déposa les bidons de peinture et le rouleau dans la chambre de Bertie et alla se changer. Irene avait horreur de trouver ses vêtements par terre, aussi se fit-il une joie de laisser tomber sa chemise sur la descente de lit et de lancer ses chaussettes dans un coin, tout en songeant que Terry serait fier de le voir agir ainsi. Dans son appartement, ce dernier laissait sans doute traîner ses affaires n'importe où… quoique, étant libre de toute relation, il n'y eût personne pour trouver à redire à cette pratique.

Une fois changé, Stuart regagna la chambre de son fils. Il en fit le tour et retira les décorations qu'Irene avait accrochées au mur : un poster proclamant la beauté de Florence, une classification périodique des éléments, un portrait photographique de Mahler. Il soupira et, sur une impulsion, déchira le tableau des éléments et le jeta à la corbeille, au lieu de le plier avec soin afin de le remettre en place une fois la peinture sèche. Enfin, il ouvrit le premier bidon de peinture, versa celle-ci dans un bac et y plongea le rouleau.

Il passa assez peu de temps à couvrir tous les murs de blanc. Stuart travailla fiévreusement, sans se soucier des taches de peintures qui apparaissaient sur la moquette. De temps en temps, il regardait sa montre et guettait les bruits venus du palier. Mais tout était calme, aussi poursuivit-il son œuvre jusqu'à complète transformation de la pièce. Il ne restait plus aucune trace de rose. Désormais, Bertie pourrait inviter ses amis à la maison sans complexe.

Son ouvrage terminé, Stuart fourra les bidons vides et le matériel de peinture dans un placard. Puis, après une tentative assez infructueuse pour nettoyer la moquette, il retourna dans sa chambre à coucher et se changea de nouveau. De ses vêtements maculés de peinture, il fit un tas sur le sol, avant de se rendre à la cuisine pour se servir un grand verre de whisky.

Il perçut alors le bruit d'une clé tournant dans la serrure, accompagné d'une voix.

— Et n'oublie pas, Bertie, disait Irene, tu as une leçon d'italien supplémentaire cette semaine, sur la belle histoire de ce petit garçon italien qui…

Le silence se fit tout à coup et Stuart contempla le fond de son verre vide. Il eût été rassurant d'avoir Terry à ses côtés en un tel moment, songea-t-il.

92. Des discussions s'engagent entre Irene et Stuart

Ce fut Bertie qui brisa le silence.

— Ma chambre ! s'écria-t-il. Regarde, maman ! Ma chambre est devenue blanche !

La joie, dans sa voix, ne faisait aucun doute et l'exclamation suivante la révéla de façon plus flagrante encore. Depuis quelque temps, Bertie n'employait plus spontanément l'italien, mais en cet instant, cette langue dut lui paraître plus éloquente que l'anglais.

— *Miracolo !* reprit-il. *Miracolo !*

Immobile à la porte, Irene était demeurée bouche bée.

— Pour l'amour du ciel, qu'est-ce qui s'est passé ? dit-elle, retrouvant l'usage de la parole. Quelqu'un a repeint…

Elle pénétra dans la chambre et remarqua aussitôt le tableau des éléments déchiré dans la corbeille à papier. Elle le saisit avec délicatesse, à la manière d'un détective découvrant une pièce à conviction sur les lieux du crime.

— Tu ne trouves pas ça joli ? s'enquit Bertie d'une voix tendue.

Il venait de comprendre que sa mère était loin d'apprécier la transformation et redoutait de la voir repeindre illico la chambre en rose.

— Moi, je trouve que le blanc est la couleur idéale pour… reprit-il.

Il s'interrompit. Il allait dire « pour les garçons », mais il comprit que cela ferait l'effet d'une provocation.

—… pour une chambre, conclut-il.

— Nous pourrons en discuter plus tard, répondit Irene d'un ton sinistre. En attendant, ne touche à rien. Je ne veux pas que tu salisses ta salopette.

Elle tourna les talons et gagna la cuisine.

— Eh bien ! lança-t-elle en foudroyant Stuart du regard. Je vois qu'on s'est bien occupé !

Stuart la considéra sans ciller.

— J'ai pensé que le moment était venu de revoir la décoration de la chambre de Bertie, répondit-il. Je reconnais que la décision a été rapide. Cela te pose un problème ?

— Quoi ? siffla Irene. Qu'est-ce que ça veut dire, cela me pose un problème ?

Stuart haussa les épaules.

— Tu as l'air surprise. Je croyais que cela te ferait plaisir de constater que ton mari faisait des miracles en peinture.

Irene alla fermer la porte de la cuisine. Bertie ne devait rien entendre de cette conversation.

— Tu es devenu fou ? Tu as perdu l'esprit ?

— Non, répliqua Stuart. Et toi ?

Irene avança vers lui.

— Écoute-moi bien, Stuart. Je ne sais pas ce qui t'a pris, mais il va falloir que tu m'expliques certaines choses. Qu'est-ce qui t'est passé par la tête, pour l'amour du ciel !

Stuart soutenait toujours son regard.

— J'ai décidé que le moment était venu de laisser Bertie décider d'une ou deux choses concernant sa vie. Il est clair que, depuis quelque temps, il n'aime plus le rose de sa chambre. Tout comme il n'aime pas ces salopettes roses que tu l'obliges à porter.

— Framboise, rectifia Irene.

Elle secoua la tête, comme pour rétablir une image de la réalité devenue floue.

— Je ne comprends pas ce que tu fabriques, Stuart. Nous éduquons Bertie de façon à lui faire aimer le rose, et il y a une raison à cela : une raison qui est à chercher dans les stéréotypes liés aux sexes. N'es-tu même pas capable de comprendre ça ?

Stuart sourit.

— Il y a une chose que je comprends très bien, en tout cas : il est temps de laisser notre petit garçon vivre comme un petit garçon.

— Tiens donc ! s'exclama Irene. Alors, c'est ça ? Tu penses savoir ce que c'est que d'être un petit garçon ? Toi, l'héritier du manteau patriarcal, que tu as décidé de passer à ton fils ! Tu vas donc faire en sorte qu'il s'intéresse à des choses comme les voitures…

— À propos, l'interrompit Stuart en fronçant les sourcils, où est la nôtre ?

Déroutée, Irene fixa son mari.

— Dehors, dans la rue. Là où tu l'as garée l'autre jour.

— Non, elle n'y est pas, rétorqua Stuart. Tu es la dernière à l'avoir garée.

— N'importe quoi ! C'est toi. Et tu l'as garée dans la rue.

— C'est vrai, je l'ai garée dans la rue la dernière fois que je l'ai conduite. Mais ensuite, tu l'as prise pour aller je ne sais où et tu es donc la dernière à l'avoir garée.

Irene allait répliquer, mais elle se ravisa. Stuart avait raison : elle avait conduit la voiture deux ou trois jours plus tôt et l'avait laissée quelque part. Soudain, une nouvelle pensée la traversa, qui concernait un détail bien plus important que l'oubli momentané du lieu de stationnement du véhicule.

— Quoi qu'il en soit, il y a une chose que je voulais te demander depuis un certain temps déjà. Notre voiture... combien de vitesses a-t-elle ?

Stuart tressaillit. Il voyait déjà où cette question allait mener. Soudain, toute l'histoire de la peinture sembla insignifiante.

Irene ne le lâchait pas des yeux.

— Combien ? insista-t-elle.

— Cinq, murmura Stuart d'une voix vidée de l'assurance qu'il était parvenu à y insuffler.

Voilà ce qu'on appelle du courage, songea-t-il.

— Ah oui ? fit Irene. Alors pourquoi est-ce qu'elle n'en a plus que quatre maintenant ?

Elle attendit un instant, avant de poursuivre.

— Dans ce cas, se pourrait-il que la voiture que tu as rapportée de Glasgow ne soit pas la nôtre ? Serait-ce possible ? Et s'il en est ainsi, à qui appartient-elle, si je puis me permettre la question ?

Stuart s'avoua vaincu. Il savait que Lard O'Connor avait ordonné pour lui le vol d'une voiture, qu'il avait fait équiper de fausses plaques d'immatriculation. Connaissant la vérité, il aurait dû courir tout droit à la police pour expliquer ce qui s'était passé. Il n'en avait rien fait parce qu'il avait eu peur. Il avait craint la réaction de Lard O'Connor lorsqu'il s'apercevrait que Stuart l'avait dénoncé. Aussi avait-il choisi la solution de facilité et écarté le problème, en espérant voir celui-ci disparaître.

Irene s'assit.

— Maintenant, dit-elle, voyons. Nous devons régler cette histoire en adultes intelligents. Nous avons plusieurs problèmes, n'est-ce pas ? D'abord, celui de la voiture. Ensuite, celui de l'éducation de Bertie, dans laquelle tu as décidé de mettre ton grain de sel. Ce sont les deux problèmes que nous avons, n'est-ce pas ?

Stuart hocha la tête. Il se sentait lamentable. Il allait devoir renoncer à ses velléités d'indépendance.

— Bon, reprit Irene d'une voix plus douce. Alors ce que tu vas faire, Stuart, c'est me laisser régler tout ça. Tu n'as pas à t'inquiéter, je m'occupe de tout. En contrepartie, de ton côté, tu te tiens tranquille. D'accord ?

Stuart acquiesça. Oui, d'accord, allait-il répondre, lorsqu'il se rappela son voyage en train avec Bertie et le serment qu'il avait fait au petit garçon. Alors, il regarda Irene dans les yeux.

— Non, dit-il. Pas d'accord.

93. Le discours de Gettysburg[1]

— Il y a six ans, déclara Stuart, nous avons conçu un enfant, un fils…

Irene l'interrompit.

— *J'ai* conçu un fils ! s'exclama-t-elle. Ton rôle, si je m'en souviens bien, a été relativement mineur.

Stuart la dévisagea, interdit.

— Alors, les pères ne comptent pas, c'est ça ?

Lorsqu'elle répondit, Irene parla de ce ton très doux que l'on emploie pour ménager une personne qui a du mal à comprendre.

— Je n'irais pas jusque-là. Ne me fais pas dire ce que je n'ai pas dit. Cependant, on ne peut nier que le rôle de la mère est plus significatif. Quand on y réfléchit bien, ce sont les femmes qui se donnent le plus de peine pour élever les enfants. C'est comme ça. Qui amène Bertie aux cours d'italien ? Qui le conduit au yoga, à l'école, partout ? C'est moi !

Elle marqua une pause.

1. Discours que prononça le président américain Abraham Lincoln en 1863, pendant la guerre de Sécession, lors de l'inauguration du cimetière national situé sur le champ de bataille de Gettysburg.

— Et qui est-ce que je rencontre dans tous ces lieux ? Non pas des pères, mais d'autres mères, comme moi.

Stuart prit une inspiration.

— C'est justement une partie du problème : Bertie n'a pas envie de prendre des cours d'italien. Et il a horreur du yoga. Il me l'a dit lui-même. Il m'a dit qu'il avait l'impression de…

Elle ne le laissa pas achever.

— Ah oui ? Ah oui ? Et toi, alors, où est-ce que tu l'emmènerais ? À la pêche, peut-être ?

Stuart sourit.

— Oui, à la pêche. Je lui apprendrais à pêcher.

— Autrement dit, à tuer…

— Pêcher, ce n'est pas tuer, protesta Stuart.

— Tiens donc ! Alors, les poissons survivent ?

Il hésita.

— D'accord, c'est tuer. Mais…

— Donc, c'est cela que tu veux lui apprendre ? À tuer des poissons ?

Stuart regarda par la fenêtre. Le ciel du soir était clair et un fin trait de vapeur blanche le divisait en deux. À son extrémité, minuscule point argenté, un avion filait vers l'ouest. Une métaphore de la liberté, songea Stuart, même si la liberté à l'extrémité d'un trait de vapeur ne pouvait se révéler que brève et illusoire.

— Je veux qu'on lui laisse assez de liberté pour qu'il vive comme un petit garçon normal, expliqua-t-il. Je veux qu'il puisse jouer avec les autres enfants de son âge, qu'il fasse les choses que les autres font. Les petits garçons aiment faire du vélo, ils aiment se promener sans but, ils aiment jouer à des jeux, lancer des ballons, grimper aux arbres. Ils n'aiment pas le yoga.

Ce rappel des activités masculines fit à Irene l'effet d'une provocation.

— Quel parfait résumé de la conception sexiste de ce que doit être un garçon ! s'exclama-t-elle. Et les garçons asexués, alors, qu'est-ce que tu en fais, si je puis me permettre ? Et ceux-là ? Est-ce qu'ils aiment grimper aux arbres et faire du vélo, à ton avis ?

— Je n'ai pas la moindre idée de ce que peuvent être les désirs des garçons asexués, rétorqua Stuart. À dire vrai, je ne sais pas ce qu'est un garçon asexué. Je sais juste que Bertie n'en est pas un. Bertie veut vivre en étant ce qu'il est, c'est-à-dire un enfant assez classique. Il est intelligent, certes, et il sait beaucoup de choses. Mais ce que tu n'as pas l'air de comprendre, c'est qu'il est aussi un petit garçon. Et qu'il a besoin de passer par cette étape. Il a besoin d'une enfance.

Irene parut sur le point de répondre, mais Stuart était lancé.

— Je crois que, ces dernières années, je me suis montré extrêmement patient. Je n'ai jamais beaucoup aimé l'idée du « projet Bertie », comme tu l'appelles. J'ai émis certains doutes, mais tu ne m'as jamais laissé m'exprimer sur ce point. Vois-tu, Irene, tu n'es pas la femme la plus tolérante que je connaisse. Oui, je m'excuse d'avoir à te le dire, mais je le pense : tu es intolérante.

Il s'arrêta pour juger de l'effet de ces paroles. Silencieuse, sa femme avait blêmi. Elle semblait avoir perdu une partie de son assurance et, l'espace d'un instant, Stuart crut déceler une lueur de doute dans son regard. Il décida de poursuivre son discours.

— Et puis, tu as été surprise lorsque Bertie a commencé à se rebeller. Te souviens-tu à quel point tu as été choquée quand il a mis le feu au *Guardian* que j'étais en train de lire ? Tu t'en souviens ? D'ailleurs, je voudrais te demander aussi autre chose : t'est-il venu à l'esprit que je pouvais être content qu'il ait fait ça ? Non ? Eh bien, tel a été le cas, je te le dis. Et pourquoi ? Parce que tu ne m'as jamais consulté sur le choix du quotidien que nous lirions dans cette maison. Tu n'as jamais sollicité mon avis. Pas une fois. Tu ne m'as jamais demandé si je n'aimerais pas plutôt lire le *Herald* ou le *Scotsman*, ou un autre journal. Non, tu nous as abonnés au *Guardian*. Et ça, c'est parce que tu ne tolères pas d'autres points de vue que le tien. Ou alors… ou alors, est-ce parce que tu veux à tout prix être comme il faut, avoir l'opinion correcte sur tout ? Et en vérité, au fond de toi…

Irene, qui fixait le sol, releva soudain la tête. Avec une stupéfaction mêlée d'horreur, Stuart découvrit que des larmes brillaient dans ses yeux.

— Écoute… murmura-t-il en tendant la main vers elle, je suis désolé…

— Non, tu n'as pas à t'excuser. C'est moi qui suis désolée…

— Je ne sais pas. Je suis sûr que tu crois bien faire.

— J'avais tellement d'ambition pour Bertie. Je voulais qu'il soit tout ce que je ne suis pas. Qu'est-ce que j'ai fait de ma vie ? Est-ce que j'ai accompli quoi que ce soit ? Toi, tu as un travail, une carrière. Moi, non. Je suis juste une femme qui reste à la maison. Rien de ce que je fais ne changera le monde. Alors je me suis dit qu'avec Bertie je pourrais accomplir quelque chose, avoir au moins une chose dont je pourrais dire : c'est ma création ! Et en fait, tout ce que j'ai récolté, c'est me faire détester de lui. Et de toi aussi, apparemment…

— Mais je ne te déteste pas ! protesta Stuart. Je t'admire. Je suis fier de toi. Je t'aime beaucoup…

— C'est vrai ? C'est la vérité ?

— Oui. Seulement, je voudrais que tu sois moins stricte. Je voudrais que tu sois toi-même. Je voudrais que tu laisses Bertie être lui-même. Je voudrais que tu arrêtes de toujours vouloir bien faire.

— Et si ce que je suis en réalité est quelque chose de totalement différent ? interrogea Irene en se tamponnant les joues avec un kleenex. Qu'est-ce qui se passera ?

— Peu importe.

Malgré cette réponse, les possibilités que la question suggérait intriguèrent Stuart. Se pouvait-il qu'il y eût, chez Irene, une face cachée qu'il n'avait jamais soupçonnée ?

— Tu es différente ? s'enquit-il.

Irene hocha la tête.

— Je suis très conservatrice, avoua-t-elle. Tout au fond de moi, je suis conservatrice. Tu sais, Stuart, il y a une chose que je ne t'ai jamais dite. Je ne t'ai jamais dit d'où je venais.

— De Moray, répondit Stuart, étonné. Tu es née à Moray.

— Non, fit-elle dans un souffle. Pas Moray. Moray Place.

Elle se tut, guettant sa réaction. Apparemment, il l'avait bien pris. Restait la seconde nouvelle…

— Et il y a autre chose, reprit-elle. Je suis enceinte.

94. Le rêve de Bertie

Ce soir-là, Bertie ne voulut pas éteindre sa lampe de chevet, tant il se plaisait à contempler ses nouveaux murs. Il restait convaincu que la transformation de sa chambre s'était opérée grâce à l'intervention de quelque force surnaturelle, sans trop savoir cependant sous quelle forme. Il y avait la possibilité que des anges aient peint la chambre, car peu de temps auparavant, il avait lu un ouvrage sur l'activité de ceux-ci, où l'on révélait que, souvent, les créatures célestes réalisaient de bonnes actions dans la plus grande discrétion. De toute façon, peu importait grâce à qui – ou par quelle entremise – la couleur des murs avait changé. Une seule chose comptait : il ne vivait plus dans une chambre rose.

Il était allongé sur son lit depuis une bonne demi-heure, à admirer les murs blancs en rêvant, lorsque ses parents vinrent comme à leur habitude lui souhaiter bonne nuit. Son père apparut le premier, l'air hébété, puis ce fut le tour de sa mère, dont Bertie remarqua les yeux rouges et gonflés.

— Ça va, maman ? demanda-t-il. Tu n'as pas pleuré, si ?

Irene se baissa pour l'embrasser sur le front.

— Non, Bertie *carissimo*. Je n'ai pas pleuré. Juste réévalué certaines choses.

— Alors, bonne nuit, répondit Bertie en se pelotonnant dans son lit.

— *Buona notte*, Bertie.

Irene éteignit la lumière et demeura quelques instants debout près du lit, songeuse. Puis elle se retourna et quitta la chambre, dont elle laissa la porte entrouverte, car Bertie aimait voir un rai de lumière la nuit, pour se défendre de l'obscurité.

Fermant les yeux, Bertie se mit à réfléchir à ce qu'il pourrait faire, maintenant qu'il avait une chambre blanche. Peut-être inviterait-il Tofu un après-midi et lui donnerait-il des sandwiches au bacon à manger dans la chambre. Il y avait toujours du bacon en quantité au réfrigérateur et cela ne dérangerait pas Tofu de le déguster cru. Bertie pourrait aussi faire venir Olive. La fillette lui posait un problème. Il avait souffert de s'entendre accuser de lui souhaiter d'attraper le tétanos, mais il estimait qu'il était temps, désormais, d'aller de l'avant avec elle. Il lui pardonnerait d'avoir fait courir la rumeur qu'elle était son amoureuse (elle avait même raconté qu'ils étaient déjà fiancés et qu'une annonce paraîtrait à ce sujet dans le journal de l'école). Et s'il tirait un trait là-dessus, sans doute lui pardonnerait-elle, de son côté, le malentendu concernant le tétanos.

Le tétanos, bien sûr, n'était pas la seule menace qui guettait. Bertie avait entendu parler des dangers que représentait une coupure entre le pouce et l'index. Cela provoquait une infection instantanée du sang, sauf, bien sûr, si l'on avait une grenouille sous la main, auquel cas il suffisait de frotter la blessure avec la grenouille, traitement rapide et infaillible. Merlin, le garçon de la classe que l'on consultait pour toutes les questions physiques, les avait informés qu'il existait, à la New Royal Infirmary, un réservoir spécial dans lequel on élevait des grenouilles à cet effet, et aussi des sangsues, dont les médecins se servaient, avait-il ajouté, pour soigner les patients qu'ils n'aimaient pas. Olive, avait alors fait remarquer Tofu, se verrait sûrement coller une sangsue le jour où, pour une raison ou pour une autre, elle serait admise à la Royal Infirmary.

Bertie finit par s'endormir et, au cours de la nuit, il fit un rêve. Dans ce rêve, dont il devait se rappeler chaque détail à son réveil, il marchait dans une prairie, d'abord seul, puis en compagnie d'un chien tacheté, qui l'avait rejoint et s'était mis à trottiner gaiement sur ses talons, et d'un ami. Cet ami était Tofu, qui marchait près de lui, la main posée sur son épaule en un geste de franche amitié. Bertie était heureux d'avoir un ami, même si ce n'était que Tofu, et la présence du chien ajoutait à sa sensation de plaisir. Au-dessus d'eux s'étendait un ciel sans nuages.

Tout à coup, le chien détala et disparut derrière des broussailles. Bertie le rappela, mais l'animal ne revint pas. Ce départ subit le laissa démuni, aussi se tourna-t-il vers Tofu pour chercher un réconfort. Cependant, ce dernier avait lui aussi décampé et venait de disparaître dans un fourré, à l'extrémité du champ. Bertie l'appela, comme il avait appelé le chien, mais le vent qui s'était levé emporta sa voix.

Il se retrouvait seul à présent, mais cela ne dura qu'un court instant, car sa mère apparut soudain au détour du chemin. Elle se précipita vers lui et le souleva dans ses bras, le couvrant de caresses. Bertie se débattit, tentant de lui échapper, mais sans succès. Sa mère était trop forte. Elle était comme le vent, un ouragan, un raz de marée, invincible. Elle le tenait d'une poigne ferme et l'empêchait de bouger.

Quand, enfin, elle le reposa, Bertie la regarda et vit une chose qui lui glaça le sang : Irene tenait un bébé dans ses bras. Elle lui présenta l'enfant en disant :

— Regarde, Bertie ! Regarde le bébé !

Bertie regarda et pensa : Maintenant, j'ai un frère.

— Oui, acquiesça Irene. Tu as un frère, Bertie !

Bertie ne sut que dire. Immobile, il observait sa mère, qui tenait le bébé en l'air pour lui permettre de contempler Bertie d'en haut, ce qu'il faisait avec un petit sourire, comme ces bébés que l'on voit dans les tableaux de la période préraphaélite, des enfants aux traits sinistres. Puis Irene se retourna. Près d'elle, il y avait un piano et un tabouret. Elle y installa le bébé, qui se mit aussitôt à jouer de ses minuscules doigts potelés qui dansaient avec virtuosité sur le clavier.

Fasciné, Bertie le regardait. L'habileté du bébé à enchaîner les notes était incroyable. Ma mère l'a forcé à apprendre le piano, pensait-il. Et il n'a que six mois !

Il observa de plus près le bébé. Parvenu à un passage particulièrement ardu de la partition, celui-ci fronçait les sourcils sous l'effet de la concentration. Puis il s'arrêta et se tourna vers lui avec un sourire. Alors, Bertie s'aperçut qu'il portait un costume miniature du même lin bleu que la veste du Dr Fairbairn.

Ainsi s'acheva le rêve de Bertie.

95. Le vent emporte le sifflement des trains

Quand il s'éveilla le lendemain matin, Bertie hésita à ouvrir les yeux. Il s'était endormi la veille dans une chambre devenue blanche par miracle et il redoutait qu'au cours de la nuit les murs n'aient rechangé de couleur pour retrouver ce rose qu'il haïssait. Ce n'était pas le cas, bien sûr, et le petit garçon put bientôt regarder, émerveillé, son nouvel environnement et constater qu'il était bien réel.

Il s'habilla et gagna la cuisine, d'où s'échappaient les accents d'une aria de *La Flûte enchantée*.

— Bonjour, Bertie, lança Irene. Tu sais de quoi parle le chant qui passe à la radio ?

— Des oiseaux qui se font attraper, répondit le petit garçon. N'est-ce pas le chant de l'oiseleur ?

— Si, acquiesça Irene. Papageno. Sais-tu que j'ai pensé t'appeler comme ça quand tu es né ? Mais finalement, j'ai trouvé que Bertie sonnait mieux.

Bertie se sentit défaillir. Vivre avec un prénom comme celui-là eût été impossible et il se sentit immensément soulagé de l'avoir avoir échappé belle. Mais si elle avait songé à l'appeler Papageno, quel nom sa mère aurait-elle choisi pour le bébé du rêve ?

— Ton père et moi, nous avons eu une discussion hier soir, reprit Irene. Nous avons un peu parlé de toi.

Bertie la regarda d'un air impassible. Elle parlait toujours de lui, de toute façon ; il était plus étonnant, en revanche, que son père ait participé à la conversation. Il prit son bol de porridge et y versa du lait.

— Oui, poursuivit Irene. Nous avons parlé de toi et nous avons pensé que tu aimerais peut-être changer certaines choses dans ta vie.

Bertie quitta son porridge des yeux.

— C'est vrai, maman ?

Il réfléchit à toute allure. C'était peut-être l'occasion à saisir.

— Est-ce que je pourrais aller vivre dans un hôtel, maman ? Il y en a un pas très loin d'ici, à l'angle de Northumberland Street. Je l'ai vu. Je pourrais aller y habiter. Tu viendrais me voir de temps en temps.

Irene sourit.

— Ne dis pas de bêtises, Bertie !

Bertie retourna à son porridge. Le lait était la mer et les grumeaux de petites îles. Et la cuillère, posée avec précaution sur la surface du lait, était un bateau. Peut-être pourrait-il partir en mer. Peut-être pourrait-il s'engager comme mousse et préparer le thé du capitaine. Il venait de lire un livre de Patrick O'Brian et cela avait l'air très amusant, malgré les passages où les navires s'affrontaient, qui faisaient un peu peur. Cependant, ce ne serait plus comme cela de nos jours, pensa-t-il, puisque l'Union européenne avait interdit à la flotte britannique de tirer sur les vaisseaux espagnols et français. Peut-être les capitaines se contentaient-ils désormais de se rencontrer en mer pour échanger des régulations européennes.

— Oui, avait repris Irene. Nous avons pensé, ton père et moi, que tu pourrais peut-être faire davantage de choses dont tu as vraiment envie. Cela te ferait plaisir, Bertie ?

Bertie lui sourit.

— Très, répondit-il.

Il était content, mais restait sur ses gardes. Il se demandait ce que sa mère pouvait savoir de ses envies Serait-il dispensé de yoga ce jour-là, par exemple ?

— Donc, Bertie, je me suis dit que, bien que nous soyons samedi et que nous ayons normalement un double cours de yoga, nous pourrions le laisser tomber.

— Oh, merci ! hurla Bertie. Merci, maman !

— Et, à la place, poursuivit Irene, nous allons…

Bertie se rembrunit, se demandant quelle alternative lui serait proposée : un double cours d'italien ? Ou, peut-être, le Floatarium ?

— Nous allons demander à papa, poursuivit Irene, de t'emmener dans les jardins de Princes Street. Tu pourras escalader un peu les rochers au-dessous du château et regarder les trains passer en bas. Cela te plairait, Bertie ?

Bertie poussa un nouveau cri de joie.

— J'adorerais ça, maman ! Nous pourrons voir les trains qui partent pour Glasgow !

Irene sourit.

— Un plaisir rare, si tu veux mon avis, commenta-t-elle d'un ton pensif. Mais puisque c'est comme ça... *Chacun ses goûts*[1].

Bertie termina vite son porridge et retourna dans sa chambre enfiler un gilet. Il faisait chaud pour la saison, mais le gilet cacherait le haut de la salopette et les gens ne remarqueraient peut-être pas que Bertie en portait une. De loin, si on ne faisait pas trop attention, on pouvait même penser qu'il s'agissait d'un jean rouge. Du moins le petit garçon l'espérait-il.

Stuart émergea peu après. Il prit un rapide petit déjeuner en compagnie de son fils, qui rongeait son frein à ses côtés, puis ils quittèrent ensemble l'appartement de Scotland Street et gravirent la colline en direction de Princes Street. C'était une belle matinée et, lorsqu'ils parvinrent à destination, les drapeaux flottaient fièrement dans la forte brise venue de l'ouest.

— Ça rend fier, hein, Bertie ? lança Stuart. Regarde ce superbe décor ! Les drapeaux, le château, les statues... N'es-tu pas fier d'être écossais, de faire partie de tout cela ?

— *Aye*, c'est vrai, *Faither*[2], répondit Bertie.

1. En français dans le texte.
2. Bertie parle en écossais : « Oui, c'est vrai, père. »

Ils traversèrent la route et pénétrèrent dans les jardins. Après avoir emprunté l'étroit pont piétonnier qui enjambait la voie ferrée, ils prirent le chemin abrupt menant au pied du château. Au terme d'une courte ascension, ils trouvèrent un endroit où s'asseoir, mi-rochers, mi-pelouse, d'où l'on voyait les trains passer en contrebas. Certains d'entre eux actionnaient leur sifflet, dont le son montait jusqu'à eux, un son qui, pour Bertie au moins, représentait la liberté d'un monde plus vaste, une liberté dont il avait désormais un aperçu. Et il se sentait heureux, même lorsque le vent emportait les sifflements et assourdissait le grondement des trains.

— J'ai fait un drôle de rêve cette nuit, papa, dit-il soudain.

— Ah bon, Bertie ? Qu'est-ce que tu as rêvé ?

— J'ai rêvé que maman avait un bébé. Et que le bébé était habillé en lin bleu, comme le Dr Fairbairn. C'était très marrant. Un tout petit costume de lin bleu.

Stuart dévisagea son fils. Au-dessous d'eux, un train passa et lança un sifflement, audible tout d'abord, puis saisi par le vent et emporté au loin.

96. L'histoire de Ramsey Dunbarton VII – Bridge à Blair Atholl

Ramsey Dunbarton considéra Betty avec toute l'affection découlant de quarante années de mariage.

— Je n'ai pas l'impression que tu trouves mes Mémoires intéressants, Betty, fit-il remarquer. Mais ne t'inquiète pas, je ne vais plus lire très longtemps.

— Mais si, c'est très intéressant ! protesta Betty. C'est passionnant, Ramsey. C'est juste qu'il commence à faire très chaud dans cette serre et que je m'assoupis un peu à cause de la chaleur. Ce n'est pas toi, Ramsey, mon chéri. Continue.

— Je ne lirai que deux autres passages, expliqua Ramsey en furetant parmi ses feuillets. Ensuite, je m'arrêterai.

— Lis, Macduff ! l'engagea Betty.

— Pourquoi m'appelles-tu Macduff ? s'étonna Ramsey, perplexe. Nous n'avons aucun Macduff dans la famille, que je sache ! Non, attends ! Peut-être que si, en fait ! C'est bien possible ! La cousine de ma mère, celle de Forres… Elle était mariée à un homme que nous appelions Oncle Lou, et il me semble que cet Oncle Lou avait un beau-frère qui était un Macduff. Oui, j'en suis sûr ! Eh bien, voilà, Betty ! Décidément, l'Écosse n'est qu'un village !

— Reprends ta lecture, l'enjoignit Betty en fermant les yeux. J'adore le son de ta voix.

— Bon, alors, fit Ramsey en baissant les yeux sur son manuscrit.

« Ceci s'est passé il y a vingt ans. J'avais alors un client, non pas Johnny Auchtermuchty, mais quelqu'un de très différent, propriétaire d'un grand hôtel dans le Perthshire. Nous le représentions dans une affaire, aussi allai-je déjeuner chez lui un samedi pour discuter des progrès de l'action que nous avions intentée chez nous, à Édimbourg. C'était une affaire très complexe et je n'étais pas sûr que le juriste que nous avions chargé du dossier saisissait certains points particulièrement délicats. Je le lui avais dit, en fait – très poliment, bien sûr –, et il avait pris la mouche, affirmant que les avocats en savaient souvent plus long que les notaires en matière de législation et que c'était d'ailleurs la raison pour laquelle ils étaient avocats. J'avais répondu que j'en doutais sincèrement et, pour démontrer mon point de vue, je lui avais demandé s'il pouvait citer, au pied levé, une certaine section de la loi en rapport avec la vente de marchandises. Il m'avait regardé d'un air mauvais et avait eu le culot de me répondre que la législation à laquelle je faisais allusion avait été abrogée l'année précédente. Notre échange n'avait pas été très amical.

« Le client, en revanche, était un homme très agréable. La preuve de son statut dans cette partie du Perthshire apparut alors que nous venions de sortir de table. Le téléphone sonna : ce n'était nul autre que le duc d'Atholl ! Désormais décédé, hélas…

« Le duc était un très bon joueur de bridge – de renommée internationale, même. Il s'apprêtait à entamer une partie à Blair Atholl et avait besoin d'un quatrième. Le duc demandait à mon hôte s'il voulait bien se joindre à eux. Malheureusement, mon client ne pouvait pas, car il avait déjà pris un engagement pour l'après-midi, mais il se tourna vers moi et me proposa d'y aller à sa place. À vrai dire, mon bridge n'est pas merveilleux, mais j'avais joué un peu au Braids Bridge Club et, bien sûr, c'était un immense honneur que d'être invité à jouer avec le duc, aussi acceptai-je aussitôt.

« Je me rendis à Blair Atholl plus ou moins directement. Un domestique m'introduisit dans la maison et me conduisit dans un petit salon, où je trouvai le duc en compagnie de deux autres personnes, un homme et une femme, qui séjournaient chez lui. C'étaient des gens de Londres dont je n'ai pas saisi le nom, mais qui me parurent très courtois pour des Londoniens. Nous prîmes place à la table de bridge. J'étais le partenaire du duc. Il ouvrit les enchères dès le premier tour avec un cœur, que je fis rapidement monter à quatre cœurs par la force de mon seul as. Hélas, nous ne fîmes pas la levée, et le duc déclara d'un ton très calme que les cartes n'étaient peut-être pas très bien réparties.

« Le jeu se poursuivit et je dois dire que je m'amusai énormément, même si le duc et moi-même sortîmes perdants de trois manches à la fin de la partie. Mon partenaire ne parut guère s'en émouvoir, en hôte attentionné qu'il était. Ensuite, nous bûmes une tasse de thé et bavardâmes une demi-heure, avant que le duc n'annonce qu'il avait d'autres obligations. Je pris alors congé.

« — Je vous conseille de faire un tour dans les environs, me dit très gentiment le duc. Vous pouvez par exemple vous promener sur la colline.

« Je décidai de suivre sa suggestion, car le temps était au beau fixe en cette fin d'après-midi. Il y avait un sentier qui menait au sommet d'une petite colline et je l'empruntai, admirant le panorama sur la campagne du Perthshire. C'est alors que se produisit une chose des plus remarquables. Au détour d'un chemin, j'aperçus en face de moi, traversant la bruyère au pas de charge, un groupe d'hommes armés, tous vêtus de kilts et portant des fusils d'infanterie. Je m'arrêtai net – il était clair que les hommes ne m'avaient pas encore repéré – et fis aussitôt demi-tour pour courir à toutes jambes vers le château. Là, je tambourinai à la porte et exigeai du domestique qui vint m'ouvrir d'être conduit auprès de Sa Grâce sans délai. C'était une affaire de la plus grande urgence.

« Je fus de nouveau introduit dans le petit salon, où je trouvai le duc engagé dans une conversation avec ses deux invités.

« — Votre Grâce ! hurlai-je. Il faut appeler la police sur-le-champ ! Il y a une troupe d'hommes en armes sur votre colline !

« Le duc ne parut pas surpris le moins du monde. Il sourit même.

« — Oh, ça ? répondit-il. Inutile de vous faire du souci ! Il s'agit de ma troupe privée.

« C'est alors que la mémoire me revint. Bien sûr ! Le duc d'Atholl possédait la seule et unique armée privée autorisée dans le pays. J'aurais dû y songer, au lieu de paniquer et de donner l'alarme. Je quittai le château quelque peu confus. Mais j'avais passé un bon moment avec la partie de bridge et je me dis que ce ne serait pas demain la veille que j'aurais de nouveau l'occasion de jouer aux cartes avec un duc. Et en effet, je ne fus jamais réinvité, ce qui ne m'inspira aucun ressentiment. Pas le moindre. »

97. L'histoire de Ramsey Dunbarton
VIII – Je joue le duc de Plaza-Toro

« Des vrais ducs, lut Ramsey Dunbarton, aux ducs d'opérette. Et à ce personnage haut en couleur qu'est le duc de Plaza-Toro, que j'eus l'honneur d'interpréter sur la scène du Church Hill Theatre. Quand je me retourne sur ma vie, qui fut fertile en événements dans tous les domaines, je suis parfois tenté de dire que cet épisode-là fut sans doute l'un des points forts de mon histoire personnelle.

« Au risque de paraître vantard, je dois avouer que j'ai toujours eu une assez belle voix. Petit garçon déjà, je chantais dans la chorale de l'église locale, et si l'on m'avait présenté aux concours d'entrée des grands chœurs d'Édimbourg, comme celui de la cathédrale épiscopale de St Mary, par exemple, j'aurais été reçu haut la main. Mais tel ne fut pas le cas et je n'ai donc jamais chanté à Palmerston Place. J'ai en revanche rejoint le Savoy quand je suis entré à l'université et participé à plusieurs spectacles en tant que choriste. Je suis absolument convaincu que j'aurais obtenu le rôle principal si les producteurs successifs ne m'avaient pas, pour une raison ou pour une autre, pris en grippe. J'estime très néfaste qu'un producteur laisse ses préférences personnelles lui dicter le choix des chanteurs. Cela arrive tout le temps. Les gens sélectionnent toujours leur petit ou petite ami (e) pour interpréter le meilleur rôle. Ce n'est pas une question de mérite. Et je suis sûr qu'il en est de même à Broadway ou dans le West End[1].

« Après le Savoy, j'ai rejoint les Bohemians et suis apparu dans bon nombre de leurs spectacles, souvent au King's Theatre, là encore dans le chœur. Il y eut *La Veuve joyeuse*, que j'ai toujours beaucoup aimé, *Les Sept Femmes de Barbe-Rousse*, et *Porgy and Bess*, pour n'en citer que quelques-uns. Dans *Porgy*, je fus la doublure d'un des personnages principaux, mais on n'eut pas à me solliciter. Je dois reconnaître qu'il est très difficile de ne pas souhaiter du mal à l'interprète en titre dans de telles circonstances, mais je n'oublierai jamais l'histoire que m'a racontée l'un des Bohemians, qui, étant la doublure d'un ténor de *Cav and Pag*, avait souhaité, en son for intérieur, que le chanteur se fasse renverser par un bus. Ce qui arriva. Je ne suis pas sûr de me souvenir du numéro du bus en question, mais il me semble que c'était le 23, celui qui passe dans Morningside Road. Par chance, le chanteur survécut, bien qu'il eût la jambe cassée, et naturellement, la doublure se sentit si coupable qu'elle eut le plus grand mal à se résoudre à tenir le rôle sur scène.

« Après avoir quitté les Bohemians, j'entrai au Morningside Grand Opera, une troupe d'amateurs qui montait chaque année des spectacles au Church Hill Theatre. C'était une troupe très ambitieuse qui monta même *L'Anneau du Nibelung* de Wagner, mais elle présentait aussi de vieux succès, comme *Les Gondoliers*. Et ce fut dans *Les Gondoliers* que je tins pour la première fois le rôle principal, celui du duc de Plaza-Toro.

« C'était un rôle magnifique que j'aurais apprécié davantage encore si les autres chanteurs avaient été un peu plus doués. Un jour ou deux avant la première, je ne pus m'empêcher de remarquer que certains d'entre

1. Quartier de Londres où sont regroupés la plupart des théâtres.

eux n'avaient pas pris la peine d'apprendre correctement leur texte. Par exemple, le jeune homme qui tenait le rôle de Luiz se contentait de chanter *la, la, la* lors des passages qu'il ne connaissait pas. Quant à la femme qui jouait la vieille gouvernante, elle n'avait que deux lignes à chanter (où elle révélait qu'en réalité le bébé était Luiz), mais elle ne s'en souvenait jamais.

« Le jeune homme qui interprétait Luiz m'irritait particulièrement. Les sentiments que m'inspirait sa conduite devinrent très violents dès les premières répétitions, quand je l'entendis dire à l'un des *gondolieri* que c'était lui, et non pas moi, que l'on aurait dû choisir pour le rôle du duc de Plaza-Toro.

« Si cette suggestion n'avait pas été risible, je serais allé lui livrer le fond de ma pensée. Il faut une certaine gravité pour jouer le duc de Plaza-Toro, gravité que je possédais et que lui n'avait pas. J'étais notaire, après tout, et pas lui. En outre, il était bien plus jeune que moi et il eût été absurde de le voir prétendre mener le parti ducal.

« Il y avait pire encore. Ce jeune homme avait une manie très contrariante. Il aurait dû m'appeler Mr Dunbarton (ou même "Votre Grâce", en l'occurrence !), mais il utilisa mon prénom dès les présentations. Par la suite, il prit la liberté de le raccourcir et commença à m'appeler "Ramps". C'était presque insupportable, notamment le jour où, au cours d'une répétition, il se tourna vers moi et dit : "Tu vois, Ramps, là, c'est un *ré* bémol !"

« Je dois également faire part de mes doutes quant au choix de la duchesse. La cantatrice qui tenait ce rôle était très liée au producteur. Je n'en dirai pas plus. Quoi qu'il en soit, il me semblait vraiment que l'on aurait dû sélectionner une personne plus appropriée pour ce personnage. Il y avait en particulier dans le chœur une femme qui, de nombreuses années auparavant, avait été chef de classe au lycée pour filles Mary Erskine, à l'époque où l'établissement se trouvait dans Queen Street et où il disposait de ce magnifique jardin suspendu où s'amusaient les jeunes filles. Un tel passé faisait d'elle la candidate idéale pour jouer la duchesse de Plaza-Toro, mais pensez-vous que le producteur en ait tenu compte une seule seconde ? Pas du tout.

« Avec le recul, ce ne sont là que des détails mineurs. En fin de compte, le spectacle ne fut pas mauvais du tout et, au terme de la représentation, un certain nombre de spectateurs affirmèrent que mon interprétation du duc de Plaza-Toro était la plus réaliste qu'ils aient jamais vue. Je leur en fus très reconnaissant. Il est si facile de dénigrer les efforts d'autrui et je dois avouer qu'il existe, à Édimbourg, une tendance à aller dans ce sens. Mais je ne suis pas homme à critiquer Édimbourg, malgré ses petits travers occasionnels. Nous avons beaucoup de chance d'y habiter, ce que je n'oublierai jamais, sachant tout ce que doivent endurer les gens qui vivent ailleurs. »

Il reposa ses Mémoires et regarda Betty. Elle hochait la tête en signe d'assentiment ou, si l'on envisageait les choses de façon moins charitable, elle dormait.

98. Femmes jeunes et hommes sur le retour

Descendant les marches qui menaient au bar de Big Lou, ces mêmes marches que Christopher Grieve empruntait à l'époque où l'on vendait des livres en ces lieux (un temps où le café était instantané et inbuvable), père et fils avançaient côte à côte. Gordon avait fait irruption dans la galerie de Matthew en déclarant qu'il souhaitait discuter avec son fils et ce dernier, embarrassé par le souvenir de son attitude revêche lors du fameux dîner – comportement qu'il s'était montré incapable de maîtriser –, avait répondu :

— Dans ce cas, allons prendre un café, papa. À cette heure de la journée, en général, je vais en face…

— Où tu voudras, mon garçon, répondit Gordon. Tu sais ce que je pense du café…

Matthew fronça les sourcils.

— En fait, non. Je ne savais pas que tu avais un point de vue sur le café.

— J'estime que c'est du racket. Tout ce choix fantaisiste. Lait crémeux parfum vanille, double espresso, americano, etc. Ce n'est rien d'autre que du café, non ?

Matthew réfléchit.

— Mais tes whiskies pur malt, alors ? objecta-t-il. Tu réclames du quinze ans d'âge, du vingt ans d'âge… Ce n'est rien d'autre que du whisky, non ?

Gordon posa sur son fils un regard navré.

— C'est différent, Matt, soupira-t-il. Tu le sais bien.

Matthew ne répondit rien à cela. Il n'avait jamais pu argumenter face à son père, dont la tactique, pour défendre une position, consistait à laisser entendre que l'autre partie savait pertinemment que lui, Gordon, avait raison. De toute façon, il n'avait plus le temps de protester : ils venaient d'entrer dans le café, et Matthew devait présenter son père à Big Lou. À cette pensée, le jeune homme sourit. Désormais, Big Lou pourrait dire de lui *I ken his faither*[1]. Et en Écosse, il était très utile d'être en mesure de prononcer une telle phrase, dotée d'un effet dévastateur pour remettre un individu à sa place. Or remettre les gens à leur place, Matthew le savait, était au cœur de la culture écossaise. Quelle meilleure façon de suggérer qu'un homme n'était qu'un fils à papa effronté que de dire, en écossais, que l'on connaissait son père ?

1. « Je connais son père » (en écossais).

Matthew ne choisit pas sa table habituelle. Il craignait d'être rejoint par Angus Lordie si celui-ci arrivait, ou encore par cette femme dont il ne se rappelait jamais le nom et qui s'efforçait, sans grand succès, de paraître mystérieuse. Matthew savait qu'une conversation importante l'attendait. Il devait exposer à son père les craintes qu'avait éveillées en lui la rencontre avec Janis, craintes qui le taraudaient. Il était convaincu qu'une seule chose intéressait la fleuriste – l'argent de Gordon – et il lui fallait protéger son père. Jusque-là, il s'était senti incapable de prendre le taureau par les cornes, mais il ne pouvait remettre indéfiniment la discussion à plus tard. Ne disait-on pas, dans la cérémonie du mariage : « Parlez maintenant ou gardez le silence à jamais » ? Il devait donc, sans plus attendre, dire ce qu'il avait à dire.

Ils s'assirent et Big Lou prépara le café. Elle avait souri au père de Matthew et lui avait tendu la main, que Gordon avait serrée avec chaleur.

— Elle est gentille, celle-là, avait-il chuchoté à Matthew. On voit que c'est une travailleuse.

— Oui, c'est sûr qu'elle a travaillé dur dans sa vie.

— Il n'y a rien de tel que le travail, commenta Gordon, pensif. C'est comme ça que l'on gagne sa vie, tu sais, Matthew. En travaillant dur.

Matthew serra les dents. Il y avait un accent de blâme dans ces paroles, mais il fallait résister à la tentation de répondre. S'ils se disputaient maintenant, il ne pourrait évoquer le problème de Janis. En revanche, Gordon avait mentionné le thème de l'argent et c'était une occasion à saisir.

— Oui, acquiesça-t-il. Toi, tu as travaillé dur pour amasser ta fortune. Tout le monde le sait, moi le premier.

Il regarda son père, qui demeura impassible. Bien sûr qu'il avait travaillé dur pour gagner son argent. Quel besoin son fils avait-il de le lui rappeler ?

— Et c'est pour ça que je n'ai pas envie qu'on te le prenne, poursuivit Matthew.

Il avait parlé d'une voix rapide, pressé d'en venir au fait.

Gordon fronça les sourcils.

— Naturellement. Mais pourquoi veux-tu qu'on me le prenne ?

Le cœur de Matthew battait à présent à grands coups dans sa poitrine. Il était trop tard pour faire marche arrière. Il devait poursuivre jusqu'au bout.

— Tu comprends, il y a des femmes qui cherchent à se marier pour l'argent. Des femmes intéressées.

Les yeux de Gordon s'étrécirent.

— J'imagine que tu fais référence à Janis ? s'enquit-il d'un ton glacial. Est-ce que je me trompe ? C'est d'elle qu'il est question ?

Matthew baissa la tête. En temps normal, il avait déjà le plus grand mal à soutenir le regard de son père, et c'était d'ailleurs pour cette raison que Gordon le jugeait fuyant, voire sournois, ce qu'il n'était pas. À la vérité, Matthew ne pouvait scruter ces yeux-là sans y lire les reproches qui semblaient s'y trouver depuis toujours.

— Écoute, papa, commença-t-il. Tout ce que je veux dire, c'est que, quand une femme encore jeune s'intéresse à… à un type sensiblement plus âgé qu'elle, il faut être prudent, surtout quand le type en question a du blé. Ce qui est ton cas, non ? On ne peut pas dire que tu sois dans le besoin, hein ? En plus, les journaux ont publié un ou deux trucs pour raconter combien tu pesais exactement… Onze millions de livres, c'est ça ? Pas loin, hein ? Janis sait lire…

Gordon allait répliquer quand Big Lou arriva avec le café.

— Voilà, les garçons ! lança-t-elle d'un ton léger. Un double espresso et un café torréfié de Colombie avec double portion de lait demi-écrémé.

Gordon saisit sa tasse et la remercia.

— Mon fils ici présent fréquente-t-il régulièrement votre établissement ? s'enquit-il.

— Tous les jours ! répondit-elle. Il vient ici chaque matin. Et il reste parfois des heures…

Matthew tenta d'intercepter son regard, mais le mal était fait.

— Vraiment ? s'exclama Gordon en se tournant vers lui. Des heures ?

Comprenant son erreur, Big Lou glissa un coup d'œil d'excuse à Matthew.

— Non ! s'esclaffa-t-elle. Ça, c'est ce que j'aimerais. Je serais contente s'il restait là des heures, mais ça n'arrive jamais. C'était juste une blague…

Elle retourna derrière son comptoir, laissant les deux hommes face à face.

— Que les choses soient claires, siffla alors Gordon en regardant son fils droit dans les yeux. Tu es en train de me dire que Janis en veut à mon argent ? C'est ça ?

— Oui, répondit Matthew. C'est ça.

99. Janis percée à jour

Ça y est, je l'ai fait, songea Matthew. J'ai franchement accusé la petite amie de mon père d'en vouloir à son argent, et il a réagi à peu près comme je m'y attendais.

En cela, Matthew avait raison. Le visage de son père, furieux, avait viré au rouge.

— Explique-moi exactement d'où te vient cette piètre opinion de mon amie. Pour avancer ce genre d'allégations, tu dois te fonder sur quelque chose. Alors dis-moi, de quoi s'agit-il ? As-tu des preuves ? Ou lances-tu de telles affirmations, des affirmations insultantes, sur de simples présomptions, ou encore, je suis désolé de te dire cela, par jalousie ?

Matthew réfléchit. Quelle preuve avait-il ? Maintenant qu'il y songeait, aucune. Alors, d'où lui venait cette conviction ? Là, il s'aperçut que les raisons qui lui dictaient ce point de vue étaient simples. Simples, mais réelles. Janis n'aimait pas Gordon. Quand une personne est amoureuse, cela se voit tout de suite. Dans les yeux, dans l'attitude. Dans le cas de Janis, Matthew n'avait rien ressenti du tout. Les signes extérieurs d'affection qu'avait donnés Janis sonnaient faux. Elle était intéressée, c'était évident, et cependant, son pauvre père, flatté de voir cette jolie jeune femme lui manifester de l'intérêt, ne pouvait pas percer à jour ses vraies motivations.

Matthew se demanda s'il fallait révéler cela à son père. L'idée que l'amour que l'on éprouve pour une personne n'est pas réciproque était une vérité difficile à entendre. Beaucoup refuseraient tout simplement d'écouter. Mais son père était un adulte (les enfants ne doivent pas oublier ce fait, certes pénible) et il ne fallait pas le préserver de la réalité, même si celle-ci se révélait peu agréable. Matthew releva donc la tête, rencontra le regard de son père et déclara :

— Papa, elle ne t'aime pas. Je t'assure.

Tout d'abord, Gordon ne bougea pas. Il continua de fixer son fils, comme si quelque chose lui échappait, puis il saisit sa tasse et but une gorgée d'espresso. Il se débat, songea Matthew. Il se débat avec sa fierté entaillée (le pauvre) et son amour-propre. C'est très pénible. Très douloureux.

— Donc, commença Gordon à mi-voix, elle ne m'aime pas, dis-tu…

Matthew acquiesça.

— Elle ne t'aime pas.

— Et donc, quand je l'ai demandée en mariage et qu'elle a accepté… cela ne voulait rien dire, c'est ça ?

Matthew soupira.

— Tu l'as demandée en mariage ? Oh, papa, papa, papa ! Quelle grave erreur tu as faite ! Un méga-désastre en perspective ! Oh non, non, non !

— Donne-moi ta preuve, contra sombrement Gordon. Donne-moi juste un aperçu de la preuve qui te permet d'affirmer qu'elle ne m'aime pas. Montre-moi. Montre-la-moi simplement.

— Comment ça, tu ne vois pas ? Tu ne comprends pas qu'une telle preuve n'existera jamais ? Ce sont des choses qu'on sent ! On le sait, c'est tout. On n'a pas besoin de preuve…

Gordon arrêta son fils d'un geste.

— Très bien. Tu en as dit assez en ce qui me concerne. Tu as insulté la femme que j'aime. Je ne vais pas tolérer cela plus longtemps, Matthew. Je ne vais pas le tolérer !

— Mais j'essaie juste de t'aider ! protesta Matthew en tendant la main vers son père pour lui toucher le bras, mais Gordon l'évita en reculant. Écoute, papa, réfléchis. Est-ce que tu lui as parlé de ta fortune ? Est-ce qu'elle t'a posé des questions ?

— Oui, je lui en ai parlé. C'est elle qui a abordé le sujet, d'ailleurs.

Les yeux de Matthew s'agrandirent.

— Quoi, elle a abordé le sujet ? Ce n'est pas vrai !

— Si, confirma Gordon. Elle m'a posé des questions assez franches, et je lui ai fourni des réponses tout aussi franches.

— Eh bien, nous y voilà ! conclut Matthew. C'est exactement ce que je t'ai dit. Elle ne pense qu'à mettre la main sur ta fortune. C'est on ne peut plus évident !

Gordon secoua la tête.

— Tu es stupide. Je suis désolé de te le dire, mais c'est la vérité, Matthew. Elle a abordé le sujet pour me suggérer de me délester d'une grosse partie de mon argent.

— À son profit, j'imagine ? Superbe tactique !

— Non, répondit Gordon d'un ton patient. Tu te trompes complètement. Vois-tu, Janis m'a convaincu de créer une œuvre de bienfaisance. Il se pourrait que je me décide à agir en faveur des golfeurs en détresse. Par ailleurs, elle m'a conseillé de transférer une partie considérable de mon capital sur ton compte à toi, en l'occurrence. Elle m'a suggéré de donner quelque chose comme sept millions de livres en tout : trois pour mon œuvre de bienfaisance et quatre pour toi.

Matthew garda le silence, abasourdi. Puis il se mordit la lèvre.

— Oui, fit Gordon. Tu sais que tu faisais ça quand tu étais petit ? Quand tu t'apercevais que tu avais dit une bêtise, tu te mordais la lèvre. Et je te vois faire la même chose à présent. C'est amusant, n'est-ce pas ? La façon dont on conserve ses petites manies malgré le temps qui passe...

— Papa, commença Matthew, je ne...

— Soit, coupa son père. Tu ne savais pas. Eh bien, comme on dit ici, *ye ken noo*[1].

— Oui. *I ken noo*[2].

— Et vois-tu la moindre raison qui me dissuaderait de revenir sur ma décision de te transférer cet argent ? Après tout, tu as une très piètre opinion de ma fiancée. Je ne veux pas t'obliger à accepter une idée émanant d'elle, n'est-ce pas ?

— Je suis désolé, murmura Matthew. Je regrette. Vraiment.

Gordon le contempla. Mon fils n'a jamais été menteur, se dit-il. Il a été paresseux, peut-être, et un peu faible, mais jamais menteur. Alors, s'il dit qu'il regrette

1. « Tu sais maintenant. »
2. « Je sais maintenant. »

ses paroles, c'est la vérité. Et le moins que je puisse faire, c'est accepter ses excuses.

Gordon quitta son siège.

— Lève-toi, Matthew, ordonna-t-il.

Honteux, Matthew s'exécuta et Gordon contourna la table pour se poster devant lui

— Ça va, c'est oublié, affirma-t-il.

Puis il se pencha et lui murmura la suite à l'oreille.

— Et tu sais quoi, Matthew ? Eh bien, il y a une chose qu'il faut que je te dise : je suis fier de toi. Je ne te l'ai jamais dit, et j'aurais dû. Je suis fier de ce que tu es. Je suis fier, parce que, contrairement à moi, tu n'as jamais écrasé quiconque, ni même envisagé de le faire. Et, de mon point de vue, cela fait de toi un homme, un homme meilleur que moi.

Incapable de répondre, Matthew demeura figé face à lui. Alors, son père le prit par l'épaule, pour le rassurer, pour lui montrer ce qu'il ressentait mais ne pouvait exprimer avec des mots.

100. Big Lou

Big Lou vit Matthew et son père s'éloigner dans deux directions différentes : le premier regagna sa galerie toute proche, tandis que le second remontait la rue vers Queen Street. Ce qui venait de se passer était clair à ses yeux : il s'agissait d'une réconciliation entre un père et son fils. Cela lui faisait plaisir : Big Lou détestait les conflits et la désunion. Quel intérêt avait-on à se disputer avec ceux que l'on devrait aimer, estimait-elle, alors que notre séjour sur cette terre était si court ?

Elle garda les yeux rivés à la fenêtre donnant sur l'escalier et Dundas Street. L'établissement était désert, mais un client ne tarderait sans doute pas à se présenter. Angus Lordie, par exemple, entrerait avec son chien, ou encore l'un des antiquaires de la boutique *The Three Estaits*, au bas de la rue, qui divertirait Lou avec des histoires de salle des ventes.

Ce fut le facteur qui entra, un homme au visage tout en longueur, originaire de Dundee, qui demandait toujours des nouvelles d'Arbroath, nouvelles qu'elle n'était pas en mesure de lui fournir. Ce matin-là, il sortit deux lettres de sa sacoche et les déposa sur le comptoir.

— Arbroath, dit-il en fixant sur Big Lou un regard scrutateur. Vous ne connaissiez pas des gens qui s'appelaient McNair, là-bas ? Lui, il était menuisier. Mais c'était il y a longtemps. Depuis, ils ont déménagé pour Dundee.

Big Lou secoua la tête.

— Désolée, Willy. Ça fait un bail, vous savez.

Elle regarda les lettres. N'était-ce pas… ? Si, c'était ça…

— Ils avaient une fille qui est partie à Glasgow, poursuivit le facteur. Je crois qu'elle a fait des études d'infirmière à Yorkhill.

L'Écosse, c'était cela : de longues histoires, des liens perpétuels, des choses qui s'étaient *peut-être* passées.

Big Lou continuait à examiner les enveloppes.

— Possible, répondit-elle. Je ne connaissais personne du nom de McNair. Peut-être qu'ils étaient là-bas en même temps que moi, mais vous savez ce que c'est quand on est gosse. On ne pense qu'à soi.

— C'est vrai, soupira l'homme. Là, vous avez raison, Lou.

Big Lou regarda encore les lettres, puis jeta un coup d'œil à sa montre.

— Je ne vais pas vous embêter plus longtemps, déclara le facteur. Salut, Lou !

À peine eut-il quitté le café qu'elle saisit l'une des deux enveloppes et l'ouvrit avec un couteau à pain. Le cachet de la poste l'avait déjà renseignée sur l'identité de l'expéditeur et, maintenant qu'elle dépliait la feuille, elle découvrait l'écriture caractéristique, celle-là même qui figurait sur la lettre qu'elle avait chérie des années durant, toutes les années de l'absence.

« Chère Lou, lut-elle, tu sais que je ne suis pas très doué pour écrire des lettres. Ce n'est pas que j'aie du mal à trouver les mots, non. C'est juste que ça m'est difficile de t'écrire, à toi, parce que je ne t'ai pas bien traitée. En fait, je ne t'ai pas *mal* traitée, sans doute, mais je n'ai pas très bien su t'expliquer les choses. Ensuite, il y a eu toutes ces années où je ne t'ai plus donné de nouvelles, alors que je savais que tu te demandais sûrement ce que je faisais et quand j'allais rentrer en Écosse.

« Sur ce plan-là, je t'ai laissée tomber, hein ? Quand je t'ai écrit pour te prévenir que je passais à Édimbourg, tu as dû te demander si je tiendrais ma promesse de t'inviter au Texas. Je n'avais même pas eu la décence de te dire que je m'étais marié et que j'étais parti à Mobile. J'en suis désolé, Lou. J'aurais dû t'expliquer. Les hommes ne pensent pas toujours à ces choses-là et ensuite, ils sont tout étonnés de voir les femmes bouleversées. Je veux que tu saches que je suis désolé.

« Je t'ai dit, n'est-ce pas, que j'avais emménagé à Mobile et ouvert un restaurant que je tenais avec ma femme ? Eh bien, nous avons dirigé ce restaurant pendant six mois, jusqu'au jour où j'ai découvert quelque chose qui m'a fait très mal. Ma femme avait une liaison avec l'un des serveurs. Je ne me doutais de rien, puis je les ai aperçus ensemble dans une fête foraine. Elle m'avait raconté qu'elle allait rendre visite à sa tante et je n'ai pas mis sa parole en doute. Mais ensuite, j'ai eu besoin de lui parler et j'ai appelé chez la tante, qui m'a dit qu'elle n'était pas là. Alors j'ai compris qu'elle m'avait menti.

« Je suis sorti faire un tour en voiture. C'était une façon comme une autre de me calmer les nerfs. Par hasard, j'ai vu une fête foraine qui s'était installée sur un terrain vague, en bordure de cette immense autoroute que nous avons à Mobile. Je ne sais pas ce qui m'a poussé à m'arrêter, mais je suis content de l'avoir fait, parce que je les ai trouvés tous les deux sur la grande roue. J'y suis monté moi aussi, à quelques cabines derrière eux, et la grande roue a recommencé à tourner. Ils ne m'avaient pas remarqué, mais moi, je les voyais. Je les ai vus s'enlacer et s'embrasser. C'était dur, Lou. C'était très dur.

« Tout d'abord, je n'ai rien fait, puis j'ai hurlé : Je vous vois !

« Elle s'est retournée et m'a repéré au-dessus d'eux. J'ai cru qu'elle allait tomber de la nacelle, mais non. Quand ils sont arrivés en bas, ils ont fait signe au machiniste de les laisser descendre et ils ont couru jusqu'au parking, où ils sont montés dans le break du serveur. C'est la dernière fois que je l'ai vue. Je n'aurais jamais dû l'épouser, Lou. Elle était trop jeune pour moi. Seize ans, c'est trop jeune pour se marier.

« J'ai donc divorcé et, maintenant, je vais rentrer en Écosse. Je voudrais savoir deux choses. La première, c'est si tu es prête à me revoir. Et la deuxième, c'est si tu es d'accord pour m'épouser. Voilà ce que j'ai besoin de savoir. Et j'espère que la réponse sera oui, Lou, parce que tu es la femme que j'ai toujours aimée, même quand je croyais en aimer une autre. En fait, je ne l'aimais pas. J'étais amoureux de toi. C'est tout, Lou. Il n'y a rien d'autre à ajouter. »

Lou reposa la lettre et arracha son tablier. Puis elle accrocha la pancarte *Fermé* à la porte et sortit du café en courant à moitié. Il fallait qu'elle parle à quelqu'un et Matthew ferait l'affaire. Cette histoire ne l'intéresserait pas particulièrement, mais elle la lui raconterait malgré tout. Elle devait partager sa joie, car elle savait qu'une joie non partagée n'était qu'une demi-émotion, tout comme le chagrin et la perte, affrontés seul, se révélaient deux fois plus durs à supporter.

101. À la librairie

Installée dans un confortable canapé bleu du salon de thé de la librairie Ottakar, Domenica Macdonald bavardait avec sa vieille amie Dilly Emslie. Près d'elle, un sac en plastique contenait le butin rapporté de sa visite à la librairie : la savoureuse biographie d'un principicule allemand du XVIIIe siècle (du moins Domenica l'espérait-elle savoureuse ; la couverture le laissait entendre, mais chacun sait que les couvertures sont parfois trompeuses), une histoire de l'aspirine, ainsi qu'un roman au sujet d'une jeune femme qui partait vivre à Londres, découvrait que c'était une erreur et rentrait dans sa petite ville du Northumbria, où rien n'arrivait plus jusqu'à la fin du livre.

— J'ai failli acheter un ouvrage sur les pirates, annonça Domenica. C'est un sujet fort intéressant, ne trouvez-vous pas ? Pourtant, très peu d'études anthropologiques leur sont consacrées.

— De telles études ne seraient guère faciles à réaliser, commenta Dilly, pensive. Selon toute probabilité, les pirates n'encouragent pas beaucoup les anthropologues.

Domenica but une gorgée de café.

— Je n'en suis pas si sûre, objecta-t-elle. Souvent, les gens sont flattés quand on leur manifeste de l'intérêt. Et n'oubliez pas que les anthropologues ont étudié toutes sortes de communautés réputées dangereuses. Les chasseurs de têtes de Nouvelle-Guinée, par exemple. Ces gens-là ont pris l'habitude d'avoir leur anthropologue attitré. Certains en sont même devenus dépendants, tout comme certaines personnes deviennent dépendantes de leur assistante sociale.

— Seulement, il est un peu tard, non ? fit remarquer Dilly. De nos jours, les pirates doivent être assez difficiles à trouver…

— Il y en a plus que vous ne le croyez, assura Domenica. Il me semble que la mer de Chine méridionale en est truffée. De surcroît, ils se montrent de plus en plus intrépides. Ils cherchent à prendre d'assaut des pétroliers et des navires de ce genre. Ils sont plus flibustiers que jamais.

Les deux amies gardèrent quelques instants le silence. Il y avait une certaine incongruité à discuter pirates sur George Street. Puis une nouvelle pensée effleura Domenica.

— Savez-vous qu'autrefois les pirates étaient très actifs dans les eaux britanniques ? Ils harcelaient la côte sud de l'Angleterre, débarquant pour enlever des femmes. Imaginez-vous en train de vous affairer paisiblement dans votre cuisine, quand tout à coup, un pirate gigantesque fait irruption et vous emporte ! Quel choc !

Dilly acquiesça. Ce devait être très déstabilisant, en effet.

En face d'elle, Domenica s'échauffait sur le thème.

— Bien sûr, il devait y avoir des femmes qui n'étaient pas mécontentes de se faire enlever ainsi. Voyez-vous, une jeune fille peu gracieuse pourrait penser qu'un tel événement mettrait du piment dans sa vie, ne croyez-vous pas ? On peut même imaginer des groupes de jeunes filles peu gracieuses faisant d'interminables pique-niques sur les falaises, dans l'espoir qu'un bateau pirate passera par là. Peut-être même faisaient-elles de grands signes pour attirer l'attention…

Elles se mirent à rire.

— Bon, assez parlé pirates, déclara Dilly. Et vous, Domenica ? Qu'avez-vous fait de beau, ces derniers temps ?

Domenica réfléchit. Qu'avait-elle fait de beau ? La réponse, semblait-il, était : très peu de choses. Elle n'était allée nulle part, s'était arrêtée au milieu de l'article sur lequel elle travaillait et n'avait presque pas bavardé avec ses voisins depuis plusieurs mois.

— Pas grand-chose, avoua-t-elle. En fait, je me sens un peu statique en ce moment. Je m'encroûte…

— Impossible ! protesta Dilly. Je ne vous ai jamais connue qu'avec une multitude de projets en tête. Vous êtes si dynamique !

— Plus autant qu'avant, soupira Domenica. Je n'avance plus.

Dilly sourit.

— Alors, vous avez besoin d'un projet neuf. Une nouvelle étude anthropologique. Quelque chose d'original, qui fera des vagues.

Domenica contempla le plafond. Se lancer dans un projet lui semblait une bonne idée, mais que pouvait-elle faire ? Elle manquait de courage pour élaborer des théories sur la méthode et l'objectivité et ignorait tout des récentes opportunités qui s'offraient dans son domaine. Il n'y avait plus rien à découvrir en Nouvelle-Guinée et les chasseurs de têtes se préoccupaient davantage des droits de l'homme qu'autrefois… D'ailleurs, n'était-il pas devenu politiquement incorrect de parler de « chasseurs de têtes » ? Il fallait dire… que fallait-il dire ? Re-localisateurs de têtes ? Ou encore, par une intéressante inversion, recruteurs de personnel ?

— J'ai une idée pour vous, lança soudain Dilly. Que diriez-vous des pirates ? Que diriez-vous d'une étude anthropologique originale sur le mode de vie et les coutumes des pirates modernes en mer de Chine méridionale ? Vous pourriez vivre avec eux, dans leurs mangroves, et vous asseoir à l'arrière des bateaux pendant qu'ils se ruent à l'assaut et commettent leurs actes de piraterie. Bien sûr, vous devrez veiller à rester en dehors. Je vous vois mal vous mêler à eux. Mais vous autres anthropologues, vous n'ignorez rien du détachement et de l'observation désintéressée, n'est-ce pas ?

Domenica, qui avait tenu son café au creux de ses paumes pendant que Dilly parlait, reposa brutalement sa tasse.

— Vous savez quoi ? s'exclama-t-elle. C'est une idée fascinante ! Il existe une multitude de recherches sur les hors-la-loi modernes – même la Mafia a fait l'objet d'études menées par des anthropologues et des criminologues. En revanche, à ma connaissance, personne n'a jamais partagé la vie quotidienne de pirates.

— Et seriez-vous prête à le faire ?

— J'ai envie de changement. J'en ai assez. Il me faut un nouveau défi.

— Pour un défi, ce serait un défi ! fit remarquer Dilly, une note de circonspection dans la voix. À vrai dire, je me demande si ce serait très sage. Ces gens-là sont réputés avoir des personnalités assez radicales. Ils n'apprécieront peut-être pas…

Toutefois, l'heure n'était plus à la prudence. Jadis, Domenica s'était embarquée pour la Nouvelle-Guinée sur un coup de tête. Elle avait entrepris ses recherches révolutionnaires sur le processus de la dot chez les Basothos sur une suggestion lancée sans conviction par un collègue. Et elle avait passé une année entière chez les Inuits des Territoires du Nord-Ouest après avoir simplement vu une photographie saisissante de l'aurore boréale prise de Yellowknife. À présent, les pirates lui faisaient signe de la même façon ; elle répondrait à leur appel.

— C'est une idée magnifique, persista-t-elle. Je vais contacter le Royal Anthropological Institute. Je suis sûre qu'ils verront mon projet d'un bon œil.

— Vous allez me manquer quand vous serez avec les pirates… soupira Dilly.

— Oh, j'imagine qu'ils sont reliés à Internet, de nos jours, la consola Domenica. Nous resterons en contact.

Elles se dirent au revoir sur le seuil de la librairie et Domenica reprit le chemin de Scotland Street. À première vue, l'idée semblait extravagante, mais beaucoup d'entreprises anthropologiques importantes avaient dû paraître extravagantes au départ. Les difficultés ne manqueraient pas, mais une fois le contact établi et la confiance acquise, le travail ressemblerait à n'importe quelle recherche de terrain. On étudiait le foyer. On se penchait sur les relations au sein de la famille. On examinait l'économie familiale et la structure de justification idéologique qui la sous-tendait (s'il y en avait une). C'était là, sur bien des plans, un travail ordinaire. Mais les *pirates* ! Il fallait reconnaître que cela faisait impression.

102. Matthew réfléchit

Après que Big Lou fut entrée en trombe dans la galerie, débordant d'une joie communicative, et fut ressortie précipitamment quelques minutes plus tard, Matthew et Pat demeurèrent assis au bureau, triant des photographies pour un catalogue qu'ils avaient en projet.

— Je suis content pour Big Lou, déclara Matthew. Elle avait fait une croix sur ce type, tu sais. Elle pensait ne plus jamais le revoir.

— Elle mérite d'avoir de la chance, renchérit Pat. J'espère qu'il sera bien pour elle.

— Big Lou est assez grande pour prendre soin d'elle, affirma Matthew. Elle est très forte.

Pat n'était pas d'accord, du moins pas tout à fait.

— Ce sont souvent les femmes les plus fortes qui souffrent le plus. Tu serais étonné, Matthew : elles tolèrent des hommes épouvantables.

— En tout cas, ce qui compte, c'est qu'aujourd'hui Big Lou est heureuse.

— Oui, répondit Pat. C'est bien.

Matthew la regarda et elle se sentit mal à l'aise. Chaque fois qu'il la regardait comme cela, elle avait l'impression qu'il lui reprochait quelque chose.

— D'ailleurs, moi aussi, je suis plutôt content aujourd'hui, reprit-il. Tu sais quoi ? Je suis même très content !

— Cela me fait plaisir, répondit Pat en souriant. Et pour quelle raison ?

— Cette conversation que j'ai eue tout à l'heure avec mon père... Disons qu'elle a été... comment dire ? constructive.

Pat attendit la suite en silence.

— Je me suis trompé au sujet de Janis. Je pensais qu'elle n'était pas bien pour lui.

— Sur quel plan ? s'enquit Pat. Trop jeune ?

— Il y avait ça... et d'autres choses... Mais j'avais tort. Cela m'apprendra à ne pas tirer des conclusions hâtives.

— Et tu le lui as dit ?

— Oui. Et il a été vraiment sympa avec moi. Vraiment sympa. Il m'a dit quelque chose de très gentil. Et puis...

Pat attendit. Cette réconciliation lui faisait plaisir. Elle aimait bien Gordon et trouvait son fils trop dur envers lui. En face d'elle, Matthew hésitait. Il ouvrit la bouche pour parler, mais la referma. Enfin, il se décida.

— Il a été très généreux avec moi, révéla-t-il. Il m'a donné de l'argent.

— C'est gentil, commenta Pat. Ce n'est pas la première fois, si ?

— Oh non, il l'a souvent fait… Mais pas dans ces proportions…

Pat soupira.

— Mon père m'a donné cinquante livres la semaine dernière. Combien as-tu eu, toi ? Cent ?

Matthew baissa les yeux et saisit une photographie de tableau. Celui-ci représentait un chien de berger poursuivant des moutons, le genre qu'affectionnaient les peintres du XIXe siècle et qu'ils peignaient à grande échelle pour les nouveaux riches. Désormais, semblait-il, on ne peignait plus de chiens de berger.

— Quatre millions, répondit-il à mi-voix.

Il y eut un silence. Matthew reposa la photographie sans regarder Pat. Elle avait les yeux rivés sur lui, la bouche entrouverte. *Quatre millions.*

Elle finit par retrouver l'usage de la parole.

— Quatre millions, c'est beaucoup d'argent, Matthew. Que vas-tu en faire ?

Matthew haussa les épaules. Il n'en avait aucune idée. Sans doute conserverait-il cet argent en sécurité à la banque. Adam and Company paraissait le lieu le plus sûr.

— Je ne sais pas, répondit-il en jetant un regard circulaire sur la galerie. Je pourrais en investir un peu ici, évidemment… Aller dans les ventes aux enchères acheter des tableaux. Un vrai Peploe, par exemple, un ou deux Hornel, un Vettriano…

— Tu as déjà eu un Vettriano, lui rappela Pat. Seulement…

— C'était il y a plusieurs mois. Et il y a aussi Elizabeth Blackadder. Certains aiment bien ce qu'elle fait. Toutes ces fleurs et ces trucs japonisants… Ou alors,

Stephen Mangan, avec ses personnages des années 1930, il est très énigmatique. Des artistes comme ça. Je pourrais tous les avoir ici, si je voulais.

— Ça deviendrait la meilleure galerie d'art de la ville.

Le visage de Matthew s'éclaira.

— Oui. Rien ne peut nous arrêter maintenant. Les galeristes de Londres seront tous jaloux. Bien fait pour cette bande de bêcheurs…

Il regarda les photographies éparpillées sur la table. Ces tableaux semblaient quelque peu médiocres après une énumération d'artistes aussi prestigieux. Pourtant, ils possédaient une intégrité rassurante, avec leur représentation fidèle de scènes familières et pittoresques. Toujours était-il qu'il ne s'agissait pas de grand art, alors que, désormais, il allait pouvoir se consacrer au grand art. Rien ne serait plus pareil avec quatre millions de livres.

— C'est drôle, hein ? fit-il. Comme tout est différent quand on a tant d'argent. On n'y pense pas, hein ? Et pourtant…

— Oui, approuva Pat. Moi, cela me plairait bien d'avoir quatre millions de livres sur mon compte en banque !

Elle se tut, avant d'ajouter :

— Tu vas t'acheter une voiture, Matthew ?

— Je n'y avais pas pensé, répondit-il, surpris. Tu crois qu'il faut ?

La réponse de Pat fusa.

— Oui. Tu pourrais t'offrir une voiture de sport. Un coupé BMW. Tu vois de quoi je parle ?

— Oui, j'en ai vu. Mais je ne sais pas si…

— Tu dois absolument t'en acheter un, affirma Pat. Tu t'imagines au volant, en train de descendre le Mound, capote ouverte ?

— Peut-être. Ou peut-être l'un des derniers modèles Bentley… avec le volant en cuir et l'arrière comme ça, tu sais… Ça ne me déplairait pas d'en avoir un.

— Eh bien, rien ne t'empêche de te l'acheter, puisque tu as quatre millions de livres !

Pat réfléchit encore.

— Et imagine aussi tous les voyages que tu vas pouvoir faire ! La Polynésie française ! Mombassa ! Les Caraïbes !

— Ce serait intéressant, reconnut Matthew.

— Eh bien, tu peux faire tout ça, conclut Pat. Tout ça, et plein d'autres choses…

Ils se remirent au travail, laissant de côté les fantasmes de voitures de luxe et de voyages au bout du monde, du moins en ce qui concernait Matthew. Après dix minutes, Pat releva les yeux de sa tâche et regarda Matthew.

— Qu'est-ce que tu fais demain soir ? s'enquit-elle. Domenica organise un dîner et elle m'a invitée. Elle m'a dit que je pouvais amener quelqu'un. Tu veux venir ?

Matthew accepta aussitôt, ravi de recevoir de Pat une invitation, qu'il avait si longtemps espérée. Voilà qu'enfin elle…

Il interrompit le fil de ses pensées. Il se leva et marcha jusqu'à la vitrine pour regarder la rue. Il semblait perplexe, comme s'il avait un problème particulier à résoudre, quelque chose qui sapait le plaisir qu'il venait d'éprouver. Il importait de réfléchir.

103. Tout va bien pour Bruce

— Alors, comme ça, il s'en va, dit le Dr Macgregor. À Londres, m'as-tu dit ?

Allongée sur son lit, Pat bavardait au téléphone avec son père en observant le plafond.

— Oui, répondit-elle. Il est rentré ce soir, visiblement très satisfait de lui-même.

— Mais ce n'est pas nouveau chez ce jeune homme, fit remarquer son père. Les narcissiques sont comme ça. Toujours contents d'eux-mêmes. Ce sont des gens très suffisants.

Il marqua une pause.

— Connais-tu des personnes qui arborent toujours un petit air suffisant ? Des gens qui ne peuvent s'empêcher de sourire tant ils sont satisfaits d'eux-mêmes ? Tu en as déjà rencontré ?

— Oui…

— En dehors de Bruce, je veux dire…

Pat réfléchit. Dans sa classe, au lycée, il y avait un garçon très suffisant, qui venait d'une famille très suffisante, dont tous les membres étaient très suffisants. Et le pire, c'est qu'il était le meilleur partout : au 100 mètres, au 50 mètres brasse des moins de seize ans, au semi-marathon de l'école…

— Oui, répondit-elle. J'ai connu quelqu'un comme ça.

— Est-ce que tu l'enviais ?

— Tout le monde l'enviait ! Mais nous le détestions aussi. Nous mourions d'envie de le piquer avec une aiguille. D'ailleurs, quelqu'un l'a fait un jour.

— Ça ne m'étonne pas, commenta son père. Mais cela ne sert à rien, tu sais. Ces gens-là sont impossibles à dégonfler. Psychologiquement, ils n'ont pas de chambre à air, si je puis filer la métaphore.

— Bruce est exactement comme ça, conclut Pat. Il est indégonflable.

Le Dr Macgregor se mit à rire.

— Alors il t'a annoncé son départ ? Et pourquoi s'en va-t-il ?

— C'est un peu compliqué. Tu comprends, il a perdu son emploi. Ensuite, il a monté une affaire, une boutique de vins, et il a dit qu'on l'a laissé tomber : quelqu'un lui avait promis d'investir dans l'affaire et ne l'a pas fait. Il a acheté un vin extraordinaire à un prix cassé et en a revendu une bonne partie aujourd'hui même dans une vente aux enchères de George Street.

Elle se remémora le retour triomphal de Bruce, un peu plus tôt dans la soirée, brandissant le certificat de transaction de la salle des ventes.

— Ce vin lui a rapporté plus de trente mille livres, poursuivit-elle. Il était très content. Il a dit qu'il n'avait plus envie de s'embêter avec le magasin et qu'il allait partir à Londres. Qu'il vivrait quelque temps là-bas avec le fruit de la vente et qu'il trouverait du travail. Il a dit qu'il voulait s'essayer au négoce de matières premières.

— Et l'appartement ? s'enquit le Dr Macgregor.

— Malheureusement, il le vend. Il le mettra sur le marché la semaine prochaine.

— Ce qui signifie que tu vas devoir partir.

— Oui. C'est la fin de Scotland Street pour moi.

Un silence se fit au bout du fil. Le monde était un lieu solitaire, composé de périodes éphémères, de changements, de pertes ; seuls les liens, ceux de l'amitié et de la famille, nous préservaient de cette solitude. Quel parent n'eût pas aimé entendre sa fille annoncer : « Oui, je rentre à la maison » ? Et quel parent, avec le discernement du Dr Macgregor, n'eût pas compris que ç'aurait été la plus mauvaise réponse que Pat lui eût donnée ?

— Si tu souhaites revenir à la maison, dit-il, tu es toujours la bienvenue. Mais j'imagine que tu as plutôt envie de vivre avec d'autres étudiants, ce qui serait beaucoup mieux pour toi, d'ailleurs. Crois-tu que tu auras du mal à trouver quelque chose ?

— J'ai une amie à Marchmont, expliqua Pat. Il paraît qu'il y a une place chez elle. C'est l'un de ces grands appartements de Spottiswoode Street.

— Dans ce cas, il ne faut pas hésiter, assura le Dr Macgregor.

Après avoir raccroché, Pat gagna la cuisine. Bruce était assis à table, un journal ouvert devant lui. Il releva les yeux et lui sourit.

— Tu n'imagines pas le prix que je vais pouvoir tirer de cet appartement, lança-t-il. Je suis en train de regarder les tarifs du quartier et je crois que je vais faire un carton… Dommage que tu n'aies pas les moyens d'acheter, Pat, ajouta-t-il avec un soupir. Ça te permettrait de rester ici, au lieu d'avoir à emménager dans une rue obscure du South Side.

— Le problème, c'est que, si tu achètes quelque chose à Londres, tu vas être obligé de t'endetter jusqu'au cou, Bruce. Tu ne pourras pas avoir à Fulham la même chose que ce que tu as à Scotland Street, tu sais. Tu vas te retrouver dans un quartier paumé. Tu risques même de finir dans l'Essex…

Bruce éclata de rire.

— Pas de danger ! s'exclama-t-il. J'emménage avec quelqu'un à Holland Park. Tu connais ? C'est juste à côté du super restaurant qui s'appelle *Clarke's*. Ça te dit quelque chose ? Il y a un livre de cuisine de chez eux. Tout le monde va manger là-bas. Enfin, tous les créatifs… C'est un endroit où il faut être vu. Moi, j'y ai croisé Jamie Byng une fois.

Pat le dévisagea. Ils pouvaient se séparer en bons ou en mauvais termes. Dans le second cas, le moment était venu de lui dire, avant qu'il ne soit trop tard, tout ce qu'elle pensait de lui. Mais à quoi cela servirait-il ? Rien ne pouvait ébranler Bruce, rien. Son père le lui avait d'ailleurs confirmé. Bruce était, à ses propres yeux, la perfection incarnée. Ils prendraient donc congé l'un de l'autre en bons termes. Elle était assez forte pour cela.

— Tu vas adorer Londres, Bruce, affirma-t-elle. Et je suis sûre que tu réussiras là-bas.

— Merci. Oui, je crois que je me débrouillerai plutôt bien. Et l'appartement où j'emménage est un petit bijou. Je vais le partager avec la fille qui en est propriétaire. Son père roule sur l'or et il m'aime bien, à ce qu'elle m'a dit. Et elle aussi, elle a son opinion sur moi, si tu vois ce que je veux dire. Cette fille est une bombe. Dans le genre rose, cent pour cent anglaise. Grande, blonde. Un boulot dans les public relations. Qui sait ce que ça peut donner ? Qui sait ?

Pat hocha la tête.

— C'est super…

Elle se tut, puis reprit :

— Et je voulais te remercier, Bruce, pour tout ce que tu as fait pour moi. Te remercier de m'avoir permis de vivre ici, et tout ça…

Bruce se leva, s'approcha d'elle et la prit par les épaules en un geste nonchalant.

— Tu n'es pas si mal que ça, Pat, assura-t-il. Et tu sais quoi ? J'avoue que je vais te regretter un peu quand je serai là-bas. Alors…

Il se pencha et, au grand étonnement de Pat, lui planta un baiser sur les lèvres, non pas un baiser anodin, mais un baiser remarquablement passionné, pour Édimbourg.

Puis il recula d'un pas et sourit.

— Voilà, dit-il. C'est ce que tu attendais depuis longtemps, non ?

Pat demeura sans voix. Le clou de girofle, songea-t-elle. Maintenant, je sens le clou de girofle.

104. En préparant le dîner

— Cèpes porcini, psalmodia Domenica. Placer des cèpes séchés dans un saladier rempli d'eau chaude et les laisser se reconstituer. Conserver le liquide.

— Pourquoi ? s'étonna Pat. Qu'allez-vous en faire ?

— Nous allons faire cuire le riz arborio dedans, expliqua Domenica. Ainsi, le riz absorbera le goût des champignons. C'est le même principe qu'autrefois, quand les gens, en Écosse, mangeaient des *tatties*[1] que l'on arrosait d'un bouillon dans lequel avait cuit un morceau de viande. Le père mangeait la viande et les enfants n'en avaient que le goût sur leurs *tatties*.

— La vie était dure, commenta Pat en ouvrant le sachet de champignons.

— Oui, approuva Domenica. Et à présent, nous voici, descendantes de ces gens-là, en train d'ouvrir des sachets de champignons importés.

Elle se tourna vers la fenêtre et contempla Scotland Street, avec ses pavés brillant sous l'effet de la pluie légère du soir qui, après être passée sur la ville, posait à présent un voile blanc sur Fife.

— Et quand on pense, poursuivit-elle, que la femme qui vivait dans cette maison à l'époque où elle a été construite n'avait sans doute qu'une ou deux robes… Et c'est tout. Les gens possédaient très peu de vêtements, vous savez. Même les épouses de riches fermiers n'avaient peut-être qu'une seule robe. La vie était très différente.

— C'est difficile à imaginer, répondit Pat.

— Oui. Mais il ne faut pas oublier le passé. Il est nécessaire de renouveler le lien qui nous rattache à ces gens-là, à nos arrière-arrière-grands-parents. C'est ce qui fait de nous un peuple ; c'est la connaissance de ce qu'ils ont vécu, de ce qu'ils étaient, qui nous rassemble. Si nous perdions cela, nous ne serions plus qu'un assemblage hétéroclite de personnes vivant sur le même petit bout de terre. Et ce serait un cauchemar, Pat, un vrai cauchemar, si le sentiment que nous avons

1. Pommes de terre en purée.

de former un peuple, une nation, en tant qu'Écossais, venait à disparaître.

Pat haussa les épaules.

— Mais personne ne cherche à faire disparaître cela, objecta-t-elle. Quel intérêt y aurait-il ?

Domenica fit volte-face.

— Oh, il existe une infinité de gens qui seraient très heureux de voir tout cela disparaître, affirma-t-elle. Que croyez-vous que signifie la globalisation ? Qui va gagner à nous voir tous réduits à l'état de consommateurs dociles, avec les mêmes goûts, prêts à accepter des décisions prises à des milliers de kilomètres par des gens que nous ne pouvons ni censurer ni contrôler ?

« Pour ma part, je refuse de plier l'échine devant cela. Je veux vivre dans une communauté dotée d'une culture authentique. Ces mots-là sonnent peut-être comme des lieux communs, mais je n'en trouve pas d'autres. Je veux une culture qui soit le produit de l'endroit où je vis, une culture qui s'engage sur les sujets qui me concernent. C'est la différence entre la musique électronique et la vraie musique. Entre une niaiserie hollywoodienne prédigérée et un vrai film. C'est la base, Pat.

Domenica saisit son livre de cuisine et poussa un soupir.

— Je me sens parfois très découragée. Il faut me pardonner. Oui, quand je pose le regard sur notre monde, je me sens affreusement découragée. Et si je me risque à allumer la télévision, ce que j'évite autant que possible, c'est encore pire. Toute cette vulgarité, ces programmes débilitants, ces jeux télévisés ineptes et stupides, ces gens qui se moquent de l'humiliation ou de la colère d'autrui… et aussi ce matérialisme triomphant de bas étage…

« Et la grossièreté, la grossièreté absolue des personnages que l'on pousse sur le devant de la scène nationale pour les railler ou les porter aux nues. Ces célébrités creuses, ces brutes au langage ordurier. Quelle image magnifique tout cela donne de notre vie nationale !

« Et quelles voix trouve-t-on pour s'élever au milieu de tout ce... de tout ce vacarme ? Quelles voix sont là pour dire quelque chose de grave et d'intelligent ? Lorsque notre ministre de la Justice est arrivée dans sa propre circonscription afin de tenter d'agir contre la vente d'alcool aux adolescents, elle a été chahutée et injuriée par de jeunes garçons et personne n'a rien fait pour les arrêter. L'avez-vous vue ? Avez-vous vu cette image choquante ? La pauvre femme ! Elle a tenté d'accomplir une chose impossible du mieux qu'elle pouvait, et voilà quelle a été sa récompense !

« Je ne sais pas, Pat. Je ne sais pas. J'ai le sentiment que nous avons assisté au démantèlement, brique par brique, de la civilisation, et que nous considérons désormais le vide. Nous pensions libérer les gens de conditions culturelles tyranniques, alors qu'en fait nous leur avons retiré quelque chose. Nous avons tué la courtoisie et le souci d'autrui, miné tous ces petits liens de loyauté et de considération et d'affection qui sont nécessaires pour que l'humanité prospère. Nous pensions que la tradition était mauvaise, qu'elle créait des sociétés fermées, qu'elle tirait les gens vers le bas. Alors qu'en réalité la tradition permettait aux gens de s'affirmer comme membres d'une communauté et de sentir qu'ils avaient des responsabilités les uns envers les autres. Nous respectons-nous vraiment les uns les autres en l'absence de traditions, de bonnes manières et de toutes les choses de ce genre ? Ou n'avons-nous fait que nous métamorphoser en parfaits étrangers sur le plan moral, transformant nos pays en simples hôtels conçus pour le confort de clients dont la seule obligation est d'éviter de marcher sur les pieds du voisin ?

Domenica reposa son livre de cuisine.

— Je suis désolée, Pat, dit-elle. Vous ne devriez pas avoir à m'écouter déblatérer ainsi. Je sais que l'on pourrait soutenir exactement le contraire de ce que je viens de dire. Je sais que l'on pourrait énumérer la multitude d'avancées morales qui ont été réalisées, et l'on aurait raison. À bien des égards, nous avons davantage conscience des sentiments d'autrui qu'autrefois. Et puis, bien sûr, il ne faut pas oublier que l'on peut se procurer des cèpes à tout moment…

Toutes deux se mirent à rire et Domenica consulta sa montre.

— Les invités seront là dans une heure, dit-elle, et il nous reste beaucoup à faire. Pourriez-vous ouvrir le vin, s'il vous plaît, Pat ? Il faut qu'il respire. C'est très gentil à vous d'avoir apporté ces bouteilles.

— Je les ai trouvées dans le placard, expliqua Pat. En fait, elles sont à Bruce et je n'ai pas pu lui demander l'autorisation de les prendre. Mais comme il ne se gêne pas pour puiser dans ma réserve quand il en a besoin, et qu'il remplace ensuite mes bouteilles par du rouge australien bon marché, j'ai pensé que je n'avais pas à hésiter…

— Vous avez eu raison, estima Domenica.

Pat se leva et gagna la table où elle avait posé les trois bouteilles.

— Petrus, lut-elle sur l'étiquette. Je me demande s'il est bon.

— Aucune idée, répondit Domenica. Jamais entendu parler…

105. Adieux

Debout autour de la cheminée du salon, leur verre de vin à la main, les invités de Domenica bavardaient. C'étaient ses amis, avec aussi, çà et là, quelques amis d'amis. Angus Lordie portait une cravate effilochée et une veste doublée de cuir aux coudes et aux poignets ; Cyril ne l'accompagnait pas. Il attendait en bas, attaché à une rambarde, mais heureux grâce à l'odeur de Scotland Street, qui lui chatouillait les narines, et à l'apparition occasionnelle d'un chat furtif sur le trottoir d'en face. Aux côtés d'Angus, souriant à une remarque que venait de faire le peintre, se tenait James Holloway[1], ami de longue date de Domenica. Non loin, Judy Steel[2], perchée sur le bras d'un fauteuil, s'entretenait avec l'occupant dudit fauteuil, Willy Dalrymple[3], qui avait été le seul à reconnaître le Petrus et avait complimenté Domenica pour ce choix. Il y avait aussi Olivia Dalrymple et Pat elle-même, ainsi que Matthew, qui, de l'autre côté de la cheminée, adoptait une attitude étrangement réservée à son égard. Mais elle savait qu'il traversait parfois des périodes de mauvaise humeur et ce devait en être une.

La conversation avait couvert toutes sortes de sujets. Les invités avaient réfléchi à la question du révérend Robert Walker, le patineur du lac de Duddingston[4], et les avis se partageaient en deux clans d'égale importance. Le premier estimait que le tableau était bien de Raeburn, tandis que le second soutenait dur comme fer l'hypothèse Danloux. L'on avait ensuite évoqué l'été,

1. Directeur de la Scottish National Portrait Gallery d'Édimbourg.

2. Directrice artistique de la troupe de théâtre Rowan Tree Theatre Company.

3. Historien et écrivain écossais dont les écrits, consacrés aux civilisations orientales et moyen-orientales, ont remporté de nombreux prix littéraires.

4. Ce célèbre tableau intitulé *Le Patineur*, qui représente le pasteur Robert Walker glissant sur un lac, était censé être l'œuvre du peintre Henry Raeburn. En 2005, il a fait les gros titres de la presse anglaise lorsque le conservateur de la National Gallery d'Édimbourg a déclaré qu'il pouvait s'agir, en réalité, d'un tableau du Français Henri-Pierre Danloux.

qui s'éternisait : certains voyaient cela comme la preuve du réchauffement climatique, d'autres estimaient que cet été-là ne se distinguait pas des précédents. Les points d'accord et de désaccord potentiels s'étaient ainsi révélés pour être disséqués et discutés, puis on était passé à autre chose.

À neuf heures, Domenica conduisit ses invités à la salle à manger. Ils s'installèrent autour de la grande table d'acajou pendant que, aidée de Pat, elle allait chercher les entrées.

— Ce vin est vraiment délicieux, déclara-t-elle. Willy avait l'air de dire que ce n'était pas n'importe quoi.

L'espace d'un instant, Pat ressentit la morsure du doute. Bruce lui avait dit qu'elle pouvait se servir, elle s'en souvenait très bien. Il n'y avait pas si longtemps, lui-même lui avait pris deux bouteilles de merlot chilien. Elle décida donc qu'elle n'avait pas de souci à se faire et chassa cette pensée de son esprit.

Le risotto, parfait, fut acclamé par tous et, une fois la table débarrassée, Angus Lordie fit tinter une petite cuillère sur son verre. Celui-ci, qui était vide, le Petrus ayant été consommé jusqu'à la dernière goutte, lança un son clair au milieu de plusieurs conversations, instaurant le silence.

— Chers amis, déclara Angus, nous arrivons ce soir à la fin de quelque chose. Quand j'étais petit, je détestais voir les choses s'achever. J'étais comme tous les enfants, qui n'aiment pas les fins, hormis celle de leur propre enfance, bien sûr – aucun enfant ne souhaite rester enfant indéfiniment. En atteignant l'âge adulte, je me suis rendu compte que je détestais toujours qu'une période se termine, et, de surcroît, j'avais commencé à comprendre que les fins arrivent toujours trop vite et qu'elles font souvent mal.

« Aujourd'hui, notre chère amie Domenica nous annonce qu'elle s'apprête à partir quelque temps. C'est une érudite, et elle obéit à l'appel de l'érudition. Cet appel, nous dit-elle, va l'entraîner vers le lointain détroit de Malacca, pour des recherches de terrain particulièrement exigeantes. J'ai mes propres vues sur ce projet, mais je respecte Domenica pour sa bravoure. Vivre parmi les gens qu'elle a décidé d'étudier ne sera pas de tout repos.

« Quant à nous, qui restons à Édimbourg, nous ne pouvons qu'imaginer les dangers qu'elle devra affronter. Ce soir cependant, nous l'assurons qu'elle s'en va avec tout notre amour, ce qui, j'en suis sûr, est ce que nous souhaiterions à n'importe quel ami à la veille d'un long voyage. Vous partez, revêtue des atours de notre affection. Car l'amitié, j'en suis convaincu, c'est cela : donner de l'affection, et pouvoir compter sur cette affection.

Il s'interrompit et le silence plana un instant. Angus regardait Domenica, assise en face de lui, et elle lui souriait.

— Cher Angus, dit-elle, je crois qu'un poème s'impose.

— Effectivement, renchérit James Holloway.

Angus baissa les yeux sur son assiette et les quelques miettes qu'elle contenait ; c'était tout ce qu'il restait.

— Très bien, acquiesça-t-il. Un poème sur les petites choses, je pense.

Il se leva, ferma un bref instant les yeux, puis les ouvrit et commença.

Amie chère à mon cœur, combien d'années – j'ai oublié – se sont écoulées
Depuis cette lumineuse soirée où vous vous êtes jointe à nous
Pour célébrer un événement qui se devait d'être célébré – lequel ? J'ai oublié –
C'est signe que la célébration fut réussie
Quand on se souvient mal de son objet
Mais que la joie éprouvée subsiste dans nos mémoires.

Regardée de très haut, notre minuscule planète n'est qu'un amas de nuages tourbillonnants
Et d'un vague bleu ; l'Écosse, si vaste dans notre cœur,
Est invisible à cette distance, pas grand-chose, sans doute,
Mais pour nous, elle est notre tout, notre foyer, le contraire de nulle part ;
Ce nulle part que l'on distingue en regardant là-haut
Et en découvrant, sidérés, à quel point nous sommes petits ;
Vous me répondrez : en effet, nous le sommes ! Toutefois, ne cherchez pas à surcompenser,
Prenez plaisir aux petits lieux, aux histoires locales, aux histoires courtes
Plutôt qu'aux sagas ; savourez les private jokes*,*
Les expressions intraduisibles,
Les références que vous n'êtes que deux ou trois au monde à comprendre,
Mais qui parlent avec tant d'éloquence des lieux qui vous sont chers
Et de l'amitié de ces êtres que vous connaissez si bien
Et dont les mots et les humeurs vous sont aussi familiers
Que le climat, dehors ; rien d'autre ne compte qu'eux,
Ils sont tout pour vous, ils sont tout pour vous.

Cet ouvrage a été réalisé par

BUSSIÈRE

GROUPE CPI

à Saint-Amand-Montrond (Cher)
pour le compte des Éditions 10/18
en mai 2008

Imprimé en France
Dépôt légal : juin 2008.
N° d'impression : 081604/1.